Von Ally Taylor und Carrie Price sind bereits folgende Titel erschienen:

Die *Make it count*-Reihe
Gefühlsgewitter
Gefühlsbeben
Dreisam
Sommersturm

New York Diaries
Claire
Sarah
Phoebe

Über die Autorin:
Carrie Price ist das Pseudonym der deutschen Schriftstellerin Adriana Popescu. Die Autorin begeistert mit ihren Romanen bereits zahlreiche Leser, die sie nun als Carrie Price nach New York in amüsante und turbulente Liebesgeschichten entführt.

CARRIE PRICE

NEW YORK DIARIES
ZOE

ROMAN

Besuchen Sie uns im Internet:
www.knaur.de

Originalausgabe Juli 2017
Knaur Taschenbuch
© 2017 Knaur Verlag
Ein Imprint der Verlagsgruppe
Droemer Knaur GmbH & Co. KG, München
Alle Rechte vorbehalten. Das Werk darf – auch teilweise –
nur mit Genehmigung des Verlags wiedergegeben werden.
Dieses Werk wurde vermittelt durch die
Literarische Agentur Michael Gaeb.
Redaktion: Martina Vogl
Covergestaltung: ZERO Werbeagentur, München
Coverabbildung: FinePic®, München / shutterstock
Satz: Adobe InDesign im Verlag
Druck und Bindung: CPI books GmbH, Leck
ISBN 978-3-426-51942-4

2 4 5 3 1

Für alle Knights-Girls

At the Bottom of Everything

Mit einem lauten *Rums!* knallt meine geliebte und mir heilige pinke Couch auf den Gehweg in Brooklyn und setzt damit ein Ausrufezeichen hinter meine Ankunft in New York. Mein Herz hüpft aufgeregt in meiner Brust, während mein Blick über die zahlreichen Koffer und Kisten wandert, die sich neben der Couch türmen und somit den Weg mehr oder weniger komplett zustellen. Die Männer, die aussehen wie Bilderbuchmöbelpacker, blicken zufrieden auf ihre Arbeit und nicken mir dann zu, mehr oder weniger höflich. Es wirkt fast so, als wäre ich jetzt ebenfalls eine New Yorkerin und hätte die Aufnahmeprüfung bestanden, auch wenn kein Empfangskomitee auf mich wartet und ich niemanden in dieser Stadt kenne.

Doch das ist alles nur eine Frage der Zeit, so ist es immer bei einem Neuanfang. Stolz sehe ich mich um und versuche, mir mein neues Viertel so schnell wie möglich vertraut zu machen, als ich bemerke, wie die Jungs zurück zu ihrem Lieferwagen gehen – obwohl alle Dinge bereits ausgeladen sind, bereit, in den vierten Stock getragen zu werden.

»Ähm, Gentlemen …?«

Nur einer von ihnen fühlt sich angesprochen und dreht sich, sichtlich genervt, zu mir um, abwartend, was ich jetzt noch von ihm will.

»Ich wohne im vierten Stock.«

Er nickt müde und wirft einen Blick auf die Uhr, ganz so, als würde ich ihn aufhalten und wüsste nicht, was sein Job sei.

»Das hier ist nur der Gehweg.«

»Sie haben ›bis zur Haustür‹ angekreuzt.«

»Nein. Bis zur Wohnung. Also, *in* die Wohnung.«

»Tut mir leid, Miss. In der Auftragsbestätigung steht was anderes.«

Wie auf ein Stichwort reicht ihm einer seiner Kollegen ein Klemmbrett, das er mir unter die Nase hält und auf dessen Papier das Kreuz tatsächlich im falschen Kästchen gesetzt wurde. Das kann nicht sein! Ich bin mir sicher, es drei Mal überprüft zu haben.

»Dann zahle ich eben den Aufpreis!«

»Das geht leider nicht, wir müssen in fünfzehn Minuten in Queens sein. Der nächste Auftrag wartet.«

»Aber … nein!«

Schon jetzt klinge ich viel zu hysterisch. Doch ich bekomme nur ein entschuldigendes Achselzucken vom Möbelpacker vor mir, der mir dann auch schon den Rücken zudreht und mich allen Ernstes hier mit diesem Chaos zurücklassen will.

»Warten Sie! Das können Sie nicht machen!«

»Wie gesagt, Miss: Tut mir leid. Vielleicht können Sie ein paar Freunde anrufen, die Ihnen helfen.«

Freunde?? Macht der Typ Witze? Heute ist mein erster Tag in einer mir vollkommen fremden Stadt! Ich kenne niemanden und werde wohl kaum in den nächsten fünf Minuten eine handfeste Freundschaft knüpfen, die mir mehrere Möbelpacker ersetzt.

»Hey!«

Doch mein verzweifelter Versuch, ihn oder die anderen zum Bleiben zu überreden, prallt an der sich schließenden Beifahrertür des Umzugswagens ab. Kaum sehe ich wieder zu meinem Haufen Leben, dämmert mir, dass sich neben meinem Hab und Gut jetzt auch noch ein zweites riesiges Problem auf dem Gehweg auftürmt. Zwei junge Frauen wühlen sich gerade durch einen meiner Koffer.

»*Hey!*«

Sie sehen mich vollkommen irritiert an, als wäre ich und nicht sie diejenigen, die sich danebenbenehmen. Was ich jetzt ganz sicher nicht brauche, das sind zwei Fremde.

Die prüfend meine Unterwäsche durchsuchen.
Auf offener Straße!
In New York!

»Finger weg von meinen Sachen!«

»Sorry, wir dachten, das wäre eine Art Flohmarkt.«

Ein Flohmarkt? Nein, entschuldige bitte, das ist mein Leben!

Doch statt das auch laut auszusprechen, schlage ich wütend den Koffer wieder zu und spüre ein hektisches Pulsieren in meinem Brustkorb, als wäre es der Beat eines Songs, der eine ganze Menschenmasse zum Tanzen animieren müsste. Es ist aber nur mein Herz, das viel zu schnell schlägt, weil es weiß, dass ich alleine diese Couch – mein Mitbringsel von Zuhause, meine Wohlfühloase – niemals in den vierten Stock gewuchtet kriege. Vielleicht kann mein Vermieter, ein Typ namens Jeffrey, mir helfen. Er ist bisher der einzige Mensch in New York, mit dem ich zumindest schon mal Mailkontakt hatte und ein kurzes Telefonat geführt habe. Hastig suche ich mein Handy, wobei ich meine Koffer keine Sekunde aus den Augen lasse.

»Hallo?«

»Jeffrey? Hi, hier ist Zoe.«

Schweigen. Keine Ahnung, wie viele Zoes er kennt, doch es scheinen eine ganze Menge zu sein, denn die Stille hält an. Vielleicht helfen ihm einige weitere Informationen auf die Sprünge.

»Zoe Hunter. Wir haben wegen der Wohnung telefoniert. Du erinnerst dich?«

»Ah, ja klar! Hi, Zoe.«

Gott sei Dank!

Erleichtert atme ich aus. Ab jetzt wird alles gut.

»Ich habe ein riesiges Problem, Jeffrey.«

Doch der scheint mir nicht richtig zuzuhören, denn er spricht weiter, ohne auf meine panische Gesprächseröffnung einzugehen.

»Gut, dass du dich meldest. Ich wollte dich diese Woche schon anrufen, aber irgendwie kam immer was dazwischen.«

»Okay?«

»Ja, weißt du, die Sache mit der Wohnung ...«

Mein Blick wandert die Fassade des Hauses vor mir hoch. Ich zähle die vielen Fenster, betrachte die Gardinen, die im Wind tanzen, lausche der Musik, die aus einer Wohnung dringt – und mein Magen wird dabei zu einem schweren, harten Knoten, der alle anderen Organe mit sich in die Tiefe ziehen will.

»Ich habe sie letzte Woche schon vergeben. Cynthia konnte schneller einziehen als du.«

Cynthia.

Der Name hallt wie ein Echo durch meinen Kopf. Ich muss mich verhört haben.

»Wie bitte?«

»Nun, wir hatten ja noch nichts fix ausgemacht.«

Hatten wir sehr wohl! Die Anzahl der Koffer und Kisten, meine Couch, mein Umzug. Das alles kommt mir verdammt fix vor!

»Auf jeden Fall hat sie die erste Miete schon überwiesen und so ...«

»Cynthia?«

»Jap.«

Cynthia – ein gesichtsloses Phantom, das sich meine Wohnung gekrallt hat. Mein Körper setzt zu einer waschechten Panikattacke an, und nur mit viel Mühe kann ich meine Gedanken zusammenhalten und nicht losschreien.

»Aber ... was ist mit mir? Wir hatten doch eine *Absprache!* Heute sollte ich den Vertrag unterschreiben und einziehen. Das hast du mir versprochen!«

»Ich weiß, aber die Zeiten ändern sich.«

»Nein, nein, Jeffrey. Zeiten ändern sich nicht innerhalb einer Woche. Mag sein, dass Madonna in den Achtzigern cooler war als jetzt, aber weißt du, es müssen Jahrzehnte vergehen, bevor dieser Spruch zieht!«

Jeffrey scheint mir sehr geduldig zuzuhören, denn er sagt nichts. Was auch besser so ist, weil ich gerade mächtig wütend bin – um es mit einer Untertreibung zu formulieren.

»Es war erst letzte Woche, dass wir telefoniert haben! Du hast gesagt, es wäre alles fix, und ich solle mir keine Sorgen machen! Das waren deine Worte! Jetzt bin ich hier und will in meine Wohnung!«

»Cynthias ...«

»Was?«

»Cynthias Wohnung.«

Jeffrey meint es ernst. Er hat mich ersetzt durch eine vermutlich bildhübsche junge Frau, die ebenso dringend eine günstige Wohnung in dieser Stadt sucht und einfach schneller war als ich. Das ist wohl ein dezenter Vorgeschmack auf den Kampf, der mich in New York ab jetzt täglich erwarten wird. Das habe ich schon geahnt, ich hatte nur gehofft, dass der Gong zur ersten Runde nicht gleich an meinem ersten Tag hier erklingen würde.

»Und was soll ich jetzt machen?«

Obwohl ich die Frage laut ausspreche, stelle ich sie nicht Jeffrey, sondern mir selbst. Dennoch fühlt er sich zu einer Antwort berufen.

»Versuch es doch mal im YWCA.«

Jeffrey ist, so viel steht fest, keine besonders große Hilfe. In den Mails klang er eigentlich sehr nett, als wäre er ein seriöser Makler und nicht ein dauerbekiffter Vollidiot, der mal eben so meine Rolle umbesetzt, noch bevor ich ein Wort meines Textes sagen konnte. Erschöpft von den letzten zehn Minuten lasse ich mich auf die pinke Couch fallen – die übrigens das Stadtbild erheblich verändert – und schließe für einen kurzen Moment die Augen.

Keine zwei Stunden in New York, schon gebe ich den Zweiflern zu Hause recht: Zoe Hunter, das talentierte Mädchen aus dem Theaterclub der Drescher High will ausziehen, um die Welt zu erobern – und scheitert dabei schon bei der Wohnungssuche. Klar, als ich in L.A. eine Nebenrolle in der TV-Serie *Sunset Story* gespielt habe, da waren alle noch davon überzeugt, dass ich, »Miss Idaho«, wie sie mich gerne genannt haben, die besten Chancen hatte, um ganz groß rauszukommen. Doch würde ich es je auf eine große Kinoleinwand oder an den Broadway schaffen? Daran glauben wohl nur wenige.

Umso mehr möchte ich es ihnen und mir beweisen. Wenn sie mich jetzt auf diesem Sofa sitzen sehen würden ... ihr Mitleid wäre mir sicher.

»Verzeihung?«

Eine Männerstimme holt mich aus meinem Selbstmitleid zurück in die Realität.

»Hm?«

Leicht genervt öffne ich die Augen und sehe den jungen Mann, der vor mir aufgetaucht ist, abwartend an. Er mustert mich ebenfalls einen Moment, als würde er versuchen, mein Gesicht einem Namen zuzuordnen. Er scheint aber nicht zum Zielpublikum von *Sunset Story* zu zählen und damit kein Autogrammjäger zu sein, weswegen ich mir nicht sicher bin, was er von mir will.

»Was verlangen Sie für die Couch?«

Jetzt reicht es aber! Sehe ich wirklich so aus, als müsste ich mein Hab und Gut auf der Straße verscherbeln? Und ja, das ist eine rhetorische Frage!

»Die Couch ist nicht zu verkaufen, verdammt noch mal!«

Überrascht sieht er von mir auf der Couch zu meinen Koffern und Kisten, ganz so, als könne er sich jetzt keinen Reim mehr auf dieses Szenario machen.

»Verzeihung, ich dachte nur ...«

Jetzt wandert sein Blick wieder zu mir. Erneut habe ich das seltsame Gefühl, er würde mich kennen – ohne zu wissen, woher. Entschuldigend zuckt er die Achseln.
»Sieht so nach Ausverkauf aus.«
»Ich ziehe gerade um, okay?!«
Die mir nachgesagte Freundlichkeit ist überraschenderweise aus meiner Stimme verschwunden. Eigentlich klinge ich nicht mal mehr wie ich selbst, aber das kann ich jetzt nicht ändern. Ich verbrauche den Rest meiner Energie nämlich gerade sehr effizient dafür, keinen Nervenzusammenbruch zu erleiden. Außerdem kennt mich in New York kein Mensch, da kann ich die Zoe zeigen, die ich will. Und im Moment steht mir der Sinn nach Wütend-müde-sauer-genervt-und-hoffnungslos-überfordert-Zoe! Der junge Mann nickt nachdenklich, versteht aber den Zusammenhang zwischen meiner pinken Couch am Straßenrand und meinem Umzug wohl immer noch nicht.
»Okay. Ich sehe nur keine Möbelpacker, die das Bilderrätsel hier komplettieren könnten.«
Da habe ich ja ein ganz besonderes Exemplar eines Klugscheißers erwischt!
»Witzig. Ausgesprochen witzig.«
»Das war nicht als Gag gemeint. Nur eine banale Feststellung.«
»Die Möbelpacker sind weg.«
»Oh ...«
Wieder sieht er auf den ganzen Krempel, der jetzt schon in meiner – Verzeihung! – Cynthias neuer Wohnung stehen sollte.
»Haben die Jungs das hier übersehen? Dann waren das nämlich keine besonders guten Möbelpacker.«
»Würde es Ihnen viel ausmachen, einfach weiterzugehen und mich zu ignorieren?«
»Glauben Sie mir, das würde ich gerne, aber Sie versperren uns allen den Weg.«

Das tue ich tatsächlich. Die meisten Menschen müssen mir, meiner Couch und dem Rest ausweichen, was mir schon einige wütende Blicke eingebracht hat. Nur leider habe ich im Moment keine Ahnung, wie ich alleine das pinke Monstrum, das ohne Zweifel in der letzten Viertelstunde an Umfang zugelegt hat, von der Straße bewegen soll.

»Soll ich Ihnen vielleicht ein gutes Umzugsunternehmen empfehlen?«

Er greift in die Tasche seiner Jeans und zieht seinen Geldbeutel hervor. Jetzt sehe ich mir den Typen doch mal etwas genauer an. Er hat kurze, hellbraune Haare, trägt eine dieser Brillen mit schwarzem Rand, die gerade wieder tierisch modern sind, obwohl so was mein Großvater schon getragen hat, ein graues T-Shirt mit einem bunten Brustmotiv, das wohl zu einem Superhelden oder so gehören soll, dazu Jeans und Turnschuhe. Soweit nichts Besonderes.

»Hier. Die Jungs sind flott und tragen auch wirklich *alles* in die Wohnung.«

Er nickt in Richtung Kisten und Koffer und reicht mir eine Visitenkarte, die ich nur zögernd annehme.

»Danke.«

Da ist er also: der erste nette New Yorker, der mir heldenhaft zur Seite steht und dabei sogar kurz lächelt.

»Nicht dafür.«

Vermutlich sollte ich etwas sagen, danke, oder die Wahrheit über meine Situation, doch meine Zunge fühlt sich wie gelähmt an. Bisher habe ich in meinem Leben nicht besonders oft um Hilfe gebeten, sondern mir alles selbst erarbeitet und aus den Steinen, die mir in den Weg gelegt wurden, eine Brücke gebaut. Der junge Mann nickt und will schon weiter, als ich mich folgende Worte sagen höre, die meine Realität sehr treffend beschreiben.

»Ich bin nur quasi obdachlos.«

Abrupt bleibt er stehen, sieht mich durch die Gläser seiner Brille an, als wäre ich Teil eines schlechten Sketches.

»Wie bitte?«

»Ich habe keine Wohnung.«

»Ich befürchte, ich verstehe nicht so ganz.«

»Mein Vermieter hat die Wohnung Cynthia gegeben.«

»Cynthia.«

»Sie war schneller. Dabei hat er nur vergessen, mich davon in Kenntnis zu setzen.«

»Ouch!«

»Ich sitze also wohl auf der Straße.«

»Genau genommen sitzen Sie auf der Couch.«

»Ha. Ha.«

»Das tut mir wirklich leid.«

»Ja. Aber tief in Ihrem Inneren denken Sie sich bestimmt auch: naives, dummes Mädchen aus der Kleinstadt.«

Und wie recht er hat – wie konnte ich nur so blöd sein und mich auf die telefonische Zusage eines Typen verlassen, den ich gar nicht kenne? Wieso habe ich nicht darauf bestanden, den Vertrag schon vorher zu unterschreiben? Ich bin doch sonst nicht so verblendet und blauäugig. An meiner Menschenkenntnis müssen wir dringend arbeiten. Der junge Mann vor mir unterbricht meine Gedankengänge.

»Ehrlich gesagt habe ich nur gedacht: Verdammt mutig, ausgerechnet hier alleine mit einer Couch auf der Straße zu sitzen.«

Mit vielem habe ich gerechnet, aber sicher nicht damit. Er lächelt mich aufmunternd an, die blauen Augen hinter den Brillengläsern mustern mich genau, doch ich weiß einfach nicht, was ich sagen soll. Diese Achterbahnfahrt der Ereignisse überfordert mich etwas, und gerade bin ich mir nicht sicher, ob ich mutig oder verrückt bin.

»Wissen Sie was ...«

Er zieht den Rucksack von den Schultern und wirft ihn neben mich auf die Couch, dann deutet er mir mit einer Handbewegung an, ich solle aufstehen.

»Was haben Sie vor?«

»Wir bringen Ihr pinkes Baby erst mal von der Straße.«

Neben dem Wohngebäude liegt eine schmale Seitengasse. In diese Richtung nickt er nun. Ich schaue erst ihn an, dann zu dieser Gasse, die nicht so aussieht, als wäre sie der perfekte Ort für meine Couch, meine Sachen oder für mich. Leider habe ich nur keine andere Wahl, denn hier auf dem Gehweg kann ich nicht länger hausen. Also nicke auch ich.

»Packen Sie mal mit an!«

Als Möbelpacker mache ich zwar keine überdurchschnittlich gute Figur, aber ich bin fitter, als man glauben könnte. Er ist auf jeden Fall fit, denn es scheint ihm nicht besonders viel auszumachen, dass er den Löwenanteil der Arbeit erledigen muss. Seine Arme sind durchtrainiert und lassen wie sein recht breiter Rücken auf regelmäßiges Training im Studio schließen. Gemeinsam und mit drei Absetzpausen wuchten wir die Couch tatsächlich in die Seitengasse. Dann macht er sich daran, auch den Rest vom Gehweg zu schaffen. Ich helfe, so gut ich kann, bis mir die Puste ausgeht und ich mich nach einem Sauerstoffzelt sehne.

»Vielen Dank ...«

Ich kenne nicht mal seinen Namen, war nicht besonders nett zu ihm – und dennoch hilft dieser Mann mir ganz selbstlos. Wieder lächelt er, als er mir die Hand reicht.

»Matt. Matt Booker.«

Sein Händedruck ist fest, seine Haut rauh und warm, sein Lächeln freundlich. Genau das, was ich gerade brauche.

»Nun, Mr. Booker, gerade sind Sie zu meinem Helden geworden.«

»Das freut mich Miss ...?«

»Hunter. Zoe Hunter.«

Ich erwarte nicht, dass er mich kennt, meinen Namen schon mal gehört hat oder auch nur eine Folge *Sunset Story* gesehen hat, doch hoffe ich vielleicht einen winzigen Moment darauf, dass ich ihm bekannt vorkomme.

»Den Namen werde ich mir merken.«

Keine Ahnung, wieso, aber ich spüre das Lächeln auf meinen Lippen. Booker nimmt den Rucksack wieder an sich und wirft mir ein freches Grinsen zu.

»Sie schulden mir einen Kaffee, Miss Hunter.«

Doch bevor ich etwas sagen, ihn nach seiner Telefonnummer oder Adresse fragen kann, geht er los, ohne sich noch einmal umzudrehen.

Heroes

»Ja, hallo, Zoe Hunter hier. Ich sollte morgen als Kellnerin in Ihrem Café anfangen …«

Während ich am Telefon hänge, habe ich meine Wertsachen, zu denen ich meine Couch zähle, fest im Blick. Irgendwie muss ich meiner neuen Chefin erklären, dass ich wohl morgen erst mal eine Wohnung suchen muss und nicht zur Arbeit kommen kann.

»Sie hätten heute anfangen sollen.«

Die hohe Frauenstimme am anderen Ende klingt nicht besonders begeistert und vor allem sehr sauer. Doch ich bin mir ganz sicher, dass sie sich irren muss.

»Sind Sie sicher? Ich habe mir das morgige Datum aufgeschrieben …«

»Nun, dann haben Sie wohl nicht richtig zugehört.«

Ich kann an den Hintergrundgeräuschen erahnen, dass das Café voll sein muss, was die Gereiztheit in ihrer Stimme erklären würde.

»Oh! Nun … ähm …«

»Hören Sie, Miss Hunter, wir haben hier viel zu tun und keine Zeit für unzuverlässige Mitarbeiter.«

Nein! Nein! Nein!

»Ich bin nicht unzuverlässig!«

An keinem Tag am Set bin ich zu spät gekommen, ich hatte immer all meine Dialoge drauf und konnte mir sogar die Marken am Boden merken, auf denen ich stehen musste, damit die Kamera mich einfangen kann.

»Komisch. Sie waren heute Morgen um acht Uhr nicht da, als wir *fest* mit Ihnen gerechnet haben.«

»Das ist ein Missverständnis!«

»Machen Sie sich keine Gedanken. Wir haben einen Ersatz gefunden und wünschen Ihnen für Ihren weiteren Lebensweg alles Gute.«

Das darf doch nicht wahr sein! Das ist nur ein lächerlicher Scherz des Universums. Wie kann man mir meine Wohnung und meinen Übergangsjob an ein und demselben Tag wegnehmen? Ich komme nicht mal dazu, etwas zu erwidern, denn die Frau – meine Ex-Chefin, die ich noch nie gesehen habe – hat bereits aufgelegt. Das ist eine Katastrophe. Hat sich New York etwa gegen mich verschworen? Anders kann ich mir diese Aneinanderreihung von Schlaglöchern auf meinem Weg nicht erklären. Wenn man bedenkt, dass ich keine drei Stunden in dieser Stadt und schon ein hoffnungsloser Fall bin, habe ich mir eine Ehrenurkunde oder so was verdient. Keine Ahnung, wie viele Leute täglich in New York ankommen und sich hier ihrem großen Traum stellen. Man sollte eine Statistik der gescheiterten Träume aufstellen, damit Menschen wie ich nicht hierherkommen und dann feststellen müssen, dass die Idee in der Theorie zwar großartig klingt, sich in der Praxis allerdings als dummer Fehler rausstellt.

Die Blicke der Menschen, die trotz ihrer eiligen Schritte kurz in die Gasse, zu mir und meiner Couch sehen, bilden eine Mischung aus »amüsiert« und »mitleidig«. Ich starre wieder auf mein Handy und frage mich, wen ich anrufen könnte, um nicht alleine die Nacht auf der Couch zu verbringen. Doch alle Leute, die mir einfallen, sind viel zu weit weg und haben jetzt sicher etwas anderes zu tun, als ins Auto zu steigen und hierherzubrausen. Schließlich wähle ich endlich eine Nummer, und zwar die von der Visitenkarte, die Matt mir gegeben hat. Es klingelt nur zwei Mal, dann meldet sich eine Männerstimme, die erstaunlich viel gute Laune versprüht.

»*New York Stuff Carrier*, wie kann ich Ihnen helfen?«

»Ja. Hi. Mein Name ist Zoe Hunter. Ich habe ein kleines Problem ...«

Nachdem ich ihm meine aktuelle Situation geschildert habe, bietet er mir einen Container für 120 Dollar die Nacht an, wo ich meine Sachen unterstellen könnte. Das klingt nach einem super Plan, wenn man davon absieht, dass ich dann noch immer keine Wohnung habe.

»Ich kann Ihnen gleich morgen früh ein Team rausschicken. Heute ist leider nichts mehr zu machen.«

»Okay. Danke trotzdem.«

Warum hänge ich so sehr an dieser blöden Couch? Ich sollte mir meine wichtigsten Koffer schnappen und sie und den Rest zurücklassen und einen Neuanfang wagen. Ein Neuanfang ohne pinken Ballast. Natürlich kann ich auch zurück nach L.A. Oder gleich wieder nach Idaho, wo ich niemandem von diesem peinlichen Start in ein neues Lebenskapitel erzähle und einfach behaupte, dass ich mich in New York nicht wohl gefühlt habe. Das habe ich nach genau drei Stunden, vierzehn Minuten und acht Sekunden in dieser Stadt entschieden.

Aber dann würden meine ehemaligen Kollegen aus L.A. denken, was für eine Versagerin diese Zoe Hunter doch ist! Sie halten mich ohnehin für verrückt, das sonnige Kalifornien für die Ostküste einzutauschen. Eine Nebenrolle in einer TV-Soap – und schon steigt ihr der Erfolg zu Kopf. Sie zieht aus, um in New York am Broadway oder bei einem Independent Film, der von Robert De Niro finanziert wird, ihr Glück zu versuchen.

Versagerin.

Das ist kein besonders schöner Titel. Noch dazu ist es einer, den ich nicht annehmen will und werde. Ja, ich habe einen klassischen Fehlstart hingelegt, aber das ist noch lange kein Grund, das Handtuch zu werfen. In meiner Handtasche befindet sich eine kleine Dose Pfefferspray, ich kann sehr laut schreien und habe Grundkenntnisse in Karate und Bühnenkampf, auch wenn ich nicht sicher bin, wie mir ein simuliertes Fechtduell in einer New Yorker Seitengasse helfen soll. Aber ich werde ja wohl in der Lage sein, mich zu verteidigen, wenn mir jemand diese Couch unter dem Hintern wegklauen will.

Ha! Wäre doch gelacht!

Doch nur wenige Stunden und einige Versuche, einen günstigen Makler im Internet zu finden, später, wird es dunkel, die Menschen verziehen sich von der Straße in ihre Wohnungen, und mir kommt mein kühner Plan gar nicht mehr so großartig vor. Die erste Nacht in New York auf der Straße. Je später es wird, desto unsicherer werde ich. In eine Ecke meiner Couch sitzend, die Koffer und Kisten dicht bei mir, frage ich mich zum hundertsten Mal, wieso ich nicht einfach in ein Hotel gehe? Bei jedem Geräusch zucke ich erschrocken zusammen und halte die Dose Pfefferspray verkrampft in meiner rechten Hand, bereit loszulegen.

Nur zur Sicherheit. Nicht etwa aus Panik.

Ich habe Hunger, wage es aber nicht, mein Hab und Gut hier alleine zu lassen, also muss die Packung M&M's aus der Handtasche als Abendessen herhalten.

Und dann stirbt auch noch der Akku meines Handys!

Ich gehöre ja nicht zu den Frauen, die man ständig retten muss, die unsicher die Treppe nach unten stolpern und sich an den Arm eines Mannes klammern müssen, um verletzungsfrei anzukommen. Doch in diesem Moment wünsche ich mir wirklich einen Helden, gerne mit Cape, der aus dem Nichts auftaucht und – Superkräften sei Dank – die Couch und mich aus dieser Seitengasse rettet.

»Hey!«

Erschrocken reiße ich das Pfefferspray nach oben und starre in die Richtung der tiefen Männerstimme, die zu einem dunklen Schatten gehört, der sich vor dem Licht der Laternen auf der Hauptstraße hinter ihm scharf abzeichnet. In den Händen des düsteren Schattens befinden sich irgendwelche Dinger, die wie merkwürdige, auf mich gerichtete Waffen aussehen.

Natürlich! Wie konnte ich annehmen, dass eine Nacht in diesem Viertel New Yorks ohne Zwischenfälle ablaufen würde? Wie oft geschehen Verbrechen, von denen wir nie erfahren, in Großstädten wie diesen? Mein Körper spannt sich an, ich höre das Blut in meinen Ohren rauschen und spüre, wie meine Hände zittern, als der Schatten auf mich zukommt.

Du bist kein Opfer, Zoe!

Sofort drücke ich den Knopf des Pefferprays durch und feuere eine ordentliche Ladung auf den Verbrecher ab, der sich mit sicheren Schritten auf mich zubewegt. Zumindest, bis ihn die ätzend-brennende Pfefferspray-Wolke trifft und er sich schützend die Arme vor das Gesicht hält.

»Verdammt! Scheiße!«

Junge Schauspielerinnen werden gerne unterschätzt, wenn es darum geht, sich gegen die Widrigkeiten des Lebens zu wehren. Diese Erfahrung habe ich schon häufig machen dürfen. Doch ich werde um meine Couch – und um mein Leben – kämpfen! Mit einem Satz verlasse ich meinen Platz auf dem Sofa und gehe in Kampfstellung, die wohl eher an eine Szene aus *Catwoman* mit Halle Barry als an einen ernst zu nehmenden Angriff erinnert.

»Oh, hey! Wow! Stopp! Ich komme in Frieden und bin unbewaffnet!«

In der dunklen Gasse kann ich zwar nur den Umriss eines Schattens erkennen, der die Arme nach wie vor vor sein Gesicht hält und hustend in die Knie geht. Wieso meine ich, die Stimme zu erkennen, auch wenn sie mir nicht vertraut ist?

»Ich wollte nur nach dir sehen und was zu essen mitbringen!«

Zögernd komme ich näher, das Pfefferspray noch immer im Anschlag.

»Ich will deine Hände sehen!«

Fast klinge ich wie bei einem *CSI*-Seitengassen-Casting, bei dem ich für die Rolle der Detective Zoe Hunter vorspreche. Sofort streckt mein Opfer – oder der Täter – die Hände aus, und ich kann einen besseren Blick auf seine »Waffen« werfen. Diese sehen aus der Nähe betrachtet verdächtig wie durchschnittliche Hotdogs und weniger wie zwei *Smith & Wesson*-9-mm-Revolver aus. Der Mann blinzelt mich aus geröteten Augen an – und endlich erkenne ich ihn wieder.

»Matt?«

Mag sein, dass ich selber etwas von dem Spray eingeatmet habe, aber wenn ich mich nicht irre, liegt da ein Lächeln auf seinem sonst schmerzverzerrten Gesicht.

»Du hast dir meinen Namen gemerkt.«

Das habe ich wohl.

»Du bist der einzige Mensch, den ich in New York kenne. Natürlich habe ich ihn mir gemerkt.«

»Ihr Westküstler habt eine merkwürdige Art, eurer Freude beim Wiedersehen Ausdruck zu verleihen.«

Trotz der Schmerzen, die er ohne Zweifel hat, höre ich das Grinsen in seiner Stimme. Schnell stecke ich das Spray weg und reiche ihm meine Hand.

»Das tut mir so leid. Ich dachte, du bist ein …«

Was genau habe ich noch mal gedacht? Wenn das Gehirn von der Überlebenspanik ausgetrickst wird, denkt man wohl gar nicht mehr und schaltet in eine Art Autopilotmodus. Matt wirkt noch etwas wackelig auf den Beinen, als ich ihn zur Couch führe, auf die er sich erleichtert fallen lässt.

»Sehe ich so gefährlich aus?«

»In einer unbeleuchteten Seitengasse, in einer fremden Stadt wärst du ein perfekter Frauenmörder.«

In meiner Handtasche finde ich die kleine Wasserflasche, deren Inhalt ich mir perfekt für die Nacht rationiert hatte und den ich jetzt auf ein Papiertaschentuch kippe, das ich Matt reiche.

»Ich wollte dich nicht erschrecken.«

Er sieht zu mir. Genau genommen sieht er nur grob in meine Richtung, denn sein Augenlicht dürfte im Moment erheblich getrübt sein.

»Ohne deine Brille habe ich dich nicht erkannt.«

»Du hast dir gemerkt, dass ich eigentlich eine Brille trage?«

Verdammt!

»Vielleicht.«

Wieder ist da ein Grinsen auf seinen Lippen, und das, obwohl ich ihn gerade wie eine wild gewordene Catwoman angegriffen habe. Ein schlechtes Gewissen macht sich schnell in meinem Körper breit. Er wollte mir etwas zu essen bringen, mich nicht einfach so alleine lassen – und all das, obwohl er mich nicht mal kennt. Es wird Zeit für eine Entschuldigung.

»Und ich wollte dich ganz sicher nicht erblinden lassen.«

Da er an dem angebotenen Taschentuch vorbeigreift, nehme ich das wohl besser selber in die Hand.

»Lehn dich zurück, ich kümmere mich darum.«

Immerhin war ich mal Krankenschwester. Wenn auch nur für eine Staffel in einer TV-Soap.

Matt scheint mir nicht so recht zu trauen, hat dann aber keine andere Wahl und legt den Kopf auf die Armlehne meiner Couch. Ich knie mich neben die Couch und tupfe möglichst sanft mit dem feuchten Taschentuch über seine geschwollenen Augen. Er ist mir, mehr oder weniger, hilflos ausgeliefert. Ausgerechnet mir, die sicherlich nicht den besten Eindruck bei ihm hinterlassen hat.

»Ich kann mich wirklich nur entschuldigen.«

»Unsinn, ich hätte dich nicht so überfallen dürfen. Aber man hat mir die Benimmregeln für einen spontanen Besuch bei einer fast obdachlosen Neu-New-Yorkerin in der Seitengasse noch nicht ausgehändigt.«

»Wir sollten uns beim zuständigen Amt beschweren.«

Keine Ahnung, was ich hier mache, aber ich tupfe fleißig weiter und hoffe, ihm damit nicht noch mehr Schmerzen zuzufügen. Zwischendurch zuckt Matt immer mal, wenn ich mich etwas zu ungeschickt anstelle. Ich kann nicht sagen, dass es mir Spaß macht. Allerdings kann ich auch nicht sagen, dass es mir keinen Spaß macht.

»Ich hoffe übrigens, du bist keine Vegetarierin.«

Er nickt in Richtung der Hotdogs, die ich zur Sicherheit in einigem Abstand auf einem der Kartons abgestellt habe.

»Nein, keine Sorge.«

»Gut. Man hört ja so einiges über die Essgewohnheiten hübscher Frauen «

»Wir essen nicht nur Salat.«

Obwohl ich mir Mühe gebe, mich auf den Ernährungsteil seines Satzes zu konzentrieren, komme ich nicht umhin, dass ich vor allem über den Teil nachdenke, in dem er mich als »hübsche Frau« beschreibt. Vielleicht werden meine Bewegungen deswegen jetzt um einiges zärtlicher, während ich ihm eine Haarsträhne aus der Stirn streiche und mir seine Augen genauer ansehe. Sein Blick lässt mich übrigens keine Sekunde lang los, auch wenn ich mir nicht sicher bin, dass er überhaupt etwas sehen kann.

Das klare Blau seiner Augen ist durch das Pfefferspray etwas getrübt, aber es strahlt noch immer ziemlich kräftig. Ganz kurz sehen wir uns einfach nur an und lächeln. Ich spüre, wie meine Finger sich selbständig machen und ihm über die Wange streichen. Für den Bruchteil einer Sekunde schließt er die Augen, fast so, als ob er diesen Moment genießen würde.

Was zum Henker machst du hier, Zoe?

Schnell ziehe ich meine Hand zurück und richte mich wieder auf.

»Das dürfte für den Anfang wohl reichen.«

Er sollte in ein Krankenhaus oder einen Arzt aufsuchen, aber ich hoffe inständig, dass er bleibt. Matt nickt mitgenommen, setzt sich ebenfalls auf, lehnt sich an die Couch – und macht keine Anstalten zu gehen.

Zum Glück!

Sein Blick wandert über meine sorgfältig aufgetürmten Koffer und Kisten neben der Couch.

»Du hast es dir also schon mal bequem gemacht.«

Ein bisschen stolz nicke ich und sehe mich in meinem kleinen Fort aus meinen Habseligkeiten um. Dabei bemerke ich, wie erleichtert ich bin, dass er hier ist und offensichtlich vorhat, noch ein wenig zu bleiben.

»Wenn das Leben dir keine Wohnung gibt, bau dir selbst dein Schloss. Oder so ähnlich.«

Wenn ich nervös bin, rede ich übrigens sehr häufig solchen Unsinn. Um ihn nicht zu beunruhigen, nehme ich mit etwas Abstand neben Matt Platz. Das Pfefferspray ist wieder in meiner Handtasche verschwunden.

»Ich hätte also am Eingang um die Erlaubnis einzutreten fragen müssen.«

»Dann wäre das wohl alles nicht passiert.«

»Dein Portier hat gerade Pause gemacht.«

»Schon wieder? Man findet einfach so schwer gutes Personal.«

Zu meiner Überraschung steht Matt plötzlich auf und macht einige unbeholfene Schritte von der Couch weg.

Habe ich heute Nachmittag noch angenommen, dass der Tag an absurden Situationen nicht mehr zu toppen wäre, dann habe ich wohl nicht mit einem Zwischenfall wie diesem hier gerechnet. Eines kann man New York wirklich nicht vorwerfen: Langweilig ist es hier nicht!

Matt zieht die Brille aus der Brusttasche seiner Jacke und setzt sie sich wieder auf die Nase.

»Also frage ich jetzt ganz offiziell. Darf ich denn reinkommen?«

Ich habe keine Wohnung, keinen Plan und nicht genug Geld. Aber zumindest habe ich ein Lächeln auf den Lippen, wenn ich Matt ansehe.

»Du hast Hotdogs dabei, wie kann ich da nein sagen?«

Er macht einen großen Schritt über meinen Schminkkoffer vor seinen Füßen und steht jetzt direkt vor der Couch und mir.

»Auch wenn ich vom Verspeisen der Hotdogs inzwischen abraten würde.«

»Mist.«

»Die Extrazutat Pfefferspray könnte den Genuss trüben.«

Ich muss ihm recht geben. Beim Versuch, ihn in die Flucht zu sprühen, habe ich auch die Hotdogs erwischt. Mein Magen meldet sich mit einem lauten Knurren beleidigt zu Wort. Was auch Matt nicht überhören kann.

»Ich würde sagen, wir haben eine zweite Chance verdient.«

»Wie bitte?«

»Du rennst nicht weg, ja?«

»Mein Schloss unbewacht zurücklassen? Niemals!«

Er nickt zufrieden.

»Bis gleich.«

Und dann verschwindet Matt Booker – nicht ohne recht ungeschickt und halb blind einen Koffer umzuwerfen – wie ein Superheld in die Nacht, und ich frage mich, ob ich das alles eben vielleicht geträumt habe. So als eine Art Wunschdenken, das sich in mein Unterbewusstsein geschlichen hat und sich als Tagtraum eine Daseinsberechtigung erwirkt hat. Oder sind solche Tage in New York einfach nur Normalität? Kurz zweifele ich an meiner geistigen Gesundheit. Vielleicht ist mein Blutzucker in den Keller geschossen, und ich bilde mir das alles wirklich nur ein.

»Erbitte Erlaubnis, eintreten zu dürfen.«

Matts Stimme, diesmal wirklich vertraut, reißt mich nur Minuten später aus meinem Gedankenkarussell, und ich spüre helle

Erleichterung, als ich den Schatten zwischen den Koffern ausfindig mache.

»Erlaubnis erteilt.«

Seine Schritte sind noch immer etwas unsicher, aber die Brille hilft ihm ohne Zweifel, alles wieder klarer zu sehen. Mit zwei Hotdogs, die ich diesmal auch als solche erkenne, lässt er sich wieder neben mich auf die Couch fallen und reicht mir eines der für New York so typischen Brötchen mit dem Würstchen, bedacht darauf, genug Abstand zwischen sich und dem Pfefferspray in meiner Handtasche zu halten.

Es gibt Momente im Leben, da muss man binnen weniger Augenblicke entscheiden, wem man vertraut und wem nicht. Ich kenne Matt nicht, weiß praktisch nichts über ihn, und doch beschließe ich, trotz der Anekdote mit Jeffrey, es noch mal auf einen Versuch ankommen zu lassen: Ich vertraue einem Menschen, der ein Fremder ist.

Ein Fremder, dem ich Pfefferspray ins Gesicht gesprüht habe und der trotzdem losgezogen ist, um mir Essen zu besorgen.

Ein Fremder mit Hotdogs.

Endlich nehme ich das Brötchen an und strahle Matt so breit und dankbar an, dass es wohl kein gut gehütetes Geheimnis ist, wie froh ich bin, ihn hierzuhaben.

»Du bist mein Held!«

Obwohl Hotdogs nicht zu meinen Lieblingsgerichten gehören, kann ich mir gerade nichts vorstellen, was besser schmecken soll als diese Speise, in die ich hastig beiße.

»O mein Gott!«

Mit vollem Mund soll man nicht sprechen, aber wen interessieren gerade Manieren, wenn ich zum ersten Mal an diesem Tag was Richtiges zu essen bekomme?

»Das schmeckt ja himmlisch!«

So beeindruckt man sicher keine Männer, aber diese Möglichkeit habe ich zum Glück auch schon vorher ruiniert. Matt reicht mir eine Serviette – und ich nehme an, das nicht ohne Grund.

»Ist auch der beste Hotdog, den du für Geld in dieser Stadt kriegen kannst.«

»Wow, ich bin beeindruckt.«

Endlich wische ich mir die Soße vom Kinn und von der Backe, alles unter dem prüfenden Blick meines Superhelden, der allerdings kein Cape, sondern nach wie vor nur ein T-Shirt trägt.

»Hast du inzwischen schon einen Plan, wie es weitergehen soll?«

Ich bin ihm dankbar, dass er versucht, mich von meinem holprigen Start in diese Stadt abzulenken, und einen Themenwechsel einleitet. Seine Frage ist gut, denn die letzten Stunden habe ich tatsächlich nichts anderes getan, als verschiedene Varianten meiner Zukunft durchzuspielen. In manchen bin ich zurück nach Hause geflohen und habe mich in den Armen meiner Eltern ausgeweint, oder ich bin zurück nach L.A., um eine weitere unbedeutende Nebenrolle in einer schnell produzierten Serie zu erbetteln.

Doch die Version, die mir am besten gefallen hat, ist folgende:

»Ich muss mir wohl eine neue Wohnung suchen.«

Das mit dem Job verschweige ich.

»In New York?«

»In New York.«

»Okay.«

Matt lächelt mit vollem Mund.

»Ich weiß, kein leichtes Unterfangen, aber weißt du, Matt, ich gebe nicht so gerne auf.«

Keine Ahnung, wie überzeugend das wirkt, mit Soße am Kinn, auf einer Couch in der Seitengasse und mit zu viel Gepäck.

»Das gefällt mir. Frauen, die nicht aufgeben.«

Mir auch. Noch besser gefällt mir, dass er noch immer lächelt.

»Vielleicht kann ich mich mal für dich umhören.«

»Wirklich? Das wäre großartig!«

»Ich kann aber nichts versprechen. Die meisten Wohnungen in der Stadt sind schneller weg, als du ›Madison Square Garden‹ sagen kannst.«

»Schon klar.«

»Aber ich kenne da jemanden ...«

Er spricht nicht weiter, greift stattdessen nach seinem Handy und tippt erstaunlich schnell mit nur einer Hand eine Nachricht, bevor er mir zunickt.

»Es wäre allerdings leichter, wenn du diese Couch abstößt.«

»Das kann ich leider nicht.«

Matt sieht zu mir, und ich zucke nur hilflos mit den Schultern. Natürlich versteht er es nicht. Ich kann es ja nicht mal selber verstehen, aber es hat eben etwas mit großen Träumen zu tun. Den Träumen von damals, als man ein Teenager war und sich sein Leben in den schillerndsten Farben ausgemalt hat. Diese Couch spielt eine zu große Rolle in meiner Vergangenheit, als dass ich sie jetzt wie ein lahmes Pferd zurücklassen könnte. Außerdem beweist sie in diesem Augenblick gerade wieder, wie wichtig sie ist.

»Darf ich fragen, wieso?«

Die Antwort ist leicht. Sie auszusprechen ein wahrer Kraftakt. Ich schlucke, bevor ich antworte.

»Weil sie mein Zuhause weit weg von zu Hause ist.«

Wieso um alles in der Welt verrate ich ihm das? Wieso konnte ich es in L. A. nicht mal meiner Mitbewohnerin erklären und verrate es jetzt Matt? Er nickt nachdenklich, beißt in aller Ruhe in seinen Hotdog und kaut langsam.

»Wenn das so ist, sollten wir uns darum kümmern, dass ihr bald ein echtes Zuhause hier findet.«

Es ist die Art und Weise, wie er es sagt, die mich davon überzeugt, dass er es auch so meint und ich mir, zumindest für heute Nacht, keine Sorgen mehr machen muss.

»Matt Booker, bist du New Yorks heimlicher Superheld, der gestrandete Frauen rettet?«

Kurz zuckt ein aufgeregtes Leuchten durch seine Augen.

»Das kann ich dir nicht beantworten …«

»… sonst musst du mich umbringen, weil ich deine wahre Identität rausgefunden habe?«

»Ganz richtig.«

»Kannst du mir denn irgendwas über dich erzählen, ohne mich umzubringen, damit ich nicht das Gefühl habe, total unvernünftig zu sein und mit einem Kerl, den ich nicht kenne, meine erste Nacht in New York zu verbringen?«

Das sollte nicht so zweideutig klingen, wie es rüberkam. Matt muss grinsen, richtet seine Brille und dreht sich etwas weiter zu mir, damit ich ihn trotz Dunkelheit besser sehen kann.

»Es gibt nicht besonders viele aufregende Fakten über mich. Mein Name ist Matthew David Booker, ich komme ursprünglich aus Detroit, bin dreiunddreißig Jahre alt und halte mich mit Nebenjobs über Wasser. Wie jeder in dieser Stadt.«

»Wie lange bist du schon hier?«

»Knapp fünf Jahre.«

»Welche Jobs?«

»Verschiedene. Ich gehe zum Beispiel mit Hunden spazieren.«

»Wie bitte?«

»Na, wenn die Besitzer arbeiten und so. Dogsitter.«

»Wow!«

»Ich weiß.«

»Damit beeindruckst du bestimmt eine Menge Frauen.«

Zum ersten Mal höre ich Matts Lachen, rauh und tief und aus vollem Herzen.

»O ja. Hunderte!«

»Was sonst noch?«

»Viele Jobs. Ich helfe an den Wochenenden in einem Club aus.«

»Barkeeper?«

»So weit würde ich nicht gehen, aber ich kann Bierflaschen von Kronkorken befreien.«

»Ich bin begeistert.«

»Wer in New York überleben will, muss vielseitig sein.«

»Danke für den Tipp.«

Wir essen eine kleine Weile stumm unsere Hotdogs. Ich merke so langsam, wie die Reise, der lange Tag und das Chaos ihren Tribut fordern.

»Erzähl mir was über dich.«

Jetzt bin ich also an der Reihe, mich so spannend wie möglich zu beschreiben.

»Ich komme aus Idaho.«

Wieso mir ausgerechnet das zuerst einfällt, weiß ich nicht, aber ich höre, wie sich der Singsang meiner Stimme verändert. Das, was ich in den letzten Jahren mühevoll wegtrainiert habe, ist mit nur einem Satz wieder da. Ich kann es nicht abstreiten, ich bin ein Mädchen aus Idaho und verdammt stolz darauf, wo meine Wurzeln liegen. Allerdings war ich schon seit über einem Jahr nicht mehr zu Hause.

»Idaho?«

»Idaho.«

Matt mustert mich mit geschwollenen Augen, und ich kann fast sehen, wie er sich mich in einer ländlichen Umgebung mit Cowboyhut und Boots vorstellt.

»Wow! Das ist ein ziemlicher Kontrast zu New York.«

Das kann man wohl sagen. Als der Flieger den JFK-Flughafen anvisiert hat, war ich von der schieren Masse an Gebäuden und Wolkenkratzern ziemlich überwältigt. In L. A. gab es zumindest noch Strand, doch hier wird mir bei jedem Blick bewusst, dass ich unendlich weit weg von zu Hause bin. Idahos Weite sucht man hier vergebens.

»Du hast einen langen Weg zurückgelegt, um jetzt mit mir auf dieser Couch zu landen.«

Wenn Matt solche Dinge sagt, klingt es nicht wie ein blöder Anmachspruch, sondern fast niedlich.

»Ich sehe mein Leben eben als Roadtrip.«

»Und was treibt dich nach New York, Zoe Hunter?«

Er hat sich meinen vollen Namen also wirklich gemerkt. Meine Mundwinkel machen sich selbständig und formen ein Lächeln. Nicht nur, weil Matt weiß, wie ich heiße, sondern auch, weil ich endlich verstehe, dass ich tatsächlich in New York bin. Wenn auch nicht so, wie ich es mir ausgemalt habe.

»Mein großer Traum.«

»Der da wäre?«

Spätestens jetzt werde ich ihn vergraulen, weil ich das lebende Klischee erfülle.

»Ich bin Schauspielerin.«

Er wirkt nicht so überrascht, wie ich angenommen hatte. Vielleicht, weil er ständig Schauspielerinnen trifft, die hier ihr Glück versuchen wollen. Weil ich eben nur eine von vielen bin.

»Ist dann Hollywood nicht die bessere Adresse?«

»Ich habe die letzten Jahre in L.A. gearbeitet, aber das war nicht wirklich das, was ich will.«

»Was willst du denn?«

»Ich will ernst genommen werden.«

Verdammt noch mal, Zoe! Reiß dich zusammen!

Du darfst deine ganzen Träume und Wünsche diesem Matt Booker nicht so einfach vor die Füße ausspucken. Zu groß ist die Gefahr, dass er darauf herumtrampelt.

Warum fühlt es sich dann so gut an, endlich mal die Wahrheit zu sagen?

»Das klingt nach einem guten Plan.«

»Ich bin aber nicht naiv.«

Irgendwie verspüre ich das Bedürfnis, diese Tatsache ausdrücklich zu betonen. Bisher habe ich wohl nicht gerade den besten Eindruck mit meiner Planlosaktion und dieser Couch hinterlassen.

»Natürlich weiß ich, dass hier niemand auf mich gewartet hat. Nicht mal meine Wohnung konnte vierundzwanzig Stunden länger auf mich warten. Aber ich will es versuchen.«

Matt nickt, als wüsste er nur zu genau, was ich meine. Wer weiß, vielleicht tut er das sogar. Er sieht mich lange an, bevor er etwas sagt.

»Wenn Träume einfach auf uns warten würden, wäre das nicht langweilig?«

So habe ich das noch nie betrachtet, aber mir gefällt seine Sicht auf die Dinge.

»Und wer will schon ein langweiliges Leben? Dann hätten wir uns nie kennengelernt, und du würdest jetzt deine Couch in Cynthias Wohnung aufstellen.«

Garniert wird dieser Satz mit einem Augenzwinkern, das mein Herz ganz kurz einen Takt überspringen lässt. Ist Matt Booker mein Trostpreis für die verpasste Wohnung? So gerne ich länger darüber nachdenken möchte, meine Augenlider werden minütlich schwerer, deshalb kann ich diesen Kampf gegen den Schlaf nicht mehr gewinnen. Ich mache es mir so gemütlich wie möglich und schließe endlich die Augen. Ein merkwürdiges Gefühl von Sicherheit breitet sich in meiner Brust aus.

»Bist du morgen früh noch da, wenn ich wieder aufwache?«

Meine Stimme klingt schon jetzt schlaftrunken, dabei bin ich noch wach. Oder zumindest fast.

»Versprochen.«

Und dann mache ich den vielleicht größten Fehler meines Lebens, schließe die Augen und vertraue Matt Booker.

Wake Up in New York

Es ist das Hupen eines Lkws, das mich aus dem Schlaf und einem ziemlich undurchsichtigen Traum reißt. Doch sobald ich die Augen öffne und in das Licht des beginnenden Tages blinzle, löst sich der Traum auf und stellt sich als gnadenlose Realität heraus. Ich habe also nicht geträumt, in einer Seitengasse mit einem recht attraktiven Typen, den ich Stunden zuvor attackiert und verletzt habe, auf meiner Couch zu übernachten – nein, ich habe das ganz offensichtlich erlebt!

»Guten Morgen.«

Matt hat gute Laune, ein Lächeln im Gesicht und einen meiner Kartons in den Händen.

»Was ... ähm ...«

»Die Möbelpacker sind da.«

Wer hätte gedacht, dass das der magische Spruch ist, um mich ohne Kaffee und laute Gute-Laune-Musik blitzartig wach zu bekommen. Sofort sitze ich aufrecht auf der Couch, spüre die Verspannung in meinem Nacken und ein aufgeregtes Kribbeln in meinem Magen.

»Ich verstehe nicht ...«

»Meine Jungs schieben dich vor dem ersten Kundentermin heute ein. Also bewege bitte deinen Hintern von der Couch, damit wir dein Zuhause in den Truck laden können.«

Er nickt hinter sich, wo tatsächlich ein Lkw mit der Aufschrift *New York Stuff Carrier* steht, aus dem drei gut gelaunte, breit gebaute Männer aussteigen und zielsicher auf uns zukommen.

»Deine Jungs?«
»Ich arbeite für die Firma.«
»Du bist Möbelpacker?«
»Nicht hauptberuflich.«

Mir fällt unser Gespräch von gestern Nacht wieder ein: seine Erzählung über die verschiedenen Jobs. Mein persönlicher Superheld ist also Dogsitter-Barkeeper-Möbelpacker – ohne Cape.

»Ich bin mir bewusst, dass ich mich wiederhole, aber … ich verstehe nicht.«

»Das wirst du nach einem Kaffee und einem Bagel sicher tun.«

So gut sein Plan auch klingen mag, er scheint eine Kleinigkeit übersehen zu haben.

»Ähem, ich habe keine Wohnung.«

»Noch nicht. Deswegen lagern wir dein Zeug erst mal bei uns. Und du triffst heute eine Bekannte von mir. Ihr Name ist Becca Salinger, die kann dir vielleicht weiterhelfen. Sie wohnt nicht weit von hier.«

Noch immer habe ich das Gefühl, in Zeitlupe zu denken und mich zu bewegen, während sich alles um mich herum in Höchstgeschwindigkeit abspielt. Alle meine Koffer und Kisten verschwinden nach und nach im Bauch des Lkws, so lange, bis nur noch die Couch und ich übrig sind. Heißt es nicht, dass solche Wunder nur in Hollywood geschehen? Oder maximal noch in einem Disney-Park? Die Leute, die das sagen, müssen sich irren, denn hier stehe ich inzwischen, sehe zu, wie meine geliebte Couch wegtransportiert wird, und begreife, dass ich so unverschämt viel Glück habe, dass ich eigentlich einen Freudenschrei loslassen müsste. Stattdessen entscheide ich mich dafür, Matt zu umarmen, der neben mir steht und sichtlich überrascht von einem solchen Ausdruck der Begeisterung ist.

»Oh, wow! Danke.«
»Nein! Ich danke! Das ist wirklich unglaublich.«

Ich drücke ihn fest an mich, und fast schüchtern erwidert er den Druck. Zögernd lösen wir uns aus der spontanen Umarmung und sehen uns unsicher an. Keine Ahnung, was die letzte Nacht aus uns gemacht hat, aber ich hoffe, in ihm einen ersten Freund im Big Apple gefunden zu haben.

»Eine Frage habe ich noch …«

»Die da wäre?«

»Wieso machst du das alles für mich?«

Matt weicht meinem Blick kurz aus, als müsse er sich überwinden oder erst die Antwort finden, bevor er wieder zu mir sieht.

»Weil Mut belohnt werden sollte.«

Es kostet mich sehr viel Kraft, ihn nicht schon wieder zu umarmen und so lange festzuhalten, bis er versteht, wie dankbar ich ihm für das eben Gesagte bin. Stattdessen biete ich ihm einen Deal an.

»Du hast was gut bei mir, Matt. Egal, was.«

Schnell greife ich in meine Handtasche, ziehe meine professionell gestaltete Visitenkarte raus und reiche sie ihm.

»Ruf mich an, wenn du irgendwann Hilfe brauchst. Oder ein offenes Ohr. Oder eine Couch zum Übernachten.«

Das ist nicht ganz so selbstlos, wie es auf den ersten Blick scheint, denn ich hoffe sehr, er meldet sich einfach so mal bei mir.

»Vielen Dank. Und jetzt steig ein.«

»Fährst du nicht mit?«

Er kann nicht besonders gut geschlafen haben, denn seine Haare stehen in alle Richtungen, seine Augen sind noch immer deutlich gerötet, und selbst die Ränder seiner Brille können nicht die Existenz der Augenringe verheimlichen. Dennoch lächelt er so, als hätte er acht Stunden Tiefschlaf in einem bequemen Bett hinter sich.

»Das würde ich ja gerne, aber Molly, Rufus und Joey warten auf mich.«

»Familie?«

»Hunde.« Dieses Lächeln, das Strahlen seiner Augen, werde ich als eine der ersten Erinnerungen in New York abspeichern.

»Becca. Sie wohnt im Knights Building. Vierter Stock.«

»Knights Building?«

Matt nickt, schultert seinen Rucksack und macht sich auf den Weg, die Straße entlang.

»Jeder kennt das Knights.«

»Nun, ich nicht.«

Er bleibt kurz stehen und zögert wohl, ob er sich noch einmal zu mir umdrehen soll. Dann tut er es doch, wirft mir einen Blick über die Schulter zu und grinst dabei zuversichtlich.

»Noch nicht, Zoe. Noch nicht.«

Home Away From Home

Das Knights Building ist ein schlichtes Backsteingebäude mit den typischen Feuerleitern und großen Fenstern, das von außen jetzt nicht gerade alle Blicke auf sich zieht. Zwischen den anderen Häusern fällt es nicht weiter auf, und fast wäre ich daran vorbeigelaufen. Aber die Adresse, die mir Matts Chef gegeben hat, behauptet, ich wäre hier richtig. Mein erster Impuls war, mir ein Taxi zu nehmen, damit ich auch ganz sicher ankomme. Aber dann wäre ich ein Feigling, nicht wahr? Ich will noch immer New York erobern, und das wird mir nicht gelingen, wenn ich den Herausforderungen dieser Stadt aus dem Weg gehe. Dank der Subway und der richtigen App auf dem Handy bin ich nun hier.

Die Gegend ist eine perfekte Mischung aus modern und retro, irgendwie typisch für New York. So wie ich es aus Serien und Filmen kenne und wie ich es mir schon so lange vorgestellt habe, auch wenn ich noch nie da war. Zumindest was das Image angeht, enttäuscht mich der Big Apple also schon mal nicht. Es fehlt nur noch, dass mir Carrie Bradshaw in die Arme stolpert, auf dem Weg zu einem heißen Date mit Mr. Big oder Aiden.

Die Reklame des 24/7-Shops in der Nähe lockt mit kühlen Getränken, die an einem Sommertag wie heute so verlockend wie ein Sprung ins kühle Nass klingen. Ein Irish Pub hat zu dieser Tageszeit zwar noch geschlossen, wirbt aber mit einem wöchentlichen Quiz. Die Coffee-Shops, an denen ich auf meinem Weg von der Subway-Station vorbeigekommen bin, schenken tonnenweise Kaffee an stylische Menschen vor ihren Laptops aus und wirken äußerst gemütlich – hier könnte ich mich zu Hause fühlen. Mit jedem Schritt fühle ich mich in dieser lauten Stadt wohler, selbst wenn ich immer wieder rasch dahineilenden Menschen mit ihren Handys ausweichen muss und keine Ahnung habe, wo ich heute Nacht schlafen werde.

An der Tür des Knights Buildings suche ich nach dem richtigen Namen und klingele im vierten Stock bei »Salinger«. Den ganzen Weg über habe ich mich gefragt, warum ich Matt auch hier wieder so blind vertraue.

»Hallo?«

Die Frauenstimme, die mir aus der Gegensprechanlage entgegentönt, klingt freundlich und so laut, dass sie keine solche Vorrichtung bräuchte. Ich zögere kurz – ich hätte mir vielleicht überlegen sollen, was ich sage.

»Hi, hier ist Zoe.«

Stille.

Und Auftritt: Zweifel.

Genau die Zweifel, die sich die ganze Zeit in meinem Kopf melden wollten und die ich zum Schweigen verdonnert habe.

»Matt hat gesagt, ich soll mich bei dir melden.«

Das klingt so verzweifelt, dass ich mich frage, ob sie mich nicht sofort der Polizei melden wird.

»Klar, komm rauf.«

Dann ertönt der Buzzer. Ich schiebe erleichtert die Tür auf, trete ins kühle Innere mit einem gekachelten Boden, einem großen schwarzen Brett direkt vor mir an der Wand sowie einem alten Fahrstuhl mit Gittertüren – und halte einen Moment inne. Irgendwer hört hier laut Musik, in einem anderen Stockwerk wird wohl gerade ein Schrank zusammengebaut, und es riecht nach Essen.

»Vierter Stock!«

Über mir im Treppenhaus ertönt wieder Beccas Stimme, die wirklich kein Megaphon braucht, um sich bemerkbar zu machen.

Okay, Zoe, kein Grund, nervös zu werden. Stell dir einfach vor, es wäre ein Casting. Du kannst das!

Eine Stufe nach der anderen erklimme ich bis in den vierten Stock, übe mein offenes Lächeln und überlege mir, wie ich nicht zu verzweifelt klingen könnte, wenn ich gleich um die Wohnung betteln werde. Doch ich habe den vierten Stock noch nicht ganz erreicht, als mich ein lauter und sehr hoher Schrei empfängt. Der Schrei kommt von einer jungen Frau, vermutlich in meinem Alter, mit wilden Haaren, großen Augen, die sich eine Hand vor den Mund und die andere gegen die Brust drückt. Sie steht einige Treppenstufen entfernt vor mir im Flur, vor einer offenen Tür und starrt mich an.

»Oh. Mein. Gott.«

Kurz bin ich mir nicht sicher, ob es sich hier nicht tatsächlich um ein Casting für eine Rolle in einer schrägen Sitcom handelt, dann entscheide ich mich aber doch für ein Lächeln und gegen den Fluchtimpuls.

»Alles okay?«

Sie sieht nämlich aus, als müsse sie dringend wiederbelebt werden.

»Du bist Zoe Hunter!«

Ihre Stimme klingt jetzt noch schriller.

»Wie bitte?«

»Zoe Hunter!! Bekannt als Krankenschwester Patricia Hughes, die Affäre von Nathan O'Toole in *Sunset Story!*«

Nur langsam machen die Dinge, die sie sagt, Sinn. Ich spüre mein Nicken, obwohl ich mir nicht sicher bin, was ich von dieser Szene halten soll.

»Ich habe so sehr geweint, als du gestorben bist!«

Jetzt läuft die Frau, die ohne Zweifel Becca ist, die Stufen zu mir runter, greift nach meiner Hand und schüttelt sie ehrfürchtig, als hätte ich schon einen Stern auf dem Hollywood Walk of Fame.

»Ich bin bekennender Fan von *Sunset Story!* Ich verpasse *keine* Folge!«

Von ihrem Enthusiasmus fühle ich mich tatsächlich ein wenig geschmeichelt. Meine Rolle war nicht besonders groß, die meisten haben mich wohl bald nach meinem tragischen Serientod vergessen, aber Becca starrt mich noch immer an, als wäre ich ein Geist.

»Ich finde ja, Nathan hätte sich für dich und gegen Jennifer entscheiden müssen!«

»Die Drehbuchautoren haben das anders gesehen.«

»Matt hat nicht gesagt, dass du *die* Zoe Hunter bist. Er hat nur Zoe gesagt. Wenn ich gewusst hätte …«

Sie wirft einen hektischen Blick nach oben in Richtung der geöffnete Tür, die in ihre Wohnung führt, und lächelt mich dann entschuldigend an.

»Ich habe nicht aufgeräumt.«

»Das ist okay. Ich habe die Nacht in einer dunklen Gasse verbracht …«

»Das ist schrecklich. Kann ich dir was zu trinken anbieten?«

Sie greift wieder nach meiner Hand und führt mich die Treppen nach oben und über den Flur in Richtung Wohnung.

»Was zu trinken wäre super.«

Beccas Apartment hat zwei Zimmer, ein Bad und einen tollen Ausblick auf die Straße, das Treiben des Viertels und die Stadt, die hier weniger verglaste Hochhäuser zu bieten hat, als man es wohl in Manhattan erlebt. Während ich mich umsehe, holt sie eine Dose Cola aus dem Kühlschrank in der Küche, die nur durch eine Theke vom Wohnzimmer getrennt ist. An den Wänden hängen Poster von verschiedenen Musicals und Filmen, Kerzen stehen auf dem Tisch, Bücher stapeln sich neben der Couch, und ganz kurz spüre ich das fiese Gefühl von Neid in meinem Inneren. Becca hat sich diese Wohnung so gemütlich eingerichtet, sie mit persönlichen Gegenständen zu ihrem eigenen Reich gemacht. Momentan fühlt sich ein solcher Zustand in meinem Leben so unheimlich weit weg an, dass ich richtig traurig werde.

»Natascha von nebenan ist letzte Woche ausgezogen, ihr Nachmieter hat einen Job in Kanada angenommen und ist super kurzfristig abgesprungen. Deswegen kam der Vermieter auf die Idee, ich soll jetzt schnell einen Ersatz suchen. Weil ich so viele kenne und, na ja, ich es angeboten habe.«

Ich kann sie nur über das Scheppern von Geschirr hören, das sie wohl panisch in die Spüle verfrachtet, bevor ich es sehen kann.

»Als Matt mir geschrieben hat, war ich richtig happy. Ich hasse es, wenn Leute hier ausziehen und leere Wohnungen zurückbleiben.«

Dann kommt sie breit grinsend zurück und reicht mir die Dose.

»Du wirst das Knights lieben.«

Warum klingt das so, als hätte ich die Wohnung schon?

»Hier sind alle etwas verrückt, aber im positiven Sinn.«

Sie deutet auf sich, als wäre sie Beweisstück A, und grinst entschuldigend.

»Du findest hier immer ein offenes Ohr – oder eine offene Tür, falls du dich mal ausschließt.«

»Aber ...«

»Und die Miete ist für New York echt okay.«

»Du meinst ...«

»Es sei denn, ich habe dich mit meinem Fangirl-Moment total verschreckt.«

»Nein. Gar nicht.«

Ganz im Gegenteil. Nach meiner Bruchlandung gestern hat so ein Empfang sogar richtig gutgetan.

»Du bist vermutlich bessere Absteigen gewohnt.«

»Nicht wirklich. In L. A. habe ich in einer WG gewohnt, das war auch nicht luxuriös, aber dafür total gemütlich.«

»Das Knights ist auch eine Art WG, du wirst schon sehen.«

Becca schnappt sich einen Schlüssel, der einsam auf der Theke neben ihr liegt, und strahlt mich so aufgeregt an, als würde nicht ich, sondern sie gleich ihre neue Bleibe besichtigen.

»Wollen wir uns dein neues Zuhause mal ansehen?«

Zuhause.

Das klingt verlockend und schön. Zu schön, um wahr zu sein.

»Gerne.«

Es muss einen Haken an der ganzen Geschichte geben. Vielleicht wurde in der Wohnung ein Mord begangen, und niemand will dort wohnen, weil die Blutspur noch zu deutlich zu sehen ist. Oder nachts spukt der Geist der Ermordeten durch die Zimmer. Doch auch nachdem mich Becca über den Flur, nur zwei Türen weiter geführt, und ins Innere einer kleinen, hellen Wohnung mit einem großen Fenster, vor dem sich die Feuerleiter befindet, gelassen hat, finde ich noch keinen Fehler. Es gibt eine Küche, die ebenso wie in Beccas Wohnung durch eine Art Tresen getrennt ist, ein Schlafzimmer mit Fenster, ein Bad und keine Blutflecken.

»Ich muss mich echt bei Matt bedanken. Zoe Hunter im Knights. Das wäre echt was.«

Noch immer sieht sie mich an, als wäre ich eine Fata Morgana.

»Woher kennst du Matt eigentlich?«

Das rutscht mir nur so raus, hoffentlich hört man mein offensichtliches Interesse an ihm nicht zu sehr raus. Doch Becca zuckt nur mit den Schultern.

»Seine Ex-Freundin hat mal hier gewohnt. Als sie ausgezogen ist, haben wir uns leider aus den Augen verloren. Matt ist aber irgendwie im Freundeskreis geblieben.«

So, so. Ex-Freundin. Ich verkneife mir weitere Fragen nach ihm lieber. Becca hakt auch nicht nach, sondern wendet sich wieder der Wohnung zu.

»Natascha hat die Möbel hiergelassen, weil sie einen kompletten Neuanfang wollte. Ist das ein Problem?«

Natascha hat einen ziemlich guten Einrichtungsstil, das muss man ihr lassen, denn das meiste von den Dingen hier gefällt mir. Mein Blick fällt auf die kleine braune Couch, die sicher viel erlebt hat und so bemüht einladend aussieht, als würde sie um ihren Verbleib in dieser Wohnung kämpfen.

»Nein. Kein Problem.«

Doch schon während ich es ausspreche, zieht sich mein Magen schmerzhaft zusammen.

Meine Couch!

Es heißt ja, manchmal soll man sich von alten Dingen trennen, wenn man einen neuen Schritt wagt.

Es ist nur eine Couch. Nur eine Couch.
Um die ich so gekämpft habe.
Und jetzt doch zurücklasse.

»Cool.«

Becca lächelt zufrieden und deutet zum zweiten Zimmer des kleinen Apartments, das genauso geschnitten ist wie ihres.

»Das Schlafzimmer ist vielleicht etwas kitschig eingerichtet, aber ich kann dir helfen, die Wände neu zu streichen, wenn du magst.«

Ihre Augen leuchten so aufgeregt, dass ich ihr Angebot nicht ablehnen kann. Oder will.

»Du meinst also, dass ich die Wohnung haben könnte?«

»Na hör mal, ein Star im Knights – genau das hat hier noch gefehlt!«

»Star ist sehr übertrieben.«

»Für mich bist du ein Star. Keine Widerrede!«

Das klingt nicht so, als würde sie es nur sagen, um mir schmeicheln zu wollen. Deswegen nehme ich das Kompliment an und spüre, wie meine Wangen rot werden. Während meiner Zeit am Set von *Sunset Story* wurde ich nicht mal in L. A. erkannt – und wenn es doch vorkam, dann eher von älteren Damen, die seit Beginn der Serie in den frühen achtziger Jahren Fans sind.

»Also, ich finde die Wohnung spitze und würde sehr, sehr gern einziehen.«

Gut, ich bin so verzweifelt, dass ich auch in einen Karton ziehen würde, wenn er wasserdicht wäre, aber das muss mein Gegenüber ja nicht wissen.

»Perfekt! Ich sag dem Vermieter Bescheid, dann unterzeichnest du den Vertrag und bezahlst die erste Miete und dann herzlich willkommen.«

»Wie lange meinst du, wird das dauern?«

»Du kannst ruhig schon dein Zeug herbringen. Mr. Meyer will so schnell wie möglich einen Nachmieter. Ich rufe ihn gleich an und berichte von der frohen Botschaft.«

Dabei macht sie einen kleinen Knicks, und ich muss lachen. So schräg Becca auf den ersten Blick auch wirken mag, sie ist definitiv eine Type, die man mögen muss.

»Danke.«

Doch sie winkt nur lässig ab, als würde sie jeden Tag Frauen wie mir den Tag retten.

»Im Ernst. Danke!«

»Ach, ich helfe, wo ich kann. Sarah – sie wohnt eine Etage tiefer und hat den besten Musikgeschmack, den du dir vorstellen kannst –, also Sarah würde sagen, ich mische mich manchmal zu sehr ein und versuche, hier und da jemandem einen Schubs in die richtige Richtung zu verpassen. Aber in Wirklichkeit will ich einfach nur glückliche Gesichter sehen. Ich stelle sie dir nachher vor, wenn du magst.«

Dafür würde ich sie gerne umarmen. Becca Salinger ist nach Matt Booker schon die zweite fremde Person, die mir in New York einfach so hilft. Weil sie das Herz auf dem rechten Fleck hat. Ihr Lächeln ist ansteckend.

»Ich würde sehr gerne zur WG gehören.«

»Willkommen im Knights, Zoe.«

Tschüss, pinke Couch!

Zwei Monate später

First Day of My Life

In den letzten Wochen hat sich mein Leben nicht einfach nur auf den Kopf gestellt, sondern es hat einen Handstandüberschlag hingelegt und dafür fast perfekte Haltungsnoten bekommen.

Zum Glück hatte ich Becca, die mir etwas Starthilfe gab, und so kenne ich mich in meinem neuen Viertel schon ziemlich gut aus. Obwohl ich noch immer einige Namen und Gesichter der Mitbewohner im Haus durcheinanderbringe, fühle ich mich mit jedem Tag mehr und mehr zu Hause. Die Wandfarbe in meinem Schlafzimmer ist nicht mehr gelb mit kleinen bunten Schmetterlingen, sondern lila. Einige gerahmte Fotos von meiner Familie, Postkarten mit schlauen Sprüchen und ein Männerkalender, den mir Becca zum Einzug geschenkt hat, schmücken die Wände. Bis auf ein paar Kartons habe ich alles ausgepackt und in die Schränke verstaut. Nur meine Couch hat den Umzug nicht überlebt und wurde bei *New York Stuff Carrier* zurückgelassen. Mit jedem Tag verwandelt sich Nataschas alte Wohnung mehr in meine.

Und dennoch – obwohl New York über acht Millionen Einwohner hat, man ständig auf der Straße angerempelt wird und bei Starbucks gut fünfzehn Minuten in einer Schlange mit anderen Menschen steht – fühle ich mich an manchen Tagen doch sehr alleine. Ich vermisse enge Freunde, solche, mit denen man Erinnerungen und Insider von früher teilt. Becca gibt sich große Mühe, mich immer mal wieder auf eine Party auf dem Dach oder zum Mittagessen in ein süßes, kleines Lokal mitzunehmen, aber solange ich noch nicht alles ausgepackt habe, kann ich wohl nicht verlangen, so richtig Anschluss gefunden zu haben. Aber sie gibt nicht auf, und ich strenge mich an, mich hier einzuleben.

Außerdem muss ich öfter als ich zugeben möchte an meinen Ersthelfer aus der Seitengasse denken. Ich ertappe mich dabei, ein bestimmtes Augenpaar in der Menschenmenge der Subway oder im Coffeeshop zu suchen. Natürlich könnte ich Becca fragen, ob sie etwas von ihm gehört hat, mir seine Adresse oder Telefonnummer verraten kann, aber wenn er sich melden wollte, hätte er es schon getan. Irgendwie habe ich den richtigen Moment zur Nachfrage immer verpasst. Jetzt wäre es peinlich.

Was, wenn ich mir das alles auch nur eingebildet habe, immerhin weiß er, wo ich wohne und wie er mich finden kann. Vielleicht ist Matt jemand, der einfach gerne Frauen rettet und dann im Nebel der Nacht verschwindet. Trotzdem kann ich es nicht verhindern, oft an sein Lächeln und das Blau seiner Augen zu denken.

Zu oft.

Beruflich lief es nicht ganz so, wie ich es mir erhofft hatte. Egal, was ich behaupte, natürlich hatte ich geglaubt, ich müsste nur mal kurz meine Vita über den Tisch schieben, und schon wäre die erste kleine Filmrolle da. Doch bisher hatte ich nur erfolglose Auditions, Absagen für Werbespots und ein Fotoshooting für einen neuen, sehr innovativen, Fair-Trade-Rucksack, den die Hipster aus Brooklyn lieben werden. Auf den Fotos sieht man allerdings nicht mein Gesicht.

Damit werde ich also wohl kaum mehr Aufmerksamkeit bekommen, und genau die brauche ich so dringend. Ich jobbe dreimal die Woche an der Kinokasse im *Rialto*, eine Stelle, die Becca mir verschafft hat und die zumindest ein bisschen Geld einbringt. Wäre ich ehrlich zu mir selbst, müsste ich mir eingestehen, dass ich ziemlich gefloppt bin. Nur mein Stolz hält mich davon ab, wieder zurück an die Westküste zu fliegen und in billig produzierten Serien eine namenlose Nebenrolle wie *Tänzerin Nummer 4* zu übernehmen.

Doch heute ist der Tag.
Heute könnte sich alles ändern.
Heute!

»Und wann triffst du dich mit diesem Agenten?«

Käsefäden ziehen sich von Beccas Mund zum Stück Pizza, das sie in den Händen hält. Wir sitzen an der Theke in der *Motorino Pizzaria* in Williamsburg und genießen die heiße Pizza frisch aus dem Ofen, so wie die Leute neben uns, die sich hier einen Happen in ihrer Mittagspause einwerfen. Der kleine Laden ist bis auf den letzten Tisch gefüllt, der Geräuschpegel laut und meine Nerven angespannt.

»In knapp einer halben Stunde.«

Hinter der Theke werden hastig Bestellungen angenommen und Drinks gezapft. Ich kann mich in dem großen Spiegel hinter den Spirituosen erkennen und betrachte prüfend mein Make-up. Es sitzt zum Glück trotz der warmen Sommertemperaturen noch.

»Du wirst ihn um den Finger wickeln, und dann zieht er dir die coolsten Jobs an Land.«

Natürlich spricht Becca mit vollem Mund, denn wir haben nicht viel Zeit, und sie muss zurück zum Theater, wo sie in einem Musical gerade eine der Hauptrollen ergattert hat. Über Becca habe ich in letzter Zeit viel erfahren und sie sehr liebgewonnen. Da sie Musicaldarstellerin ist, versteht sie viele meiner Gedanken und ist meiner Branche nicht so fremd wie der Durchschnittsbürger, der ein sehr verzerrtes Bild vom Leben am TV-Set hat. Becca kennt den Stress hinter den Kulissen, das Gezicke unter Kollegen und versteht mich, wenn ich mal wieder frustriert von einem erfolglosen Casting nach Hause komme. Vor allem aber ist sie wirklich perfekt für Rollen in Musicals, immerhin höre ich sie auch über den Flur ihre Songs einüben. Inzwischen ertappe ich mich dabei, dass ich meine Musik ausmache, um ihr zuzuhören.

»Wenn du dann zu den Acadamy Awards eingeladen wirst, kannst du mir ein Ticket organisieren?«

»Meinst du nicht, dass du etwas zu zuversichtlich bist, was meine Karriere angeht?«

Sie schnappt sich eine der Servietten aus dem Metallspender vor uns und wischt sich über den Mund, wobei sie die Tomatensoße wie einen knalligen Lippenstift verteilt. Bemerkenswert, Becca kann wirklich alles tragen.

»Hör mal, *dream big* und so!«

Sie hat keinen Zweifel daran, dass ich eines Tages in einem sündhaft teuren Abendkleid über den roten Teppich beim wichtigsten Filmpreis der Welt schreiten werde.

»Ich verspreche dir, wenn ich da hinkomme, nehme ich dich als meine Begleitung mit.«

Das bin ich ihr schuldig.

»Verschwendung, Zoe. Bis dahin hast du dir einen heißen Schauspielerkollegen gekrallt.«

Sie stützt ihr Kinn in die Hände, als sich ein verträumter Ausdruck auf ihr Gesicht legt.

»Tom Hiddleston ist ja angeblich wieder Single.«

Fast muss ich laut lachen. Wie kann man jemanden wie Becca nicht mögen? Sie hat mir seit meiner Ankunft nicht nur geholfen, all meine Sachen auszupacken und einzuräumen, sondern auch Secondhand-Läden gezeigt, in denen ich genau die Kleinigkeiten gefunden habe, die mein Apartment verschönern. Noch dazu hat sie mir Mut gemacht, wenn ich mal wieder eine Absage von einer Agentur oder einer Produktionsfirma bekommen habe.

»Du kannst natürlich auch dein Glück bei Ryan Gosling versuchen. Ob der mit Eva Mendes wirklich glücklich wird?«

»Becca, ich denke, ich sollte erst mal irgendeine Rolle ergattern, bevor ich mir Gedanken über meine Begleitung zu den Oscars mache.«

Denn so langsam ist meine Zuversicht aufgebraucht, die Erfüllung meiner Träume zu erreichen, und es ist zwar sehr aufregend, täglich Abenteuer in New York zu erleben, aber ich will nicht ewig an der Kinokasse jobben. Trotzdem muss ich die Miete bezahlen können.

»Das kommt bald. Das *Rialto* wird dann eine amüsante Anekdote, die du bei Jimmy Fallon erzählen kannst.«

»Das klingt nach einem Plan.«

Gleich in einem unserer ersten Gespräche habe ich ihr klargemacht, dass ich mir sicher nicht zu schade bin, einen »normalen« Job anzunehmen. Die meisten Leute denken ja, Schauspieler wären wohlhabend und würden ständig auf der Überholspur leben. Manchmal wirkt Becca richtig enttäuscht, wenn sie mich mit Pyjama und Wäschekorb in den Keller gehen sieht. Fast so, als würde sie darauf warten, dass ich endlich mal zu einer angesagten Filmpremiere eingeladen und dort dann bis in die Puppen mit erfolgreichen Kollegen feiern werde.

»Aber vielleicht hast du Minijobs im Kino ja nach heute auch gar nicht mehr nötig.«

Ein Blick auf meine Uhr lässt mich wissen, dass ich losmuss. Wir haben *Motorino Pizzaria* nicht nur wegen der köstlichen Pizza, sondern vor allem wegen der guten Lage gewählt. Nur einen Block weiter liegt das Büro von Peter Nicholls, dem Agenten für Schauspieler und Models, der sich auf meine Bewerbung gemeldet hat und mich heute treffen will. Man sollte ja annehmen, ich wäre nicht mehr nervös, wenn ich mich vorstellen muss. Doch die Wahrheit sieht auch hier anders aus. Meine Hände sind feucht, mein Herz trommelt wie verrückt, und im Geiste gehe ich meine möglichen Antworten auf potenzielle Fragen zum wiederholten Male durch. Mit einem Agenten könnte die Jobsuche wirklich besser verlaufen. Ich atme tief durch und sehe zu Becca, die gerade versucht, ein Stück scharfe Salami zwischen ihren Zähnen rauszufischen.

»Wünsch mir Glück.«

»Brauchst du nicht. Du bist gut genug, um ihn auch ohne Glück zu überzeugen.«

Damit zwinkert sie mir zu und grinst triumphierend, während sie mir ein salamifreies Lächeln zuwirft.

»Aber wenn es dich beruhigt, dann viel Glück!«

»Danke! Ich werde es brauchen.«

Sie drückt mich fest an sich, bedacht darauf, ihre fettigen Finger nicht an meiner dunklen Bluse, für die ich mich heute Morgen entschieden habe, abzustreifen, und obwohl ich sie noch nicht so lange kenne, will ich mir mein New York nicht mehr ohne sie vorstellen.

»Und denk daran, ich will mit zu den Oscars!«

A Change is Gonna Come

Peter Nicholls ist jünger, als ich erwartet habe, strahlt aber eine Selbstsicherheit aus, die ich sonst nur bei Hollywood-Größen gesehen habe. Dazu hat er ein ehrliches Lächeln und einen festen Händedruck. Sein Büro ist nicht überladen mit den Erfolgen seiner Karriere oder irgendwelchen Preisen, die seine Gäste beeindrucken sollen. Stattdessen hängen an den cremefarbenen Wänden nur einige Fotos der Schauspieler, die er vertritt, ausschließlich namhafte und aufstrebende Darsteller. Er bietet mir Kaffee oder Wasser an, ich entscheide mich für Ersteres, und nimmt mir die erste Panik mit einem charmanten Lächeln und dem Bekenntnis, er sei selbst nervös, mich hierzuhaben. Er habe meinen Lebenslauf exakt studiert, würde die Details kennen und genau wissen, was ich suche. Zumindest lässt er daran keinen Zweifel, ebenso wie an der Tatsache, dass er mir bei dieser Suche helfen kann.

»Es macht keinen Sinn, wenn Sie weiterhin für Nebenrollen verschwendet werden.«

Wer hört das nicht gerne?

»Ihr Demo-Tape zeigt deutlich, dass Ihre Stärken in den leisen Tönen liegen. Sie können, wenn Sie mich fragen, einen ganzen Film tragen.«

Er muss solche Sache sagen, das gehört dazu, und das weiß ich auch, dennoch unterbreche ich ihn bei seinen Ausführungen auch nicht.

»Ich will ehrlich sein, Zoe.«

Er beugt sich über den massiven Schreibtisch etwas weiter zu mir, verkürzt den Abstand und holt das Gespräch damit auf eine persönlichere Ebene. Fast so, als würde er mir jetzt ein Geheimnis verraten.

»Es wird keine leichte Kiste. New York wird überschwemmt von Schauspielerinnen, die glauben, eine neue Meryl Streep oder Julia Roberts zu sein. Und mit Anfang dreißig hat man junge, harte Konkurrenz.«

Das muss er mir nicht sagen, ich habe erst letzte Woche eine Absage für einen Zahnpasta-Werbespot erhalten. Der Job ging an ein zweiundzwanzigjähriges Mädchen.

»Aber ich bin der festen Überzeugung, dass Talent sich durchsetzt. Und – wenn ich das so sagen darf – Ihre Figur ist immer noch beeindruckend.«

Immer noch? Was soll das denn bedeuten? Beginnt mit Anfang dreißig etwa bei uns Frauen der körperliche Verfall? Das ist mir bisher beim Blick in den Spiegel nicht aufgefallen.

»Sie waren immerhin während Ihrer Zeit in Idaho sehr erfolgreich als Model. Vielleicht bekommen wir mit manchen Modeljobs die Aufmerksamkeit, die wir brauchen.«

Bisher habe ich mir große Mühe gegeben, ihn nicht zu unterbrechen, doch jetzt hebe ich die Hand und schüttele den Kopf.

»Damals war ich zwanzig. Und ›sehr erfolgreich‹ ist eine Übertreibung.«

»Nun, Schönheitswettbewerbe als Siegerin zu beenden, nenne ich erfolgreich.«

»Ich war zwanzig.«

»Und Sie sehen keinen Tag älter aus.«

»Ich bin kein Model.«

»Das weiß ich. Ich sage nur, dass man nicht in einem Café kellnern muss, um Geld zu verdienen, bis die guten Rollen kommen. Das Klischee dürfen gerne andere erfüllen.«

Wenn er wüsste, dass ich meinen Job als Kellnerin schon am ersten Tag verloren habe und jetzt an der Kinokasse sitze ...

»Modeln als Schauspielerin. Ist das nicht auch ein Klischee?«

Peter sieht mich an. Seine klaren Augen mustern mich genau. Er ist Ende dreißig, zumindest hat er das auf meine freche Nachfrage geantwortet, und weiß genau, was er will. Das gefällt mir. Er hat kurze braune Haare, braune Augen, trägt ein schwarzes T-Shirt unter dem Jackett und Jeans. Alles sieht teuer aus, wie auch die Inneneinrichtung seines Büros. Seriös, aber nicht spießig. Auch das gefällt mir.

»Ich nehme den Weg, der ans Ziel führt, Zoe. Und ich würde mich sehr freuen, wenn Sie mir folgen.«

Bisher war ich es gewohnt, dass ich die Agenten davon überzeugen musste, dass sie mit mir Geld verdienen könnten und es das Beste für sie wäre, wenn sie mich nehmen würden. Doch jetzt sitze ich in diesem bequemen Ledersessel und sehe in das lächelnde Gesicht von Peter Nicholls, der sich freut, wenn ich ihn nehmen würde.

Ich kenne die Antwort darauf schon. Und er vermutlich auch. Doch wenn es in meiner Branche um Verträge geht, ist es wichtig, ein Pokerface zu behalten.

»Warum sollte ich das tun?«

»Weil Ihr Ziel auch meines ist. Und weil ich glaube, dass es Zeit wird, mehr als nur Krankenschwester Patricia Hughes zu sein. Es muss sich etwas in Ihrem Leben ändern, Zoe.«

Ganz kurz spukt ein Tagtraum durch meinen Kopf: Ich stehe auf dem roten Teppich einer wichtigen Veranstaltung – vielleicht ist es eine Premiere? – an der Seite von Peter Nicholls und höre Beccas lauten Jubel. Mir gefällt, was ich sehe.

»Deute ich Ihr Lächeln als ein Ja?«

So viel also zum Pokerface. Kann etwas, das sich so gut anfühlt, wirklich die falsche Wahl sein? Vielleicht. Aber wie soll ich das erfahren, wenn ich es nicht versuche? Ich bin nicht hier, um zu kneifen.

»Schicken Sie mir den Vertrag zu, Mr. Nicholls.«

Sein Lächeln wächst noch ein wenig an, als er sich nickend in den Bürostuhl zurücklehnt.

»Sie werden diesen Schritt nicht bereuen, Miss Hunter.«

Männer wie Nicholls wissen, was und wie sie sagen müssen, was wir hören wollen. Er ist eine willkommene Abwechslung in meinem Leben, denn mein letzter Agent in L. A. war mindestens doppelt so alt, hatte zwar viele Connections und war angesehen bei den Studiobossen, allerdings war er auch ziemlich gemütlich und hatte es mit meinem Durchbruch nicht ganz so eilig wie ich. Zwei Rollen, von der nur eine in Erinnerung bleibt, in vier Jahren ist nicht gerade das, was ich als Karriere bezeichnen würde. Nicholls sieht eher wie der Typ mit Bluetooth-Kopfhörer im Ohr, Laptop allzeit vor sich und Terminen im Kalender aus.

»Wenn Sie nächste Woche noch nichts vorhaben, es gibt eine Filmpremiere in Tribeca. Wenn Sie wollen, kann ich Sie auf die Gästeliste setzen.«

»Das wäre großartig.«

Er zückt einen silbernen Kugelschreiber und klappt ein Filofax auf, das so viele verschiedenfarbige Post-its schmückt, dass ich mich frage, wie er da den Überblick behält.

»Plus eins?«

Er sieht nicht zu mir, während er die Frage stellt und ich meine sehr kurze Freundesliste hier in New York durchgehe. Es wäre eine gute Idee, Becca mitzunehmen und mich so endlich für all ihren Einsatz zu bedanken.

»Plus eins.«

Erst jetzt hebt Nicholls eine Augenbraue und sieht zu mir, als hätte ich ihm ein wichtiges Detail verschwiegen.

»Ist notiert.«

Da ist es wieder, dieses Lächeln, das so selbstsicher wirkt und seine geheime Superpower zu sein scheint. Damit reißt er bestimmt bei dem einen oder anderen Deal, der aussichtslos erscheinen mag, noch das Ruder herum.

»Ich lasse den Vertrag sofort aufsetzen und freue mich sehr auf die Zusammenarbeit, Zoe.«

An der Tür reicht er mir die Hand und bietet mir das Du an. Auch das gab es bei meinem letzten Agenten nicht.

»Ich freue mich auch, Peter.«

Noch fühlt es sich etwas unwirklich, aber gut an. Fast so, als ob sich hier gerade wirklich der Kurs meines Lebens ändern könnte.

»Wir sehen uns dann nächste Woche. Ich lasse dir die Details zukommen.«

Filmpremieren. Agent. Castings.

Endlich bin ich in New York angekommen!

Till We Meet Again

Die Musik im *Tuned* ist laut, und wir müssen uns anschreien, um einander zu verstehen, aber genau das macht den Charme dieses Clubs aus. Wir, das sind Becca, Sarah und ich, lehnen in der Nähe der Bar, hinter der sich Bobby »Ace« Wallace, der zweifelsohne beste Barkeeper an der Ostküste, exklusiv um unsere Getränke kümmert und mir einen Cocktail ankündigt, den ich nicht vergessen werde. Und er hat nicht zu viel versprochen, denn alleine ihn bei der Zubereitung zu beobachten lässt mich staunen.

Als Becca mich vor zwei Wochen das erste Mal ins *Tuned* führte, kam ich mir vor, als müsste ich eine Aufnahmeprüfung bestehen, um zum Club der coolen New Yorker zu gehören. Sarah, die Musikjournalistin mit dem wilden Lockenschopf, hatte ich zum Glück schon im Knights kennengelernt, aber Will – ein wahnsinnig talentierter Musiker – war mir neu, ebenso wie Ace, der mit seinen tätowierten Armen, dem Bart und dem frechen, fast jugendlichen Grinsen ein Kontrastprogramm in sich ist. Man kennt das ja noch aus der fernen Vergangenheit an der Highschool oder dem College: Man will unbedingt dazugehören und gemocht werden. Zum Glück haben sie es mir leichtgemacht und mich einfach in ihre Mitte genommen.

Jetzt fühle ich mich hier schon wie zu Hause und nehme den Cocktail, der aus einem Weinglas getrunken wird und mit einer Kirsche verziert ist, von Ace an.

»Saint-Germain Absinth Frappé.«

Das klingt ein bisschen nach den Goldenen Zwanzigerjahren, nach Jazz und nach einem ordentlichen Kater am nächsten Tag, aber ich nehme den Drink dankend an.
»Vielen Dank.«
»Na hör mal, wenn ihr schon feiert, dann auch im großen Stil.«
Ein Augenzwinkern – schon ist er wieder verschwunden und zaubert den nächsten Drink für den nächsten Gast. Ich stoße mit Becca, die einen klassischen Manhattan trinkt, und Sarahs Gin Tonic an. Wir haben beschlossen, mit dem Feiern nicht bis zum Wochenende zu warten, weil man nicht alle Tage einen Top-Agenten bekommt. Sie wollen mir zeigen, dass sich das Nichtaufgeben der letzten Wochen gelohnt hat.
»Auf deine Karriere!«
»Auf den Oscar!«
Keine Ahnung, ob ich hier nicht vielleicht etwas zu früh an einen Wunschtraum glaube, aber das kann ich mir morgen auch noch vorwerfen lassen. Die letzte Zeit war anstrengend und nervenaufreibend. Jetzt, da sich alles wie ein großes Puzzle zusammengefügt hat, kann ich doch mal vorsichtig feiern. Kleine Erfolge verdienen auch Anerkennung, das habe ich gelernt. Immer warten wir auf etwas – den großen Durchbruch, den großen Hit, das Wochenende und Silvester. Dabei verpassen wir die kleinen Dinge, die uns Tag für Tag oder zumindest im wöchentlichen Rhythmus ein Lächeln ins Gesicht zaubern. Vorsichtig nehme ich einen Schluck meines Getränks und bin von dem ungewohnten, frischen und fruchtigen Geschmack total angetan, was ich Ace durch ein strahlendes Lächeln bestätige. Er grinst so lässig, als hätte er auch nichts anderes erwartet.
Becca lehnt sich zu mir rüber.
»Flirte nicht zu sehr mit ihm, er ist glücklich vergeben.«
»Das weiß ich doch!«
Ich müsste lügen, wenn ich behaupten würde, Ace wäre nicht mein Typ, aber vergebene Männer sind tabu. Das war für mich

schon immer so und wird auch so bleiben. Nein, Ace ist der Typ, den man an der Theke lehnend bewundert und dessen Drinks man sich schmecken lässt. Außerdem erwische ich mich ohnehin immer wieder dabei, wie ich an einen ganz anderen Mann denke. Um es mir nicht anmerken zu lassen, werfe ich Becca einen ernsten Blick zu.

»Und wenn du denkst, das war schon flirten, dann kennst du mich nicht.«

»Nun, bisher kenne ich dich nur im Dauerstress. Keine Ahnung, auf welche Kerle du stehst oder wie du flirtest.«

Sarah greift nach meiner Hand und sieht mich durchdringend und gespielt panisch an.

»Verrate ihr nicht zu viel, sonst schleppt sie bei der nächsten Gelegenheit vier Männer an, die deinem Beuteschema entsprechen.«

Auch wenn ich im Moment keine Zeit für eine echte Beziehung habe, kann ich nicht behaupten, dass diese Vorstellung so schrecklich klingt. Sarah grinst inzwischen breit, und Becca nimmt eine divenähnliche Pose an.

»Wer kann, der kann.«

»Sollte ich mal dringend Nachhilfe in Sachen Männerfang brauchen, wende ich mich an dich, Becca.«

»Das ist eine weise Entscheidung.«

Allerdings bin ich mir nicht sicher, ob das stimmt, denn Becca ist ebenfalls Single. Auch wenn sie immer mal wieder von irgendwelchen Kollegen, Schauspielern oder Sängern schwärmt, sehe ich sie alleine nach Hause kommen, und auch frühmorgens, wenn ich mich zu einer verhassten Joggingrunde aufmache, schleicht sich kein Kerl halbnackt aus ihrer Wohnung. Ist es vielleicht möglich, dass sie selbst etwas Nachhilfe gebrauchen könnte?

»Entschuldigung, kann ich die hier abräumen?«

Ein Mann mit einer roten Plastikkiste, in der sich leere Getränkeflaschen von den Tischen stapeln, taucht neben uns auf und nickt zu den leeren Flaschen der Gäste neben uns. Mein Herzschlag setzt einen kurzen Moment aus, als ich die Stimme und dann auch das Gesicht erkenne. Sofort muss ich lächeln.

Matt!

»Hi.«

Diesmal ist er es, der mich überrascht ansieht, als hätte er nicht mit meiner Anwesenheit im *Tuned* gerechnet. In letzter Zeit habe ich mir häufiger ein Wiedersehen mit ihm ausgemalt und mich gefragt, wie es wohl ablaufen würde. Einmal war ich so kurz davor, Becca einfach nach seiner Nummer zu fragen. Doch je länger er sich nicht gemeldet hat, desto unsicherer wurde ich. Habe ich mir das leise Knistern zwischen uns nur eingebildet?

»Zoe?«

Er hat mich erkannt, aber meine Anwesenheit bringt ihn deutlich aus der Fassung. Wenn auch nur für mich erkennbar. Sein Gesichtsausdruck ist einen kurzen Moment schwer zu deuten. In den verschiedenen Versionen unseres Wiedersehens in meinem Kopf gab es absurderweise keine, in der er nicht begeistert war, mich zu sehen. Immer habe ich ihn mit einem Lächeln und strahlenden Augen gesehen.

»Keine Sorge, ich habe das Pfefferspray zu Hause gelassen.«

Mit einem kleinen Insider versuche ich, das Gefühl von der Seitengasse ins *Tuned* zu holen. Becca und Sarah tauschen Blicke aus, die mir nicht entgehen, die ich aber bewusst ignoriere. Matt trägt ein weißes T-Shirt, schwarze Jeans und Turnschuhe. Die Brille hat er heute zu Hause gelassen, was ich nicht schlimm finde, denn jetzt habe ich einen ungetrübten Blick in seine blauen Augen. Er sieht gut aus, ganz ohne große Effekte oder Zusätze wie Schmuck und gestylte Haare. Er sieht umwerfend aus. Auf die normalste Art und Weise. Und egal, was um uns herum gerade passiert, ich sehe ihn wieder neben mir auf der Couch sitzen.

»Schade. Ich dachte, es könnte unsere traditionelle Begrüßung werden.«

Jetzt ist sein Lächeln da, hellt sein Gesicht auf und lässt seine Augen noch mehr strahlen als ohnehin schon.

»Was machst du hier?«

»Ach, das Übliche. Ich versuche, ein Atom zu spalten, und was machst du so?«

Er nickt grinsend auf die Plastikkiste.

»Ich sammle ganz ordinär Flaschen ein.«

Fast komme ich mir wie auf einer Bühne vor, denn Becca und Sarah beobachten all unsere Bewegungen. Ihre Blicke hängen an unseren Lippen, als würden wir Shakespeare vortragen.

»Geht es Molly, Rufus und Joey gut?«

Kurz kann ich die Überraschung in seinem Blick sehen, weil ich mir die Namen der Hunde gemerkt habe. Wenn er wüsste, dass ich mir *alles* von diesem Abend und Morgen gemerkt habe.

»Ausgezeichnet.«

»Das freut mich.«

»Was macht die Couch?«

»Ich habe sie abgestoßen.«

»Wieso?«

»Ballast.«

Das ist gelogen, aber es würde zu lange dauern, alles zu erklären. Vor allem vor Sarah und Becca, die das Geheimnis meiner Couch nicht kennen.

»Mein Beileid.«

»Es musste so kommen.«

»Also hast du ein neues Zuhause weg von zu Hause gefunden?«

»Allerdings. Es kam sogar mit neuen Freunden.«

Dabei nicke ich zu den Mädels, die Matt erst jetzt so richtig wahrzunehmen scheint. Natürlich kennt er sie, immerhin hat er den Kontakt zu Becca hergestellt.

»Ich wusste ja, dass du gut zu den crazy Knights-Mädels hier passt.«

Becca zieht eine Augenbraue nach oben. Etwas, das sie beherrscht wie kaum eine andere. Vermutlich hält sie den Weltrekord im Augenbrauennachobenziehen unangefochten seit Jahren.

»Du nennst uns verrückt, Booker?«

»Ich nenne euch zumindest außergewöhnlich.«

Becca lehnt ihren Kopf kurz an Matts Schulter, was ein merkwürdiges Gefühl in meinem Magen freisetzt.

Nanu?

»Du bist wirklich ein Charmebolzen.«

»Ihr habt Zoe also aufgenommen?«

Jetzt legt er auch noch einen Arm um Becca, und ich spüre Hitze in meine Wangen schießen. Sarah scheint zu bemerken, dass sich mein ganzer Körper etwas anspannt, obwohl ich mir Mühe gebe, total lässig zu wirken.

»Als könnte man so eine klasse Frau nicht aufnehmen, ich bitte dich.«

Becca lächelt mich an. Sie bemerkt offenbar nichts von meiner inneren Anstrengung, nicht nach ihrem Verhältnis zueinander zu fragen. Ich habe Matt bei unserer letzten Begegnung ein ziemlich offensichtliches Angebot gemacht, und er hat sich bis heute nicht bei mir gemeldet. Ist Becca oder eine andere Frau der Grund dafür? Wollte Matt schlichtweg nett sein, ein höflicher Mann, der einer Frau in Not hilft?

»Und wie hast du dich in New York eingelebt?«

Matt stellt die Kiste auf den Tresen neben uns und beschließt spontan, jetzt Pause zu haben. Den einen Arm hat er noch immer um Becca gelegt. Was mich noch immer stört.

»Ganz gut. Auch wenn es mir noch nicht gelingt, ein Taxi anzuhalten.«

»Das braucht auch ein bisschen Übung.«

»Nun, ich übe täglich.«

»Wenn du mal Nachhilfe brauchst …«

Als er das sagt, zieht er den Arm von Beccas Hüfte, greift nach einer Flasche Bier, die in meiner Nähe steht und lässt mich nicht aus den Augen.

»… ich halte wahnsinnig gut Taxis an.«

»Klingt verlockend.«

Gerade klingt jede Aktivität, die Matt ausübt, wahnsinnig verlockend.

»Und wie läuft es, abgesehen von dem Taxi-Problem?«

»Ganz gut.« Einen langen Augenblick sehen wir uns in die Augen, alles um uns herum verschwimmt, verliert an Bedeutung, und es scheint nur noch uns zu geben. Matt und mich.

Bis Beccas schrille Stimme mich aus diesem Traumszenario zurückholt.

»Gut? Du neigst zu Untertreibungen, Zoe!«

Becca sieht zu Matt hoch und strahlt ihn so stolz an, als wären das alles ihre und nicht meine kleinen Erfolge.

»Sie hat einen Agenten, und am Freitag geht es schon auf die erste Premiere! Ich sag dir, bald sehen wir sie auf dem roten Teppich und im Kino. Merke dir meine Worte!«

Matts Blick wandert wieder von ihr zu mir, ein sanftes Lächeln liegt auf seinen Lippen.

»Daran habe ich keinen Zweifel.«

Ich nehme schnell einen Schluck meines Cocktails und hoffe, der Alkohol unterstützt das hektische Herzklopfen nicht auch noch. Aber da irre ich mich. Als hätte das Getränk einen ganz anderen Plan, tut es das, was Alkohol immer tut: Er lockert die Zunge und verführt uns, die Wahrheit zu sagen.

»Ich hatte ja gehofft, du würdest auf mein Angebot zurückkommen.«

Mist! Jetzt habe ich das ausgesprochen, was ich mir immer wieder gedacht habe, wenn eine neue Nachricht, die nicht seine war, auf meinem Handy eingegangen ist. Jetzt werfen sich Becca und

Sarah Blicke zu. Für Männer unvorstellbar, tauschen Frauen mit den Augen mehr unausgesprochene Details aus, als man vielleicht annehmen würde.

Ich kann ihrer stummen Blickunterhaltung folgen und weiß genau, was sie als Nächstes tun werden. Und sie enttäuschen mich nicht.

»O wow, voll der gute Song. Lass uns tanzen, Sarah. *Jetzt!*«

Obwohl gerade der wohl untanzbarste Gitarrensong der Welt gespielt wird, flüchten die beiden auf die Tanzfläche, wo außer ihnen niemand tanzt. So geben sie uns die Privatsphäre, auf die ich heimlich gehofft hatte. Jetzt, da ich ihn nur für mich habe, beschließe ich, nicht lange um den heißen Brei zu reden.

»Also?«

»Also, was?«

Weiß er wirklich nicht, was ich hören will?

»Also, warum hast du dich nicht gemeldet?«

Wenn er jetzt von seiner Freundin, seiner großen und einzigen Liebe erzählt, werde ich Ace bitten, mir schon mal einen zweiten Cocktail zu mischen. Matt, den ich gerade übrigens von seiner Arbeit abhalte, sieht wieder zwischen mir und den leeren Flaschen vor uns hin und her.

»Ich dachte, vielleicht willst du dich erst mal einleben.«

Das klingt ehrlich, und doch hatte ich mir eine andere Antwort gewünscht. Auch wenn ich nicht sagen kann, welche.

»Wie rücksichtsvoll von dir.«

»Und dann hatte ich einfach viel zu tun …«

»Natürlich.«

Albern zu erwarten, dass er in den letzten Wochen ebenso oft an mich gedacht hat wie ich an ihn. Anders als ich hat er hier bereits ein Leben, Jobs, Aufgaben und Dinge, die ihn davon ablenken, hypothetische Gesprächsszenarien mit mir durchzugehen.

»Zoe, ich habe …«

Doch weiter kommt er nicht, weil Ace ein mieses Timing hat und neben uns auftaucht.

»Matt, die Flaschen stapeln sich am anderen Ende der Theke.«

»Ich weiß, ich will nur ...«

»Flirten während der Arbeitszeit ist untersagt!«

Auch wenn ich das nicht glauben kann, denn Ace weiß genau, wie er sein Trinkgeld beim weiblichen Publikum in die Höhe treibt. Um Matt weitere Peinlichkeiten zu ersparen, schüttele ich schnell den Kopf.

»Wir flirten nicht, wir unterhalten uns nur.«

Ace füllt eine klare Flüssigkeit in den Cocktailshaker in seiner Hand und lässt dabei den Blick von Matt zu mir wandern, als müsse er sich nicht auf das konzentrieren, was seine Hände selbständig ausführen.

Matt zeigt sich davon wenig beeindruckt, denn er sieht, fast etwas enttäuscht, zu mir.

»Also, ich habe schon geflirtet.«

Meine Mundwinkel schießen nach oben und bleiben auch dort, fast wie festgetackert.

»Ist das so?«

»Zumindest gebe ich mir große Mühe. Bin vielleicht etwas aus der Übung ...«

»Nun, auch wenn es mir das Herz bricht, euch Turteltauben zu unterbrechen ...«

Ace nickt in eine Richtung, hin zum anderen Ende der Theke, wo ein grimmig aussehender, bärtiger Mann steht und Matt fixiert. Offenbar sein Boss.

»Schon okay, ich gehe ja.«

Zu meiner großen Enttäuschung schnappt sich Matt tatsächlich wieder seine Kiste, schultert sie, sieht dann aber noch einmal zu mir.

»Vielleicht können wir ja mal ...«

»MATT!«

Der Mann mit einem Vollbart funkelt ihn durch die Menge genervt an.

»Schwing deinen Hintern hierher!«

Nein! Nein! Lass deinen Hintern hier und beende den Satz!

»Ich muss los.«

Bleib doch bitte noch kurz!

»Okay.«

Die Enttäuschung in meiner Stimme ist lauter als die Musik im Hintergrund. Und dann passiert das, was in guten Filmen nie passiert: Er geht einfach, sammelt leere Flaschen und Gläser ein und wird von der Menge verschluckt, bis ich nur noch die rote Kiste sehen kann, die in der Menschenmasse wie auf einem Meer schwimmt. Bevor ich etwas sagen oder ihn aufhalten kann, tauchen Sarah und Becca neben mir auf.

»Was war das denn bitte?«

Eine ausgezeichnete Frage.

»Ich nehme an, wir haben geflirtet.«

»Nun, das war nicht zu übersehen.«

»Leider wurden wir unterbrochen.«

Der Blick, den ich in Richtung Ace abfeuere, ist nicht gerade freundlich, auch wenn dieser nur entschuldigend die Hände hebt.

»Wann macht ihr damit weiter?«

»Ich habe nicht die geringste Ahnung.«

Sarah schnappt sich meinen Cocktail, den ich noch immer in meiner Hand halte, und nimmt einen Schluck.

»Nun, die Klärung dieser Frage muss warten. Du, meine Liebe, gehörst ins Bett. Wir wollen keine Knitterfalten um deine Augen, wenn du über den roten Teppich schreitest. Du musst am Freitag umwerfend aussehen!«

»Aber ...«

Doch weiter komme ich nicht, denn Becca schüttelt entschlossen den Kopf.

»Kein Aber. Mach dir keine Sorgen, wir sind in New York. Du wirst Matt wiedersehen.«

»Werde ich?«

Die beiden nicken unisono.

»In New York trifft man sich immer zweimal.«

Red Carpet

»Wow!«
Peter Nicholls sieht mich mit einem überraschten und begeisterten Lächeln an, während ich das Bedürfnis verspüre, mich um die eigene Achse drehen zu müssen, damit er mich von allen Seiten betrachten kann.

»Du siehst umwerfend aus, Zoe.«

Das ist vielleicht ein winziges bisschen übertrieben, aber ja, ich habe mir verdammt viel Mühe gegeben, um nicht wie eine Nebendarstellerin, deren Namen man sich nicht merkt, sondern wie ein kleiner Star auszusehen. Beccas Make-up-Künste kamen da nicht gerade ungelegen. Jetzt stehe ich in einem schlichten, aber raffiniert geschnittenen Kleid und eleganten Pumps auf einem roten, allerdings blauen Teppich und strahle zufrieden meinen neuen Agenten an, der übrigens in seinem silbergrauen Anzug auch ziemlich gut aussieht.

»Ich wusste, du würdest mich nicht enttäuschen.«

Dann sieht er zu Becca, die etwas nervös neben mir die ganze Szenerie mit dem Handy filmt. Auf dem Weg hierher hat sie mir immer wieder gesagt, dass sie mir bis in alle Ewigkeit dankbar für diese Einladung sein wird. Dabei war mir sofort klar, dass es nur eine Person gibt, die ich mitnehmen würde. Nach allem, was sie für mich getan hat, ist das wohl eine Selbstverständlichkeit. Außerdem bin ich ziemlich froh, eine Hand zum Festhalten zu haben, wenn ich einen kurzen Fangirl-Moment habe. Immerhin ist vorhin Scarlett Johansson an uns vorbeigegangen!

»Und wer ist deine bezaubernde Begleitung?«

»Das ist Rebecca Salinger.«

Peter reicht Becca die Hand und wirft auch ihr ein begeistertes Lächeln zu. Sie hat sich für ein cremefarbenes Kleid entschieden, das ihr unverschämt gut steht und Beccas Vorzüge so charmant betont, dass es unmöglich ist, sich nicht auf der Stelle in sie zu verlieben.

»Dann sollten wir mal. Ladys.«

Er reicht uns jeweils einen Arm, an dem wir uns einhaken und mit ihm in der Mitte auf den Teppich marschieren. Vollkommen egal, wie oft man schon Filmpremieren im TV gesehen hat, wie oft man sie sich heimlich ausgemalt hat, so wie ich, daheim in Idaho auf meiner pinken Couch – nichts ist so atemberaubend wie die Realität. Dabei spielt es keine Rolle, dass wir unbekannte Gesichter sind. Das Klicken der Kameras, das hektische Aufleuchten der Fotoblitze, das laute Rufen der Fotografen, all das verschlägt mir für einen Moment den Atem. Ich kann kaum etwas erkennen, so grell wird es, als wäre man in einer Achtziger-Jahre-Disco und das Stroboskop würde einsetzen. Es fehlt nur ein Madonna-Song im Hintergrund. Stattdessen werden Namen gerufen, es wird gewunken und gebrüllt.

»Peter, bitte, hierher!«

»Peter, wer sind die Damen an Ihrer Seite?«

»Peter, bitte, einmal nach links!«

Man scheint ihn zu kennen, kein Wunder, er gilt ja auch als einer der aufstrebendsten Agenten der Branche. Das habe ich in den letzten Tagen recherchiert. Ein aufgeregtes Kribbeln macht sich in meinem Magen breit.

»Zoe Hunter! Merken Sie sich Name und Gesicht! Sie ist eine unglaublich talentierte Schauspielerin!«

Peter brüllt es über den Lärm in die Menge der Fotografen und Reporter, die sich vielleicht Notizen machen und tatsächlich morgen mein Foto und meinen Namen in einer Zeitung abdrucken könnten. Wieder ist da dieses Kribbeln, gefolgt von einem Adrenalinrausch, der die nächsten Schritte so leicht erscheinen lässt.

»Zoe, bitte einmal hierher!«

Ich werfe einen Blick und ein Lächeln in die Richtung, aus der die Stimme kommt, und spüre, wie Peter kurz meinen Arm drückt.

»Die Fotografen lieben dich.«

Sein Flüstern ist so nah an meinem Ohr, dass ich kurz eine Gänsehaut auf meinen nackten Armen spüre.

»Das ist nur ein Blick durch das Schlüsselloch in deine Zukunft.«

Während Peter spricht, wird mein Lächeln breiter. Ich werfe die Haare über die Schulter, lächele in Kameras und nehme Posen ein, die ich vor langer Zeit mal gelernt habe und nun endlich einsetzen kann.

Und dann, sobald wir den blauen roten Teppich verlassen haben, ist es auch schon vorbei, als wäre ich aus einem Traum aufgewacht. Meine Wangen glühen, und ich hoffe, mein Make-up vertuscht die Tatsache, dass ich total aufgeregt bin. Ein Blick zu Becca, die mich anstrahlt, als wären wir gerade aus einer besonders rasanten Achterbahn gestiegen. Auch das Leuchten in ihren Augen ist verräterisch.

»Wie hat es dir gefallen?«

Peter sieht zufrieden aus, als er sich wieder an mich wendet.

»Es war viel zu schnell vorbei. Aber ich könnte mich daran gewöhnen.«

»Genau das wollte ich hören.«

Noch immer kann ich nicht ganz glauben, was da gerade passiert ist. Peter entschuldigt sich einen Augenblick, um Becca und mir etwas zu trinken zu besorgen. Ich nutze die Chance.

»Becca, das war ...«

»Unglaublich!«

»Ich bin total high!«

»Ich weiß! Es war wirklich ... wow!«

Man könnte meinen, wir wären wieder sechzehn, und der Schwarm unserer Highschoolzeit hätte uns für den Bruchteil einer Sekunde seine Aufmerksamkeit geschenkt. Mein Herz trommelt noch immer so heftig gegen meine Brust, dass ich kurz befürchte, mein Dekolleté könnte verrutschen. Vor meinen Augen tanzen viele kleine, helle Punkte, und nur zur Sicherheit halte ich mich an Becca fest.

»Ich sag dir, Zoe, irgendwann wirst du mich auf eine solche Premiere zu einem deiner Filme mitnehmen.«

Obwohl es wieder diese leise Stimme in meinem Hinterkopf gibt, die bei dieser Zukunftsvision laut loslachen möchte, beschließe ich, für heute Abend einfach so zu tun, als wäre wirklich alles möglich. Als hätte Frank Sinatra in seinem Song zu dieser Stadt recht. Ich beschließe, dass ich es packen kann! Und das alleine reicht im Moment, um mich gut zu fühlen.

»Drinks für die Ladys.«

Peter reicht uns zwei Drinks. Wieder stelle ich fest, dass ich durch Ace und das *Tuned* in Sachen Cocktails einfach verwöhnt bin. Das Getränk, das sich New York Knights nennt, ist fruchtig und süß, versteckt dabei den Alkohol geschickt hinter der Süße und ist doch für meinen Geschmack etwas zu sehr ein Getränk für Frauen. Becca wirft mir einen Seitenblick zu, und ich zucke nur mit den Schultern. Wenn es nach mir ginge, könnte man Ace für jede Veranstaltung in der Stadt buchen.

»Ich würde euch gerne ein paar Leuten vorstellen, wenn das okay ist?«

»Natürlich.«

Becca antwortet stellvertretend für mich, weil ich gerade einen Schluck vom Drink nehme.

»Dann mal los ins Getümmel!«

Cinderella

Becca genießt die Party nach dem Film, der übrigens ziemlich gut war, in vollen Zügen. Sie tanzt, spricht Leute an, die sie nur von der Leinwand kennt, und macht zahlreiche Selfies. Sie ist ein totales Fangirl und schämt sich dessen kein bisschen. Noch ein Grund, sie ins Herz zu schließen. Ich sehe auf, als Peter seinen Stuhl neben meinen am Tisch der noch unbedeutenden Schauspieler zieht und seine bisher perfekt sitzende Krawatte lockert. Inzwischen ist der Abend so weit fortgeschritten, dass man sich von der legeren Seite zeigen darf. Immerhin habe ich vor einer halben Stunde meine Schuhe unter dem Tisch ausgezogen.

»Wie gefällt dir die Party?«

»Sie ist toll.«

Auch wenn sie jeder normalen Party gleicht und nur durch die Namen der Stars und der exquisiten, aber viel zu kleinen Häppchen einen deutlichen Unterschied aufzeigt.

»Rebecca scheint sich ordentlich zu amüsieren.«

Er nickt in Richtung Tanzfläche, wo Becca gerade einige Tanzschritte aus Michael Jacksons weltbekanntem Video zu *Thriller* nachstellt und damit für Gelächter bei Jared Leto und Scarlett Johansson sorgt.

»Ja, sie ist eben ein Naturtalent.«

»Allerdings. Vielleicht solltest du dir an ihr ein Beispiel nehmen?«

Peter spielt mit dem halbleeren Glas in seiner Hand, lässt die Eiswürfel in seinem Drink aneinanderstoßen und schenkt mir ein aufmunterndes Lächeln.

»Was meinst du?«

»Nun, die Leute sollen sich an dein Gesicht erinnern. Vielleicht willst du dich unter sie mischen und Gespräche suchen.«

»Das habe ich vorhin in der Schlange zur Damentoilette getan. Natalie Portman ist eine wirklich nette Frau.«

Er lächelt noch immer, schüttelt aber nachsichtig den Kopf, als würde er mit einem Kleinkind sprechen. Automatisch setze ich mich etwas aufrechter hin und nehme die Ellbogen vom Tisch.

»Es gibt hier viele Leute, die fragen mich, wer diese bezaubernde Frau ist, die da alleine am Tisch sitzt und auf ihr Handy starrt.«

»Ich starre nicht auf mein Handy.«

Doch, genau das habe ich bis eben immer wieder getan. Nicht, weil ich mich langweile, denn ich finde es hier wirklich sehr aufregend, sondern weil ich es seit dem Abend im *Tuned* kaum aus der Hand legen kann. Nur um sicherzugehen, dass ich keine Nachricht verpasse.

Von Matt.

Oder sonst jemandem.

»Siehst du den jungen Mann da vorne?«

Peter deutet unauffällig zu einem Mann, der in einem dunklen Anzug zwischen zwei Frauen steht und dabei eher unglücklich aussieht. Nur mit Mühe kann er die Damen auf Abstand halten, beide scheinen sehr interessiert an ihm. Und nicht ganz nüchtern.

»Sein Name ist Jackson Reed. Er ist so ziemlich der angesagteste Newcomer der Branche.«

Auf dem Flug von L.A. hierher habe ich einen Artikel über ihn in einer Frauenzeitschrift gelesen. Jackson Reed gilt tatsächlich als der neue Robert De Niro, sein letzter Film ist eingeschlagen wie eine Bombe und wurde mit kleinem Budget in weniger als dreißig Tagen gedreht.

»Er hat eine beeindruckende Karriere hingelegt. Vom Animateur in Oceanside über kleine Theaterrollen bis zum Hollywood-Star.«

Trotzdem sieht er gerade so aus, als würde er am liebsten durch die Hintertür flüchten wollen.

»Und das Beste ist ... ich vertrete ihn.«

Das sagt Peter nicht ganz ohne Stolz. Ich greife nach meinem Wasserglas, denn nach zwei Drinks bin ich auf die antialkoholische Seite gewechselt, und stoße mit ihm an.

»Gratuliere!«

»Danke. Ich habe vor, mir dir einen ganz ähnlichen Weg zu gehen.«

Während er spricht, funkeln seine Augen, und ich glaube, das liegt nicht am Drink, sondern an mir. Das schmeichelt mir und führt zum wiederholten Male an diesem Abend zu dem Kribbeln, an das ich mich gewöhnen könnte.

»Du kommst aus Idaho, weit weg von der schillernden Filmwelt. Aber dein Talent war schon immer unverkennbar. Also hast du als Miss Idaho ...«

»Ich war nie Miss Idaho.«

»Das müssen die Leute nicht wissen.«

Er macht eine lässige Handbewegung, als könne er damit die Wahrheit verändern, und zuckt grinsend mit den Schultern. Keine Ahnung, wie er sich das in Zeiten von Wikipedia vorstellt, aber der zuversichtliche Blick macht klar, dass er sich darüber keine Gedanken macht.

»Miss Idaho erobert Hollywood aus eigener Kraft.«

»Ich habe nur eine nennenswerte Rolle ergattert. Eine Nebenrolle in einer TV-Soap.«

Den zweiten Job, ein Auftritt in einem Musikvideo, lasse ich bewusst unerwähnt.

»Auch das müssen die Leute so nicht wissen. Wir werden die beiden Werbespots, für die du vor der Kamera gestanden hast, etwas ausschmücken. Als Erstlingswerk eines großartigen jungen Regisseurs, der jetzt die Indie-Filmwelt aufmischt. Und du hast schon mit ihm gearbeitet, als noch niemand wusste, dass er der neue Spike Lee wird.«

Alles, was Peter sagt, klingt so leicht, als könne man wirklich solche Dinge behaupten und damit durchkommen.

»Merkt das denn keiner?«

»Zoe! Wie viele Menschen hier haben sich Botox spritzen, die Nase verkleinern und das Fett absaugen lassen?«

Er deutet in die Partymenge vor uns. Auf den ersten Blick könnte ich drei Männer nennen, deren Stirn keine Bewegung mehr zeigt – und ob die Lippen der zu ihnen gehörenden Frauen wirklich schon immer so voll waren, das weiß außer ihrem Schönheitschirurgen wohl niemand.

»Und wenn du sie fragst, bekommst du immer die gleiche Antwort. Sie trinken viel Wasser, treiben Sport und machen Yoga. Außerdem haben sie diese großartige Antifaltencreme.«

»Das glaubt doch niemand.«

»Aber es widerspricht auch niemand.«

Er breitet die Arme aus, als wäre das ein Argument, an dem man nicht rütteln kann. Und so langsam glaube ich zu verstehen, was er sagen will.

»Wir verbreiten ja keine Lügen. Du hast Modelwettbewerbe gewonnen, oder?«

»Habe ich.«

»Nun, also warst du Model. Und du hast in L. A. gedreht, oder?«

»Das habe ich.«

»Für die meisten Leute ist L. A. gleich Hollywood. Wieder keine Lüge.«

»Ich verstehe.«

Er nickt zufrieden, während ich einmal mehr bemerke, dass ich noch so viel lernen muss. Als Schauspieler steht man ja oft auf der anderen Seite der Verhandlungen, kriegt nicht alles mit, lässt andere reden und die Details besprechen.

»Wichtig ist, dass du mir vertraust.«

»Habe ich denn einen Grund, das nicht zu tun?«

»Nein.«

Peter ist ein Mann, den ich nur schwer durchschauen kann. Das liegt an seinem Job; er hat ein Pokerface, das muss er ohne Zweifel für Verhandlungen auch jederzeit einsetzen können. Allerdings sehe ich es im Moment nicht. Ganz im Gegenteil. Zum ersten Mal seit unserer ersten Begegnung in seinem Büro sehe ich nicht den professionellen Ausdruck oder das einstudierte Lächeln, das er heute Abend so oft aufgefahren hat. Ich sehe nicht Peter Nicholls, den Agenten und Manager. Ich sehe einfach nur Peter, den Mann mit der gelockerten Krawatte.

»Dann vertraue ich dir.«

Sein Lächeln wirkt erleichtert, als hätte er fast Angst vor meiner Antwort gehabt.

»Es ist mir wichtig, dass du weißt, dass du dich jederzeit hundertprozentig auf mich verlassen kannst, Zoe. Immer. Egal, um was es geht. Wenn du Mist baust und Hilfe brauchst. Oder einfach nur ein offenes Ohr. Oder wenn du Zweifel hast. Ich bin da.«

Seine Hand legt er auf meine, ganz nebenbei, dennoch ist es eine Geste, die blitzschnell Vertrauen aufbaut.

»Danke.«

»Nicht dafür. Und jetzt komm, ich glaube, wir müssen Jackson aus den Fängen seiner Fans retten.«

Mit einem frechen Augenzwinkern macht Peter Anstalten, mich mit sich zu ziehen.

»Warte!«

»Hm?«

»Ich habe einen Schuh verloren ...«

Panisch taste ich mit meinem linken Fuß unter dem Tisch nach meinem zweiten High Heel, der sich offensichtlich verselbständigt hat und außer Reichweite entschwunden ist. Nur der rechte befindet sich schon wieder an meinem Fuß. Peter ist kurz irritiert, bis er versteht und lachend unter dem Tisch verschwindet. Reflexartig ziehe ich die Beine an und halte die Luft an.

Niemand scheint Peters Abtauchen bemerkt zu haben. Keine neugierigen Blicke, kein Getuschel, fast so, als wäre er einfach unbemerkt vom Erdboden verschwunden.

Dann spüre ich seine Hand an meiner linken Wade, sanft, nur eine leichte Berührung, die eine Gänsehaut von der Sorte »fühlt sich gut an« über meinen Körper jagt. Dann schiebt er vorsichtig den Schuh über meinen Fuß, und noch immer halte ich die Luft an.

Und so, wie er unter den Tisch verschwunden ist, taucht er jetzt wieder auf, kniet vor mir, die Tischdecke noch halb auf seinen Schultern, ein charmantes Grinsen auf den Lippen. Die plötzliche Nähe überrascht mich und lähmt mein Sprachzentrum.

»Der Schuh passt, Cinderella.«

Partners in Crime

Jackson ist witzig.
Jackson hat die wohl hellblausten Augen, die ich jemals gesehen habe.

Jackson ist in Worten schwer zu beschreiben, weil man ihm damit nicht gerecht wird. Auf den ersten Blick ist er vor allem wahnsinnig attraktiv in seinem schicken Anzug, der wie maßgeschneidert an seinem Körper sitzt. Seine dunkelbraunen Haare sitzen perfekt, keine Haarsträhne verirrt sich in seine Stirn. Manieren hat er auch, gebildet ist er, und sein Humor liegt mir sehr.

Ich mag Jackson sofort. Wie einen kleinen Bruder, der mich um fast zwei Köpfe überragt.

Peter, der uns einander vorgestellt hat, wirkt zufrieden mit der gemeinsamen Wellenlänge, auf der unsere Unterhaltung surft.

»Kann ich euch beide für den Rest des Abends alleine lassen? Ich habe morgen einen sehr frühen Termin.«

Es ist noch nicht mal Mitternacht, aber die Stimmung hat den Höhepunkt schon längst überschritten. Die großen Stars sind vor einer halben Stunde gegangen. Es bleiben die Leute, die noch schnell Fotos schießen, den verbleibenden Starlets Komplimente machen und vielleicht noch ein paar Häppchen abgreifen.

»Klar, kein Problem. Wir machen keinen Quatsch.«

»Damit habe ich auch nicht gerechnet. Es wäre dennoch schön, wenn es ein paar Fotos gäbe, wie ihr zusammen die Party verlasst.«

»Zusammen?«

Ich habe keine Ahnung, ob Jackson in meine Richtung muss, aber falls das so ist, können wir uns gern ein Taxi teilen.

»Es ist immer gut für die Presse, wenn Agenturkollegen zusammen zu sehen sind. Doppelter Werbeeffekt. Außerdem ist Jackson schon bekannter, als du es bist.«

Peter klopft Jackson auf die Schulter und zwinkert mir zu.

»Okay, klar. Ich bringe Zoe heil nach Hause.«

»Jackson, du bist nicht nur ein verdammt guter Schauspieler, du bist auch noch ein waschechter Gentleman.«

Da muss ich Peter zustimmen. Bisher war er wirklich der mit Abstand angenehmste Gesprächspartner des Abends. Peter drückt mir einen Kuss auf beide Wangen und winkt Becca zu, die irgendwo hinter uns noch schnell ein paar Fotos für ihren Instagram-Account macht.

»Ich hoffe, du hattest eine gute Zeit.«

»Die hatte ich.«

»Freut mich. Das ist erst der Anfang.«

Es klingt wie ein Mantra, das Peter immer und immer wieder von sich gibt. Doch wenn ich ihm glaube, dann könnte es auch ein Versprechen sein.

»Ich melde mich bei euch, sobald wir die Presse sondiert haben.«

Damit schnappt er sich seine Jacke und geht. Jackson sieht fragend zu mir.

»Und somit bleibt nur noch der traurige Rest.«

Schweigend mustern wir eine Weile die überall herumstehenden halb leeren Teller und Gläser sowie einige junge Frauen, die viel zu ausgelassen zu einem Hit aus dem Film tanzen. Selbst Becca beobachtet sie kritisch aus sicherer Entfernung.

»Läuft jede Premierenparty so ab?«

»Nun, das hier war ohnehin mehr oder weniger für die Presse. Ein paar gute Fotos, etwas Gossip. Die richtige Party steigt irgendwo auf einer Dachterrasse, wo nur echte Stars eingeladen sind.«

»Und wieso bist du dann noch hier?«

»Ich stehe nicht so auf die großen Partys. Ich bin heute nur hergekommen, weil Peter mich angefleht hat.«

»Ihr arbeitet schon länger zusammen?«

Jackson nickt. »Ich habe mich bei jedem Agenten in der Stadt vorgestellt, habe in allen Theaterstücken mitgespielt, die du dir vorstellen kannst. Ich wollte einfach nur Erfahrungen sammeln. Aber keiner wollte mich nehmen.«

»Bis Peter kam.«

»Korrekt. Er war beeindruckt von meiner Vita, von meiner Hartnäckigkeit.« Er schüttelt den Kopf, als könne er es noch immer nicht so ganz glauben.

»Peter hat versprochen, mir gute Rollen zu besorgen. Und dann kam die Nebenrolle in dem Robert-Redford-Film.«

»Dein Durchbruch!«

»Die Kritiker waren begeistert, die Zuschauer mochten mich, und die allgemeine Meinung lautet: *Reed überzeugt mit reinem Talent, ohne aufgesetzt zu wirken.*«

Er sagt es nicht ohne Stolz und sieht mit leuchtenden Augen zu mir. Ich kann nur zu gut nachvollziehen, wie zufrieden er nach dem etwas holprigen Start sein muss.

»Der Junge, der während der Sommersaison in Oceanside in Polyesterkostümen als Pirat verkleidet auf einem Partyboot gearbeitet hat, steht plötzlich neben Robert Redford ... Ich zwicke mich noch immer jeden Tag.«

»Du hast es dir verdient.«

»Danke.«

Er sieht mich einen kurzen Moment an, so als würde er überlegen, was er als Nächstes sagen soll.

»Peter ist manchmal etwas ... unkonventionell in seiner Art.«

»Was meinst du?«

»Nun, er weiß genau, was er will und wie er es erreichen kann. Das kann für uns von Vorteil sein.«

»Okay.«

»Lass dich aber nicht verunsichern, wenn es manchmal turbulent wird. Oder du nicht genau weißt, wie und wo es hingehen soll.«

»Das klingt so, als ob ich mir Sorgen machen müsste.«

Jacksons Lachen klingt hell und jung, was er ja auch wirklich ist. So wie er sich gibt, sein Auftreten, seine Ausdrucksweise, all das lässt ihn deutlich älter wirken. Doch jetzt, da er neben mir steht und einfach lacht, erkenne ich den jungen Mann, der er abseits des ganzen Rummels eigentlich ist.

»Nein. Du solltest dich nur anschnallen.«

Das ist wirklich ein guter Tipp. Es beruhigt mich etwas, wenn ich in Jackson einen Vertrauten gefunden habe, den ich in Zukunft um Rat bitten kann.

»Wir werden wohl noch einige Partys zusammen verlassen.«

»Das hoffe ich.«

»Partners in crime.«

Er reicht mir seine Hand, die ich ohne Zweifel annehme.

»Partners in crime.«

Die Nervosität, die sich zu Beginn des Abends in meine Adern geschlichen hat, ist jetzt wie verschwunden. Ich bin bereit für ein Abenteuer, bei dem man sich anschnallen muss! Jackson sei Dank!

»Hey, störe ich?«

Becca taucht neben uns auf und wirft erst mir, dann Jackson ein Lächeln zu.

»Du störst doch nie.«

»Das höre ich gerne. Ich finde, die Party ist tot. Bevor die Leute denken, wir gehören zu denen da …«

Sie nickt in Richtung der jungen Frauen, die noch immer auf der Tanzfläche herumspringen, als wäre das hier eine Jugenddisco und nicht die Premierenparty eines neuen Blockbusters.

»… sollten wir uns verziehen.«

You've Been Flirting Again

Es hat sich wohl rumgesprochen, dass der ach so angesagte Jackson Reed bald den Abflug macht, denn tatsächlich werden wir beim Verlassen der Party von wartenden Paparazzi aufgehalten und fotografiert. Ich bin zunächst nervös, doch Jackson gibt mir den Tipp, einfach zu lachen und mir nichts anmerken zu lassen. Und so schieben wir uns, als wäre es das Normalste auf der Welt, zu dem Taxi durch, das Becca, die von den Paparazzi ignoriert wurde, in der Zwischenzeit für uns aufgehalten hat.

Zu meiner Überraschung scheinen sich einige der Fotografen meinen Namen gemerkt zu haben. Denn zwischen den lauten Rufen nach Jackson und den Bitten, Jackson solle doch mal hierher und dorthin schauen, höre ich auch meinen Namen.

»Zoe! Zoe, ein Lächeln für die Kamera!«

»Zoe, ein Blick hierher!«

Ich müsste lügen, wenn ich behaupten würde, dass es sich nach dem ersten Schreck nicht irgendwie cool anfühlt, wenn man plötzlich – wenn auch nur für den Bruchteil einer Sekunde – wichtig ist. Natürlich weiß ich, dass morgen schon wieder ein anderer Star angesagt ist und ich doch nur das unscharfe Gesicht im Hintergrund von Jackson Reeds Foto sein werde. Aber das ist egal, darum geht es mir nicht. Es ist wie eine nette Beilage zu einem guten Steak.

Wir haben kaum die Türen zu unserem Taxi zugezogen und damit die lauten Rufe der Fotografen ausgeschlossen, als sich der Taxifahrer an uns wendet.

»Wo soll's hingehen?«

»Zum Knights Building, bitte.« Jetzt komme ich mir auch noch wie eine echte New Yorkerin vor.

Becca grinst mich breit und zufrieden an, während Jackson zwischen uns sitzt und einfach nur froh scheint, der Pressemeute entkommen zu sein.

»Hast du noch einen Plan für heute Nacht?«

Beccas Frage ist harmlos, doch ihr Augenaufschlag ist es nicht, während sie Jackson mustert.

»Ich denke, ich falle ins Bett. Morgen muss ich zu einer Kostümprobe.«

»Das kenne ich.«

»Becca ist Musicaldarstellerin.«

Erst jetzt fällt mir auf, dass ich die beiden einander noch gar nicht richtig vorgestellt habe. Doch das scheint Jackson nicht zu stören. Mit leuchtenden Augen wendet er sich meiner Freundin zu.

»Wow! Ich stehe auf Musicals.«

Den Rest der Fahrt schmettern die beiden Songs aus *Grease,* der *Rocky Horror Picture Show, Les Misérables* und *42nd Street.* Ich schaue grinsend aus dem Fenster, wo New York mit seinen erleuchteten Gebäuden an mir vorbeizieht, und in mir breitet sich ein Gefühl aus, das sich in L. A. die ganze Zeit, während ich dort war, kein einziges Mal eingestellt hat. Noch kann ich es nicht genau benennen, aber mit jedem Tag hier empfinde ich es stärker.

»Ein Freund von mir hat heute eine dieser nächtlichen Kunstausstellungen ...«

Jacksons Stimme klingt merkwürdig belegt, als müsste er sich überwinden, die Worte über die Lippen zu bekommen. Ich sehe ihn verwundert hat, um festzustellen, dass er nicht mir spricht. Beccas Blick hängt an seinen Lippen seit den ersten Tönen von *Summer Nights.* Ob die beiden mich überhaupt noch wahrnehmen?

»Was ist mit der Kostümprobe?«

»Na ja, es gibt Kaffee und Espresso. Und *Red Bull*.«
»Wo ist denn diese Ausstellung?«
»In Brooklyn.«
»Nun, also ...«

Becca wirft mir einen Blick zu, der mir eine eindeutige Botschaft schickt. Eine Botschaft, die Jackson nicht bemerkt.

»Also, ich bin total müde. Aber ihr zwei solltet auf jeden Fall gehen.«

»Sicher?«

»Kunst ist wichtig!«

Jackson sieht ebenso erleichtert aus wie Becca, dass ich mich an dieser Stelle aus dem Abend verabschiede und sie zusammen weiterziehen lasse. Becca formt stumm das Wort »danke«, während ich mir einen frechen Kommentar verkneife, weil ich Jackson nicht verunsichern will. Der sieht nämlich viel zu aufgeregt aus. Interessant, wenn man bedenkt, dass er neben einem Oscargewinner vor der Kamera stand – und jetzt wegen Becca feuchte Hände bekommt.

»Ich kann an der Ecke da aussteigen.«

»Unsinn, wir bringen dich nach Hause.«

»Nicht nötig. Ein bisschen frische Luft wird mir guttun.«

»Aber ich habe Peter versprochen ...«

»Peter wird davon nichts erfahren. Versprochen!«

Mit einem Augenzwinkern öffne ich die Autotür, sobald das Taxi zum Stehen gekommen ist.

»Ich wünsche euch noch einen schönen Abend.«

Sie winken mir beide zu. Dann mischt sich das gelbe Taxi schon wieder unter den Verkehr, der für diese Uhrzeit noch ziemlich beeindruckend ist.

Es gibt sicherlich Städte, da fällt eine junge Frau in einem Abendkleid und hohen Schuhen, die alleine durch die Straßen läuft, auf oder zieht zumindest irritierte Blicke auf sich. Doch die wenigen Menschen, die mir um diese Uhrzeit noch entgegenkommen, scheinen mich nicht zu registrieren. Ich bin für sie nur eine weitere Person, die auf dem Heimweg ist. Und genau so ist es.

Als ich um eine Ecke biege und das Knights vor mir auftaucht, bin ich schon etwas stolz auf mich, dass ich den Weg ganz alleine gefunden habe, auch wenn es nicht besonders weit war. Trotzdem: Wieder eine Weiterentwicklung auf dem Weg zur echten New Yorkerin.

In einigen Fenstern ist noch Licht. Wie bei Sarah, die vermutlich noch einen Artikel für ihren Blog oder das Musikmagazin *Indie Key* schreibt. Oscar, der Hotdog-Verkäufer, den man sonst immer auf der Straße irgendwo in der Nähe des Knights antrifft, ist allerdings nicht zu sehen. Zu schade, denn ich bin von den wenigen Häppchen auf der Party nicht satt geworden und verspüre einen leichten Hunger. Kurz spiele ich mit dem Gedanken, im 24/7-Shop noch eine asiatische Nudelsuppe zu kaufen, die mit heißem Wasser binnen vier Minuten zu einer kleinen Köstlichkeit wird, doch dann bemerke ich den Mann, der auf den Stufen zum Knights sitzt und mit dem Handy in seiner Hand spielt.

Hatte ich zuvor ein Kribbeln in meinem Magen, als die Fotografen meinen Namen gerufen haben, so saust jetzt eine ganze Armada aus Schmetterlingen durch meinen Körper, als wollten sie mir beweisen, dass ein Blitzlichtgewitter sicher nicht das beste Gefühl der Welt ist.

Mit einem Lächeln, auf das ich keinen Einfluss habe, komme ich auf ihn zu. Nach wenigen Schritten hebt er den Blick vom Handy zu mir, während ich hoffe, dass das magische Becca-Make-up die Party gut überstanden hat.

»Hi.«

Meine Stimme ist viel zu leise, wenn man bedenkt, was für ein Gefühlsgewitter in meinem Inneren tobt.

»Hi.«

Sein Lächeln ist einfach da, aus dem Nichts, und das nur, weil er mich sieht. Wer braucht da noch Fotografen, die einen Namen rufen?

»Was machst du hier?«

Matt zuckt nur mit den Schultern, als wäre es nichts Besonderes, und steht langsam auf. Obwohl ich die High Heels an meinen Füßen habe, überragt er mich noch um einiges. Er trägt ein schlichtes hellblaues Hemd und dunkle Jeans. Seine Haare sind etwas unordentlich, aber nicht so, dass es gewollt wirkt. Matt ist einer dieser Männer, die sich keine Mühe machen müssen, um lässig zu wirken. Ich kann ihn mir nicht vor dem Spiegel stehend vorstellen, bedacht darauf, einen perfekten Style zu kreieren. Er zieht einfach etwas an, und schon ist er fertig.

»Ich habe auf dich gewartet. Sarah hat gesagt, du bist auf einer total angesagten Filmpremiere.«

»Also hast du gewartet?«

»Jap.«

»Wie lange bist du schon hier?«

»Ach, Zoe, Zeit ist so eine Wibbly-wobbly-Sache.«

»Wie lange?«

»Drei Stunden.«

Dabei kann er mir nicht in die Augen sehen, sondern starrt auf seine schwarzen Turnschuhe.

»Wow!«

»Ich weiß schon. Jetzt erwirkst du bestimmt eine Verfügung, dass ich mich dir nicht näher als fünfzig Meter nähern darf.«

»Wieso?«

»Weil du mich für einen Stalker hältst.«

»Nein. Warum hast du auf mich gewartet?«

Erst jetzt sieht er wieder zu mir, doch er zuckt erneut nur mit den Schultern, als wäre das alles doch so offensichtlich, als stünde ich nur auf dem Schlauch.

»Weil ich noch nicht fertig war.«

Seine Antwort lässt mich nur noch verwirrter zurück.

»Womit?«

»Mit dem Flirten.«

Augenblicklich muss ich an unser letztes, jäh unterbrochenes Gespräch im *Tuned* denken. Das habe ich heute übrigens ziemlich oft getan. Jetzt, da Matt direkt vor mir steht, fühlt es sich gar nicht so an, als wäre es erst gestern passiert.

»Das ist ziemlich beeindruckend.«

»Danke. Bin ziemlich spontan, wenn ich drei Stunden Zeit habe, mir zu überlegen, was ich sage, wenn du auftauchst.«

»Gut zu wissen. Du hast die Wartezeit vernünftig genutzt.«

»Rufst du also deinen Anwalt an?«

»Würde ich ja, aber ich habe viel zu großen Hunger.«

»Perfekt. Ich auch.«

»Ist das eine Einladung zum Abendessen?«

Matt wirft einen schnellen Blick auf seine Armbanduhr und schüttelt dann den Kopf.

»Leider nein. Es handelt sich um eine offizielle Bewerbung als dein Mitternachtssnackpartner.«

»Oh, da gibt es leider schon einige Bewerber.«

Nur ganz kurz verrutscht sein Lächeln, bevor er sich wieder fasst und meinen kleinen Scherz als Korb deutet.

»Okay. Klar. Ich meine …«

Er deutet auf mein Kleid und zieht anerkennend die Augenbraue nach oben.

»… welcher vernünftige Kerl hätte nicht versucht, dich zu einem Date einzuladen.«

»Danke für das Kompliment.«

»Ich meine es ernst. Du siehst umwerfend aus.«

Die Leichtigkeit ist aus seiner Stimme verschwunden. Kein Witz, kein schnell dahergesagter Spruch, sondern offensichtlich die Wahrheit.

»Die anderen Bewerber haben wirklich keine Chance gegen dich, Matt. Deine Drei-Stunden-Spontaneität ist einfach zu gut.«
»Das heißt?«
Ich strecke ihm die Hand entgegen.
»Herzlichen Glückwunsch. Sie haben sich soeben als Fastmitternachtssnackpartner qualifiziert.«
Kaum nimmt er meine Hand in seine, spüre ich eine Art elektrischen Schlag. Aber keinen von der Sorte »schmerzvoller Herzstillstand«, sondern eher die Kategorie »wiederbelebender Defibrillatoreinsatz«. Matt scheint es nicht anders zu gehen, immerhin behält er meine Hand einen weiteren Augenblick in seiner und streicht sanft mit dem Daumen über meine Haut.
»Vielen Dank für das Vertrauen, das Sie in mich setzen. Ich werde Sie nicht enttäuschen.«
»Beweisen Sie es.«
»Wie?«
»Entführen Sie mich in den besten Snackladen, den Sie kennen.«

Dinner Date

Wie sich herausstellt, kann Matt auch ohne lange Wartezeit spontan sein. Statt mich in einen Fastfood-Schuppen in der Nähe zu führen, gibt er mir zehn Minuten, um in bequemeres Schuhwerk zu wechseln. Bei der Gelegenheit steige ich auch aus dem Kleid und ziehe Jeans und T-Shirt an, überprüfe mein Makeup und grinse frech in den Spiegel, als ich meine vor Aufregung geröteten Wangen bemerke – während er unten auf mich wartet. Keine Ahnung, ob ich positiv oder negativ überrascht sein soll, weil er mein Angebot, er könne auch mit hochkommen, abgelehnt hat. Auch wenn seine Augen mich haben wissen lassen, dass wir das eines Tages nachholen werden.

Eine Fahrt später mit der Subway Nummer 6 bis zur Haltestelle Astor Place sind wir im East Village, ganz in der Nähe vom Washington Square Park – einem der schönsten Parks der Stadt, wenn ich Matt Glauben schenken soll. Von hier ist es nur ein kurzer Fußmarsch bis zu dem Restaurant mit dem Namen *The Smith*, von dem er die ganze Fahrt über schwärmte.

Und er enttäuscht mich nicht: Das *Smith* ist eine Mischung aus Restaurant und Bar, in einem schwarzen Backsteingebäude mit ebenso dunkler Markise, auf der in weißen Lettern der Name steht. Neben der Tür hängt eine Tafel, auf der die aktuellen Menüs geschrieben stehen. Durch die große Glasfront kann man ins Innere blicken, wo fast alle Tische besetzt sind. Und das um diese Uhrzeit! Matt öffnet mir die Tür und macht eine einladende Handbewegung.

»Nach Ihnen ...«

Vom leckeren Geruch angezogen, folge ich seiner Aufforderung und trete ein.

Der Boden des Lokals ist gelb-blau gekachelt, die Wände hingegen weiß, als würde man in einer Metzgerei stehen. Um die kleinen Tische stehen schlichte Holzstühle, und die Edelstahltheke an der rechten Seite dient als Bar, hinter der Getränke gezapft und Cocktails gemixt werden. Überall, wo keine Flaschen mit verlockenden Inhalten stehen, hängen gerahmte Bilder. Es riecht nach Burgern, Steak und Pasta, eine Mischung, die mein Magenknurren nur verstärkt.

»Ein Tisch für zwei?«

Die Kellnerin hat bereits zwei Speisekarten unter dem Arm, während wir nicken und in den hinteren Teil des Restaurants geführt werden. Im Vorbeigehen werfe ich einen Blick auf die Teller der anderen Gäste und weiß, Matt hat nicht zu viel versprochen. Wenn das Essen nur halb so gut schmeckt, wie es aussieht, werde ich in einer Stunde ein sehr glücklicher Mensch sein.

»Und das hier ist dein Lieblingsrestaurant?«

Matt überlässt mir den Platz mit Blick in den Laden, damit ich das Treiben beobachten kann, und nickt.

»Wenn ich einen miesen Tag hatte oder mir etwas Gutes tun will, komme ich hierher.«

»Wie viele Frauen hast du schon hierhergeführt?«

Ich gebe mir Mühe, meine Frage wie einen kleinen Scherz klingen zu lassen, aber es gelingt mir nicht so recht. Denn ich kenne Matt nicht gut genug, um zu wissen, wie er tickt. Natürlich hat er sich bereits als strahlender Held präsentiert, aber ich bin neuerdings bei Männern vorsichtig. Leider bin ich eine hoffnungslose Romantikerin und vertraue charmanten Männern zu schnell. So schön das in der Theorie auch klingen mag, in der Realität bricht man Frauen wie mir viel zu leicht das Herz.

»Eine vor dir.«

Autsch!
Warum lässt mich das nicht kalt?
»Oh, das hier ist also ein Secondhand-Dateplan?«
»Nun, ich nenne ein Mittagessen mit meiner Mom nicht unbedingt ein Date.«

Die Erleichterung ist mir viel zu sehr anzumerken. Und das, obwohl ich Schauspielerin bin. *Verdammt!*

»Siehst du deine Mutter oft?«
»Nicht so oft, wie ich sollte. Aber wenn sie in der Stadt ist, richten wir immer ein gemeinsames Essen ein.«

Ohne es zu wissen, sammelt er gerade Pluspunkte. Um nicht weiter dümmlich zu grinsen, schnappe ich mir eine der Karten und blättere mich gewissenhaft durch die Gerichteauswahl.

»Kannst du etwas empfehlen?«
»Nun, das kommt auf die Größe deines Hungers an. Wie würdest du ihn beschreiben?«
»Ausgewachsen und wütend.«
»Okay. Das Steak ist toll. Und die Pasta kann sich sehen lassen. Aber auch mit einem Burger machst du nichts falsch.«
»Der Burger hat das Rennen gemacht.«

Matt entscheidet sich für das Smith Bar Steak, ich nehme den Burger Royal und hoffe inständig, dass es nicht zu lange dauert.

»Wie war die Premiere?«
»Sarah hat dir alle Infos gegeben, hm?«
»Ich habe sie vielleicht mit ein, zwei Muffins von Claire überredet.«
»Der Abend war sehr interessant, aber auch sehr strange.«
»Das bedeutet?«
»Ich kenne diese Seite der Branche noch nicht so gut.«
»Dann lernst du es eben.«
»Es ist nur so ungewohnt. Als wäre ich auf einem total schrägen Trip gewesen.«

»Guter oder schlechter Trip?«

Ich wiege nachdenklich den Kopf.

»Da bin ich mir noch nicht sicher.«

Matt ist einer dieser guten Zuhörer, bei denen man das Gefühl hat, dass sie sich nicht langweilen, an den richten Stellen Fragen stellen und einen mit nur einem Blick zum Weitersprechen auffordern. Doch ich will nicht die ganze Zeit über mich sprechen. Dafür ist meine Neugier auf ihn viel zu groß.

»Und was hast du heute so gemacht? Außer auf mich zu warten?«

»Nun, ich hatte heute meinen freien Tag.«

»Von allen Jobs gleichzeitig?«

»Ja, und das kommt selten vor.«

»Wow, das muss ja wie Weihnachten für dich sein.«

»Ich arbeite Weihnachten für gewöhnlich.«

»Als Weihnachtsmann?«

Matt sieht ertappt aus.

»Nicht. Dein. Ernst.«

»Ich bin vor drei Jahren mal für einen Freund eingesprungen. Und seitdem mache ich es alle Jahre wieder. Im Lenox Hill Hospital.«

»Matt Booker, du bist wirklich einer von den Guten, oder?«

»So würde ich das nicht gerade sagen.«

»Du führst Hunde aus, du trägst Möbel für andere Menschen in Seitengassen und Wohnungen, du räumst in Bars auf, du verkleidest dich als Weihnachtsmann. Das sind eine Menge Talente.«

Mein Kompliment scheint ihm unangenehm zu sein, denn er weicht meinem Blick aus und hält stattdessen Ausschau nach dem Kellner, der unsere Getränke bringt.

»New York ist eben nicht so günstig.«

Darauf habe ich keine passende Antwort, ein einfaches Ja wäre zu banal. Zum Glück rettet mich die Ankunft unserer Getränke davor, etwas Dummes zu sagen und damit den Abend zu ruinieren. Das würde ich nämlich ganz gerne vermeiden. Doch offenbar habe ich mir zu früh Sorgen gemacht, denn Matts Lächeln kehrt zurück, als er mit mir anstößt.

»Vielen Dank, Zoe.«

»Wofür?«

»Dafür, dass du einen ziemlich ätzenden Tag gerettet hast.«

Ich will nicht nachfragen, auch wenn ich gerne wissen möchte, wieso heute für ihn ätzend und nicht schön war, vor allem, weil es sein freier Tag war.

»Es ist mir eine Ehre.«

Und das ist es tatsächlich, denn so kann ich ihm endlich etwas zurückgeben. Keine Ahnung, wo ich jetzt wäre, wenn vor einigen Wochen an meinem ersten Tag in New York nicht er zufällig auf meine Couch und mich aufmerksam geworden wäre. Vielleicht säße ich wieder in L. A. Oder bei meinen Eltern, die mich besorgt ansehen und mir dann, ohne mich zu fragen, einen Job beim regionalen TV-Sender als Wetterfrosch besorgen würden, weil mein Dad dort in der Redaktion arbeitet. Lieber lasse ich jetzt meinen Blick über Matt wandern, der die Wende in meinem Leben hier eingeleitet hat und gerade entspannt an seinem Soda nippt. Als er bemerkt, wie ich ihn beobachte, hebt er den Kopf.

»Hm?«

»Nichts. Ich dachte nur gerade ...«

Ich breche ab, weil der Kellner schon unser Essen bringt. Matts Augen leuchten beim Anblick seines Steaks, und ich muss sagen, dieser Burger sieht ganz so aus, als könnte er meine neue Lieblingsspeise werden.

»Was wolltest du sagen?«

»Ich dachte nur gerade daran, wie hungrig ich bin.«

In the Photo Booth

Der Burger im *The Smith* sollte als weiteres offizielles Wahrzeichen der Stadt aufgenommen werden. Zumindest beschließe ich das, als ich glücklich den letzten Bissen genieße und mir sicher bin, dass der heutige Tag zu einem Erinnerungshighlight in der Zukunft werden wird. Selig lächelnd schiebe ich den Teller von mir und lehne mich in den Stuhl zurück.

»Wow!«

Matt kämpft noch mit seinem Steak und scheint von meiner Essgeschwindigkeit beeindruckt.

»Du rüttelst gerade sehr am Klischee der ewig hungernden Schauspielerin.«

»Tue ich das?«

»Du vernichtest einen Burger in Warp-Geschwindigkeit, das verdient meinen Respekt.«

Er hebt sein Glas für einen Toast, und ich tue es ihm gleich.

»Auf Frauen, die Burger lieben und in Turnschuhen sexy aussehen!«

Ich werfe schnell einen Blick auf meine ausgelatschten Laufschuhe.

»Auf Männer, die Frauen zum Fastmitternachtsnack quer durch die Stadt scheuchen!«

Matt grinst breit.

»Auf uns!«

Es ist komisch, ich habe in L. A. einige Dates gehabt. Manchmal wurde daraus auch mehr, aber meistens hatte ich das Gefühl, mich verstellen zu müssen, weil ich versucht habe, eine bestimmte Erwartung zu erfüllen. Das war nicht die Schuld der Männer, das ist mir schon klar, aber trotz all dieser Erfahrungen fühle ich mich bei Matt einfach wohl. Vielleicht, weil er mein hysterisches Ich schon kennt und mich auch mit zerzausten Haaren gesehen hat. Und das, bevor wir wussten, dass wir uns wiedersehen werden.

»Das Beste an diesem Laden habe ich dir noch gar nicht verraten.«

Er schluckt das letzte Stück seines Steaks runter und weckt erneut meine Neugierde. Wie macht er das nur?

»Wenn du mir jetzt mit Dessert kommst, muss ich ablehnen. In diese Jeans passen nicht noch mehr Kalorien.«

»Das ist schade, denn der karamellisierte Apfelkuchen ist wirklich eine Wucht. In jeder Hinsicht.«

»Das kann nur eines bedeuten ...«

Er zieht abwartend die Augenbraue nach oben.

»Du musst die Jeans aufknöpfen?«

»Träum weiter, Matt.«

»Gerne.«

Sogar das freche Grinsen kann ich ihm nicht übel nehmen, dennoch bekommt er einen sanften Tritt unter dem Tisch verpasst.

»Also, was bedeutet es?«

»Wir müssen wohl wiederkommen.«

Warum ist es so irre leicht, mit Matt zu flirten? Ich glaube, ich weiß es: Bei ihm fühlt es sich so an, als hätte er einen doppelten Boden, ein Sicherheitsnetz gespannt. Als Schauspielerin bin ich es gewohnt, schlaue Dinge zu sagen, die mir Drehbuchautoren in den Mund legen. Deswegen bin ich, sobald ich auf mich alleine gestellt bin, manchmal aufgeschmissen.

Wie oft trifft man solche Menschen, bei denen man sich einfach wohl fühlt und weiß, selbst wenn man etwas Dummes sagt, er würde mich nicht auslachen?

»Verrätst du mir trotzdem das Beste an diesem Laden?«

Matt nickt, schiebt seinen Stuhl zurück und steht auf. Etwas verwirrt sehe ich ihn an.

»Was ...?«

»Komm mit.«

»Wohin?«

Er streckt mir die Hand entgegen.

»Das wirst du dann ja sehen.«

Ich nehme seine Hand und folge ihm.

»Wenn du mich hier unten k. o. schlagen, zersägen und dann in Stücken in deinem Kühlschrank lagern willst ...«

Matt führt mich eine dunkle Treppe nach unten, und auch wenn ich meine Frage im Scherz gestellt habe, zögere ich beim nächsten Schritt.

»Bist du irre? Ich weiß doch, dass du Pfefferspray hast. Ta-dah!«

Er überspringt die letzte Stufe hinunter in den Gang mit den Toiletten und deutet wie ein TV-Moderator, der den großen Gewinn anpreisen will, auf einen blauen Kasten in der Ecke.

»Ein Fotoautomat?«

»Gib zu, das ist cool!«

Ist es. Es ist sogar verdammt cool. Eine verrückte Idee, so ein Ding ausgerechnet in ein Restaurant zu stellen, aber das gefällt mir.

»Stell dir vor, du möchtest eine bleibende Erinnerung an einen besonderen Abend haben.«

»Dann mache ich ein Foto mit dem Handy?«

Er verdreht gespielt genervt die Augen und deutet wieder zum Automaten, der so aussieht, als würde er aus einem anderen Jahrhundert stammen.

»Sei nicht so zynisch. Der Kasten hier ist der Inbegriff einer romantischen Geste.«

»Ich wusste nicht, dass du ein Verfechter von Romantik bist, Matt.«

»Nein? Weil ich heute Abend so schrecklich subtil war? Stundenlanges Warten, statt dir einfach eine WhatsApp-Nachricht zu schicken, Ausführen in mein Lieblingsrestaurant ...«

Wenn ich jetzt darüber nachdenke, war der Verlauf dieser Nacht bisher tatsächlich so ziemlich die romantischste Angelegenheit, die ich in den letzten Jahren erlebt habe.

»Also ... Was meinst du, ein Foto?«

Ich muss an all die Fotos denken, die heute auf dem roten Teppich geschossen wurden: das aufgeregte Kribbeln in meinem Magen, das Adrenalin in meinem Körper – und das Hochgefühl, weil ich mich ganz kurz wie ein Starlet gefühlt habe. Die Vorstellung, jetzt mit Matt in einen viel zu engen Fotoautomaten zu klettern und dort Schwarzweißmomentaufnahmen von uns zu machen, setzt mir ein Lächeln ins Gesicht.

»Sehr gerne!«

Mit einem breiten Grinsen und einer lässigen Handbewegung zieht er den Vorhang zur Seite und nimmt auf dem kleinen Drehhocker im Inneren Platz. Aufgrund seiner Größe nimmt er den meisten Raum ein, wodurch es für mich keine Chance gibt, mich neben ihn zu quetschen. Einen kurzen Moment sehen wir uns stumm an. Wir wissen beide, dass es nur eine Alternative gibt – und ich entscheiden muss, ob das okay ist. Ich bin bei ersten Dates schon deutlich weiter gegangen.

Als wäre es das Normalste auf der Welt, klettere ich zu ihm in die enge Kabine und nehme auf seinem Schoß Platz. Matt sagt nichts, aber ich kann seinen Herzschlag an meinem Rücken spüren, so nah sind wir uns plötzlich. Er fischt seinen Geldbeutel heraus und wirft das Geld in den Schlitz.

»Vier Versuche!«

»Bitte recht albern, ja?«

»Ich habe gehofft, dass du das sagst.«

Ich lache laut los. Bei Matt muss ich nicht so tun, als wäre ich perfekt für eine Rolle auf der Leinwand oder daran gewöhnt, von

Fotografen auf dem roten Teppich fotografiert zu werden. In der Enge des Fotoautomaten fühle ich mich so sicher wie zu Hause in Idaho, damals auf meiner pinken Couch. Es fühlt sich einfach gut an. Ebenso wie sein Körper an meinem, sein hektischer Herzschlag, sein Atem an meinem Nacken.

Die Stimme aus dem Automaten erklärt uns, wie wir unsere Gesichter positionieren sollen, und dann beginnt auch schon der Countdown.

Sofort ziehe ich eine möglichst dämliche Grimasse und hoffe inständig, Matt tut es mir gleich.

Vor dem nächsten Blitz legt er seinen Arm um meine Taille und stützt sein Kinn auf meiner Schulter ab. Das bringt mich ein wenig aus dem Konzept und führt zu einem ziemlich dümmlichen Lächeln, das mein halbes Gesicht ausfüllt.

Vor dem dritten Blitz drehe ich mein Gesicht in seine Richtung und bemerke, dass er mich ansieht. Ich will etwas sagen, doch das grelle Licht ist schneller.

Vor dem letzten Blitz verlangsamt sich die Geschwindigkeit der Zeit schlagartig, eine Sekunde fühlt sich an wie eine Minute, ein Blick wie eine Umarmung, eine Berührung wie ein Geschenk. Matts Gesicht ist noch immer sehr nah an meinem, ich kann seine Lippen fast schon auf meinen spüren. Meine Hand greift nach seiner, und in dem Moment, als der Automat das Foto schießt, legt er seine Hand an meine Wange, beugt sich das letzte Stück zu mir rüber und küsst mich.

Er flüstert es gegen meine Lippen, aber ich bewege mich nicht, will keinen Abstand zwischen unsere Körper bringen, weil es sich viel zu gut anfühlt in dieser kleinen Blase, die uns plötzlich umgibt und auf magische Weise nicht nur die Zeit verlangsamt, sondern auch alle Geräusche verstummen lässt. Ich höre nur noch seinen Herzschlag.

»Wieso entschuldigst du dich?«

»Ich wollte dich nicht so überfallen.«

»Das hast du nicht.«

Denn mit jeder Sekunde, die ich Matt etwas besser kennenlernen darf, wächst der Wunsch in mir, mehr Zeit mit ihm zu verbringen.

»Gut.«

Er streicht mir eine Haarsträhne aus dem Gesicht.

»Ich wollte dich schon den ganzen Abend küssen.«

Wir flüstern noch immer.

»Aber du wolltest den romantischsten Augenblick abwarten?«

Ich spüre sein Lächeln gegen meine Lippen.

»Du hast mich durchschaut.«

Die Wahrheit ist, dass ich mir tatsächlich keinen besseren Zeitpunkt für diesen Kuss vorstellen kann. Geigenmusik im Hintergrund, Sonnenuntergang, perfekte Beleuchtung – all das verliert gegen einen Fotoautomaten.

Und Matt.

»Darf ich die Fotos behalten?«

Es ist gemein von mir zu verlangen, dass nur ich diesen Augenblick mit nach Hause nehmen darf, aber ich kann nicht anders. Matt nickt.

»Sie gehören dir.«

»Du weißt schon, dass der Anspruch für das Setting des zweiten Kusses jetzt enorm gestiegen ist.«

»Ich werde mir etwas einfallen lassen.«

Ich hoffe, er weiß, dass es mir vollkommen egal ist, wo er mich wieder küsst, solange er es nur wieder tut. Nur widerwillig klettere ich aus der Kabine und fische die Fotos aus dem kleinen Fach.

Vier Fotos. Nicht mehr und nicht weniger.

Matt sieht über meine Schulter auf den Streifen mit den Schwarzweißbildern.

»Ich finde, sie sind sehr gelungen.«

Erst jetzt sehe ich die Grimasse, die er auf dem ersten Foto gezogen hat, und muss lachen.

»Das sind sie allerdings.«

Sie sind sogar viel mehr als das. Ich betrachte den Fotostreifen in meiner Hand, auf dem unser erstes Date tatsächlich ausgesprochen gut festgehalten wurde. Die Albernheit, unsere tiefen Blicke, mein entspanntes Lächeln und natürlich der Kuss, fixiert für die Ewigkeit. Für gewöhnlich sind Fotos nur schwache Versuche, etwas einzufangen, das zu schnell vorbei ist und dessen Emotionalität zu stolz ist, um sich in einen Bilderrahmen sperren zu lassen. Doch wenn ich jetzt die Fotos anschaue, habe ich das aufgeregte Gefühl aus der engen Kabine wieder in mir. Ich spüre Matts Atem, seinen Herzschlag und seine Lippen auf meinen. Und das, obwohl wir uns gerade nicht küssen. Ich lehne mich ein bisschen an ihn und genieße den Moment, so wie er ist. Ohne die Frage nach dem, was morgen, übermorgen oder in den nächsten Wochen aus uns werden könnte. Wir machen uns ständig Gedanken darüber, was in der Zukunft passiert. Doch New York hat mich in der kurzen Zeit gelehrt, dass man die einzelnen Momente einfangen und genießen muss.

»Komm, gehen wir wieder nach oben, bevor sie unsere Gesichter auf Milchpackungen drucken und Hundestaffeln losschicken.«

Ist es schlimm, dass ich mich gerade in einen Mann verliebe, der mich zum Lachen bringt?

Wieder nehme ich seine Hand und weiß, dass ich ihm vertrauen kann.

»Möchtest du diesmal mit raufkommen?«

Für die Rückfahrt haben wir uns ein Taxi gegönnt und stehen jetzt wieder vor dem Knights, wo ich die Frage des Abends stelle. Doch wieder schüttelt Matt den Kopf. Wenigstens sieht er dabei ordentlich zerknirscht aus.

»Ich muss morgen verdammt früh raus.«

»Du lässt mich für Molly sitzen?«

»Was soll ich sagen, ihr treuer Hundeblick hat mein Herz erobert.«

»Es sei dir verziehen.«

»Aber vielleicht hast du Lust, am Freitag in den *Standing Room* zu kommen?«

»Ein weiteres Date. Das klingt vielversprechend.«

»Genau genommen hatten wir heute nur ein halbes Date.«

»Stimmt.«

»Ich kann also mit dir rechnen?«

»Wirst du dort sein?«

»Allerdings.«

»Das ist schon mal ein Grund zu kommen.«

»Und es gibt auch dort Burger, falls du noch mehr Gründe suchst.«

»Du hast meine Schwachstelle aber schnell entdeckt, Matt Booker.«

»Das Leuchten in deinen Augen, als der Burger kam, war kaum zu übersehen.«

»Ich werde da sein.«

»Einlass ist um halb acht. Ich lasse dich auf die Gästeliste setzen.«

Was bis eben wie ein normales Date klang, wird eine Nummer spannender. New York scheint voll von Gästelisten und exklusiven Events, auf die man nur mit den richtigen Beziehungen kommt.

»Gästeliste?«

Matt zuckt wie immer nur mit den Schultern, als wäre das alles glasklar und nur ich würde auf dem Schlauch stehen. Meinen fragenden Gesichtsausdruck ignoriert er, stattdessen zieht er mich einfach an sich und küsst mich erneut. So, als würde er eigentlich doch gerne mit nach oben kommen. So, als wolle er sichergehen, dass ich ihn bis Freitag nicht vergesse. Und ich küsse ihn genauso zurück. Langsam löst er sich von mir, bringt wieder Abstand zwischen uns und sieht mich einen kurzen Moment an.

»Ich kann nicht glauben, dass ich dich damals auf der Straße angesprochen habe.«

»Ich bin froh, dass du es getan hast.«

»Dabei wollte ich nur deine Couch.«

Ich verpasse ihm einen Schlag gegen die Schulter, auch wenn er auszuweichen versucht.

»Pech gehabt, die Couch ist weg.«

Er nickt, lächelt aber nicht. Vielleicht, weil er merkt, dass ich meine Entscheidung, das gute Stück zurückzulassen, noch immer bereue.

»Aber du bist da. Ich habe also den besseren Deal gemacht.«

Wenn er wüsste, wie sehr ich mir wünsche, dass er es genauso meint. Mein Herzschlag ist bestimmt bis in den vierten Stock zu hören, aber man muss es mir nachsehen.

»Das weißt du doch noch gar nicht.«

»Nein. Aber wenn ich mich nicht zu dämlich anstelle, werde ich es hoffentlich irgendwann wissen.«

Es ist schon eine ganze Weile her, dass ich mich so wohl gefühlt habe. Absurderweise liegt das weder an dem aufregenden Abend bei der Premiere noch an dem köstlichen Burger. Es liegt einzig und alleine an Matt, der mir mit seiner unkomplizierten und witzigen Art eine wunderschöne Zeit beschwert hat. Solche Dinge passieren immer dann, wenn man sie nicht erwartet.

Ich habe diesen Satz schon so oft gehört und nie verstanden, was er mir wirklich sagen soll. Nun, ich habe mit vielem gerechnet, aber nicht damit, an meinem ersten Tag einen Menschen wie Matt zu treffen.

»Gut möglich, dass ich dich in den nächsten Tagen anrufe, Zoe Hunter.«

Damit macht er sich auf den Weg auf die andere Straßenseite.

»Das will ich hoffen, Matt Booker.«

In der Mitte der Straße bleibt er stehen und dreht sich noch einmal zu mir um.

»Freitag. Halb acht.«

»Gästeliste.«

»Nicht vergessen.«

Statt zu antworten, winke ich mit dem Fotostreifen, den ich nicht mehr aus der Hand gelegt habe, seitdem wir das *The Smith* verlassen haben.

»Niemals.«

Ich hoffe, er weiß, dass ich nicht nur das kommende Date am Freitag, sondern den ganzen Abend heute meine. Mit einem Schwarm Schmetterlingen im Bauch steige ich die Treppen nach oben ins Knights.

Swans and the Swimming

Das Hochgefühl trägt mich fast federleicht durch die halbe Woche und lässt mich meine Szene für ein Vorsprechen, auf das ich tipptopp vorbereitet sein will, mit Begeisterung lernen. Egal, was diese Woche passiert, am Freitag bekomme ich ein weiteres Treffen mit Matt.

Natürlich würde ich unterwegs gerne auch ein weiteres Highlight mitnehmen, zum Beispiel die Zusage für die Nebenrolle in einer TV-Miniserie, von und für Netflix produziert. Es wäre eine große Sache, und ich glaube, Peter wäre sehr stolz auf mich, wenn ich die Rolle bekommen würde. Außer für meine Joggingrunden verlasse ich kaum noch das Haus, so besessen bin ich von der Vorstellung, dieses Mal keine Absage mit nach Hause zu bringen, so wie die letzten Male. In meiner Welt haben mir meine Eltern immer beigebracht, dass sich das Lernen lohnt und man sich auf einen Stoff oder ein Gespräch vorbereiten soll, weil man dann gute Chancen auf Erfolg hat. Talent setzt sich auf Dauer durch, das hat meine Mutter immer gesagt, wenn wir zusammen auf meiner pinken Couch saßen. Also habe ich alles getan, um immer besser zu werden und an meinem Talent zu schrauben.

Jetzt fällt mein Blick auf die Couch, die ich von Natascha übernommen habe. So sehr ich mir auch Mühe gebe, sie wie all die anderen Dinge in meiner neuen Wohnung emotional zu adoptieren, es gelingt mir einfach nicht. Dabei ist dieses Sofa ausgesprochen bequem. Dennoch stören mich das Kissen, die Armlehne, der Stoff des

Bezugs ... Ich seufze und blicke wieder auf die Blätter mit der Szene in meinen Händen und versuche, mich erneut zu konzentrieren.
Nicht ablenken lassen.
Talent setzt sich durch.
Ich kann diese Rolle kriegen.
Ich werde sie kriegen!
Weil ich gut bin.
Und weil ich mich vorbereitet habe.
Dennoch zittern meine Hände ein bisschen. Selbst der größte Vollprofi wird noch nervös, wenn es um Rollen geht, die nicht nur die Karriere, sondern die ganze Zukunft entscheiden können. Ich wette, selbst Meryl Streep ist manchmal noch nervös.
Okay. Meryl vielleicht nicht.
Aber Julia Roberts!

Meine Hände zittern noch immer, als ich das Blatt zusammenfalte und in meine Handtasche schiebe. Nur zur Sicherheit, falls ich unterwegs doch mal einen Blick darauf werfen will. Immerhin soll ich diese Szene in drei Stunden vorspielen, die Aufregung steigt.

Bevor ich das Knights verlasse, klopfe ich bei Becca. Ich habe sie seit der Premiere nicht mehr gesehen. Sie hat mir zwar eine Nachricht geschickt und sich für den großartigen Abend bedankt, aber seitdem scheint sie mit Proben für das neue Musical sehr beschäftigt zu sein. Das freut mich für sie, allerdings hält niemand so schöne Motivationsreden wie sie, und gerade könnte ich eine davon ziemlich gut gebrauchen.

Doch auch diesmal bleibt die Tür ihrer Wohnung zu, obwohl ich felsenfest davon überzeugt bin, sie gestern gehört zu haben. Nun, die Auflösung dieses Falls muss noch etwas auf sich warten, denn ich habe es eilig. Das Risiko, ein Taxi zu nehmen und in den Stau zu geraten, gehe ich gar nicht erst ein, sondern wähle direkt die Subway. Sicher ist sicher.

Oder eben auch nicht.

Denn natürlich verpasse ich den Train, dann den Anschluss und renne durch New Yorks Hitze zum Gebäude in Tribeca, wo ich mich als letzte und schwitzende Bewerberin melde, was mir direkt einen kurzen, abschätzigen Blick der Casting-Agentin einbringt. Die Konkurrenz sitzt bereits im Warteraum, war pünktlich und sieht umwerfend aus. Toll. Auf der Toilette mache ich mich frisch, werfe einen raschen Blick auf die Textszenen und atme tief durch. Ich wünschte wirklich, ich wäre nicht so schrecklich nervös. Gut, das Zuspätkommen hat nicht gerade zur Beruhigung meiner Nerven beigetragen, aber ich sollte mich zusammenreißen. Immerhin bin ich so was wie ein alter Hase. Oder zumindest ein Hase in den Dreißigern. Ein Blick in den Spiegel und auf meine hektischen roten Flecken am Hals lässt mich wissen, dass eine Panikattacke Anlauf nimmt. Sofort greife ich nach meinem Handy und wähle eine Nummer aus meinen Kontakten, die ich erst vor kurzem hinzugefügt habe.

Atmen, Zoe! Atmen!

Es klingelt. Ich atme dem Klingeln hinterher.

»Booker?«

»Ich sterbe!«

»Was? Zoe!? Bist du das?«

»Ich bin auf der Toilette und sterbe vor Nervosität. Aber eigentlich muss ich in fünf Minuten vorsprechen.«

Soll noch mal einer sagen, dass ich nicht das Talent einer Dramaqueen habe.

»Okay, ganz ruhig. Niemand stirbt. Nervosität ist dein Freund.«

Kurz muss ich lachen, was mich für den Bruchteil einer Sekunde von der Panik ablenkt.

»Das ist der größte Unsinn, denn ich je gehört habe!«

»Wirklich? Ich wette, ich kann noch mehr Unsinn anbieten.«

»Nur zu.«

»Wusstest du, dass es in Baltimore verboten ist, in ärmellosen Hemden durch den Park zu gehen?«

»Unsinn.«

»Seit 1898.«

Die hochrote Frau im Spiegel, die mir verdammt ähnlich sieht, beruhigt sich langsam.

»Das kann ich mir nicht vorstellen.«

»Nun, wir können das gerne ausprobieren, wenn du Lust auf einen Roadtrip mit mir hast.«

»Nach Baltimore?«

»Ich packe ausschließlich ärmellose Hemden ein.«

Wieder muss ich lachen und spüre, wie die Hitze mein Gesicht verlässt, die roten Flecken verschwinden und sich auch mein Puls wieder beruhigt. Langsam, aber immerhin.

»Erzähl mir mehr.«

»Vom Roadtrip?«

»Egal, wovon.«

»Alle Schwäne in England gehören der Queen.«

»Alle?«

»Jap. Und zwar per Gesetz.«

»Woher weißt du so was, Matt?«

»Keine Ahnung. Man merkt sich eben Dinge. Wie sonst merkt man sich Telefonnummern?«

»Du bist wirklich erstaunlich einmalig.«

»Das ist ein Kompliment, oder?«

»Allerdings.«

»Geht es dir besser?«

»Ja.«

»Du packst das! Vollkommen egal, was passiert, denk an die Schwäne.«

»Schwäne.«

»Genau.«

»Danke, Matt.«

»Dafür? Ich bitte dich. Ich habe dich schon vor einer einsamen Nacht in einer Seitengasse gerettet. Das hier war doch nichts.«

»Ich muss jetzt rein.«

»Erzählst du mir, wie es gelaufen ist?«

»Mache ich.«

Wenig später klopft mein Herz noch immer etwas außer Takt. Aber jetzt nicht mehr, weil ich Prüfungsangst verspüre, sondern weil mir Matts Stimme im Ohr geblieben ist. Ich habe nicht mal gefragt, ob ich störe oder es gerade passt. Wer weiß, wobei ich ihn gestört habe.

»Miss Hunter?«

Die Casting-Agentin öffnet die Tür zum Raum, in dem das Vorsprechen stattfindet. Dabei sieht sie mich sogar noch eine Spur kritischer an als zuvor, aber das verunsichert mich nicht mehr, denn alles, woran ich denken kann, sind Schwäne.

Fail For You

»Sie waren Model?«
»Das ist sehr lange her.«
»Miss Idaho?«
Nein. Nicht Miss Idaho.
Ich schlucke, spüre, wie die Hitze meinen Nacken nach oben kriecht, und denke an … *Schwäne.*
»Ja.«
Wozu bin ich schließlich Schauspielerin? Der Mann in einem Kapuzenpullover und Jeans, die mehr von seinen Beinen freigeben als bedecken, nickt nachdenklich und widmet sich wieder meiner – von Peter gepimpten – Vita.
»Wieso möchten Sie zurück in die Schauspielerei?«
»Nun, ich würde nicht sagen, dass ich dahin *zurückmöchte*. Ich war ja nie weg. Die letzten Jahre zum Beispiel …«
»Waren Sie mal auf einem Cover?«
Er fragt mich, sieht aber zu seiner Casting-Agentin, die sich neben ihn gesetzt hat und ganz offensichtlich nicht mein größter Fan ist. Wieder stelle ich mir einen kleinen Teich mit einem Schwan vor, der graziös und entspannt seine Runden zieht, weil er weiß, dass er über alles erhaben ist. Immerhin gehört er ja der Königin von England. Wer kann das sonst schon von sich behaupten?
»Nein.«
»Woher kommt mir Ihr Gesicht dann so bekannt vor?«

Diesmal gilt die Frage der Frau, die er ansieht. Und das bin wieder nicht ich.

»Sie hat in dieser TV-Soap mitgespielt.«

Was übrigens auch alles auf der Vita in seinen Händen steht. Ich komme mir gerade so dämlich vor wie bei meinem ersten Casting für eine Waschmittelwerbung vor Jahren. Ohne Erfahrung, ohne Agent und ohne zu wissen, was mich erwartet. Am liebsten würde ich gehen, aber das kann ich mir nicht leisten und Peter nicht antun. Das ist schließlich das erste Casting, das er mir vermittelt hat.

»Ah ... ja.«

Dieser Moment ist schrecklich zäh. Ich wünsche mir die Fernbedienung für mein Leben in die Hand, und dass ich vorspulen könnte, denn das ist eine dieser Szenen, auf die ich getrost verzichten würde.

»Sie sind noch nicht lange in New York, oder?«

Ob ich wohl jemals dazu komme, meine einstudierten Dialoge zu sagen? Immerhin habe ich mich richtig gut auf diese Rolle vorbereitet.

»Ich fühle mich allerdings schon sehr wohl.«

In der Stadt. Nicht hier. Jetzt.

»Ich weiß nicht, ob sie den richtigen Körper für die Rolle hat.«

»Das dachte ich auch.«

»Es wird eine Szene in einem Latexoverall geben.«

»Sie könnte abnehmen.«

Wie bitte? Wissen die beiden, dass ich sie hören kann und noch immer vor ihnen mitten im Raum stehe?

»Was ist mit den Kampfszenen?«

Jetzt wäre die Chance, sie auf den Abschnitt in meiner Vita aufmerksam zu machen, in dem steht, dass ich bereits einen Stuntwoman-Workshop belegt habe und weiß, wie das geht. Aber stattdessen schweige ich, gespannt zu erfahren, was ihnen diesmal nicht an mir passt.

»Man könnte ein Double engagieren.«

Oder mir einfach mal die Chance geben, zu zeigen, was ich kann.

»Das wird das Budget nur noch weiter überschreiten.«

Sie atmen beide unisono genervt auf, der Mann legt meine Mappe zur Seite, und dann blicken beide so zu mir, als wären sie überrascht, dass ich noch nicht in einer Erdspalte verschwunden bin.

»Nun denn. Die Szene.«

Große Lust habe ich nicht mehr, aber manchmal muss man als Schauspielerin Anlauf nehmen, über seinen Schatten springen und das tun, was man kann: Szenen spielen, die nicht zwingend die aktuelle Gefühlslage widerspiegeln.

Mit einem Lächeln nehme ich meine Position ein, atme kurz durch und konzentriere mich.

Schwäne ...

Coney Island Baby

»So schlimm?«
»Schlimmer.«

Es war gar nicht so einfach, ihn hier zwischen all den Menschen zu treffen. Doch als ich ihn jetzt sehe, in seinem grauen T-Shirt, den Jeans, mit seiner Brille auf der Nase und den ausgebreiteten Armen, die mich wie ein sicherer Hafen nach einem langen und stürmischen Segeltörn empfangen, ist meine Laune schon gar nicht mehr so mies wie noch vor fünfzehn Minuten.

Nach meinem niedergeschlagenen Anruf, der dieser fatalen Audition gefolgt war, hat Matt all meine Ausreden und Widerreden, dass ich sofort nach Hause und mich verkriechen müsse, abgeschmettert und mich an den südlichsten Zipfel Brooklyns bestellt. Matt hatte andere Pläne, und mir blieb nichts anderes übrig, als mir seine Wegbeschreibung zu merken und die ernste, geschäftige und konzentrierte Stadt hinter mir zu lassen, weil er hier, auf Coney Island, auf mich warten würde.

»Du darfst dir von denen nicht die Laune verderben lassen.«

Das waren seine Worte, während ich den Tränen nahe war und ihm erzählt habe, welch gemeine Dinge es während meines Vorsprechens gab. Wie sie mich gar nicht beachtet haben, als sie über meinen Körper, über den Akzent, den man mir mühevoll abtrainieren müsste und die Haarfarbe sprachen, die man ändern müsse, weil man mir mein »Provinz-Ich« zu sehr ansehen würde. Über meine schauspielerische Leistung wurde hingegen nicht gesprochen, fast so, als hätte ich nicht meine ganze Seele in die Szene geworfen. Nein, ich wurde wie ein Pferd bei einer Versteigerung begutachtet. Kurz hatte ich erwartet, sie würden sich auch noch meine Zähne ansehen. Doch dann wurde ich – Gott sei Dank – mit den klassischen Worten entlassen, sie würden sich bei mir melden, ich solle mir aber nicht zu große Hoffnungen machen, weil die Konkurrenz an schon etablierten Schauspielerinnen zu groß wäre.

Schönen Dank auch!

Obwohl es nicht die erste Absage meiner Karriere ist, tut diese besonders weh. Nicht nur, weil ich die Rolle wirklich gerne haben wollte, sondern eben auch, weil ich nicht an den schauspielerischen Voraussetzungen gescheitert bin, sondern einfach schlichtweg an irgendwas anderem, das ich nicht mal benennen kann. Sie faselten etwas von wegen körperliche Voraussetzungen, was eine schöne Umschreibung von »nicht schlank genug« ist.

Für gewöhnlich kann ich mit Niederlagen ganz gut umgehen, denn sie motivieren mich, nur noch besser zu werden. Diesmal fühlt es sich aber so an, als hätten sie mir die Luft rausgelassen.

Genau deswegen tut Matts Umarmung jetzt so gut.

»Haben die Schwäne nicht geholfen?«

»Glaub mir, eine ganze Schwanenflotte hätte da nicht mehr geholfen.«

Ich drücke mein Gesicht an seine Brust und atme tief ein. Obwohl wir mitten im Trubel des Vergnügungsparks von New York stehen, fühlt es sich jetzt an, als gäbe es nur noch uns beide. Matts Arme, die mich halten, schützen mich vor allem, was um uns passiert, und gönnen mir die Pause, die ich nach diesem emotionalen Tiefschlag brauche.

»Dann war es einfach nicht deine Rolle.«

Er flüstert es durch mein Haar an mein Ohr, und ich möchte ihm so gerne glauben.

»So langsam glaube ich, die Rolle meines Lebens bleibt die einer kleinen Krankenschwester, die nur eine heiße Affäre mit einem der Hauptdarsteller hat und nach zwei Staffeln erschossen, überfahren oder erdrosselt wird.«

»Unsinn. Und das weißt du auch.«

Ich stütze mein Kinn auf seine Brust und sehe ihn an.

»Ich weiß. Manchmal ist es nur so ... frustrierend.«

»Ich kenne das Gefühl. Wenn du glaubst, ganz unten zu sein. Das ist ein bitterer Moment. Aber nur, bis es wieder nach oben geht.«

Seine Augen funkeln aufgeregt wie die eines Jungen, der gleich seine Weihnachtsgeschenke auspacken darf. Eigentlich strahlt Matt fast immer so, als hätte er stets einen Grund, sich zu freuen, weil irgendwo eine gute Nachricht auf ihn wartet. Ich beneide ihn um diese Einstellung, gerade weil ich weiß, dass er viel und lange arbeitet, sich seine Pausen redlich verdient und sie dennoch gerne mit mir verbringen will. Schnell drücke ich ihm einen Kuss auf die Lippen.

»Wofür war der denn?«

»Für die Schwäne.«

»Die Queen lässt dir ihren Dank überbringen.«

»Im Ernst, Matt, danke. Ich weiß, ich bin eine Dramaqueen, aber diese Absage hat echt weh getan.«

»Deiner Erzählung nach waren das einfach nur arrogante Schnösel, die sich aufgespielt haben.«

»Das ist die einfache Ausrede.«

Matts Lippen werden zu einem breiten Grinsen.

»Manchmal ist die einfachste Ausrede absolut okay. Los, komm!«

Er schnappt sich meine Hand und zieht mich mit sich in den Trubel. Mir bleibt nichts anders übrig, als ihm zu folgen.

»Wenn du miese Laune hast, ist Coney Island der perfekte Ort, um auf andere Gedanken zu kommen.«

Zu gerne würde ich noch für einen Moment in meinem hässlichen Selbstmitleid zerfließen, doch ich komme nicht dazu, das zu sagen, weil ich von der Menschenmenge, die sich an diesem herrlichen Sommertag selbst unter der Woche hier befindet, verschluckt werde. Die meisten sind Touristen und verraten sich durch Stadtführer und Kameras, die ihnen um den Hals baumeln. Dazu kommen noch die Kinder, die in verschiedenen Sprachen um die Aufmerksamkeit ihrer Eltern betteln und gerne dieses oder jenes Fahrgeschäft ausprobieren möchten. Jetzt bin ich schon eine kleine Weile in New York, und noch immer gibt es doch so viele Ecken, an denen ich nicht war und die bisher nicht auf meiner To-do-Liste standen. Als wir den Pier erreichen, wird Matt, der noch immer meine Hand hält, langsamer, und mir wird klar, dass wir auf eine Achterbahn und ein Riesenrad zugehen. Mitten in New York.

Endlich lasse ich mich auf die Umgebung ein, sauge sie förmlich in mich auf: Überall stehen Buden, die Junk-Food, Süßkram, Souvenirartikel, Postkarten und weitere Dinge verkaufen. Meine Augen werden größer, je mehr wir uns ins Getümmel wagen. Zu unserer Linken erstreckt sich der Strand, den ich auch nicht zwingend zuerst nennen würde, wenn ich an New York denke. Wie passen da all die fröhlichen Menschen in Bikini und Badeshorts, die bunten Sonnenschirme, schreienden Kindern und lächelnden Gesichtern dazu? Und noch verwirrender: Wie kann ich eines davon werden, wo ich doch nur wenige Minuten zuvor unglaublich niedergeschlagen war?

Als wir an der Achterbahn ankommen, die ehrlich gesagt nicht so aussieht, als wäre sie a) wahnsinnig modern oder b) besonders vertrauenserweckend, bleibt Matt stehen und deutet nach oben. *Cyclone* steht in roten Lettern übergroß über der Holzbahn.

»Willkommen in deinem Leben!«

»Wie bitte?«

Verständnislos sehe ich ihn an, aber er scheint mein Zögern gar nicht zu verstehen oder wahrzunehmen. Stattdessen wühlt er seinen Geldbeutel aus der Jeanstasche und macht sich daran, Tickets für dieses klapprige Fahrgeschäft zu kaufen.

»Moment, Moment. Was machst du da?«
»Na, ich kaufe Tickets für uns.«
»Das kann ich sehen. Aber was machst du da?«
»Zoe ... Es wird Zeit, dass du mal loslässt und den Tag genießt.«
»Aber ...«
»Vertrau mir einfach.«

Ich habe ihm in den letzten Wochen oft vertraut, selbst dann, wenn ich es nicht mal gemerkt habe. Ich vertraue ihm so viel mehr, als gut für mich wäre; aber wie kann ich das auch nicht tun, wenn er mich mit diesen Augen und diesem Lächeln ansieht.

»Ich hasse Achterbahnen!«
»Natürlich tust du das.«

Doch statt mir eine andere, weniger lebensgefährliche Alternative anzubieten, kauft er tatsächlich zwei Karten, bedankt sich artig bei dem Mann, der mir den Freifahrtschein in den sicheren Tod verkauft, und greift wieder nach meiner Hand.

»Du wirst es lieben.«
»Oder dir auf den Schoß kotzen.«

Matt zuckt nur mit den Schultern und lässt sich die gute Laune nicht verderben.

»Ich kenne eine gute, kleine, russische Reinigung, für die ich mal gearbeitet habe. Die machen mir bestimmt einen Freundschaftspreis.«

Ist es möglich, in der Nähe dieses Mannes nicht zu lächeln? Während wir gemeinsam mit ein paar anderen Lebensmüden auf die nächste Runde warten und mein Puls ansteigt, mit jedem Schritt, den wir vorrücken, lehne ich mich an ihn und spüre seinen Arm um mich. Schon fühle ich mich wieder sicher. Vielleicht, nur vielleicht hat er ja recht.

»Was ist, wenn mir wirklich schlecht wird?«

Er beugt sich zu mir runter und drückt mir einen sanften Kuss auf die Stirn.

»Dann denk einfach an Schwäne.«

Der Coney Island Cyclone, so erzählt mir Matt während der Wartezeit, ist seit 1929 in Betrieb und damit ein echter Klassiker. Ich müsste mir aber keine Sorgen machen, weil die Achterbahn bestimmt super gewartet wird und sowieso noch nie was passiert wäre. Nur mit großer Mühe gelingt es mir, mich davon zu überzeugen, dass nichts passieren wird, weil man das Holzungetüm bestimmt richtig gebaut hat, sonst wäre die Cyclone-Bahn nicht so lange dabei. Doch kaum sitzen wir zusammen im Wagen – Matt besteht darauf, im ersten Platz zu nehmen –, melden sich die Zweifel wieder. Noch habe ich keine Rolle in einem Film gespielt, die mir posthum den Oscar einbringen würde. Mit anderen Worten: Man würde mich im Falle eines hässlichen Todes auf einer uralten Achterbahn einfach vergessen. Nur die Tatsache, dass Matt neben mir sitzt und meine Hand hält, macht die ganze Sache erträglich.

»Gibt es noch etwas, das du mir sagen möchtest?«

Ruckelnd setzt sich das Ungetüm in Bewegung. Ich sehe Matt schockiert an.

»Hältst du das für witzig?«

»Ein bisschen schon.«

»Ha. Ha.«

Der erste langsame Anstieg beginnt, und ich klammere meine Finger fest um Matts.

»Okay, also ich vermisse meine pinke Couch. Sie fehlt mir!«

»Wow, das sind heldenhafte letzte Worte.«

»Ich dachte, dieses Ding ist sicher?!«

»Ist es auch.«

Matt macht sich ganz offensichtlich über mich lustig, was ihm auch noch einen Heidenspaß zu machen scheint.

»Du hältst dich für wahnsinnig charmant.«

»Nur an meinen guten Tagen.«

Er deutet nach vorne, und ich zwinge mich hinzusehen. Wir steigen noch weiter nach oben: Der Strand, der Pier und all die vielen kleinen bunten Buden rechts und links unter mir werden immer kleiner.

»So fühlt es sich nach einer Niederlage an, Zoe. Genau *so*.«

»Was meinst du!?«

»Es wird wieder bergauf gehen. Auch für dich. Das nächste Vorsprechen könnte schon dein Durchbruch sein.«

Wir sind oben angekommen. Ganz kurz fühlt es sich an, als würde der Wagen stehen bleiben, wenn auch nur für einen Sekundenbruchteil – der sich für mich wie eine kleine Ewigkeit anfühlt. Ich sehe hinab und denke, wie nichtig die Dinge sind, die ich da unten zurückgelassen habe. Ja, ich habe einen weiteren Job nicht bekommen. Ja, ich ärgere mich. Und ja, ich arbeite noch immer an der Kinokasse. Dann wandert mein Blick zu Matt, der ganz entspannt neben mir sitzt und einfach nur zufrieden lächelt, als hätte er keine Sorgen auf der Welt.

Dann kippt unser Wagen nach vorne, wir werden in die gepolsterten Sitze gedrückt, ich reiße die Arme nach oben, spüre den Fahrtwind im Gesicht und schreie, wie alle anderen Mitfahrer, meine Anspannung in den wolkenlosen Himmel. Mit dem Schwung geht es wieder nach oben, dann wieder runter, scheinbar immer und immer wieder, ohne Pause reißt der Wind an meinen Haaren, schießt das Adrenalin durch meinen Körper, unzählige aufgeregte Zellen tanzen durch meinen Organismus. Viel zu lange habe ich dieses Gefühl nicht mehr gespürt!

Erst als der Zug anhält und sich die Sicherheitshalterung löst, komme ich wieder in der Realität an und nehme langsam, aber sicher die Dinge in meiner Umgebung wahr.

»Alles gut?«

»Alles bestens!«

»Das klingt fast so, als hättest du Spaß gehabt.«

»Das hatte ich.«

Wir klettern aus dem Wagen, während mein Körper noch immer nur so vor Aufregung sprüht.

»Ich bin ewig nicht mehr in einem Vergnügungspark gewesen.«

»Das überrascht mich nicht.«

Wir weichen den Menschen aus, die sich mit einer Mischung aus Angst und Mut ebenfalls in das Abenteuer Cyclone begeben, und erkämpfen uns so einen Weg zu einer der Fressbuden, an denen Corndogs und andere fettige Leckereien angeboten werden.

»Darf ich dich auf einen Happen einladen?«

Obwohl ich nicke, weil ich Hunger habe, muss ich an die Worte der Casting-Agenten denken: *Latexoverall, abnehmen, man könnte mich doubeln.* Kurz werfe ich einen Blick an mir herunter und kann nichts an meinem Körper finden, das mir nicht gefällt. Ich empfinde mich weder zu dick noch zu dünn. Was zum Henker hatten die vorhin für ein Problem? Doch als Matt mit einem Hotdog in der Hand zurückkommt, der in einem Maisteigmantel frittiert wurde und auf einem Holzspieß steckt, höre ich eine fremde Stimme in meinem Kopf, die ich noch nie gehört habe: *Keine gute Idee.*

»Bitte schön. Ein Coney-Island-Klassiker.«

»Wie gut, dass ich den nicht vor der Fahrt gegessen habe.«

Hoffentlich merkt Matt nichts von meiner kurzen Verwirrtheit, die die erwähnte Stimme hinterlassen hat. Es stellt zwei Dosen Soda für uns auf den hohen Bistrotisch, den wir von einer Großfamilie übernehmen und sieht mich dabei so glücklich an, dass es mir schwerfällt, nach einem Wasser ohne Kalorien zu fragen.

Hotdog und Cola. Keine gute Idee.

Da ist sie schon wieder, diese alberne, strenge und bewertende Stimme in meinem Kopf, die außer mir offensichtlich niemand hören kann, denn Matt beißt in seinen Corndog und schließt kurz die Augen, als müsse er dieses Gesckmackserlebnis zelebrieren.

»Wenn man weiß, dass Dinge ungesund sind, aber so schmecken, bin ich einfach machtlos. Bereue niemals etwas, das frittiert wurde. Mein Lebensmotto.«

Dabei hat Matt eine ziemlich gute Figur, was mich nicht weiter überrascht, arbeitet er doch auch als Möbelpacker. Aber das kann nicht alles sein, er trainiert ohne Zweifel noch nebenbei. In diesem Fall kann er so viel ungesundes Zeug essen, wie er will. Ich nehme mir fest vor, morgen noch eine extra Meile an meine Joggingtour zu hängen, und beiße mit einem etwas weniger schlechten Gewissen ebenfalls in den Corndog. Und ich muss Matt recht geben: Wenn Dinge so gut schmecken, die Gesellschaft so nett und der Tag so sonnig ist, hat man keine Zeit, so etwas zu bereuen.

Die schweren Dosen sind pyramidenartig aufgebaut und die Stoffkugeln, die Matt prüfend in der Hand wiegt, vermutlich mit Daunenfedern gefüllt. Die Chancen, dass er alles abräumt, sind also schwindend gering. Trotzdem kauft er für fünf Dollar drei Wurf und sieht mich ernst an.

»Du hast die freie Auswahl bei diesen Preisen, wenn ich die Dinger umwerfe.«

»Ich weiß.«

»Vielleicht möchtest du dir schon mal eines aussuchen?«

Er deutet auf die weißen Tiger, Pinguine, Disney-Figuren und T-Shirts mit albernen Aufdrucken. All das könnte bald mir gehören.

»Erhöht das nicht unnötig den Druck auf dich?«

»Damit kann ich umgehen.«

Er jongliert lässig die Kugeln in seinen Händen, was so leicht aussieht, dass ich ihn kurz überrascht ansehe. Matt Booker kann also auch noch jonglieren?!

»Arbeitest du nebenberuflich als Clown?«

»So was in der Art.«

»Nun, ich entscheide mich für den Pinguin mit den schielenden Augen.«

Ich deute auf ein Stofftier, das mir bis zur Hüfte geht und damit wohl nicht ganz die echten Größenverhältnisse eines durchschnittlichen Pinguins einhält, aber gerade durch den leichten Silberblick einen gewissen Charme hat.

»Überlege dir schon mal einen Namen …«

Damit macht er einen Schritt zurück, vollführt beeindruckende Aufwärmübungen für seine Arme, holt aus und schmettert den Ball mit einer solchen Wucht genau ins Zentrum der aufgestellten Dosen, dass diese einfach nach hinten umfallen. Nur noch eine Dose steht einsam und alleine da. Matt sieht zum Besitzer, der seine Wurftechnik bisher kritisch beäugt hat.

»Entschuldigen Sie, ist das ein männlicher oder weiblicher Pinguin?«

»Wie bitte?«

»Der Pinguin mit dem Augenproblem. Männlein oder Weiblein?«

»Äh, Männchen. Nehme ich an.«

Matt sieht wieder zu mir.

»Es ist ein Junge! Ich bin für Mumble. Wie der Pinguin aus *Happy Feet*.«

Doch ich sehe ihn noch immer mit offenem Mund an, wie er vom lächelnden Gesichtsausdruck zum konzentrierten Blick wechselt, wieder weit ausholt, und – *BÄM!* – die letzte Dose fällt hinten vom Regal. Sowohl der Budenbesitzer als auch ich mustern Matt ungläubig, der den letzten Ball einfach zurück in den kleinen Korb vor sich legt und zufrieden auf den schielenden Pinguin zeigt.

»Die Lady hat sich für Mumble entschieden.«

Es scheint Orte zu geben, die sich für das Betrachten eines Sonnenuntergangs anbieten. Diese Bank am Pier von Coney Island ist einer davon. Die Geräusche des Vergnügungsparks, die schreienden Kinder, die lachenden Menschen und die überdrehte Musik, all das lassen wir hinter uns, während die Möwen über uns kreisen und auf ein Stück aus einer Eiswaffel oder das Brötchen eines Hotdogs hoffen. Ich lehne meinen Kopf an Matts Schulter, Mumble, der schielende Pinguin, sitzt neben uns.

»Woher kannst du so was eigentlich?«

»Was meinst du?«

»Du hast die Dosen mit nur zwei Würfen umgehauen.«

»Nun, es schadet nicht, wenn man mal auf einem Jahrmarkt gearbeitet hat und genau weiß, wie die Dinger aufgebaut werden und wo sich die Schwachstelle versteckt.«

»Wieso bin ich nicht überrascht?«

Er grinst stolz und sieht über den Ozean dorthin, wo der Horizont das Wasser küsst. Einen kurzen Augenblick beobachte ich den Mann, der mir in der ersten Nacht in New York Gesellschaft geleistet hat und mir seither nicht mehr aus dem Kopf gehen will, bevor auch ich zum Horizont schaue. Wie oft war Matt da, wenn ich ihn gebraucht habe ...

»Danke übrigens.«

Ich sehe vom atemberaubenden Sonnenuntergang, der die kleinen Wolken am Himmel in rosa Wattebäusche verwandelt und alles in ein sanftes Licht taucht, zu Matt, der Erdnüsse aus einer Papiertüte isst. Sein Blick haftet fragend auf mir.

»Wofür?«

»Nun, du hast meinen Tag und mich – wieder einmal – gerettet.«

Als ob er das nicht wüsste, zuckt er nur mit den Schultern und sieht in die Papiertüte, als wäre dort gerade etwas unglaublich Spannendes passiert.

»Wer sagt, dass ich dich gerettet habe?«

»Wie meinst du das?«

Er sieht noch immer nicht zu mir.

»Mein Tag war auch nicht besonders gut.«

Verdammt. Ich habe nicht einmal gefragt, wie es ihm geht, wovon ich ihn vielleicht gerade abhalte und was in seinem Kopf los ist. Stattdessen habe ich mich mit Begeisterung und Selbstverständlichkeit von ihm retten lassen.

»Was ist passiert?«

»Nichts Wildes. Er war einfach nur nicht besonders gut. Das passiert manchmal …«

Erst jetzt sieht er zu mir, ein gezwungenes Lächeln auf seinen Lippen.

»… selbst mir. Verrate es nur nicht.«

»Kann ich irgendwas tun?«

»Das hast du schon, Zoe Hunter.«

»Habe ich?«

Er streicht mir eine Haarsträhne aus dem Gesicht, während ich die gebrannten Erdnüsse riechen kann, die mich irgendwie zurück nach Idaho versetzen. Schnell atme ich tief ein und halte die kurze Erinnerung fest.

»Ich bin gerne bei dir. Das habe ich schon gesagt. Ich muss lächeln, wenn ich dich sehe, und ich mag das.«

Er beugt sich ein bisschen zu mir runter. Ich küsse ihn, bevor er weitersprechen kann. Er schmeckt nach Erdnüssen und neuen Erinnerungen. Erinnerungen, die wir noch zusammen sammeln werden.

»Ich verliebe mich in dich, Zoe. Und ich verliebe mich sehr, sehr selten.«

Das trifft einen Punkt in mir, den ich so lange verborgen gehalten habe. Schnell nehme ich sein Gesicht in meine Hände, bevor er den Sonnenuntergang als Ausrede nehmen und wegsehen kann.

»Ich habe mich schon längst in dich verliebt, Matt Booker. Und ich verliebe mich noch seltener als du.«

Eigentlich verliebe ich mich nie, weil ich zu große Angst habe, es könnte mich ablenken von meinen Zielen, meinem Traum, und mich schwächer machen, als gut für mich ist. Doch jetzt spüre ich, wie gut es sich anfühlt, nach einer Niederlage einen Menschen wie Matt an der Seite zu haben. Die albernen Affären aus L.A. waren seelenlose Momente, die nur kurz die Einsamkeit getötet haben, aber nie bleiben sollten. Ich will nicht, dass Matt geht.

»Du weißt schon, dass es was Ernstes werden kann.«

Diese Worte aus seinem Mund zu hören lässt meinen Herzschlag beschleunigen, doch bevor ich etwas erwidern kann, greift er nach Mumble.

»Wir haben eine Verantwortung unserem kleinen Freund hier gegenüber.«

»Oh. Ja. Natürlich. Das ist wahr.«

»Er soll ja kein Scheidungspinguin werden.«

»Auf gar keinen Fall.«

Jetzt küsst er mich, und es ist mir egal, dass ich den Sonnenuntergang in all seiner Pracht verpasse und kein erinnerungswürdiges Foto für Instagram mache, sondern die Zeit damit verbringe, Matt Booker zu küssen, während wir einen schielenden Stoffpinguin im Arm halten.

Für mich wird diese Szenerie gerade zur Definition von Romantik.

Es ist schon dunkel, als wir Hand in Hand die Straße auf das Knights Building zugehen. Einige merkwürdige Blicke sind uns – und Mumble – sicher, aber das stört mich nicht im Geringsten. Immerhin wissen die Leute nicht, dass mein Tag heute mit einem nervösen Startschuss begann, dann in einer emotionalen Katastrophe seinen vorübergehenden Höhepunkt erreicht, schließlich mit Matt und Mumble an meiner Seite noch die Kurve gekriegt hat und mich jetzt mit einem glücklichen Gefühl in die Nacht verabschiedet.

Diesmal darf er keine Ausreden haben, denn ich möchte, dass Matt mit mir nach oben kommt. Doch er bleibt vor den Stufen zum Eingang stehen. Ich befürchte zu wissen, was er sagen wird.

»Und wieder heißt es Abschied nehmen.«

Mein Gesicht zeigt die Enttäuschung über seine Worte viel zu deutlich. Ist es wirklich zu viel verlangt, ihn mit nach oben nehmen zu dürfen?

»Lass mich raten, du hast noch einen Job heute?«

»Allerdings.«

»Spätschicht?«

»Ich habe das kürzeste Streichholz gezogen.«

Obwohl ich ihm automatisch glaube, weil Matt mir die ganze Zeit über in die Augen sieht, spüre ich dieses unangenehme Gefühl von Misstrauen in meinem Magen.

»Du musst also arbeiten.«

»Allerdings.«

»Es ist schon spät.«

»Deswegen Spätschicht.«

Er zwinkert mir zu und lässt mich ihn eine kleine Weile betrachten. Was suche ich in seinem Blick? Ein Anzeichen dafür, dass er mich anlügt und sich heute Nacht in die Arme einer anderen Frau legt?

»Matt, ich muss das fragen, auch wenn ich nicht will ...«

»Okay.«

»Du gehst wirklich nur zu einem Job, oder?«

»Natürlich. Glaubst du, ich raube noch eine Bank aus?«

»Das habe ich tatsächlich nicht gedacht.«

Er greift nach meinen Händen und zieht mich ein Stück an sich heran.

»Was hast du dann gedacht?«

»Na ja, jedes Mal, wenn die Chance besteht, hast du was vor ...«

»Wenn du wüsstest, *wie* sehr mir das leidtut.«

»Ach ja?«

Er legt die Arme um meine Hüfte und hält mich fest an sich gedrückt. Wieder habe ich den Eindruck, wir verschwinden in eine Art Seifenblase, in der sich die Umwelt auflöst und nur wir zwei existieren.

»Zoe Hunter, ich würde wahnsinnig gerne mit dir in dieses Gebäude laufen, dich im Treppenhaus schon küssen, und vermutlich würden wir nicht mehr ganz bekleidet in deiner Wohnung ankommen.«

Seine Stimme klingt heiser, als würde er sich das alles gerade sehr genau und bis ins kleinste Detail vorstellen. Wenn es nach mir geht, kann er gerne weitersprechen, denn dieser Film in meinem Kopf gefällt mir ausgesprochen gut.

»Und ich verspreche dir, wir werden das sehr bald nachholen.«

»Versprich nichts, was du nicht halten kannst …«

»Oh, glaub mir, das kann ich versprechen.«

»Also keine heimliche andere Frau?«

»Ganz sicher nicht.«

»Kein krimineller Nebenverdienst?«

Er lacht kurz auf und schüttelt den Kopf.

»Die Wahrheit über mich ist ziemlich einfach.«

Er deutet an sich herab. Es ist eine Einladung ihn anzusehen, die ich gerne annehme, denn ich könnte ihn stundenlang betrachten, mir jedes Detail einprägen und es nachher, wenn ich alleine in meinem Bett liege, noch mal in aller Ruhe durchgehen.

»Ich bin genau das, was du siehst. Ich habe keine Millionen auf dem Konto, keine coolen Autos in der Tiefgarage. Genau genommen habe ich weder ein Auto noch eine Tiefgarage. Und ich habe auch keine merkwürdigen Fetische, die einen angeblich so wahnsinnig interessant machen. Ich bin der Typ mit den vielen Jobs, einem kleinen Faible für Comic-Helden. Und ja, ich bin ohne diese Brille oder Kontaktlinsen ziemlich blind.«

Langsam greife ich nach der schwarzrandigen Brille auf seiner Nase und nehme sie ab.

»Was siehst du jetzt?«

»Dich.«

»Ich dachte, du bist blind.«

»Dich finde ich auch ohne Brille.«

Als wollte er das eben Gesagte bestätigen, beugt er sich zu mir und küsst mich mit einer Sicherheit, die unsere fragile Seifenblase in eine aus Panzerglas verwandelt. Jetzt könnte neben uns ein Asteroid einschlagen, ich würde es nicht bemerken.

»Wir holen das alles nach. Versprochen.«

Sein Flüstern auf meinen Lippen schmeckt noch immer nach Erdnüssen und Adrenalin.

»Ich werde dich daran erinnern.«

»Das hoffe ich.«

Opportunity

Das Klingeln meines Handys reißt mich aus einem Traum, in dem Matt, eine Achterbahn und fettiges Essen eine Rolle spielen. Es zwingt mich dazu, die Augen gegen das sanfte Sonnenlicht zu öffnen. Ich habe keine Ahnung, wie viel Uhr es ist, aber es muss ziemlich früh sein. Es fühlt sich nämlich so an, als hätte ich eben erst den Kopf ins Kissen sinken lassen. Ich muss mich strecken, um das Handy auf dem Nachtkästchen zu erreichen. Um diese Uhrzeit grenzt das an Leistungssport.

»Hallo?«

Meine Stimme ist sehr belegt und verrät die Schlaftrunkenheit.

»Guten Morgen, Zoe!«

Wieso klingt die Männerstimme am anderen Ende viel zu gut gelaunt und so, als hätte dieser Mann schon mindestens einen Kaffee Vorsprung.

»Peter?«

»Richtig. Wie geht es dir? Ich hoffe, ich störe nicht.«

»Nein.«

Wobei kann er auch stören? Bei einem wunderschönen Traum, in dem ich Matt immer wieder küssen durfte?

»Gut. Ich habe deine Nachricht auf meinem AB abgehört. Und nach dem totalen Desaster von gestern ...«

Muss er mich daran erinnern? Es ist mir erfolgreich gelungen, die hässlichen Kommentare der Casting-Agenten und die knallharte Absage dank Matt zu verdrängen. Aber natürlich ist für

Peter die geschäftliche Seite wichtiger. Langsam setze ich mich auf.

»… habe ich für heute ziemlich gute News.«

Seine Stimme klingt jetzt eine Spur aufgeregter, sie macht ihn jünger und mich wacher. Er scheint sich wirklich nicht lange mit Niederlagen aufzuhalten.

»Jetzt bin ich gespannt.«

»George Cartierez möchte dich gerne kennenlernen.«

Der Name sagt mir etwas. Der Name sagt jedem etwas. George Cartierez ist einer der besten Produzenten für TV-Serien. Vor allem, wenn es um aufregende und neue TV-Formate geht. Mein Herz klopft heftig, ganz ohne doppelten Espresso. Er will *mich* treffen?

»Okay.«

Zu mehr bin ich nicht fähig, sondern versuche, die Information zu verarbeiten und möglichst cool zu klingen. George Cartierez ist das, was früher Aaron Spelling für das amerikanische TV-Programm war.

»Ich habe ihm neulich einiges von dir erzählt, und er will dich kennenlernen.«

Hier sollte ich wohl ein bestimmtes Übersetzungsprogramm aktivieren. In der Branche bedeutet das nämlich: Er könnte dir einen Job verschaffen.

»Ich glaube, es wäre gut, wenn ich dich zu dem Termin begleite.«

»Ach ja?«

Es rutscht mir nur so raus, und obwohl ich bei solchen ungezwungen-gezwungenen Treffen immer ein bisschen nervös bin, traue ich mir dennoch zu, mich gut genug zu verkaufen. Brauche ich Peter wirklich, um meine Hand zu halten?

»Nur für den Fall, dass er dich mit Fragen überrollt. Das tut er ganz gerne.«

»Nun, ich kann antworten, keine Sorge.«

»Daran habe ich keinen Zweifel. Ich dachte nur, ich könnte einspringen, wenn er Fragen zu deinem Lebenslauf hat. Miss Idaho und solche Dinge.«

Das ist ein guter Punkt. Ich tue mich tatsächlich schwer, überzeugend zu lügen, und das, obwohl ich Schauspielerin bin. Peter könnte im Notfall einspringen Und sobald es um Projektvorschläge oder Angebote geht, kann er direkt einhaken.

»Nun denn, Zoe. Wir treffen uns im *Riverpark* in Manhattan um acht Uhr. Weißt du, wo das ist?«

»Heute Abend?«

Peter lacht kurz auf.

»Natürlich heute.«

Damit habe ich nicht gerechnet. Ich wusste, dass Peter ein guter Agent ist, aber nicht, dass er so schnell ist. Es scheint Schlag auf Schlag zu gehen. Auch wenn nicht alle Termine von Erfolg gekrönt sind, bietet er mir zumindest fast täglich neue Chancen an.

»Das ist ziemlich spontan.«

L. A. ist sicher nicht langsam, schon gar nicht im Vergleich zu Idaho, aber der Big Apple ist tatsächlich immer einen Schritt voraus, immer auf dem Sprung.

»Willkommen in New York, Zoe.«

»Ich werde da sein.«

»Wenn du vielleicht wieder ein besonderes Kleid tragen könntest? George steht darauf, wenn er den Eindruck hat, du hättest dich für ihn schick gemacht.«

»Kein Problem.«

Wenn Richard Gere mir vielleicht seine Kreditkarte dalassen könnte, damit ich mir ein neues Cocktailkleid kaufe? Zu dumm, dass ich nicht Julia Roberts bin – und das hier kein Film ist.

»Wunderbar!«

Ich muss irgendwo ein Kleid auftreiben!

»Bis heute Abend.«

»Bis dann.«

Noch bevor ich wirklich aufgelegt habe, stolpere ich aus dem Bett zur Tür und stürze in meinem Pyjama über den Flur zu Becca. Auf das folgende Trommelsolo an der Tür wären manche Drummer stolz, aber Becca – sofern sie endlich mal da ist – hat einen tiefen Schlaf, da muss man hartnäckig und laut sein.

»Was zum Henker …«

Sie hat aufgemacht! Ich bin total erleichtert, bis ich ihr Gesicht sehe. Becca trägt noch Spuren von Make-up, ihre Haare haben wohl ihre eigene Party gefeiert, und der rote Kimono-Bademantel, den sie sich übergeworfen hat, macht ihren Look nicht besser. Es muss gestern wohl ziemlich spät gewesen sein.

»Ich brauche ein Kleid.«

»Du hast ein Kleid, Zoe.«

»Ich brauche noch eins.«

»Shopaholic?«

»Ich habe heute ein Abendessen mit George Cartierez.«

Bevor sie antworten kann, ertönt eine andere Stimme irgendwo in Beccas Wohnung.

»Nicht dein Ernst!«

Für einen kurzen Moment sehe ich zu Becca, die meinem Blick ertappt ausweichen will. Noch nie habe ich sie mit roten Wangen erwischt.

Keine zwei Sekunden später taucht Jackson hinter ihr auf und schiebt die Tür weiter auf. Er trägt nur seine Boxershorts und grinst verschlafen.

Jackson Reed.

In Beccas Salingers Wohnung.

Oh. Mein. Gott.

Ich gebe mir große Mühe, so zu tun, als wäre das nicht einen High-Five oder gar einen kleinen Jubelschrei wert, womit ich Becca gerade beweise, wie groß mein schauspielerisches Talent wirklich ist. Meine Miene verrät nicht im Geringsten meine Gedanken, während Jackson weiterspricht.

»Cartierez ist eine große Nummer. Wenn er dich kennenlernen will, ist das ein gutes Zeichen.«

»Ja ...«

Noch immer weicht Becca meinem Blick aus, und ich kann mir ein breites Grinsen jetzt doch nicht mehr verkneifen. Das erklärt auch, wieso ich sie in den letzten Tagen nicht zu Gesicht bekommen habe. Sie war anderweitig beschäftigt.

»Hat Peter das organisiert?«

»Ich gehe stark davon aus.«

Jackson scheint die Situation nicht im Geringsten peinlich.

»Ich mache uns mal Kaffee, okay?«

Er drückt Becca einen schnellen Kuss auf die Wange und verschwindet wieder im Inneren der Wohnung. Erst als er außer Sicht- und Hörweite ist, wende ich mich wieder an Becca.

»Was zum Henker ...«

Sie zuckt mit den Schultern und sieht mich endlich an.

»Na ja. Er ist nett.«

»Das weiß ich.«

»Er ist ziemlich nett.«

»Aha.«

»Wir waren auf der Ausstellung und dann noch ein bisschen tanzen, und dann hat er mich nach Hause gebracht.«

»Aha.«

»Also gut ... Wir waren nach der Party noch auf der Ausstellung. Dann noch ein bisschen tanzen, und dann hat er mich mit nach Hause genommen. Seitdem haben wir uns immer wieder gesehen. Heimlich.«

»Das erzählst du mir erst jetzt?«

»Ja.«

»Weil ...?«

»Hallo? Ist das nicht klar?«
»Äh. Nein.«
»Er ist Jackson Reed.«
»Aha.«
»Und ich habe ihn gefragt, ob er nicht mal mit zu mir kommen will ...«
»Ist klar.«
»... um auch mal meine Wohnung zu sehen.«
»Lass mich raten, es ging ihm nicht nur um die Wohnung.«
Jetzt ist ihr Lächeln so breit und strahlend, wie ich es von ihr gewöhnt bin. Als Zusatz ist da ein Leuchten in ihren Augen, das neu ist.
»Es ging ihm ausschließlich um mich.«
»Wow.«
»Drei Mal.«
»Too much information.«
»Entschuldige, aber ich treffe viel zu selten solche Männer.«
»Du musst dich nicht entschuldigen.«
»Nein, du verstehst nicht!«
Becca macht einen Schritt auf den Flur hinaus und zieht leise die Tür hinter sich zu, bevor sie weiterflüstert. »Ich wollte nicht, dass er einfach wieder verschwindet. Ich wollte, dass er bleibt. Ich habe sogar angeboten, Bagels zu holen.«
»Das ist doch toll.«
»Ach ja? Das in meiner Küche ist Jackson Reed!«
»Und er ist halbnackt.«
»Zoe!«
»Ich verstehe das Problem nicht.«
»Er ist Jackson Reed.«
»Und du bist Rebecca Salinger.«
»Genau!«
»Ich bin verwirrt.«

Becca ohne Zweifel auch, denn obwohl ihre Augen leuchten und ihre Lippen ein Lächeln formen, sammeln sich Tränen in ihren Augen.

»Ich mag ihn, Zoe. Ich mag ihn wirklich. Ich weiß, wir kennen uns noch nicht lange, aber mit ihm ist es immer schön. Ich fühle mich bei ihm so wohl.«

Ich weiß nur zu gut, was sie meint. Matts Hand, fest um meine gelegt, sein Lachen, unsere gemeinsame Zeit …

Doch hier geht es um Becca und Jackson. Und um ihr Problem, das ich noch immer nicht ganz verstehe.

»Du magst ihn also.«

»Sehr.«

»Na, er dich wohl auch, sonst wäre er kaum über Nacht geblieben, oder?«

»Er könnte einen *Victoria's Secret*-Engel daten.«

Zum ersten Mal werfe ich einen Blick hinter Beccas Maske, hinter die gute Laune, die guten Ratschläge und das große Bühnenselbstbewusstsein, mit dem sie mich immer beeindruckt hat. Jetzt sehe ich Becca so, wie sie ist, wenn sie sich verwundbar macht. Es dauert einen Moment, bis ich verstehe, dass sie nervös und unsicher ist.

Becca Salinger ist unsicher.

Langsam ziehe ich sie in eine Umarmung.

»Du bist ein *New York Knights*-Engel. Wer kann da widerstehen?«

»Ach, Zoe.«

»Ich habe eine Idee. Ich gehe und hole die Bagels. Und du hilfst mir, für heute Abend ein Kleid zu finden.«

»Das klingt perfekt.«

Wie ist es möglich, dass es draußen bereits vor neun schon so warm ist? Zum Glück habe ich mich für meine kurzen Hosen und das lockere Top entschieden, da erschlägt mich die Hitze der Stadt nicht völlig. Dennoch suche ich mir einen Weg im Schatten, als ich zu der kleinen Bakery laufe, in der Becca ihre Bagels kauft.

Ich habe gerade zum wiederholten Mal die Straßenseite gewechselt, um nicht in der prallen Sonne laufen zu müssen, als ich ihn schließlich bemerke. Dabei gibt er sich nicht mal besonders viel Mühe, sich oder das große Objektiv seiner Kamera zu verstecken. Gut möglich, dass ich mir das alles auch nur einbilde, denn warum sollte mir ein Fotograf folgen? Und warum sollte er Bilder von mir machen wollen, wie ich Bagels hole? So aufregend die Premierenfeier auch gewesen sein mag – ein roter Teppich macht noch keinen Star.

Doch auch als ich die Bakery verlasse, wartet er noch immer hinter einem Auto und zielt in meine Richtung. Ich muss Jackson fragen, ob er solche Situationen kennt und wie er damit umgeht, denn meine Lösung für dieses Problem bedeutet Sport in Form von Flucht. Auch wenn dieses Top eines meiner liebsten Kleidungsstücke ist, möchte ich dennoch keine Fotos von mir in irgendwelchen Klatschmagazinen sehen, wenn ich so etwas trage. Bis zum Knights habe ich ihn abgehängt und bin froh, endlich in die angenehme Kühle der Eingangshalle zu treten. Doch besonders weit komme ich nicht, da Sarah mich an den Briefkästen aufhält.

»Da bist du ja.«

»Hast du mich gesucht?«

»Ich nicht, aber ein Typ hat nach dir gefragt.«

Meinem Herzen steht der Sinn offenbar nach einer Partie Gummitwist.

»Hatte er Hunde dabei?«

»Ähm, nein.«

»Hatte er eine Brille auf?«

»Nicht Matt, ein anderer Typ.«

»Oh.«

»Aber er hat mir seine Karte dagelassen, wenn das die Fragerunde etwas verkürzt.«

Sie reicht mir eine klassische weiße Visitenkarte, auf der nur wenige Informationen gedruckt sind. *Gary Hennings, Journalist.* Dazu eine Telefonnummer und eine Mailadresse. Nicht mehr und nicht weniger.

»Kennst du diesen Hennings?«

»Noch nie von ihm gehört.«

»Nun, er hat sich durch das ganze Haus geklingelt.«

Ich nehme mir vor, Peter zu fragen, ob er vielleicht einen Interviewtermin für mich vereinbart hat.

»Sorry.«

»Ach, so ist das eben, wenn ein Star im Haus wohnt.«

Mit einem Augenzwinkern wendet sich Sarah ab und lässt mich mit den unbeantworteten Fragen in meinem Kopf alleine. Es ist verrückt anzunehmen, mein Leben könnte sich durch einen Besuch bei einer Premiere und einen neuen Agenten so sehr verändern. Niemals. Oder etwa doch?

»Was ist los?«

Offenbar habe ich auch auf dem Weg nach oben meine Verwirrtheit noch nicht ablegen können, denn Becca und ein inzwischen voll bekleideter Jackson sehen mich irritiert an.

»Ich habe das Gefühl, jemand hat über Nacht mein Leben ausgetauscht.«

»Wie meinst du das?«

Becca nimmt mir die Tüte mit den Bagels aus der Hand, und Jackson schenkt mir eine Tasse Kaffee ein – als wäre es nichts Besonderes, dass er hier ist. Als wäre das immer so.

»Ich glaube, mich hat ein Paparazzo erwischt.«

»Im Ernst?«

Becca scheint das irgendwie aufregend zu finden, sie nimmt es als wahren Beweis für den Erfolg als Schauspieler.

»Zumindest fand ich es höchst merkwürdig. Und dann hat auch noch ein Journalist Sarah diese Karte gegeben.«

Ich reiche sie Jackson, in der Hoffnung, dass er den Namen kennen und dieses Mysterium aufklären könnte, doch er schüttelt nur den Kopf.

»Ich kenne keinen Hennings, sorry.«

»Du solltest ihn googeln.«

Becca scheint meine Neugier zu teilen, aber Jackson winkt nur ab.

»Oder du vergisst ihn einfach. Du wirst immer wieder Interviewanfragen bekommen. Am besten, sie wenden sich alle an Peter. Er sortiert die Idioten aus.«

»Das werde ich machen. Danke für den Tipp.«

Trotzdem stecke ich die Visitenkarte in die Tasche meiner Hose und lasse mich auf den freien Stuhl neben Jackson fallen.

»Halte dich einfach an Peter, dann wird das schon.«

Jacksons aufmunterndes Lächeln hilft mir, die Gedanken an den Paparazzo zu vertreiben, und lässt mich das Frühstück, bei dem ich mir wie ein Eindringling vorkomme, entspannter genießen.

Wozu hat man schließlich einen Agenten?

Becca schlug vor, ich solle mal etwas wagen und richtig viel Geld für ein exklusives Kleid ausgeben. In ihrer zuversichtlichen Zukunftsvision würde ich so eine Garderobe ja bald öfter brauchen. Da ihre Rede sehr überzeugend war, trage ich jetzt ein nachtblaues Kleid, dessen Stoff ich fast nicht auf meiner Haut spüre, und lasse mich von einem Kellner des *Riverpark* an den Tisch führen, an dem Peter und Mr. Cartierez auf mich warten. Jacksons Tipp, ein paar Minuten zu spät zu kommen, fühlte sich zunächst einmal falsch an, da ich in meinem ganzen Leben noch nie eine Minute zu spät zu einem so wichtigen Termin gekommen bin. Die Verspätung beim gestrigen Casting war eine Premiere, und ich habe nicht vor, das zu wiederholen. Auch wenn Jackson mir versichert hat, dass es mir als Frau immer verziehen wird. Es gehört quasi zum Spiel. Welches Spiel er genau meint, konnte ich nicht mehr erfragen, da mein Taxi – anders als ich jetzt – pünktlich war.

Kurz überprüfe ich meine feine silberne Halskette, passend zu den Ohrringen und dem zarten Ring, die dabei helfen soll, den Look zu perfektionieren. *Glamour Understatement,* darauf stehen die Leute. Die Erfahrung habe ich in L. A. bereits machen dürfen.

Das *Riverpark* ist eines dieser Restaurants, die einen schon beim Betreten einschüchtern wollen. Es ist nicht nur der Ausblick durch die riesigen Glasfenster auf den East River, der Eindruck macht, sondern auch das Interieur. Eine lange Theke, an der die teuersten Getränke und Cocktails serviert werden, die großen Lederstühle an den perfekt gedeckten Tischen im hinteren Bereich oder die große Terrasse, die ein Mix aus Lounge und Bar ist. Man gibt sich Mühe, ein gemischtes Publikum anzuziehen, doch die meisten Gäste hier gehören nicht zur Mittelklasse. Der Kellner führt mich durch das volle Restaurant, an dessen Tischen Deals abgeschlossen und Firmenübernahmen besprochen werden, bis in den Bereich, an dem viele kleine Lichter an der Decke wie der Sternenhimmel in einer klaren Nacht leuchten. Ich erkenne Peter sofort, noch bevor er mich bemerkt und – ganz Gentleman – aufsteht.

»Zoe, da bist du ja!«

Sein Lächeln ist strahlend, als würde er gleich seinen größten Trumpf ausspielen. Er stellt mich George Cartierez vor. Der Produzent ist ein mittelgroßer Mann, dessen spanische Wurzeln sich nicht verleugnen lassen, auch wenn ich stark annehme, er hilft bei seiner dunklen Haarfarbe etwas nach. Jedenfalls ist er nicht ganz so alt, wie ich vermutet habe. Schon reicht er mir die Hand und küsst mich dann auf beide Wangen.

»Miss Hunter, wie schön Sie persönlich kennenzulernen. Mr. Nicholls hat schon viel von Ihnen erzählt.«

Sein dunkler Anzug sitzt perfekt, als wäre er direkt an seinen Körper geschneidert worden. Er deutet auf den Stuhl zu seiner Rechten, den der Kellner mir zurechtschiebt. Ich muss gestehen, an eine solche Art der Behandlung könnte ich mich gewöhnen. Erst als ich Platz nehme, setzen sich auch meine männlichen Begleiter.

»Ich hoffe, ich habe Sie mit diesem Abendessen nicht zu sehr überfallen.«

Manchmal frage ich mich, warum Männer wie Cartierez so gute Umgangsformen haben, während andere Kerle in der Subway nicht mal aus dem Weg gehen, wenn Frauen mit ausgewachsenem Handgepäck an ihnen vorbeiwollen.

»Für Sie, Mr. Cartierez, kann ich solche Überfälle immer einräumen.«

Es schadet sicher nicht, mich heute Abend von meiner charmanten Seite zu zeigen. Aus dem Augenwinkel bemerke ich, wie Peter zufrieden nickt, als hätte ich bei einem Buchstabierwettbewerb ein besonders schwieriges Wort richtig genannt.

»Ich kann mir vorstellen, dass Sie sehr beschäftigt sind. Mr. Nicholls sprach von vielen Projekten?«

Nun, ich muss noch meine Buntwäsche aus dem Trockner holen und dringend die letzte Folge von Criminal Minds *schauen, aber sonst ...*

Natürlich nicke ich nur sehr mysteriös. Wieder scheint Peter sehr zufrieden mit meiner Reaktion, während ich mich dabei ertappe, wie ich das Bedürfnis verspüre, ihn nicht zu enttäuschen. Immerhin hat er dieses Treffen für mich organisiert.

»Vielleicht ließe sich in der Zukunft ja dennoch ein Slot in Ihrem Kalender für ein gemeinsames Projekt finden?«

Der Kellner reicht mir die Speisekarte, auf der die täglich wechselnden Menüs stehen. Doch so verlockend das kulinarische Angebot auch sein mag, ich bin geistig zu sehr mit dem Angebot von Cartierez beschäftigt.

Er will ein gemeinsames Projekt!

»Zoe hat ein paar interessante Anfragen. Wir prüfen sie gerade, aber ich kann Ihnen garantieren, dass wir für Sie immer Zeit haben, George.«

Peter weiß, was zu sagen ist, vor allem, wenn mein Sprachzentrum akut von einem Totalausfall bedroht wird. Ich nicke nur und hoffe, Peter kann die Begeisterung in meinem Blick sehen.

»Nun, wir planen für das kommende Jahr einige TV-Produktionen in großem Stil.«

Mir gefällt sehr, was ich da höre. Auch wenn ich keine Ahnung habe, was er damit wirklich sagt. Doch bevor ich nachfragen kann, erwartet der Kellner meine Bestellung. Es wäre mir lieber, wenn die Männer vor mir bestellen würden, weil ich dann eine ungefähre Ahnung hätte, wie viel Geld sie ausgeben. Peter bemerkt meine kurze Unsicherheit und nickt mir aufmunternd zu. Es überrascht mich, wie schnell ich mich in seiner Anwesenheit entspanne. Mein Agent ist da, falls ich einen Fehlschritt wage und ein Absturz droht.

»Ich nehme den Heilbutt mit dem Gemüse.«

Alle Anwesenden nicken anerkennend, als wäre das die richtige Antwort in einem wichtigen Lebenstest und nicht eine einfache Essensbestellung in einem Restaurant. Peter nimmt Lamm, Cartierez Ente mit Ahornsirup. Ein normales Abendessen im *Riverpark,* für dessen Preis man sicherlich einen gebrauchten Toyota bekommen könnte.

»Erzählen Sie doch mal, Zoe, wie lange modeln Sie schon?«
Wie bitte??
»Nun ...«
»Zoe hat das Modelbusiness schon in L. A. aufgegeben. Es wäre eine Verschwendung, wenn man sich ausschließlich auf den Körper beschränkt.«

Dabei deutet Peter auf mich, als wäre ich ein Gesamtkunstwerk.
»Sie hat vielversprechende Rollenangebote.«

Ganz kurz wünsche ich mir, mein Gehirn würde schneller reagieren, damit ich meine Schlagfertigkeit nutzen könnte. Bei Matt ist es mir so leichtgefallen ...

Matt.

Ein Lächeln huscht über meine Lippen, das nicht unbemerkt bleibt. Cartierez nimmt einen Schluck Wein und mustert mich über den Rand seines Glases.

»Ich zweifele nicht an Ihrem Talent als Schauspielerin, Zoe. Allerdings könnte ich mir Ihr Gesicht auch gut auf einer Werbetafel am Broadway vorstellen.«

Es soll ein Kompliment sein, kein Zweifel, doch ich tue mich schwer, das zu akzeptieren. Bin ich nicht, unter anderem, deswegen aus L. A. geflüchtet? Vor der Oberflächlichkeit und dem Schönheitswahn? Es hieß doch, an der Ostküste kann man noch mit Talent überzeugen, auch wenn es schwer wird.

»Wir sind natürlich auch dem nicht abgeneigt. Nicht wahr, Zoe?«

Ich schüttele den Kopf. Doch nicht aus Überzeugung, sondern hauptsächlich, um Peter nicht zu enttäuschen.

»Es freut mich, das zu hören. Sie wissen sicher, dass wir auch viel mit dem *NY Trnds* zusammenarbeiten.«

Ein Magazin, das entgegen seinem Namen nicht nur hier in der Stadt bekannt ist.

»Dort suchen wir immer mal wieder Gesichter für das Cover. Und auf meine Meinung wird viel Wert gelegt.«

Er lächelt zufrieden.

»Als Geldgeber hat man so manche Freiheiten. Sie verstehen.«

Natürlich verstehe ich. Wer Geld hat, kann Entscheidungen treffen, auch wenn er der Branche eher fremd ist. So verlockend das Angebot, die Frontseite eines Magazins zu zieren, auch sein mag, so gerne möchte ich das Gespräch wieder auf meine Chancen im TV und Filmbusiness lenken.

»Vielleicht kann Mr. Nicholls Ihnen ja dennoch mal mein Show Reel zukommen lassen?« Dabei lächele ich charmant und hoffe, die richtigen Worte gefunden zu haben, ich bin nämlich ziemlich stolz auf mein Show Reel, das ein befreundeter Cutter für mich zusammengestellt hat. In dem Video finden sich Highlights meiner Schauspielkarriere, Szenen, in denen ich mehr zeigen kann.

»Nur zu!«

Dieser Abend wird noch ziemlich anstrengend, das merke ich schon jetzt. Umso dankbarer bin ich, als der Kellner wieder neben unserem Tisch auftaucht und mein Wasserglas auffüllt. Meine Kehle ist so trocken, mein Gehirn so langsam – dafür sind meine Hände so feucht, dass ohne Probleme ein Seepferdchen darin überleben könnte.

»Auf jeden Fall freue ich mich sehr, dass Sie sich zu einem Umzug an die Ostküste entschieden haben. In L.A. gibt es schon genug hübsche Frauen.«

Wieder ein Kompliment, das ich nur mit viel Wasser runterspülen kann, weil es so gar nicht wie Öl runtergeht. Ja, ich habe mir Mühe gegeben, heute umwerfend auszusehen. Aber bin ich nur das: eine hübsche Frau?

»Wer hätte gedacht, dass Idaho solche Schönheiten beheimatet.«

Er lacht, Peter tut es ihm gleich, auch wenn es nicht so natürlich wie sonst klingt. Ich halte mich an meinem Wasserglas fest.

»Auf Idaho!«

Cartierez hebt sein Weinglas und strahlt mich an, als hätte er gerade meinen Heimatstaat aufgewertet. Nur in Zeitlupe kann ich mein Glas ebenfalls zum Toast heben und werfe Peter einen Blick zu, den er hoffentlich lesen kann.

»Auf Idaho.«

Doch was die Augen meines Agenten wirklich sagen, ist viel mehr: Bleib ruhig, ich habe alles unter Kontrolle.

Einen Heilbutt, ein Lamm und eine Ente später hat sich das Gesprächsthema glücklicherweise etwas verschoben. Es geht um TV-Serien, die mit einem großen Budget und noch größeren Hollywood-Namen die Zuschauer vor dem Fernseher fesseln. Genau eine solche Serie soll im kommenden Jahr von Cartierez produziert werden. Namen wie Kevin Bacon, Sharon Stone und Jackson Reed werden dabei hoch gehandelt. Peter ist der Stolz deutlich anzusehen, denn Jacksons Karriere könnte dadurch einen neuen Schub erhalten.

»Jackson hat Zoe bereits unter seine Fittiche genommen.«

So würde ich das zwar nicht unbedingt ausdrücken, doch wieder nicke ich nur.

»Ich habe die Fotos gesehen. Ein hübsches Paar.«

Jetzt verschlucke ich mich fast, denn ich habe a) noch keine Fotos gesehen, und b) weiß ich nicht, ob der Begriff »Paar« es bei uns trifft.

»Fotos?«

»Ja. Von der Premiere. Sie strahlen ja um die Wette, wie es scheint.«

»Aha.«

»Und die Fotos von heute Morgen dürften der Klatschpresse auch ordentlich Futter geben.«

Ich wusste es!

Sofort muss ich wieder an den Typen denke, der mich auf dem Weg zur Bakery fotografiert hat. Die Schnelligkeit der Verbreitung überrascht mich aber.

»Ich habe nur Bagels geholt.«

Cartierez wirft zuerst Peter einen anzüglichen Blick zu, bevor sie beide zu mir sehen, als hätten sie ihre ganz eigenen Gedanken zu den Fotos. Kurz gehe ich noch mal durch, was ich anhatte, und kann mir dabei nicht vorstellen, dass es besonders sexy gewirkt hat.

»Jackson sah auf jeden Fall ziemlich zufrieden aus.«

»Jackson?«

»Er hat das Knights kurz nach dir verlassen. Es ist ziemlich eindeutig.«

»Das ist ein Missverständnis.«

Und zwar eines, das ich sicher nicht an diesem Tisch aufklären möchte. Schon gar nicht, ohne vorher mit Becca gesprochen zu haben.

»Es muss dir nicht unangenehm sein. Jackson gilt schon eine Weile als einer der begehrtesten Junggesellen New Yorks.«

Cartierez mustert mich nun auf diese sehr unangenehme Art und Weise, bei der ich mich frage, ob er über einen Röntgenblick verfügt, mit dem er bis auf meine Unterwäsche sehen kann.

»Wer kann es Mr. Reed übelnehmen?«

»Sie verstehen nicht, das ist ein Missverständnis.«

»Zoe, das besprechen wir am besten nachher.«

Peter zwinkert mir zufrieden zu, doch auch er irrt sich. Ich will mich nicht aus einer heißen Nacht mit Jackson rausreden. Cartierez lässt sich Wein nachschenken und grinst noch immer.

»Auf jeden Fall dürfte Ihr Name und Ihr Gesicht schon bald sehr viele Coverseiten schmücken, Miss Hunter.«

Damit wendet er sich an Peter.

»Ein großartiger Schachzug, Mr. Nicholls. Das muss man Ihnen lassen.«

Es befindet sich nicht genug Wasser im gesamten Restaurant, um den Wutbrand in meinem Inneren zu löschen. Ich muss diese Sache jetzt sofort aufklären. Doch Peters Blick ist, sagen wir mal, eine nette Empfehlung, jetzt lieber zu schweigen. Zumindest solange Cartierez noch im Raum ist. Denn auf absurde Art und Weise scheint allein die Tatsache, dass ich eine Affäre mit Jackson Reed, dem angesagten Shooting-Star, haben könnte, Grund genug zu sein, mich ernst zu nehmen.

»Wir sollten eine Serie zusammen machen, Zoe. Eine hochwertige Serie.«

Meine Antworten auf seine albernen Fragen, mein Show Reel, das er noch nicht mal gesehen hat, und meine Anwesenheit heute haben ihn nicht überzeugt, in mir eine potenziell gute Schauspielerin zu sehen.

Eine erfundene Affäre mit Jackson hingegen schon.

Ich muss noch verdammt viel lernen.

Trust

Das Taxi fährt langsam an mir vorbei, als würde es mich auslachen. Kurz habe ich die Hoffnung, dass es anhält, weil es mich, meinen ausgestreckten Arm und meinen Blick bemerkt hat, aber natürlich irre ich mich.

Typisch!

Ich stehe am anderen Ende einer Millionenstadt und will einfach nur nach Hause. Mein Outfit ist nicht für die Subway gemacht, und Laufen ist in diesen Schuhen eine Kunst für sich. Niemand kann von mir erwarten, dass ich einen Halbmarathon in diesen Absätzen schaffe.

Wieder strecke ich die Hand in die Luft, weil ich ein weiteres Taxi erspähe. Doch auch dieses ignoriert mich, als würde ich nicht existieren.

»Kann ich helfen?«

Peter taucht unerwartet neben mir auf. Dabei hatte ich angenommen, er wäre bereits verschwunden.

»Ich schaffe das schon.«

Gerade bin ich zu stolz, um seine Hilfe anzunehmen. Gut, vielleicht bin ich auch noch sauer, weil er mich vor Cartierez als Jacksons neue Flamme verkauft hat.

»Okay, du bist verärgert. Willst du mir verraten, wieso? Ich hatte nämlich den Eindruck, dass der Abend ziemlich vielversprechend gelaufen ist.«

»Da ist nichts zwischen Jackson und mir …«

… denn meine Freundin Becca hat sich Hals über Kopf in ihn verliebt, und wenn ich ehrlich bin, sie sind ein verdammt süßes Paar!
»Das tut doch nichts zur Sache.«
»Das tut also nichts zur Sache? Cartierez scheint das anders zu sehen. Er war ganz angetan von der Idee.«
»Deswegen lassen wir ihn in dem Glauben.«
Peter klingt tiefenentspannt, seine Körperhaltung unterstreicht seine Gelassenheit. Langsam drehe ich mich zu ihm um. In der kurzen Zeit, in der wir uns jetzt kennen, sind mir einige Dinge an ihm aufgefallen. Eine davon muss ich nun einfach aussprechen, hauptsächlich, weil ich noch wütend bin.
»Sagst du eigentlich jemals die Wahrheit?«
»Natürlich.«
»Wann?«
»Immer dann, wenn es darauf ankommt.«
Er lächelt mich sanft an, als hätte er rein gar nichts zu verbergen. Als würde er immer ehrlich sein. Das werde ich mit meiner nächsten Frage direkt mal testen.
»Hast du den Paparazzo geschickt?«
»Nein.«
Dabei hält er meinem Blick stand, weicht keinen Millimeter zurück. Ich habe inzwischen auf meinem Smartphone nach Jackson und mir gesucht und kann nicht fassen, wie viel ich gefunden habe. Ist es nicht merkwürdig, dass es dutzendfach Fotos von mir und Jackson auf der Premiere gibt, sogar ein paar von mir heute vor dem Knights, aus dem nur wenig später Jackson kommt – aber nicht eines von mir mit Matt auf Coney Island oder wie *er* mich nach Hause gebracht hat? Es fällt mir schwer zu glauben, dass der Paparazzo mir just an diesem Tag nicht gefolgt ist. Und ich liege richtig, denn Peter wiegt den Kopf und scheint doch noch ein bisschen mehr zu meiner Frage sagen zu wollen.
»Allerdings wusste ich, dass die Presse an dir interessiert sein dürfte, wenn man dich mit Jackson sieht.«

»Das war also Absicht.«

»Ja.«

»Wieso?«

Jetzt greift er nach meinem Unterarm und zieht mich ein bisschen von der Straße weg. »Du bist ein No-Name in New York, Zoe. Das wissen wir beide. Ich will, dass du alles kriegst, was du willst.«

Noch immer sieht er mich direkt an.

»Aber du musst mir ein bisschen vertrauen.«

»Das versuche ich …«

»Cartierez ist ein Mann, der weiß, welchen Einfluss er hat. Wenn er also ein Model-Shooting mit dir möchte, wäre eine Absage idiotisch.«

»Ich bin kein Model und möchte es auch nicht sein.«

»Und das kann ich verstehen. Das Label ›schauspielendes Model‹ würde dir auch nicht stehen. Dafür bist du viel zu talentiert.«

»Danke.«

»Aber wir müssen es schaffen, dass die Leute dich kennen. Ich will die großen Rollen an Land ziehen. Aber dafür müssen viele Menschen wissen, dass es dich gibt.«

»Als Jacksons Freundin?«

»Wenn es sein muss.«

»Das macht keinen Sinn.«

»Nicht alles muss auf den ersten Blick Sinn ergeben.«

»Für mich klingt das so, als würde ich mich an Jacksons Erfolg hängen.«

Ich wünsche mir, dass er widerspricht und mir eine andere Sicht auf die Dinge zeigt, doch diesmal schweigt Peter eine Weile und zuckt mit den Schultern.

»Das gefällt mir auch nicht, aber es ist der schnellste Weg, um bekannt zu werden.«

Ich öffne schon den Mund, um ihm zu widersprechen, aber die Wahrheit ist: Er hat recht. Das gefällt mir noch viel weniger. Ich räuspere mich.

»Ich will nicht nur die Freundin von jemandem sein. Schon gar nicht, wenn ich es nicht bin.«

»Okay, ich schlage dir etwas vor.«

Er reibt sich die Hände, wirft einen Blick auf die Uhr und atmet tief durch.

»Gib mir einen Monat.«

»Wofür?«

»Für meinen Weg. Wenn du nach dreißig Tagen keine Rolle hast, die dir ein Lächeln ins Gesicht und Stolz in die Brust zaubert, dann machen wir es auf deine Art.«

Verlockend.

»Nur dreißig Tage.«

Ich komme ins Grübeln. Ein Monat. Das ist doch nicht so schlimm, oder? Peter Nicholls weiß, wie man Erfolg hat. Ich weiß es ganz offensichtlich nicht.

»Unter einer Bedingung.«

»Die da wäre?«

»Niemand wird verletzt.«

»Ich hatte nicht vor, einen Baseballschläger einzusetzen.«

Peter lächelt, doch als er merkt, dass ich keinen Scherz gemacht habe, verebbt das Lächeln, noch bevor es die Mundwinkel voll erreicht hat.

»Okay, ich verspreche es.«

Es heißt, man muss Risiken eingehen, neue Dinge ausprobieren und anderen Menschen vertrauen, wenn man es bis nach oben schaffen will. Mein Magen flattert aufgeregt, aber ich nicke tapfer. Wenn alles schiefgeht, erinnere ich ihn nach dreißig Tagen an unseren Deal.

»Okay.«

»Dreißig Tage.«

Peter hebt lächelnd den Arm – und ein Taxi kommt direkt vor uns zum Stehen.

Was soll in dreißig Tagen schon schiefgehen?

Rooftop

»Sie ist im Theater. Und – wow!«

Sarah unterbricht mein hysterisches Klopfen an Beccas Tür und sieht mich bewundernd an. Kurz hatte ich vergessen, dass ich noch immer mein Glamour-Outfit trage.

»Ich hatte ein Abendessen.«

»Erfolgreich?«

»Ich glaube schon.«

»Aber du weißt es nicht?«

Sarah streicht sich eine ihrer Locken aus dem Gesicht – was nicht viel bringt, weil sie sofort wieder in die Stirn tanzt – und zieht die Augenbrauen zusammen.

»Doch. Erfolgreich.«

Das rede ich mir seit knapp einer Stunde immer wieder ein. Cartierez mag nicht der Typ Mann sein, den ich in meinem Freundeskreis haben will, aber ganz sicher ist er einer dieser Menschen, die einflussreich sind und einer Karriere den nötigen Schwung verpassen können.

»Wo ist dann dein strahlendes Lächeln?«

»Es ist mir irgendwo zwischen dem Broadway und der 42nd Street abhandengekommen.«

Sarah nickt nachdenklich.

»Du weißt, dass wir alle hier im Knights offene Ohren haben, wenn du reden willst.«

Sie deutet auf die Apartmenttür hinter mir.

»Wenn Becca gerade keine Sprechstunde hat, ich bin da.«

»Danke, aber ich will niemandem auf die Nerven gehen.«

»Tust du nicht. Du hättest mich mit meinem Chaos erleben müssen. Ohne Beccas Ratschläge würde ich noch immer in meinem alten Büro sitzen, schlechte Tapes hören und Absagen schreiben.«

»Okay. Ist es zu spät für einen Drink im *Tuned?*«

»Vermutlich. Aber ich habe eine gute Alternative.«

Sarah greift nach meinem Arm und zieht mich in Richtung Aufzug.

»Wow!«

»Ja, manchmal ist das Knights für eine Überraschung gut.«

Wir blicken auf ein funkelndes Lichtermeer, das sich um uns ausbreitet und dessen Ende ich nur erahnen kann. Obwohl mir die anderen schon so oft davon vorgeschwärmt haben, war ich bis eben noch nie auf dem Dach des alten Hauses. Dieser Perspektivenwechsel tut gerade richtig gut. Sarah reicht mir eine Flasche Bier, die sie aus einer Kühlbox neben einigen Holzpaletten zieht.

»Irgendjemand stellt hier immer großzügig Getränke zur Verfügung. Kerzen gibt es auch. Ein Wunder, dass Becca es dir nicht gleich am ersten Tag gezeigt hat.«

»Vielleicht wollte sie sich das Highlight aufheben.«

Ich gehe etwas näher an den Rand des Daches, der durch eine kleine Brüstung abgeschirmt ist, und wage einen Blick nach unten. Von hier aus sehen die Menschen auf der Straße winzig aus, wie kleine Figuren auf einem Spielbrett, die man beliebig verschieben kann. Ich erkenne Oscar mit seinem Hotdog-Wagen, den kleinen Supermarkt, vertraute Ecken, die von hier oben doch ganz anders aussehen. New York kommt mir nicht mehr so mächtig vor, wenn man sich erst einmal auf Augenhöhe befindet. Sarah lehnt sich neben mich und stößt mit ihrer Flasche gegen meine.

»Du wirst also Karriere machen?«

»Wenn ich Nicholls glauben will, dann spiele ich Ende des Monats eine Hauptrolle.«

Wir sehen uns einen kurzen Moment an. Sarah wartet auf meinen Freudentanz und ich auf das Hochgefühl vom roten Teppich. Doch nichts passiert.

»Und das ist es nicht, was du willst?«

Eine ausgezeichnete Frage.

»Doch. Natürlich.«

»Wo ist dann das Problem?«

Kurz überlege ich, ihr die Sache mit Jackson zu sagen, aber ich weiß nicht, was Becca schon erzählt hat.

»Es ist nicht mein Geheimnis.«

Sarah nickt und schweigt, auch wenn sie eigentlich nicht verstehen kann, was ich mit diesem Satz meine.

»Ach, vielleicht bin ich einfach nur nervös.«

»Mach dich nicht verrückt, manche Dinge brauchen Zeit.«

»Daran zweifle ich nicht. Aber ich bin schon mehr als zwei Monate da. Ich habe gedacht, inzwischen hätte sich zumindest ein kleiner Job aufgetan. Irgendwas. Damit die Leute mich nicht vergessen.«

»Zoe, ich habe zwei Jahre gebraucht, bis ich wirklich wusste, wohin ich gehöre oder wo ich hinwill.«

Kaum vorstellbar, wenn man Sarah so sieht oder sie in ihrem Job auf Konzerten erlebt.

»Aber genau das ist es ja: Ich *weiß*, wo ich hinwill. Ich will gute Rollen, ich will ernst genommen werden, und ich bin bereit, dafür zu arbeiten.«

»Wo ist dann das Problem?«

»Abgesehen davon, dass keine Rollenangebote kommen, muss ich erst mal *deren* Spielregeln lernen.«

»Tu das. Aber lass dich nicht darauf ein.«

»Wie meinst du das?«

Sie atmet tief durch, während sie über die Dächer des Stadtviertels sieht, in dem sich der größte Teil ihres Lebens abspielt und in dem sie bereits ihre eigene Geschichte erleben durfte. Eine vor meiner Zeit.

»Spiele nach den Regeln, die du kennst und die *du* für richtig hältst.«

»Das klingt gut. Aber wieso denkst du das?«

»Nicht immer sind *ihre* Wege die richtigen.«

Als ich erneut nachfragen will, klingelt mein Handy. Ich zögere kurz, bevor ich abnehme, da ich die Nummer auf dem Display nicht kenne.

»Hallo?«

»Zoe! Schön, du bist noch wach.«

Es ist Matts Stimme, die zusammen mit zahlreichen anderen im Hintergrund zu mir dringt. Wieso erkennt mein Handy seine Nummer nicht? Sarah geht auf die Holzpalette zu und hört demonstrativ weg.

»Hi. Hast du ein neues Handy?«

»Nur geliehen, mein Akku ist leer.«

»Und meine Nummer hast du dir gemerkt?«

»Habe ich.«

»So, so.«

Er wiederholt die korrekten Ziffern, und ich kann das Grinsen in seiner Stimme hören.

»Ich bin beeindruckt, Booker.«

»Das solltest du auch sein. Ich hoffe, ich störe nicht?«

Spontan will mir keine Situation einfallen, bei der Matt Booker stören könnte.

»Nein.«

»Gut.«

»Wo bist du denn?«

Ich muss mich anstrengen, um ihn hören zu können, so laut ist es bei ihm.

»Ich habe gerade Feierabend gemacht und dachte, ich rufe eine gewisse Zoe an.«

Wer hätte gedacht, dass das genau die Worte sind, die ich hören muss, um sofort bessere Laune zu bekommen. Den ganzen Tag war ich mit Dingen beschäftigt, die mich von unserem Kuss und dem bevorstehenden Date abgelenkt haben, oder an den Wunsch, in seine Arme zurückzukehren. Jetzt weiß ich, dass ich nichts mehr als all das will.

»Gibt es denn einen besonderen Grund für deinen Anruf?«

Ich blicke wieder über New York und frage mich, wo genau in dieser unendlich großen Stadt Matt wohl gerade ist?

»Den gibt es tatsächlich.«

»Der da wäre?«

Er darf das Date am Freitag nicht absagen!

»Ich wollte hören, wie dein Tag war.«

Boom!

Volltreffer.

Aus der Entfernung.

Das sind Dinge, die ich vermisst habe, ohne es zu wissen. Dinge, die mir die Nacht versüßen. Dinge, von denen ich nicht mal wusste, dass es sie gibt.

»Mein Tag war gut.«

Es stimmt zwar nicht zu hundert Prozent, aber das spielt keine Rolle, weil es jetzt in diesem Moment stimmt. Jetzt gerade ist alles gut. Ich stehe auf dem Dach, trinke ein verdientes Feierabendbier, verbringe etwas Zeit mit einer Freundin und bekomme diesen Anruf.

»Verrätst du mir mehr Details?«

»Ich hatte ein wichtiges Dinner mit einem Produzenten, der vielleicht mit mir arbeiten will, und trage ein ziemlich schickes Kleid.«

»Farbe?«
»Blau.«
»Lang? Kurz?«
»Es reicht bis knapp über die Knie.«
»Trägerkleid?«
»Ja.«
»Rückenausschnitt?«
»Allerdings.«
»Trägst du die Haare offen?«
»Das tue ich.«
»Du siehst bestimmt umwerfend aus.«
»Vor allem sehe ich müde aus.«
»In meinem Kopf siehst du umwerfend aus.«
Wieso widersprechen, wenn ich in Matts Kopfkino die Hauptrolle spielen darf?
»Dann sehe ich umwerfend aus. Für dich.«
»Danke.«
»Und du?«
»Oh, du wärst überrascht, wie sexy ich in einer Kochuniform aussehen kann.«
»Kochuniform?«
»Jap. Ich arbeite im *Industry Kitchen* als Küchenhilfe und räume draußen Tische ab.«
»Wie viele Jobs hast du noch mal?«
»Ich habe aufgehört zu zählen.«

Da schaue ich zu Sarah, um sicherzugehen, dass sie nicht zu viel von meinem kleinen Flirt mitbekommt – doch sie ist bereits verschwunden. Selbstlos hat sie mir das Dach überlassen. Und obwohl er nicht wirklich hier ist, fühlt es sich doch so an, als würde ich diesen Moment hier oben auf dem Dach nur mit Matt teilen.

»Ich stehe auf Uniformen.«
»Ach wirklich?«

»Hm-hm.«

»Nun, vielleicht siehst du mich eines Tages in dieser sexy Uniform.«

»Du könntest mir auch ein Bild schicken.«

»Könnte ich.«

»Solltest du!«

»Nur wenn du mir auch eins schickst.«

Das war klar. Vermutlich ist mein Make-up nicht mehr perfekt und die Haare sitzen nicht mehr wie gewollt, aber ich finde, dass Matt ein Foto verdient hat. Alleine schon deswegen, weil er mir den Tagesabschluss versüßt.

»Könnte ich.«

Ich höre das Lächeln in seiner Stimme, als er antwortet.

»Solltest du!«

»Gute Nacht, Matt.«

»Gute Nacht, Zoe.«

The Girl Running

Das kribbelnde Gefühl im Bauch, während ich endlich langsam einschlafe, könnte an Cartierez' Angebot liegen. Oder an Peters Plan, mich berühmt und erfolgreich zu machen. Doch ich weiß genau, dass dem nicht so ist. Irgendwo da draußen fängt ein neuer Tag an, als ich erneut nach meinem Handy greife und mir das Foto von Matt noch mal ansehe. Es ist ein relativ gut gelungenes Selfie, aufgenommen in einer Großküche, in deren Hintergrund sich zahlreiche Köche tummeln, dazu stehen Töpfe und Pfannen auf den Herden. Niemand außer Matt sieht in die Kamera. Er trägt eine schwarz-weiß gestreifte Kappe und die typische Kochuniform. Er grinst lässig, und seine Augen strahlen mich an, als wären sie lebendiger als der Rest des Fotos. Mir gefällt sein Look, auch wenn ich erkennen kann, wie lange sein Tag gewesen sein muss und wie dringend er mal wieder eine Rasur gebrauchen könnte.

Ich wische zum vorherigen Foto, das ich in meinem Bad aufgenommen habe. Es zeigt mich in meinem Kleid, möglichst natürlich und mit einem Lächeln, das zu viel über meine Gefühle für den Empfänger dieser Nachricht verrät. Es ist übrigens der erste Schuss, weil ich beschlossen habe, weder einen Filter noch eine bestimmte Pose zu benutzen. Das liegt wohl daran, dass ich den Rest des Abends schon so tun musste, als wäre ich jemand anderes: die selbstsichere Version von Zoe Hunter, die aufstrebende Schauspielerin, deren Name in dreißig Tagen die ganze Welt kennen wird.

Für Matt wollte ich nur *ich* sein, wenn auch in einem schicken Kleid, das ich privat sicher nicht so oft tragen würde.

Seine Reaktion war ein einfaches »Wow«.

Und vielleicht zaubert auch genau eine solche Äußerung dieses verräterische Leuchten in meine Augen. Ein letztes Mal betrachte ich sein Foto, dann entscheide ich mich endgültig für den Schlaf und hoffe, diese strahlenden Augen vielleicht im Traum zu treffen.

Doch wie immer, wenn ich eine richtige Portion Schlaf gebrauchen könnte, klingelt der Wecker nach gefühlten fünf Minuten. Obwohl ich schwören könnte, dass ich eben erst die Lider geschlossen habe, zeigt die Uhr schon sieben Uhr dreißig an. Es gibt kein Zurück mehr. Der Tag hat begonnen. Zu früh. Wenn ich mit ihm Schritt halten will, sollte ich meine Morgenrunde joggen, unter die Dusche springen und dann irgendwo ein schrecklich gesundes Frühstück einwerfen, bevor ich einkaufen und Wäsche waschen muss. Ab drei Uhr nachmittags sitze ich an der Kinokasse und werde auf mein Handy starren. Aus Gründen.

Inzwischen habe ich eine ziemlich schöne Joggingrunde gefunden, die an einem heißen Tag wie diesem auch genug Schatten bietet und nicht zu den Routen der Hardcore-Jogger gehört, neben denen ich mich immer wie eine Schulanfängerin fühle. Mit den Kopfhörern auf den Ohren und einer perfekten Playlist, die Sarah auf ihrem Blog *One Girl's Music Box* für eben solche Momente erstellt hat, blende ich die Welt um mich herum aus und konzentriere mich ausschließlich auf meine Atmung und den Song *Sweet Dispotion* von der Band The Temper Trap. Zumindest so lange, bis mich ein kleines Detail im Refrain aus dem Takt bringt, das dort ganz sicher nicht hingehört. Ich kenne den Text und kann mich nicht daran erinnern, meinen Namen im Lied gehört zu haben.

»Zoe!«

Doch, ganz sicher, ich bilde es mir nicht ein.

»Zoe!«

Ich verlangsame meine Schritte und ziehe mir einen der Kopfhörer aus dem Ohr.

»Zoe!«

Ich bleibe stehen, ganz froh, eine kleine ungeplante Pause einzulegen. Inzwischen bin ich in den Heights gelandet, eine ordentliche Strecke. Schwer atmend sehe ich mich um und erkenne drei große Hunde und einen kleinen Flauschball, der wie ein explodiertes Kissen aussieht. Die Leinen führen alle in die Hand eines Mannes, der auf mich zukommt.

»Du bist wirklich konzentriert, wenn du rennst.«

»Matt?«

Ich hätte mir doch etwas mehr Gedanken machen sollen, als ich mein Sportoutfit aus dem Schrank gefischt habe. Und das grell pinke Neonhaarband, das immer diesen unvorteilhaften Streifen auf der Stirn hinterlässt, bringt mir bestimmt keine zusätzlichen Attraktivitätspunkte ein.

»Was machst du denn hier?«

Das ist nicht genau das, was ich fragen will, wenn man bedenkt, dass die Hunde die Antwort bereits geben, aber es ist ein Anfang für eine Unterhaltung. Mein vom Jogging angespornter Puls rauscht noch immer zu schnell in meinen Ohren. Und plötzlich muss ich an das Gespräch von gestern denken. An Cartierez' begeistertes Lächeln, als er von den Fotos gesprochen hat. Was ist, wenn Matt die Bilder von Jackson und mir auch gesehen hat und sie – ebenso wie Cartierez – komplett falsch deutet?

Matt versucht, die Vierbeiner unter Kontrolle zu halten, die mich alle etwas genauer unter die Lupe nehmen wollen. Ist es nicht unverschämt, wie gut er heute aussieht? Ein weißes T-Shirt, hellblaue Jeans und seine Brille, die ihm verdammt gut steht. Die Haare sehen etwas derangiert aus, was ihm anders als mir nicht im Geringsten peinlich zu sein scheint. Wieso auch? All das sorgt bei mir nämlich für munteres Herzhüpfen: eine Disziplin, in der ich endlich mal gut bin. Nichts in seinem Gesicht deutet darauf hin, dass er irgendein Klatschmagazin gesehen oder gelesen hat. Ich atme unbewusst tief aus.

»Nun, Rufus, Benni, Sansa und Molly wollen ihren Auslauf.«

Als wäre es das Normalste auf der Welt, schiebt er sich an den Hunden vorbei und küsst mich. Zwar nur kurz, aber er bleibt dicht vor mir stehen – so dicht es mit den vier Hunden eben möglich ist.

»Hi.«

»Hi ...«

Hätte ich gewusst, dass New York sich ausgerechnet heute dazu entscheidet, auf die Größe eines Dorfes in Idaho zu schrumpfen, nur damit Matt meinen Weg kreuzen kann ...

»Ich bin überrascht.«

Das ist ein bisschen gelogen, denn ehrlich gesagt bin ich höchst erfreut.

»Für den Fall, dass du dich wunderst, ich bin kein Stalker.«

Damit bringt er leider etwas Abstand zwischen uns, als könne diese Geste seine Aussage unterstreichen, doch ich ergreife seinen Unterarm und halte ihn davon ab, sich zu weit zu entfernen. Ich mag es, wenn ich seinen Herzschlag spüren kann.

»Das sagen alle Stalker.«

Er grinst frech. Ich muss mich zusammenreißen, um ihn nicht wieder zu küssen. Matt scheint es ähnlich zu gehen, und er hat dann auch keine Skrupel, seinen Plan in die Tat umzusetzen: Er küsst mich erneut, diesmal ausgiebiger und so, wie ich es mir gestern vorgestellt habe, bevor ich ins Bett gegangen bin.

Es gibt Küsse, gute Küsse, und solche, die man nicht beenden will. Langsam lege ich meine Arme um seinen Nacken, erwidere seinen Kuss und gebe mehr von meinen Gefühlen für ihn preis, als die Öffentlichkeit hier mitkriegen muss. Nur, wie soll ich mich zurückhalten, wenn er sich so gut anfühlt und ich ihn viel zu selten sehe? Verbringt man denn nicht gerade den Beginn einer Beziehung – falls das hier denn eine ist – besonders ausgiebig zusammen? Zögernd lösen wir uns voneinander, wenn auch unter meinem stillen Protest.

»Wie du siehst, habe ich mir für den dritten Kuss einen ausgesprochen romantischen Moment ausgesucht.«

»Ich bin beeindruckt.«

Erst jetzt bemerke ich die neugierigen Blicke der Hunde, die alle zwischen Matt und mir hin- und hersehen, aber nicht verstehen, wovon sie gerade Zeuge geworden sind.

»Halte ich dich mit diesem Fast-Date gerade von deiner persönlichen Bestzeit ab?«

Fast-Date. Ich muss lächeln.

»Nein, die habe ich bereits vor drei Blocks aufgegeben. Ich wollte nur noch bis zum Café joggen, weil ich dringend einen Milchkaffee und was zu essen brauche.«

»Brauchst du Geleitschutz? Ich habe die Hundestaffel dabei.«

Er nickt wieder zu den Vierbeinern, die langsam, aber sicher unruhig werden.

»Wie könnte ich dieses Angebot ausschlagen?« Auch wenn diese Knopfaugen alle sehr niedlich sind, müsste ich lügen, würde ich behaupten, meine Entscheidung hinge einzig von den Hunden ab.

»Nun denn, Miss Hunter ...«

Er reicht mir seinen freien Arm, an den ich mich einhake und das Gefühl verspüre, gerade tatsächlich mit Leichtigkeit einen Marathon laufen zu können: So federleicht fallen mir die Schritte.

»Falls ich es heute Abend vergesse zu sagen, das hier mit dir ist mein heutiges Tageshighlight.«

Er mag es nur flüstern, aber seine Worte erreichen nicht nur mein Ohr, sondern auch mein Herz.

Mit einem Kaffee und einem Bagel für mich sowie einem Sandwich für Matt folgen wir den aufgeregten Hunden durch das Viertel in den Hillside Park. Er liegt in der Nähe der Brooklyn Bridge, und dort dürfen die Fellnasen ganz offiziell ohne Leine toben. Ich war hier noch nie. Matt entschuldigt sich erneut wegen der mangelnden Romantik, aber es sei der Lieblingspark der Hunde und er habe gar keine andere Wahl, als hierherzukommen. Ich finde, dass er übertreibt. Mir gefällt es. In dem kleinen Park, wo tatsächlich schon jede Menge Hunde unterschiedlicher Größe ausgelassen rumspringen, wurden die Holzbänke rund um die Schatten spendenden Bäume gebaut. Auf dem Weg hierher habe ich Matt gelauscht, glücklich, mehr von ihm zu erfahren. Er spricht über die Hunde mit so viel Liebe, als wären sie seine Freunde und nicht nur Teil eines Jobs, der ihm Geld in die Haushaltskasse spült. Immer wieder ertappe ich mich dabei, wie ich sein Gesicht mustere, es mir einpräge, die kleine Narbe an der Wange, das Muttermal am Kinn, den versonnenen Blick, wenn er sich unbeobachtet fühlt. Manchmal wirkt Matt wie ein aufgeregter Teen, was an seiner unbekümmerten Art liegt, die mir sofort an ihm aufgefallen ist. Jetzt leint er die Hunde ab und deutet auf eine freie Bank, von der aus wir einen guten Blick über die Anlage haben und Matt die Hunde beobachten kann.

»Ich hätte nie gedacht, dass ich mal mit einer Frau in diesen Park kommen würde.«

»Wieso? Hunde sind schließlich ein großer Frauenmagnet, wie ich eben erleben durfte.«

Tatsächlich wurden wir auf dem Weg vom Café zum Park gefühlt hundertmal angesprochen, ausnahmslos von Frauen. Dabei bin ich mir nicht sicher, ob immer der Niedlichkeitsfaktor der Hunde oder nicht doch eher Matts charmantes Lächeln der Grund dafür war. Bevor ich mich setzen kann, fegt Matt den Dreck von der Bank. Einmal mehr bin ich überrascht.

Es sind solche kleinen Gesten, mit denen er sich in mein Herz stiehlt. Wenn man mich fragen würde, worauf ich bei Männern besonders achte, wären neben den Händen und einem schönen

Lächeln sicherlich auch die Manieren aufgelistet. Nicht immer erwarte ich die klassischen Gesten wie das Öffnen der Autotür oder das Zurechtrücken des Stuhls. Es geht mir um eben diese Aufmerksamkeiten, die man im Alltag zu schnell vergisst.

Matt wartet, bis ich Platz genommen habe, bevor er sich neben mich setzt.

»Ich hoffe, ich halte dich nicht von irgendwas irre Wichtigem ab.«

»Das tust du allerdings.«

»Sorry!«

Er sieht aber überhaupt nicht so aus, als würde ihm das leidtun.

»Unsinn, ich bin dir sogar dankbar. Ich hasse das Joggen eigentlich.«

In Matts Anwesenheit fällt es mir so leicht, die Wahrheit zu sagen.

»Ach ja? Dafür hast du in Aktion aber ziemlich gut gelaunt gewirkt.«

»Es ist wie mit einem ätzenden Mitbewohner. Man gewöhnt sich an ihn, aber man wird ihn nie wirklich mögen.«

Ich beiße in den Bagel, der mir bestimmt wieder genau die Kalorien auf die Hüfte zaubert, die ich mit dieser Joggingrunde eigentlich runterkriegen sollte. Na ja, zumindest halte ich so mein Gewicht, mit dem ich ohnehin sehr zufrieden bin.

»Alles für die Karriere.«

»Leider ja. Inzwischen schauen immer mehr Casting-Agenten nur auf Größe, Gewicht, Haarfarbe, Falten um die Augen et cetera.«

»Puh! Muss ein ziemlicher Druck sein.«

Das sagen die wenigen Menschen, denen ich einen Blick auf die Branche gewähre, oft. Und dennoch – bisher habe ich immer mit einem höchst professionellen Lächeln den Kopf geschüttelt und so getan, als wäre das alles gar nicht so wild. Matt klingt so, als würde er wirklich mehr wissen wollen. Und so höre ich mich, obwohl in

meinem Kopf bereits die perfekt einstudierte Antwort aufbereitet wird, plötzlich sagen:
»Allerdings. Ich meine, es gehört eben zum Job.«
Matt sieht mich nachdenklich an
»Ich finde es beeindruckend.«
»Wirklich?«
»Natürlich, ich könnte das nicht.«
Dabei tut er doch genau genommen nichts anderes.
»Du hast vierhundert Jobs, das ist auch eine Menge Druck.«
»Du irrst dich. Das ist kein Druck. Das ist eine Befreiung.«
Ich sehe ihn irritiert an.
»Eine Befreiung?«
»Klar. Ich mache die Jobs für die Kohle. Und dafür habe ich dann die Freiheit, das zu tun, was ich liebe.«
»Hunde ausführen?«
»Nein.«
»Was dann?«
Matt sieht von mir zu den Hunden, die locker verteilt im Park spielen, aber nicht für Ärger sorgen. Er weicht mir aus, das ist offensichtlich. Doch so leicht lasse ich ihn nicht davonkommen. Ich habe es nicht eilig und warte darauf, dass er weiterspricht. Als er merkt, dass ich ihn schweigend betrachte, sieht er wieder zu mir.
»Weißt du, wie mutig du bist, Zoe?«
»Wechsele nicht das Thema.«
»Das tue ich nicht. Ich habe dich nämlich schon nach dem ersten Treffen gegoogelt.«
»Nach der Seitengasse?«
»Ganz richtig. Zoe Hunter, Schauspielerin. Es war leicht, dich zu finden.«
Das habe ich befürchtet. Es ist schon als Normalo manchmal unangenehm, was das Internet über einen weiß, aber wenn man sich als Schauspielerin versucht, gibt es weit mehr peinliche Fotos

und Gerüchte, als einem lieb ist. Selbst dann, wenn man nicht zur A-Liste gehört.

»Du hast dein Ziel ziemlich fest im Blick gehabt und alles dafür getan.«

»Ein Umzug von Idaho nach L.A. ist jetzt nicht *alles dafür getan*.«

»Du untertreibst. Du hast alles zurückgelassen, weil du deinem Traum gefolgt bist. Ohne zu wissen, ob es klappt und ob du Fuß fassen wirst.«

»Du wechselst noch immer das Thema, Matt.«

»Nein. Ich finde nur, dass du mutig bist.«

Viele Adjektive haben mich in der Vergangenheit beschrieben, doch ganz sicher war darunter nicht das Wort »mutig« gewesen. Matt blickt zu mir, lächelt sanft und zuckt mit den Schultern.

»Ich bin nicht so mutig wie du, Zoe. Ich glaube nicht, dass ich mit meiner Leidenschaft die Miete bezahlen kann.«

Ist das ein Kompliment? Denn obwohl ich mir sicher bin, dass er es als solches meint, stößt es in meinem Kopf eine Gedankenlawine an, deren Abgang ich nur mit viel Mühe auf einen späteren Zeitpunkt verschieben kann.

»Du arbeitest doch total viel.«

»Das mag sein. Aber dafür habe ich die Luft, das zu tun, was hier drinnen lebt.«

Er klopft sich auf die Brust, wo sein Herz schlägt, und macht mich mit dieser kleinen Geste sprachlos. Wirklich sprachlos, weil ich einfach nicht weiß, was ich darauf erwidern soll. Matt deutet auf meinen angebissenen Bagel.

»Habe ich dir den Appetit verdorben?«

»Kein bisschen.«

Als wollte ich das beweisen, nehme ich einen weiteren Bissen und gewinne dadurch noch etwas Zeit, um über meine Stummheit hinwegzukommen.

»Ich glaube einfach, es würde mich blockieren oder vielleicht einfach das kaputt machen, was ich liebe.«

»Das klingt ja fast so, als hätte ich meine Leidenschaft getötet.«

Matt wirkt erschrocken, als hätte ich alles missverstanden.

»Nein! Nein, auf keinen Fall.«

»Nun, ich komme mir vor wie Joffrey Baratheon aus *Game of Thrones*.«

»Zoe. Das war ein Kompliment.«

»Okay.«

Ich nehme einen weiteren Bissen.

»Ich wollte damit eigentlich nur sagen, dass ich bewundere, dass du deinen Traum zu hundert Prozent jagst und lebst. Viele Menschen trauen sich das nicht.«

»Das glaube ich nicht. Ich bin einfach nur verrückt genug.«

Ich schlucke rasch den Happen Truthahn-Bagel runter, denn nun will ich endlich wissen, was es ist, das Matt von ganzem Herzen liebt – doch das Klingeln meines Handys hält mich davon ab. Ich tippe auf Becca, die ich unhöflich wegdrücken und später zurückrufen könnte, doch es ist Peters Nummer auf dem Display. Er hat ein ziemlich gemeines Timing. Aber meine Neugierde ist zu groß, um den Anruf nicht anzunehmen.

»Ich muss da rangehen.«

»Kein Problem, ich halte Rufus inzwischen davon ab, die nette alte Lady da drüben abzuschlecken.«

Er nickt zu Rufus, dem größten der Hunde, und macht sich auf, dessen Kuschelattacke auf eine andere Hundebesitzerin zu verhindern.

»Hallo?«

»Hi, Zoe! Ich hoffe, dass ich nicht störe.«

»Tust du nicht.«

Tust du wohl! Aber das kann ich meinem Agenten ja wohl kaum zur Begrüßung ins Telefon brüllen.

»Gut, ich habe nämlich ein Casting für dich organisiert. Sehr spontan, aber ich denke, du solltest hingehen.«

»Wann?«

»Wo bist du?«

»Brooklyn.«

»Nimm dir ein Taxi und komm nach Manhattan.«

»Sofort?«

»Ja, Zoe. Sofort!«

Das sagt er nur, weil er nicht sieht, was ich anhabe.

»Ich habe mich richtig anstrengen müssen, um dich noch reinzukriegen.«

»Ich muss vorher nach Hause …«

»Unsinn, wirklich.«

Auch das sagt er nur, weil er nicht weiß, wie ich aussehe.

»Aber …«

Für gewöhnlich bekomme ich vorab Drehbücher oder zumindest Szenen für die Projekte, bei denen ich vorsprechen soll. Eine kurze Zusammenfassung, irgendwas, damit ich weiß, worauf ich mich einlasse, damit ich vorbereitet bin. Doch Peter benutzt andere Worte, um mich zu überzeugen.

»Es ist für eine Rolle im nächsten Sofia Coppola.«

Mehr muss er nicht sagen, denn ich stehe schon auf, werfe den Pappbecher in den Mülleimer neben der Bank und sehe mich nach Matt um, der zwischen einigen Hunden steht und sich lachend mit der Hundebesitzerin unterhält.

»Ich bin unterwegs!«

»Gut, ich schicke dir die genaue Adresse.«

Dann legt er auf. Ich spüre die Aufregung in meinem Körper. Ein Film von Sofia Coppola! Auch ohne das Drehbuch jemals gesehen zu haben, weiß ich, dass ich jede Rolle mit Handkuss nehmen würde, und sei sie auch noch so klein.

»Matt? Ich muss los!«

Auch aus der Entfernung kann ich die Enttäuschung auf seinem Gesicht sehen, aber er kaschiert es mit einem Lächeln.

»Ein Vorsprechen!«

Sein Lächeln wächst an, während er den Daumen in die Luft hebt.

»Okay. Hau sie um mit deinem Charme!«

Ich will schon losgehen, aber Matt ist noch nicht fertig, und es scheint ihn auch nicht zu stören, dass alle im Park hören können, was er mir hinterherruft.

»Sehen wir uns Freitag?«

Wie kann er daran zweifeln, dass ich da sein werde? Dieses kurze Treffen heute hat mir nur wieder gezeigt, wie gerne ich in seiner Nähe bin.

»Natürlich. Ich rufe dich nachher an.«

Das rutscht mir einfach so raus, und die Worte fühlen sich fremd auf meinen Lippen an. Das ist neu. Und dennoch: Das Bedürfnis, Matt sofort nach dem Vorsprechen über den Verlauf zu informieren, kommt mir ganz natürlich vor. Wann ist das passiert? Gerade als ich mich endgültig von seinem Anblick losreißen kann, fällt ihm noch was ein.

»Zoe!«

»Hm?«

»Schwäne.«

Egal, was heute passiert – Matts Lächeln, jetzt, genau in diesem Moment, ist das, woran ich denken werde, wenn ich beim Vorsprechen nervös sein werde. Das sage ich ihm natürlich nicht.

»Schwäne.«

Damit laufe ich los, weg von ihm, hin- und hergerissen zwischen dem Wunsch zu bleiben, und dem, eine Rolle in einem Film meines großen Idols zu ergattern. Ich hoffe, dass es mir diesmal gelingt, ein Taxi anzuhalten.

Audition

Ich bin zu spät! Schon wieder! Auch ohne Blick auf die Uhr weiß ich, dass das Vorsprechen bereits angefangen hat. Das spüre ich, als ich die letzten Meter auf das Gebäude zurenne, in dem die Audition stattfinden soll. Da sich in Brooklyn kein Taxi zum Anhalten überreden ließ, musste ich einmal mehr auf die Subway ausweichen. Jetzt trennen mich nur noch gut zehn Meter von einem Vorsprechen für eine potenzielle Traumrolle.

Unterwegs habe ich von Peter alle nötigen Infos bekommen und in meinem Kopf versuchte ich, mich so gut wie in knapp vierzig Minuten eben möglich, auf das Casting vorzubereiten.

»Hi.«

Ein rustikal aussehender Mann mit einer Neunziger-Jahre-Sonnenbrille auf der Nase sieht mich gelangweilt an, während ich versuche, mich an ihm vorbei ins Innere zu schieben. Leider ohne Erfolg, denn er stellt sich zwischen mich und die Tür.

»Nicht so eilig, Schätzchen.«

Ich hasse es, wenn mich Männer, die ich nicht kenne, »Schätzchen« nennen.

»Mein Name ist Zoe Hunter, und ich werde erwartet.«

Dabei versuche ich, nicht außer Atem, dafür aber sehr überzeugend zu klingen, und sehe ihm in die Augen. Genau genommen sehe ich ihm nicht wirklich in die Augen, denn seine verspiegelten Sonnenbrillengläser verhindern das. Stattdessen sehe ich mein gerötetes Gesicht, mit dem Streifenabdruck auf der Stirn und den zerzausten Haaren.

»Das glaube ich kaum. Sonst würde dein Name auf der Liste stehen.«

Er hält mir ein Klemmbrett vor die Nase, auf dem tatsächlich alle Namen bereits abgehakt sind. Mein Name fehlt.

»Ich bin ein Last-Minute-Teilnehmer.«

»Hör mal, Schätzchen ...«

Da, schon wieder!

»... das hier ist kein offenes Casting, bei dem jeder auftauchen kann, der mal auf einer Schultheaterbühne stand.« Er deutet auf das Schild neben ihm, welches das Casting ankündigt, und grinst mich breit an.

»Sie verstehen nicht, mein Agent ...«

»Steht dein Name auf der Liste?«

»Nein.«

»Dann ist das Gespräch hier beendet.«

»Mein Agent ist Peter Nicholls. Er hat dieses Vorsprechen für mich organisiert.«

»Und wenn Robert De Niro dein Agent wäre, dein Name steht nicht auf der Liste.«

Man muss es ihm lassen, der Typ nimmt seinen Job verdammt ernst und wendet sich jetzt leicht von mir ab. Noch deutlicher kann er es nicht machen: Das Gespräch ist tatsächlich beendet.

So fühlt es sich also an, wenn man nicht cool genug ist, um auf eine Party zu kommen, zu der man zwar eingeladen ist, aber wo einen niemand kennt. Wäre ich Emma Stone, würde es den Kerl sicherlich nicht interessieren, ob mein Name auf der Liste steht oder nicht. Doch ich bin nur Zoe Hunter.

Schlimmer noch.

Gerade bin ich Zoe Hunter in Sportbekleidung.

Mit zerzauster Frisur.

Nicht gerade das, was man einen Jackpot-Hingucker nennt!

Ich kann mir schon vorstellen, wie meine Schauspielkolleginnen auf der anderen Seite der Tür aussehen: top gestylt, für die Rolle vorbereitet, den Text im Kopf, ihre Mappe unter dem Arm und lässig lächelnd, weil sie wissen, dass sie diese Rolle kriegen werden. Eine Bruchlandung mehr auf meiner Seite.

Egal, das ist alles nur ein Test. Das gehört dazu. So merkt man, ob die Leidenschaft für die Schauspielerei wirklich ausreicht, um wieder auf die Füße zu kommen und weiterzukämpfen.

Das ändert nur nichts daran, dass ich mir gerade wie die größte Idiotin vorkomme. Gestern noch in einem schicken Abendkleid bei teurem Essen das Gespräch mit Cartierez über eine glorreiche Zukunft – jetzt verschwitzt und verspätet bei einem Casting-Termin. Zu dem ich nicht zugelassen werde und damit auch keine Chance auf eine Rolle im nächsten Film meiner persönlichen Heldin Sofia Coppola habe. Doch so leicht gebe ich nicht auf. Wenn Peter sagt, dass er mich auf die Liste zum Casting gebracht hat, dann wird das auch so sein. Am besten, ich rufe ihn an und lasse die Sache klären.

Ich greife nach meinem Handy und wähle Peters Nummer, während mich der Türsteher weiter ignoriert. Schon nach dem ersten Klingeln nimmt er ab.

»Nicholls?«

»Peter, die wollen mich nicht reinlassen.«

»Zoe, bist du es? Was ist los?«

Er klingt überrascht.

»Ja, der Typ hier behauptet, mein Name steht nicht auf der Liste.«

»Ich habe das aber doch geklärt.«

»Er steht aber wirklich nicht drauf.«

Peter atmet geräuschvoll aus, während ich förmlich hören kann, wie er nachdenkt. In der kurzen Zeit, die ich ihn nun schon kenne, habe ich vor allem eines über ihn gelernt: Peter Nicholls gibt nicht auf.

»Okay, bleib, wo du bist. Ich bin gleich da.«

Es wird ewig dauern, bis er von seinem Büro hierherkommt. Bis dahin ist das Casting doch schon so gut wie durch.

»Bist du sicher?«

»Ich habe dich in dieses Casting gequatscht, und ich werde nicht zulassen, wie sie dich um diese Chance berauben. Ich bin unterwegs!«

Um weitere Widerrede aus meinem Mund zu vermeiden, legt er einfach auf und lässt mich mit einem Hauch Hoffnung zurück. Der Türsteher wird gleich sein blaues Wunder erleben. Denn mit einem aufgebrachten Peter Nicholls ist sicherlich nicht zu spaßen.

»Hören Sie, es spielt keine Rolle, dass Sie falsch informiert sind. Gut möglich, dass die Information nicht bis ganz nach unten weitergereicht wurde. Wichtig ist nur, dass wir jetzt einen Termin bei Mr. Fletcherbatch haben.«

Keine zehn Minuten nach unserem Telefonat steht Peter, der in seinem Anzug und den Turnschuhen einfach umwerfend charmant aussieht, vor dem Türsteher und lässt sich nicht so leicht abweisen. Es überrascht mich, dass er so schnell hier war, aber er hatte, so sagt er, einen Termin in der Nähe, den er für mich und dieses Casting gerne abgekürzt hat.

Jetzt strahlt er sein Gegenüber mit einem Siegerlächeln an, und der Türsteher scheint sich gar nicht mehr so sicher zu sein, ob die Entscheidung, mir den Eintritt zu verweigern, auch die richtige war. Bewundernswert, wie Peter es schafft, auf höflichste Art und Weise sehr bestimmt zu bekommen, was er will.

»Okay, ich frage noch mal nach.«

»Sparen Sie uns allen doch die Zeit, und lassen Sie mich mit Hugh sprechen.«

»Das kann ich nicht …«

Doch Peter nickt nur, greift an dem Mann vorbei nach der Türklinke und winkt mich zu sich.

»Danke für Ihren Einsatz. Zoe, können wir?«

Und so einfach geht das, meine Damen und Herren. Peter Nicholls hat mich tatsächlich noch auf dieses Casting gebracht. Und auch wenn ich mir eher wie ein illegaler Passagier an Bord eines Flugzeugs vorkomme, schreite ich doch möglichst erhaben an dem Türsteher vorbei und umarme Peter, sobald wir außer Sichtweite sind.

»Du gibst wirklich nicht auf, oder?«

Er drückt mich kurz an sich.

»Ich kann doch nicht zulassen, dass dieser Schrank dir deine Chance klaut.«

Doch so ganz überzeugt scheint er auch nicht, denn sein prüfender Blick streift mich und meinen Sportaufzug.

»Ich hatte dich gewarnt. Ich wollte mich umziehen.«

»Das ist vollkommen egal. Überzeuge sie mit deinem Talent. Nicht mit deinem Körper.«

Genau so ist es.

Moment.

»Was?«

»Wir sollten mal über deine Ernährung sprechen. Aber nicht hier. Nicht jetzt.«

Er geht vor mir her durch einen engen Flur. Ich hoffe, mich verhört zu haben. Die knappe Sporthose, das enge Top und mein Stirnband mögen nicht das perfekte Outfit für ein Vorsprechen sein, aber sie zeigen auch, dass ich eine ziemlich gute Figur habe und Kleidergröße 36 trage. Wo zum Henker ist da Gesprächsbedarf über meine Ernährung?

Wir erreichen eine Art Aufenthaltsraum, in dem andere junge Frauen, alle etwa in meinem Alter, sitzen und warten. Keine von ihnen trägt ein Sportoutfit, alle haben ihre Mappen dabei und sehen top gestylt aus. Peter scheint die Gruppe an Konkurrenz nicht wahrzunehmen, denn er geht direkt auf einen Mann zu, der in diesem Moment aus einer der beiden Türen kommt, die aus dem Raum führen.

»Hugh! Wie schön, dich zu sehen. Es gab leider ein paar Missverständnisse, deswegen sind wir etwas zu spät.«

Hugh Fletcherbatch, ein großgewachsener Mann, der für dieses Sommerwetter vielleicht etwas zu tief in den Kleiderschrank gegriffen und sich für einen Wollpullover entschieden hat, lächelt Peter freundlich an und reicht ihm sofort die Hand.

»Nicholls, dich habe ich hier gar nicht erwartet. Was verschafft mir das Vergnügen?«

Fletcherbatch spricht mit deutlich britischem Akzent.

»Hat dir denn niemand gesagt, dass ich hier noch jemanden für dich und das Vorsprechen habe?«

Peter greift nach meiner Hand und zieht mich neben sich.

»Darf ich vorstellen, Zoe Hunter.«

Fletcherbatch reicht mir mit einem leichten Stirnrunzeln die Hand, und ich bin der festen Überzeugung, seinen Namen schon in dem einen oder anderen Abspann gelesen zu haben.

»Hi, Zoe. Entschuldigen Sie bitte meine Verwirrung, aber wir haben Sie nicht erwartet.«

Zum ersten Mal seit langem sieht mir mein männlicher Gesprächspartner in die Augen und checkt nicht sofort meinen Körper auf potenzielle Fettablagerungen ab, die mir selbst noch nie zuvor aufgefallen sind.

»Das Casting ist schon voll, und wir wussten nicht …«

Er sieht zu Peter, erhofft sich wohl eine Erklärung auf meine Anwesenheit.

»… dass Peter noch jemanden in der Hinterhand hat.«

»Ich habe mit einer deiner Assistentinnen gesprochen und Zoe auf die Liste setzen lassen.«

»Davon weiß ich leider nichts. Welche Assistentin war es denn?«

»Hugh, als ob ich mir alle Namen merke.«

Peter ist sichtlich genervt von der ganzen Szene hier, und auch Fletcherbatch scheint sich nicht unbedingt wohl zu fühlen.

»Das tut mir sehr leid, aber ich befürchte, das wird hier nichts mehr.«

»Das ist ziemlich unprofessionell von euch.«

»Es muss ein Missverständnis in der Kommunikation gegeben haben. Sorry, Peter.«

»Ich werde das auf alle Fälle klären. Ihr verpasst hier wirklich einen Rohdiamanten. Aber hey, euer Verlust.«

Damit drückt er meine Hand, die er noch immer in seiner hält, und will sich bereits zum Gehen wenden, als Fletcherbatch ihn aufhält.

»Schick mir Zoes Vita und das Demo. Wenn es für diesen Film nicht klappt, dann ergibt sich vielleicht etwas anderes in der Zukunft.«

Na, das ist doch zumindest ein kleiner Sieg, auch wenn Peter davon wenig begeistert wirkt.

»Okay. Aber sorge dafür, dass deine Assistentin dir das Tape auch wirklich zukommen lässt.«

»Keine Sorge.«

Fletcherbatch sieht entschuldigend zu mir.

»Es tut mir leid, Zoe. Weiterhin viel Erfolg.«

Ich kann nicht genau sagen, wieso, aber ich mag ihn. Seine Worte klingen nicht wie leere Floskeln, die man zum Abschied zu einer abgelehnten Schauspielerin sagt, sondern ehrlich. Vermutlich, weil er Engländer ist und damit genetisch bedingt ein Gentleman.

»Danke.«

Wir verlassen den Ort einer weiteren Enttäuschung so schnell wie möglich, und ich versuche, die getuschelten Bemerkungen und das Kichern der wartenden Schauspielerinnen zu ignorieren, die Zeuge unseres Auftritts geworden sind.

Erst draußen sieht Peter zerknirscht zu mir. Es ist ihm deutlich anzumerken, wie sehr er es hasst, abgewiesen zu werden.

»Sorry, Zoe.«

»Ach, nicht weiter schlimm.«

Es hat vielleicht noch nicht sein sollen. Wenn ich diesen Job noch eine Weile machen will, kann ich nicht jedes Mal, wenn etwas nicht klappt, den Kopf in den Sand stecken oder in Selbstmitleid versinken.

»Kann ich dich mit einem Mittagessen entschädigen?«

Ein Mittagessen mit meinem Agenten ist zwar kein Ersatz für die Chance, eine Rolle in Sofias neuem Film zu bekommen, aber ein bisschen Ablenkung. Das schadet nie.

»Wieso nicht.«

»Sei nicht zu enttäuscht.«

»Ach, zumindest kriegt Fletcherbatch mein Demo. Vielleicht überzeugt es ihn, und ich bleibe ihm im Gedächtnis.«

Peter nickt, wirkt aber nicht besonders überzeugt.

»Versprich dir nur bitte nicht zu viel davon. Hugh ist zwar selbst Regisseur. Allerdings halten sich die Gerüchte, es zieht ihn an den Broadway.«

»Das klingt spannend.« Früher habe ich mir oft vorgestellt, auf der Bühne zu stehen. Das direkte Feedback vom Publikum im Theater ist immer etwas Besonderes und eine Herausforderung für jeden Schauspieler, daran erinnere ich mich noch genau, obwohl es ein gefühltes Leben her ist, dass ich das letzte Mal auf einer Theaterbühne gestanden habe.

Peter hingegen schüttelt nüchtern den Kopf.

»Wer will an den Broadway, wenn er auf die große Leinwand kann?«

»Mich zieht es auch an den Broadway.«

Peter, der schon auf dem Weg auf die andere Straßenseite ist, lacht vor sich hin und wirft mir einen kurzen Blick über die Schulter zu.

»Das ist nicht dein Ernst.«

»Warum nicht? Viele große Schauspieler wollen zurück auf die Bühne.«

»Sicher.«

Er hält mit einer lässigen Handbewegung einen Wagen auf, damit wir gefahrlos die andere Seite erreichen.

»Benedict Cumberbatch ist für Hamlet zurück auf die Bühne. Meryl Streep spielt Theater.«

»Ich sage nicht, dass es unehrenhaft ist, Theater zu spielen.«

»Aber …?«

Es wundert mich, dass Peter so über das Theater denkt, weil es doch zu meinem Job gehört und sicher nicht mehr den ehemals verstaubten Ruf hat. Nicht nur Stars, auch viele junge Schauspieler wie Daniel Radcliffe oder Rupert Grint stehen auf der Bühne und locken ein junges Publikum an.

Peter setzt sich seine Sonnenbrille auf, womit er verhindert, dass ich seine Augen weiter beobachten kann, und geht die Straße entlang. Ich habe Mühe, mit ihm Schritt zu halten.

»Theater ist etwas für die Leute, die beweisen wollen, dass sie Ach-so-großartige-Schauspieler sind. Als würde das Geld keine Rolle spielen. Dann zitieren sie für eine Spielzeit Shakespeare und klopfen sich stolz auf die Schulter.«

»Ich liebe Shakespeare.«

»Jeder liebt Shakespeare.«

»Ich würde sofort Theater spielen.«

Jetzt bleibt Peter überrascht stehen und wartet, bis ich zu ihm aufschließe, bevor er die Sonnenbrille mit theatralisch langsamer Geste abnimmt.

»Ich wiederhole mich, aber: nicht dein Ernst.«

»Wieso?«

»Zoe, wir wollen aus dir einen Star machen!«

Und das läuft ja bisher auch so wahnsinnig gut …

»Ich bin doch angeblich sogar für einen Latexoverall zu dick.«

»Du musst nur deine Ernährung umstellen.«

Jetzt wünschte ich, eine Sonnenbrille zu haben, die ich abnehmen kann, um die gleiche Theatralik wie er gerade an den Tag zu legen. Stattdessen sehe ich ihn nur erstaunt an.

»Nicht dein Ernst.«

»Du darfst das nicht persönlich nehmen.«

»Du sprichst über *meinen* Körper. Ich darf das sehr wohl persönlich nehmen.«

»Ich bin auf deiner Seite.«

Das mag sein. Es gibt ihm dennoch kein Recht, in meinen Kopf Selbstzweifel über meinen Körper zu pflanzen. Wir Frauen sind allgemein viel zu empfänglich für solche Kritik. Zu schnell sehen wir uns verzerrt im Spiegel, so wie andere Leute es uns glauben machen wollen.

»Ich bin nicht zu dick.«

»Das habe ich auch nicht gesagt. Aber ein bisschen weniger Fast Food …«

Ich deute auf meinen Körper, der outfitbedingt von wenig Stoff bekleidet ist und dadurch den Blick auf meine Beine, die trainierten Arme und die straffe Form meiner Brüste bietet.

»Wo genau siehst du Fast Food?«

»Es geht hier nicht darum, was ich sehe. Du hast eine großartige Figur. Aber der Trend in der Branche ist eben ein anderer.«

»Ich soll also abnehmen.«

Um mir nicht antworten zu müssen, wendet er sich ab und greift ungefragt nach meiner Hand.

»Komm, ich zeige dir, was ich meine.«

Mit einer lässigen Geste winkt er ein Taxi heran, das natürlich anhält.

Salad Days

Peter schiebt sich mit großer Begeisterung eine Gabel mit Salat in den Mund, schließt dann demonstrativ die Augen. Ich werfe einen Blick auf den Salat vor mir, der nicht nur verdammt lecker aussieht, sondern auch durch seine ordentliche Größe überzeugt. Wir sind bis nach Brooklyn gefahren, weil Peter mir sein Lieblingsrestaurant zeigen wollte. Merkwürdig, dass ich bei Männern das Bedürfnis wecke, sie müssten mir unbedingt den besten Laden für Essen in der ganzen Stadt präsentieren.

Jetzt sitze ich im *Green Streets Salad,* einem kleinen Lokal mit grünen Markisen und – wie für Brooklyn typisch – Backsteinwänden. Die schlichten Tische stehen verteilt um einen Tresen, über dem eine große Tafel die täglichen Extras anpreist und hinter dem die leckeren Salate, Sandwiches und Bestellungen für die Auslieferungen angerichtet werden. Jetzt sitze ich an einem Holztisch, der leicht wackelt, und sehe meinem Agenten dabei zu, wie er genüsslich Salat verspeist und erst jetzt wieder die Augen öffnet.

»Hier isst du also am liebsten.«

»Unter anderem, ja.«

»Komisch, ich hatte dich anders eingeschätzt.«

Er grinst und nickt, als hätte er genau das erwartet.

»Das ist Absicht. Du hast mich bisher nur als deinen Agenten kennengelernt.«

»Und da ist noch mehr?«

»Viel mehr.«

Er nimmt einen Schluck von seinem Wasser und überlegt, ob er mich in das Geheimnis seiner Person einweihen soll.

»Privat geht es mir nicht immer um ein Dinner im *Riverpark*. Aber man muss seine Branche kennen und wissen, welche Bühne für welches Gespräch am besten geeignet ist. Kannst du dir Cartierez hier vorstellen?«

Er deutet mit ausgebreiteten Armen auf die anderen Tische im Restaurant, die alle mit jungen Menschen besetzt sind. Die meisten sehen aus wie Studenten oder kreative Köpfe, die an der neuen App ihres Start-up-Unternehmens tüfteln. Jetzt muss auch ich grinsen.

»Nicht wirklich.«

»Siehst du. Für ein ehrliches Gespräch mit dir passt es aber.«

Er deutet auf den Salat, der vor mir steht und auf seinen Verzehr wartet. Noch tue ich mich schwer, weil mir ehrlich gesagt eher nach einem Stück Pizza wäre.

»Probier den Salat. Ich finde, es ist einer der besten des Viertels.«

Ich will nicht so sein und belade eine Gabel mit viel Grün, Gemüse und etwas Soße, bevor ich sie mir in den Mund schiebe und ihm recht geben muss. Das hausgemachte Dressing schmeckt köstlich, und der Salat ist ohne Frage frisch.

»Ich werde nicht der Agent sein, der dir sagt, dass du auf Diät gesetzt werden solltest, weil es Unsinn und unverschämt ist. Allerdings werde ich dir empfehlen, ab und zu hier zu essen. Nicht, weil ich finde, dass du zu dick bist. Aber die Branche ...«

»Das habe ich gemerkt. Dabei hatte ich angenommen, es wäre so ein Klischee. Nicht mal in L. A. ging es so zu.«

In Gesprächen mit meinem alten Agenten drehte es sich um Waxing-Termine und Selbstbräuner, vor allem dann, wenn eine Liebesszene anstand, aber nie habe ich mich aufgrund von Kommentaren in meinem Körper unwohl gefühlt.

»Es ist ein Trend. Mach dir keine Sorgen, es geht allen Schauspielerinnen gerade so.«

Zufrieden stellt er fest, dass ich meinen Salat esse, und lehnt sich entspannt in seinen Stuhl zurück.

»Ich sage dir, wenn wir dich auf zwei, drei Cover kriegen, wird dieser Unsinn bald aufhören.«

»Cover?«

»Ja. Ich hatte heute wieder eine Anfrage. Ich glaube, wir sollten es machen.«

»Modeln?«

»Es gäbe auch einen Artikel zu dir im Innenteil.«

»Du kennst meine Antwort ...«

»Es wäre wirklich mit einem schönen Artikel über dich verbunden. Dort wärst du ausschließlich als Schauspielerin erwähnt. Aber das Cover, das sehen alle.«

So wie er es beschreibt, klingt es wirklich nicht zwingend nach einem reinen Modeljob. Es klingt sogar ein bisschen nach einer Chance.

»Vertrau mir, Zoe.«

»Das tue ich.«

»Tust du nicht.«

Verdammt!

»Du möchtest mir vertrauen, aber irgendwie tust du dich schwer.«

»Das hat nichts mit dir zu tun.«

»Unterhalte dich doch mal mit Jackson. Der ist schon eine kleine Weile bei mir unter Vertrag. Vielleicht kann er deine Zweifel aus der Welt schaffen?«

Wenn er wüsste, dass ich Jackson in Zukunft wohl sowieso häufiger sehen werde. Bei dem Gedanken an Becca und Jackson muss ich unweigerlich lächeln. Sie geben ein ziemlich süßes Paar ab. Peter legt den Kopf schief, so wie es Welpen tun, wenn sie besonders niedlich aussehen wollen, und studiert mein Gesicht.

»Kann ich das Lächeln als ein Ja deuten?«

»Okay. Ja.«

»Wunderbar! Ich schlage vor, du triffst dich mit Jackson irgendwo auf einen Drink. Am Freitag?«

»Äh. Da habe ich schon was vor.«

»Party?«

Genau genommen habe ich noch immer keine Ahnung, was mich am Freitag erwarten wird, aber die Gästeliste lässt irgendwie auf ein Konzert oder eine Party schließen.

»So was in der Art.«

»Super. Wo findet sie statt? Jackson kann sicher dazukommen.«

»Äh …«

»Die letzten Wochen war er so beschäftigt. Ich mache mir Sorgen, dass er kaum noch rauskommt.«

Nun, er kommt auf jeden Fall nicht raus, wenn er mit Becca zusammen ist.

»Eine Party würde ihm wirklich guttun.«

»Ich weiß nicht, ob …«

»Bitte, Zoe.«

Seine Stimme hat einen flehenden Unterton. Es ist rührend, wie er sich Sorgen um Jacksons soziales Leben macht, aber ich habe keine große Lust, Jackson zu meinem Date mit Matt mitzuschleppen.

»Du würdest mir einen großen Gefallen tun.«

Verdammt, dieser Typ ist gut. Wenn er mich so ansieht, fällt es mir schwer, ihm einen Wunsch abzuschlagen.

»Okay. Ähm. Im *Standing Room*.«

»Perfekt. Das wird ihm gefallen. Dann kommt er mal wieder unter Menschen.«

Vielleicht kann ich Becca auch auf die Gästeliste setzen lassen, dann ist es zwar ein sehr merkwürdiges Doppeldate, aber was soll's? Im Laufe des Abends verziehen Matt und ich uns einfach.

»Du bist ein Schatz, Zoe.«

»Es geht nicht um etwas anderes, oder, Peter?«

»Was meinst du?«

»Ich soll nur Jackson mal wieder ›unter Menschen‹ bringen.«

Er hält meinem Blick stand und nimmt einen Schluck Wasser, bevor er weiterspricht.

»Ich formuliere es so: Es wird nicht schaden, wenn man euch zusammen an einem Freitagabend mit einem Lächeln im Gesicht sieht.«

»Als *Freunde*.«

»Lassen wir den Reportern etwas Interpretationsspielraum.«

»Ich weiß nicht …«

»Dreißig Tage, Zoe. Die hast du mir gegeben.«

»Aber doch nicht so.«

»Wir haben einen Vertrag. Du musst mir schon ein bisschen entgegenkommen und helfen.«

Muss ich das wirklich? Peter lehnt sich zu mir. »Ich habe mich für dich bei den Coppola-Leuten wirklich angestrengt, du bist mir ein bisschen was schuldig. Es geht schließlich um dich und deine Karriere.«

Eine kurzen Moment lang sehen wir uns nur an, und ich frage mich, was er tun wird, wenn ich verneine, weil das nicht mein Stil ist. Doch noch bevor ich antworten kann, zuckt er die Schultern.

»Wir haben einen Vertrag.«

Damit deutet Peter wieder auf meinen Salat.

»Er schmeckt dir, oder?«

Ein abrupter Themenwechsel, auf den ich mich nur zögernd einlasse.

»Äh, ja.«

Jetzt strahlt er wie ein kleiner Junge, dem eine Überraschung gelungen ist. Seine gute Laune steckt mich nicht so recht an. Trotzdem nehme ich noch eine Gabel Salat. Und kann dabei das Verlangen nach Pizza mit Matt nicht verleugnen.

Als ich nach Hause komme, ist Becca nicht in ihrer Wohnung, oder sie ist zu beschäftigt, um aufzumachen. Nach dreimaligem Klopfen gebe ich auf und schreibe ihr eine Nachricht, dass ich sie gerne sprechen möchte. Sie wird sich bei mir melden, sobald sie Luft hat.

Wie auch immer das gemeint ist ...

Kaum habe ich die Tür zu meinem Apartment geschlossen, klingelt mein Handy. Panisch fällt mir ein, dass ich mich ja bei Matt melden wollte. Das habe ich wegen dem ganzen Salat-Chaos ganz verbummelt.

»Ich habe dich glatt vergessen!«

Mein schlechtes Gewissen lässt mich nicht mal über eine plausible Ausrede nachdenken.

»Das habe ich mir schon gedacht.«

Matt klingt nicht so enttäuscht, wie ich angenommen habe. Wie so oft, wenn er spricht, kann ich seine gute Laune in der Stimme hören.

»Wie ist es gelaufen?«

Seine Frage zwingt mich, noch einmal über das gescheiterte Casting nachzudenken, während ich mich auf die Couch – die ich verzweifelt versuche, als die meine zu adoptieren – fallen lasse und kurz die Augen schließe.

»Nicht so gut.«

»Mist.«

»Allerdings.« Ich fasse das ganze Desaster inklusive dem Stress mit dem Türsteher für Matt zusammen und versuche, mir den Frust nicht zu sehr anmerken zu lassen.

»Sieh es so, es liegt nicht an dir.«

»Wie meinst du das?«

»Die Rolle mag zwar weg sein. Aber nicht, weil du nicht gut genug warst.«

»Stimmt.«

»Es war einfach noch nicht deine Rolle.«

»Das sage ich mir auch immer.«

»Ich glaube, du wirst ganz genau spüren, wann es deine Rolle ist, und dann können die ganzen wichtigen Leute gar nicht anders, als dir den Job zu geben.«

»Und wenn ich bis dahin alt und grau bin?«

»Dann bist du eben alt und grau.«

»Und was mache ich bis dahin?«

Die Frage stelle ich eher mir selbst, aber Matt beantwortet sie trotzdem. »Das, was du jetzt auch machst. Alles für deinen Traum geben! Glaub mir, das ist mehr, als manche Menschen von sich behaupten können.«

Plötzlich verspüre ich das dringende Gefühl, ihn fest umarmen und küssen zu müssen.

»Willst du vorbeikommen?«

»Das würde ich gerne, aber …«

»… du musst arbeiten.«

»Woher weißt du das nur?!«

»Ich verfüge über magische Fähigkeiten, Booker. Gedankenlesen ist eine meiner leichtesten Übungen.«

»Ist das so?«

Seine Stimme verändert sich nur minimal, aber ich weiß genau, dass er gleich wieder mit mir flirten wird, denn Matt hat eindeutig seine Flirtstimme.

Die hoffentlich nur bei mir zum Vorschein kommt.

»Allerdings.«

»Dann kannst du mir auch sagen, was ich gerade denke.«

»Natürlich.«

»Verrätst du es mir?«

Ich strecke mich auf der Couch aus.

»Wieso? Du weißt es doch ohnehin. Immerhin denkst *du* es.«

»Du bist wirklich raffiniert.«

»Auch das gehört zu meinen magischen Fähigkeiten.«

»Du weißt also, woran ich denke, oder?«

Wenn ich ehrlich bin, habe ich keine Ahnung, nur eine vage Hoffnung.

»Ja.«

Ich hoffe, er möchte jetzt bei mir sein. Ich hoffe, er verflucht einen seiner zehntausend Jobs. Und ich hoffe, er denkt an mich, wenn er heute alleine in seinem Bett liegt, statt sich neben mich zu kuscheln. Vielleicht, nur vielleicht, habe ich ja recht.

»Genau das denke ich.«

Schnell schließe ich die Augen, halte Matts Worte fest und bilde mir ein, er wäre jetzt hier bei mir.

»Wir sehen uns Freitag.«

»Ja.«

Wo ich meine Freundin und ihren heimlichen, ziemlich berühmten Lover mitbringen werde. Aber von nichts werde ich mir dieses Date nehmen lassen, auch wenn es wohl etwas anders ablaufen wird, als ich es mir ausgemalt habe.

»Ist es okay, wenn Becca und ihr Freund auch im *Standing Room* vorbeischauen?«

»Kein Ding.«

»Sicher?«

»Unter einer Bedingung.«

»Die da wäre?«

»Du hast genug Zeit für mich.«

Wenn er wüsste, wie viel Zeit ich für ihn vor, während und nach dem Date für ihn in meinem Leben einplane ...

»Versprochen.«

»Perfekt. Ich freu mich.«

»Arbeite nicht zu viel.«

»Ich? Niemals!«

Auch wenn seine gute Laune durch die Telefonleitung auf mich überspringt, seine Anwesenheit kann es nicht ersetzen.

Wann ist endlich Freitag?

Friday, I'm in Love

Den Rest der Woche versuche ich, zumindest einmal am Tag auf Peters Stimme in meinem Kopf zu hören, und greife zu Salat, statt zu einem Stück Pizza oder einer Pasta. Glücklich macht mich das nicht unbedingt. Aber wenn das der Preis ist, den ich zahlen muss, damit Casting-Agenten in meiner Anwesenheit nicht abfällig über meinen Körper sprechen, dann nehme ich das in Kauf. Erst am Donnerstag bemerke ich, dass meine Joggingrunden laut meiner App länger werden und sich die Zeit verbessert. Auch die angegebenen verbrauchten Kalorien steigen.

Ich hoffe, dass Peter bald mit einem guten Rollenangebot um die Ecke kommt, denn auf meine letzten beiden Nachfragen, ob sich jemand wegen des Show-Reels gemeldet hat, kam keine Antwort.

Ich trete gerade verschwitzt und durstig zurück in die angenehme Kühle des Knights, als ich fast über Becca stolpere, die gerade auf dem Weg nach draußen ist.

»Hi.«

»Hey.«

So sehr ich mich für sie und Jackson freue – zumindest nehme ich an, ihre Abwesenheit hat etwas mit ihm zu tun –, muss ich zugeben, dass sie mir fehlt. Die spontanen Trash-TV-Dates, bei denen wir uns über irgendwelche sinnlosen Themen unterhalten und so laut gelacht haben, dass oft wenig später auch Sarah vor der Tür stand, fehlen mir.

»Ist alles okay?«

Sie sieht etwas übermüdet aus. Ich hoffe, auch dafür ist Jackson der Grund.

»Ja, es ist nur ...«

Sie sieht an mir vorbei nach draußen, als würde sie einen russischen Spion irgendwo auf der Straße erwarten, und zieht mich ein Stück von der Eingangstür weg.

»Beim letzten Mal hat so ein bescheuerter Paparazzo wohl ein Foto von Jackson gemacht, wie er aus dem Knights kam.«

Sie zückt ihr Handy und sucht in ihren Apps nach einer mit dem passenden Namen *Gossip Trash*, bevor sie mir die Fotos von einem gutgelaunten Jackson, der gerade unser Haus verlässt, zeigt. Im knappen Text steht nur, dass Jackson wohl seine neue Flamme besucht hat. Es wird kein Name genannt.

»Schon wieder?«

»Gibt es schon Fotos von ihm hier?«

Beccas Stimme klingt angespannt, ich nicke und lege beruhigend die Hand auf ihre Schulter.

»Ja, aber irgendwie haben sie sich da wohl eine Story zusammengebastelt, in der er *mich* besucht.«

»Wieso dich?«

»Weil wir auf der Premiere zusammen gesehen wurden und sie es missverstanden haben.«

Becca schüttelt augenrollend den Kopf.

»War ja klar. Sie dichten Jackson ständig irgendwelche Frauengeschichten an.«

Sie sieht wirklich zerknirscht aus. Ich hoffe, sie denkt nicht, ich hätte etwas damit zu tun.

»Hör mal Becca, Peter lässt fragen ...«

Weiter komme ich nicht, weil sie mich unterbricht.

»Ich will nicht in die Zeitung!«

»Wie bitte??«

»Ich will nicht, dass die rauskriegen, dass zwischen uns was läuft. Das soll noch keiner wissen.«

»Okay?«

Sie nickt, als müsse sie ihre Meinung noch mal unterstreichen, auch wenn ich nicht ganz folgen kann.

»Und wieso?«

»Zoe, du weißt doch ganz genau, wie das abgeht.«

»Weiß ich das?«

»Na ja, die Presse wird Fotos von uns veröffentlichen, dann sehen die Leute mich, und urplötzlich haben alle eine Meinung über mich.«

Da hat sie leider nicht ganz unrecht. Ich date Jackson nicht einmal, und trotzdem werden Geschichten über uns erfunden. Für Becca wäre das Ganze sicher nicht leichter, vor allem, weil echte Gefühle im Spiel sind.

»Sie werden sagen, dass ich nicht gut genug für ihn bin. Sie werden Fotos von mir in schrecklichen Klamotten posten, und dreizehnjährige Fangirls werden Nadeln in Voodoo-Puppen mit meinem Gesicht stecken, weil ich den Typen abgekriegt habe, den sie anhimmeln.«

Weil Becca nun mal Musicaldarstellerin ist, neigt sie immer dazu, alles mit Gesten zu unterstreichen. Und wenn ich Gesten meine, dann spreche ich nicht von diesen unauffälligen Handbewegungen. Becca imitiert einen Nadelstich in ihr Herz – und kurz glaube ich, sie wird auf der Stelle zusammenbrechen, um das Ausmaß ihrer Verzweiflung zu unterstreichen. Schnell nehme ich ihre Hände in meine und zwinge sie, mich anzusehen.

»Hör mal, Becca. Seitdem ich dich kenne, habe ich dich noch nie – nicht ein einziges Mal – in schrecklichen Klamotten gesehen.«

Das ist wahr. Sie mag zwar manchmal eine wilde Frisur haben, aber ihr Style ist wirklich beneidenswert.

»Der Kimono ist vielleicht eine Ausnahme ...«
Für diesen Einschub bekomme ich ein kurzes Lächeln.
»... und wichtig ist doch nur, was Jackson denkt.«
»Ich will ihn nicht verlieren.«
»Was sagt er denn zu dem ganzen Drama?«
»Er würde unsere Beziehung am liebsten bei Twitter offiziell machen.«
»Na siehst du!«
»Aber sein Agent denkt auch, es wäre noch keine gute Idee.«
Peter? Ich kann mir denken, wieso.
»Und ich übrigens auch. Wozu noch mehr Paparazzi anlocken? Kann ich Jackson nicht einfach noch ein bisschen genießen? Nur für mich.«
»Jackson scheint dich sehr zu mögen.«
»Ich weiß.«
»Die Becca, die ich kenne, hätte sich nicht versteckt.«
»Diese Becca wusste auch nicht, dass eine Beziehung mit Jackson bedeutet, dass TMZ irgendwann auf Fotos von mir mit einem Müllbeutel in der Hand wartet.«
»Hör zu, morgen Abend bin ich mit Matt im *Standing Room*. Peter meint, es würde Jackson guttun, wenn er mal wieder rauskommt. Kommt doch bitte beide. Das lenkt euch vielleicht mal ab.«
»*Standing Room?*«
»Das hat er gesagt.«
»Der Comedy-Schuppen?«
»Keine Ahnung.«
Es würde allerdings zu Matt passen. Ein Date in einem Comedy-Club.
»Wir werden bestimmt viel Spaß haben, und da wird schon kein Paparazzo von TMZ auf euch warten.«
»Wo Jackson ist, kann ein Paparazzo gar nicht weit sein.«

»Dann gibt es eben Fotos mit euch zusammen. So what.«

»Ich kann das noch nicht, Zoe.«

Sie klingt wirklich verzweifelt.

»Okay, Plan B: Jackson und ich gehen vor, und du kommst nach? Wäre dir das lieber?«

»Ich müsste sowieso direkt vom Theater dahin kommen.«

»Dann machen wir es so, okay?«

Sie wirkt erleichtert, wenn auch noch nicht ganz überzeugt. Peter dürfte sich freuen, aber bei mir hinterlässt das alles einen ziemlich bitteren Geschmack.

»Okay, das klingt gut. Dann bin ich einfach nur ein weiteres Gesicht in der Menge, und kein Fotograf wird mich bemerken.«

»Meinst du nicht, dass du etwas überreagierst?«

Mit einem Schlag ist ihr Gesicht ernst.

»Zoe, ich habe gerade die beste Zeit meines Lebens mit diesem Mann. Das darf nicht vorbei sein.«

»Okay, okay.«

Und da ist es dann endlich wieder: das Becca-Lächeln! Kurz bevor ich in eine Umarmung gezogen werde, unabhängig davon, dass ich von meiner Joggingrunde extrem verschwitzt und klebrig bin. Das ist wahre Freundschaft.

»Und das mit dir und Matt …?«

Ein Glück hält sie mich noch immer in der Umarmung und kann mein Gesicht nicht sehen.

»Das läuft gut.«

»Ich habe ihn noch nicht im Knights gesehen.«

»Wir heben uns das Beste zum Schluss auf.«

Es ist eine kleine Lüge, denn es ist ja nicht so, als ob ich es ihm nicht angeboten hätte. Wir haben nur kein besonders gutes Timing. Becca lässt mich wieder los und sieht mich aus frechen Augen an.

»Freitag soll ein guter Tag für so was sein.«

»Ach wirklich?«

»Jap.«

»Nun, wer weiß, was der Abend so alles bringt.«

Ich gebe mir Mühe, geheimnisvoll und verführerisch zu klingen, und Becca lacht amüsiert.

»Ich erwarte natürlich alle Einzelheiten.«

Damit zwinkert sie mir zu und tänzelt auf den Ausgang zu. Bevor sie verschwinden kann, muss ich es einfach sagen.

»Hey!«

Sie bleibt stehen und dreht sich noch mal zu mir um.

»Das ist die Becca, die ich kenne.«

Und fast so, als würde sie es mir beweisen wollen, macht sie eine tiefe Verbeugung, dreht sich dann schnell um die eigene Achse und ist so federleicht zur Tür heraus, dass ich kurz zweifle, ob sie gerade überhaupt wirklich da war.

Wenn ich an der Kasse im Kino sitze und die begeisterten Gesichter der Leute sehe, die ein Ticket für einen Film kaufen, auf den sie schon seit Erscheinen des Trailers warten, spüre ich jedes Mal ein Kribbeln in meinem Bauch. Wahrscheinlich können sie ihrerseits mein strahlendes Lächeln nicht deuten und halten mich entweder für a) überdurchschnittlich höflich oder b) überdurchschnittlich betrunken. Doch damit kann ich leben, weil ich jeden einzelnen Menschen gerne umarmen würde. Wer hätte gedacht, dass ich das mal sage, aber diese Momente an der Kinokasse sind mein Antidepressivum an Tagen, an denen ich mein Mail-Postfach, mein Handy und die Mailbox alle drei bis acht Minuten checke und dennoch keine neue Nachricht von Peter bekomme. Dann sinkt mein Herz immer tiefer. Ich werde nicht jünger, nur irgendwie täglich schlanker, was sogar Sarah bemerkt hat und nicht für gut befindet. Jeden Tag kommen neue, junge Schauspielerinnen in New York an, die sich eine Agentur suchen und dem großen Erfolg nachjagen. Viele haben neben der Schauspielerei auch noch eine Gesangs- oder

Tanzausbildung genossen oder können ihren Text auch in ausgewählten Yoga-Positionen vortragen. Mit jedem Tag schwinden also potenziell meine Chancen auf die Erfüllung meines Traums. Doch auch wenn es sich gerade so anfühlt, als würde ich auf einem anderen Kontinent als mein Traum sitzen, ich weigere mich aufzugeben. Deswegen sind die lächelnden Gesichter der Ticketkäufer so wichtig.

Manchmal erhasche ich die Gespräche der Leute, die bei mir anstehen. Sie fragen sich, ob dieser oder jener Schauspieler wohl diese oder jene Rolle stemmen kann, ob der Regisseur seinem klassischen Filmstil treu geblieben ist und ob es ein Happy End geben wird. Heute benötige ich ganz besonders dringend mein Antidepressivum, und so hänge ich auch noch im Kino ab, als meine Schicht schon zu Ende ist. Zu Hause wartet nur ein leeres Mailfach, hier im Foyer kann ich die Gesichter der Menschen sehen, wenn sie aus dem Film kommen. Manchmal sind ihre Augen gerötet, was auf ein besonders emotionales Ende schließen lässt, und manchmal halten sich die Menschen noch immer den Bauch vor lauter Lachen. Ab und zu sind sie auch total versteinert, als würden sie sich noch immer im Universum des Films befinden. Das ist die schönste Zeit meines Aushilfsjobs: Wenn ich die Reaktionen der Zuschauer nach dem Film quasi live miterleben darf, in Gesprächsfetzen ihre Begeisterung für eine bestimmte Szene, die Kostüme oder den Soundtrack aufschnappen darf.

Das ist fast wie im Theater. Und auch heute steigert es meine Laune wie erhofft.

Auf dem Heimweg sitze ich in der Subway, lasse mich und meine Gedanken hin- und herschaukeln und frage mich, ob die großen Namen der Branche überhaupt eine Ahnung haben, was sie bei den Zuschauern auslösen. Es fällt mir schwer, mir Meryl Streep in einem Kino vorzustellen, wie sie darauf wartet, dass die Leute den Saal verlassen, damit sie die Reaktionen auf ihr Spiel an ihren Gesichtern ablesen kann.

Natürlich können wir Schauspieler immer auch die Kritiken in der Presse lesen. Die Artikel, in denen sich ausgewiesene Filmexperten über unser Talent, die Wahl der Besetzung, das mangelnde Fingerspitzengefühl des Regisseurs oder des Kameramanns auslassen – und am Ende doch nur eine Frage stellen: Schlafen die beiden Hauptdarsteller auch abseits der Kamera miteinander, oder warum wirken die Liebesszenen so verdammt echt?

Doch ist es wirklich *das*, worauf es ankommt?

Abgesehen von den Millionen, die ein Film am Eröffnungswochenende einzuspielen hat, bevor er dann, wenn er das eben nicht tut, als Flop in die Geschichte eingehen wird, sollte es da nicht vor allem um die Reaktionen der Zuschauer gehen?

Komisch, bevor ich im *Rialto* gearbeitet habe, ging mir diese Frage nie so durch den Kopf. Leben wir Schauspieler in einer anderen Welt, in der es keine Rolle spielt, ob der Konsument zufrieden mit dem Produkt ist? Reicht uns die Bestätigung vom Regisseur? Vermutlich mache ich mir schon wieder zu viele Gedanken, aber ich würde mir genau das wünschen:

Die Reaktion im Kino.

Live.

Vor Ort.

Nicht nur die Meinung der großen Kritiker und Journalisten.

Mich würde es interessieren, ob ich Judy, Mutter von drei Kindern und Buchhalterin aus New Jersey, mit meiner Darstellung der Lucia in dem Theaterstück *Fade* ebenso überzeugen könnte wie die großen Kritik des New Yorkers.

Zoe, du bist schon wieder viel zu idealistisch und romantisch.

Peters Stimme in meinem Ohr ist nur zu deutlich, obwohl er selbst seit Tagen schweigt.

Ob er recht hat? Vermutlich mache ich mir wirklich zu viele Gedanken über Dinge, die nicht wichtig sind. Und das alles nur, um mich von meinem bevorstehenden Date mit Matt abzulenken.

Wir haben die letzten Tage jeweils vor dem Schlafengehen telefoniert. Es ist unsere kleine Tradition geworden, ein Ritual, an das ich mich gewöhnen könnte. Ab und an schickt er auch ein albernes Foto von sich aus der Großküche oder vom Spaziergang mit den Hunden. Jedes Mal, wenn ich ein neues Foto von ihm bekomme, springt mein Herz vor Freude durch meinen Brustkorb wie ein aufgeregtes Kind. Seine Augen strahlen tatsächlich sogar auf verwackelten Aufnahmen mit der Handykamera. Wenn ich daran denke, ihn in nur wenigen Stunden wieder in Fleisch und Blut zu sehen, spüre ich ein aufgeregtes Ziehen in meinem Magen. Matt hat es geschafft, dass ich mich wieder wie ein verliebter Teenager fühle und die Vorfreude auf ein Date nicht mehr mit der Sorge verknüpft ist, was ich tun muss, wenn das Zusammensein eine zähe Angelegenheit wird.

Mit Matt war ein Treffen noch nie zäh oder unangenehm. Ganz im Gegenteil, er schafft es sogar, eine Taxifahrt romantisch und sexy zugleich erscheinen zu lassen.

Die einzige Frage, die immer bleibt, ist die nach der Wahl meines Outfits. Ich will nicht zu casual, aber auch nicht zu sexy rüberkommen. Trotzdem möchte ich ihn verführen. Und zwar dazu, endlich mit mir nach Hause zu kommen.

Wäre Becca hier, würde sie mir wohl ein Shirt mit einem tiefen Ausschnitt empfehlen. Aber ich tendiere eher zu meinem Lieblingsshirt, in dem ich mich sexy fühle, obwohl es nur ein bisschen über meine Schulter rutscht. Dazu Skinny Jeans, weil man damit nie was falsch machen kann, und meine flachen Sandalen, die ich im Sommer einfach liebe. Matt macht nicht den Eindruck, als wolle er mich im schicksten Abendkleid sehen. Außerdem hat er das schon. Heute Abend will ich Spaß haben. Mit Matt. Und eine schicke Garderobe gehört für mich inzwischen eher zu meinem Job. In dieser Branche muss man nun einmal immer ein bisschen mehr Glamour ausstrahlen, als man eigentlich hat.

Vor meinem Kleiderschrank entscheide ich mich dann für drei Outfits, die ich alle anprobiere und dann per Foto-Umfrage an Sarah und Becca schicke. Sie müssen mir sagen, in welchem ich am besten aussehe – und siehe da, nur wenige Minuten später entscheiden sich beide einstimmig für mein Lieblingsoutfit, und ich bin glücklich.

Nach einer ausgiebigen Dusche, inklusive Haarkur und Gesichtsmaske – ich will überzeugen! –, entscheide ich mich dann noch für kleine silberne Ohrringe im Sternenlook und einen Armreif, den ich zum Abschied aus L. A. am Venice Beach gekauft habe, damit er mich immer an die schönen Zeiten an der Westküste erinnert. Meine Haare lasse ich an der Luft trocknen, dann locken sie sich immer ein bisschen. Kein Vergleich mit Sarahs wilder Mähne, die immer so herrlich rebellisch aussieht. Aber dennoch ziemlich schön.

Beim Make-up gebe ich mir Mühe und betone vor allem die Augen. Bei den Lippen bleibe ich bei einem zart getönten Pflegestift, der mir ein bisschen Farbe ins Gesicht zaubert, ohne mich knallrot anzumalen. Mein weißes T-Shirt mit dem großen Halsausschnitt sitzt locker an meinem Körper und rutscht immer mal wieder leicht über eine Schulter. Die Jeans passen noch besser, so dass ich zufrieden in meine Sandalen schlüpfe, als es an meiner Tür klingelt. Ich schaue auf die Uhr.

Er ist verdammt pünktlich.

»Hi.«

Wenn mich etwas immer wieder aufs Neue überrascht, dann ist es das karibische Meeresblau von Jacksons Augen.

»Du siehst toll aus.«

Kurz drehe ich mich um meine eigene Achse, damit Jackson das ganze Ausmaß meines Beauty-Abends und der perfekt getroffenen Outfit-Wahl bewundern kann. Doch auch er ist mal wieder ein echter Hingucker.

»Du siehst auch gar nicht so übel aus.«

Das ist eine leichte Untertreibung, denn Jackson ist in dem weißen T-Shirt und den schwarzen Jeans wirklich verdammt sexy.

»Fühlt es sich eigentlich komisch an, nicht an Beccas Tür zu klopfen?«

Ich nicke über den Flur.

»Allerdings. Es kommt mir fast so vor, als würde ich sie betrügen.«

»Oh, das würde sie zu verhindern wissen. Und ich übrigens auch.«

»So nett ich dich auch finde, Zoe. Becca hat keine Konkurrenz.«

Zwinkernd reicht er mir den Arm, und ich schnappe mir nur schnell die kleine rote Handtasche, den Schlüssel und ziehe die Tür hinter mir zu.

»Das solltest du ihr mal sagen. Sie macht sich nämlich irre viele Gedanken.«

»Ich weiß. Ein bisschen habe ich ein schlechtes Gewissen, da jetzt mit dir aufzutauchen.«

»Geht mir ähnlich. Peter scheint es aber für eine gute Idee zu halten, wenn man uns zusammen sieht.«

»Ja, er sagt, deine Karriere braucht etwas Starthilfe.«

Wir gehen zusammen die Treppe nach unten, und Jackson wirft mir einen ernsten Blick zu.

»Aber begeistert bin ich, ehrlich gesagt, nicht gerade davon.«
»Oh, ich auch nicht, glaub mir.«

»Wenn ich dich nicht so mögen würde …«

Er muss den Satz gar nicht beenden, ich weiß auch so, dass er mir damit einen riesen Gefallen tut.

»Ich weiß. Danke, Jackson.«

»Pass nur auf, dass Peter das Spiel nicht zu weit treibt.« »Das werde ich nicht zulassen. Aber ich habe ihm dreißig Tage zugesagt.«

»Dreißig Tage?«

»Er hat einen Monat, um es auf diese – seine – Art zu probieren.«

Jackson nickt nachdenklich, und ich habe kein sehr gutes Gefühl mehr. Irgendwie passt das alles nicht zu dem Abend, den ich mir mit Matt im *Standing Room* ausgemalt habe. Ein Date mit ihm. Wieso gehe ich dann mit einem anderen Mann hin?

»Peter kriegt oft, was er will.«

Da hat Jackson recht. Wir sind gerade der perfekt gestylte Beweis dafür.

Die Schlange vor dem *Standing Room* ist verdammt lang, und für eine kurze Zeit bin ich mir nicht sicher, ob wir überhaupt Chancen haben reinzukommen. Aber Matt hat uns wie versprochen auf die Gästeliste gesetzt, und so laufen Jackson und ich an all den Wartenden vorbei bis zu dem kräftigen Mann am Eingang, der das obligatorische Klemmbrett unter dem Arm hält, was mich sofort an die unangenehme Episode mit dem Casting-Türsteher erinnert.

»Es fühlt sich großartig an, mal ohne Diskussionen reinzukommen.«

Jackson sieht mich verständnislos an, deshalb komme ich nicht darum herum, ihm die Story kurz zu erzählen. Doch auch danach ist die Verwirrung nicht aus seinem Blick verschwunden.

»Der neue Coppola-Film?«

»Ja! Ich liebe sie.«

»Die Deadline für die Castings ist doch schon längst vorbei.«

»Peter hat extra für mich noch was gedreht.«

»Bist du dir sicher?«

»Zumindest sagte Peter das.«

»Komisch. Ich hatte den Film auch auf dem Schirm.«

»Nun, Peter konnte mich in einer Last Minute-Aktion unterbringen.«

»Hm. Für mich sah er keine Chance. Das ist merkwürdig.«

Jetzt wirkt Jackson etwas zerknirscht, und ich weiß nicht, ob ich ihm das alles hätte erzählen sollen. Ich lehne mich kurz an ihn und verpasse ihm einen freundschaftlichen Schubser gegen die Rippen.

»Ärgere dich nicht, Jackson Reed, du hast doch die nächste große Rolle schon längst an Land gezogen. Coppola wird sich dann in den Hintern beißen, dich nicht gekriegt zu haben.«

Er legt lächelnd den Arm um meine Schulter und drückt mir einen Kuss auf die Schläfe.

»Du bist ein guter Motivator, Zoe.«

Das *Standing Room* ist ein ziemlich schmaler, langer Laden, der – inzwischen habe ich mich daran gewöhnt – mit nackten Backsteinmauern typisch Brooklyn ist. Viele Barhocker und einige kleine Tische füllen den Raum, in dessen Mitte eine winzige Holzbühne steht, auf der gerade ein Barhocker und ein Mikrophon aufgestellt werden. An der Bar ordert Jackson zwei Drinks, während ich mich an den Tisch setze, den die Bedienung uns zugeteilt hat, und mich umsehe. Da der reguläre Einlass noch nicht begonnen hat, sind außer uns erst wenige Leute hier. Doch die eine Person, nach der ich mich umsehe, finde ich nicht. Keine Spur von Matt.

»Becca ist wohl noch nicht da.« Jackson, der sich mit einem Bier für sich und einem Merlot für mich zu mir an den Tisch setzt, sieht sich nun ebenfalls suchend um. Ich versuche ihn zu beruhigen.

»Keine Sorge, Becca ist zwar selten pünktlich, verpasst aber nie den richtigen Moment für einen großen Auftritt. Wahrscheinlich hat die Probe länger gedauert.«

»Du hast bestimmt recht. Netter Laden übrigens. Ich war noch nie hier.«

»Ich auch nicht.«

Und ich habe noch immer nicht durchschaut, was mich hier erwartet. Der Flyer vor uns auf dem Tisch, neben der kleinen Kerze, klärt allerdings ein wenig auf.

Friday Nights Stand-up-Comedy!
The New York Diaries are back!

Dazu ein Bild eines Mannes, der mit einem Mikrophon in der Hand auf einer kleinen Bühne steht, die genauso aussieht wie die vor uns. So langsam ergeben die Puzzlestücke des Abends ein Bild.

»Stand-up-Comedy?«

Jackson sieht mich erstaunt an.

»Ich nehme an, ja.«

»Becca hat gesagt, dein Freund ist heute auch hier.«

Ich nicke nur und drehe den Flyer in meiner Hand, um das Programm auf der Rückseite zu lesen. Ein Name springt mir sofort ins Auge: *Matt Booker*.

»Wo steckt er?«

Ich schiebe ihm das Programm rüber.

»Hier steckt er. Matt Booker, das ist mein Freund.«

Es laut auszusprechen führt zu einer Flugshow wild gewordener Schmetterlinge in meinem Bauch.

»Du hast gar nicht erzählt, dass er heute auftritt.«

Nun. Tja. Hm.

Das mag vor allem daran liegen, dass ich das nicht wusste. Meine Wangen glühen, während ich weiter auf die Rückseite des Flyers auf dem Tisch vor uns starre. Habe ich nicht hartnäckig genug nachgefragt? Ging es immer nur um mich? Matt hat viele Jobs, die meisten davon kenne ich inzwischen, weil er davon erzählt hat. Doch wofür schlägt sein Herz wirklich? Für welche Leidenschaft nimmt er all diese Jobs in Kauf? Das hat er nie erzählt. Deswegen sitze ich jetzt hier, überrascht und sprachlos, weil ich erst durch einen Flyer erfahre, was Matt, der Mann, in den ich mich ohne Zweifel verliebt habe, wirklich gerne tut.

Wollte er mich damit überraschen? Hat er deswegen nichts gesagt?

»Ich bin gespannt. War schon ewig nicht mehr bei einem guten Comedy-Programm.«

Doch ganz so relaxt, wie er sich gibt, ist Jackson nicht. Immer wieder sieht er sich suchend um, wirft Blicke auf sein Handy. Er sucht Becca.

»Vielleicht kommt sie nicht rein?«

»Ich schau mal, ob sie noch draußen steht. Halte den Platz für uns besetzt.«

Damit steht er auf und kämpft sich einen Weg durch die Menschen, die inzwischen den Laden gefüllt haben. Alle Tische sind belegt, alle Barhocker besetzt, und die Techniker machen einen Tontest mit dem Mikro. Ich werfe einen Blick auf die Uhr. Bald geht es los.

Noch bevor ich ihn sehe, spüre ich seine Anwesenheit – mein Körper regiert auf seine Nähe. Als wäre das ein physikalisches oder chemisches Gesetz. Wer weiß, vielleicht ist das auch so? Menschen, die sich anziehend finden, lösen Reaktionen im Körper des anderen aus. So wie Matt bei mir.

»Hi.«

Er flüstert es von hinten an mein Ohr, drückt mir einen Kuss auf die Wange und geht dann neben mir in die Hocke. Sofort muss ich lächeln und drehe mich so hin, dass ich ihn ansehen kann. Seine Augen strahlen mich an, dabei kann ich sehen, wie stolz er ist, weil ihm die Überraschung offenbar gelungen ist.

»Hi.«

»Wie schön, dass du da bist.«

»Vielen Dank für die Einladung und die VIP-Behandlung.«

»Ich habe meine Beziehungen spielen lassen.«

Kurz sieht er sich um.

»Wo sind die anderen?«

»Jackson schaut mal, wo Becca bleibt.«

»Okay. Umso besser. Dann habe ich dich kurz für mich alleine.«

Er greift nach meinem Gesicht und zieht mich zärtlich näher zu sich heran.

»Du siehst umwerfend aus.«

Dann küsst er mich, und ich vergesse, wo wir sind. Wie auch immer er das anstellt, er soll das bitte auch in Zukunft so machen. Bevor ich den Realitätsbezug zu verlieren drohe, schiebe ich ihn sanft von mir.

»Du bist also Comedian.«

»Im Herzen, ja.«

»Das ist also das große Ganze, ja? Deswegen all die Jobs.«

»Als Comedian lebt es sich nicht besonders gut. Meine Mutter hat immer gesagt, lass dennoch deine Leidenschaft nie los. Also halte ich sie fest und lasse die anderen Jobs die Miete zahlen.«

Dabei hält er meine Hände fest in seinen.

»Nun, ich bin sehr gespannt.«

»Gut so. Das erhöht auch gar nicht den Druck.«

»Lampenfieber?«

»Immer. Das macht es so spannend.«

Damit küsst er mich noch einmal schnell und steht dann wieder auf.

»Ich muss los, es fängt bald an. Und denk daran, nur an den richtigen Stellen lachen.«

Matt hat mich bereits so oft zum Lachen gebracht, deswegen habe ich keinen Zweifel daran, dass es ihm auch heute Abend gelingen wird. Stolz sehe ich ihm nach, wie er hinter einer Tür im Backstage-Bereich verschwindet, und spüre eine angenehme Wärme in meinem Magen.

»Draußen ist sie auch nicht.«

Jackson, den ich tatsächlich vergessen hatte, lässt sich enttäuscht wieder auf den Stuhl neben mir fallen und sieht besorgt auf sein Handy.

»Ich kriege nur ihre Mailbox.«

»Mach dir keine Sorgen, sie kommt bestimmt noch.«

Wie gesagt: Wenn Becca eines nicht ist, dann pünktlich. Sie hat ein sehr durchwachsenes Timing, ist immer dann zu früh, wenn man noch mit nassen Haaren und einem Handtuch um den Körper im Bad steht, lässt sich aber Zeit, wenn man dringend zu einer bestimmten Uhrzeit einen Termin hat. Sie winkt das immer mit den Worten »*wibbley wobbley timey wimey*« ab und zwinkert dann frech, als wäre es für eine Diva üblich, immer zu spät zu kommen.

»Sie wird auftauchen.«

»Dein Wort in Gottes Ohr.«

Darauf kann ich nicht mehr antworten, denn ein junger Mann im karierten Hemd sprintet auf die Bühne. Applaus bricht los, und meine Aufmerksamkeit wandert von Jackson weg.

»Herzlich willkommen! So schön, dass ihr auch diesen Freitag den Laden wieder gefüllt habt! Wir freuen uns riesig, dass wir einmal mehr die *New York Diaries* auf die Bühne bringen. Für alle, die nicht wissen, was das ist: ein Comedy-Programm, bei dem die Stadt New York aus ihrem Alltag erzählt und euch damit hoffentlich ordentlich zum Lachen bringt. Heute mit von der Partie: der euch bestens vertraute Blogger-Man Jack Baker und der Multijobber der Herzen, Matt Booker. Wir wünschen euch viel Spaß!«

Das Licht wird noch etwas mehr gedimmt, und ich werde so nervös, als wäre nicht Matt gleich auf dieser Bühne, sondern ich.

Laughing Out Loud

Jack, ein junger Mann mit kurzen braunen Haaren in einem Karohemd und lässigen Jeans, der offenbar öfter hier auftritt und eine klare Fangemeinde sein Eigen nennt, wird mit begeistertem Applaus gefeiert. Er legt sofort mit einer großen Vorstellung los. Sein Wochenrückblick aus New York, wo er lebt und arbeitet, ist so humorvoll und manchmal bitterböse mit Sarkasmus beschrieben, dass ich gar nicht anders kann, als zu lachen. Er beschreibt Situationen, die auch ich hier schon erlebt habe, so genau und mit der richtigen Prise Witz, dass selbst die ärgerlichsten Zwischenfälle bei ihm wie eine lustige Anekdote klingen, die man Freunden mit einem Lächeln in den Mundwinkeln erzählt.

Als er sich nach knapp vierzig Minuten unter großem Applaus vom Publikum verabschiedet, ist er nassgeschwitzt und hat seine Stimme fast verloren. Auch ich zähle mich ab heute offiziell zu seinen Fans und klatsche laut mit, während er sich verbeugt, von der Bühne springt und einem ganz besonderen Fan, vermutlich seiner Freundin, einen Kuss aufdrückt. Selbst Jackson, der die Hälfte der Performance mehr oder weniger verpasst hat, weil er mit den Gedanken und Augen woanders ist, klatscht laut.

»Findest du noch immer, dass ich mir keine Sorgen machen muss?«

Wenn ich ehrlich bin, mache ich mir inzwischen auch Sorgen um Becca. So eine große Verspätung sieht ihr dann doch nicht ähnlich. Unter dem Tisch und von Jackson unbemerkt, habe ich ihr drei Nachrichten geschrieben, wo zum Henker sie denn stecke und dass wir uns Sorgen machen würden.

»Ich gehe jetzt zum Theater. Wenn sie hier auftaucht, rufst du mich bitte an, okay?«

Es wäre sinnlos, ihn aufhalten zu wollen. Um ehrlich zu sein, würde auch ich mich viel besser fühlen, wenn ich wüsste, wo Becca bleibt.

»Mache ich. Und du meldest dich ebenfalls, sobald du sie gefunden hast?«

»Deal.«

Er umarmt mich fest und entschuldigt sich dann noch einmal dafür, dass er den Abend hier so beenden muss. Aber er hat einfach keine ruhige Minute mehr.

»Geh und finde Becca.«

»Okay. Bis dann.«

Und noch bevor Matt auf die Bühne kommt, ist Jackson verschwunden. Die Frau, die Jack eben geküsst hat, deutet auf den frei gewordenen Platz, und ich nicke. Dann höre ich Musik, und mein Puls beginnt zu rasen.

»Ladies und Gentlemen, begrüßt mit mir den Star von *Standing Room* ... MATT BOOKER!«

Der Applaus ist ohrenbetäubend, und ich falle einfach mit ein. Gerade fühle ich mich so aufgeregt wie vor einem Casting oder dem ersten Drehtag, dabei bin ich diesmal auf der anderen Seite: eine entspannte Zuhörerin im Publikum, nichts weiter. Matt springt auf die Bühne, verbeugt sich kurz und schnappt sich das Mikro aus dem Ständer neben ihm.

»Danke, danke, ihr seid zu nett ... und offensichtlich schon betrunken.«

Die ersten Lacher hat er schon mal. Er sieht noch immer aus wie mein Matt, aber irgendwie auch anders. Genau kann ich es nicht benennen, aber diesen Matt scheint eine Aura zu umgeben, die ihn auf magische Art und Weise unantastbar oder unverwundbar macht. Mir gefällt es jetzt schon.

Lässig stellt er sich vor, flirtet mit dem Publikum, begrüßt einige Stammgäste mit Namen und zwinkert mir dazwischen frech zu. Schon bevor er überhaupt angefangen hat, liegt ihm das Publikum, inklusive mir, zu Füßen. Er könnte jetzt auch einen IKEA-Katalog vorlesen, ich würde dennoch an seinen Lippen hängen. Stattdessen erzählt er aus seinem Alltag, von zahlreichen Jobs und schrägen Figuren, die Tag für Tag sein Leben kreuzen. Und mit einem Mal entsteht ein Bild von New York, das alle Anwesenden kennen. Wir nicken, wenn er gestresste Businessleute in ihren Anzügen beschreibt, und lachen, wenn er seine Begegnungen mit ihnen höchst amüsant karikiert. Seine chaotische Frisur, die Brille, die Art, wie er den Ellbogen auf den Mikrophonständer aufstützt, dazu seine Stimme, die auf der Bühne so anders klingt – all das ist eine neue Seite an ihm, die mir verdammt gut gefällt.

Mit jedem Lacher aus dem Publikum wächst auch Matts Lächeln; er ist voll in seinem Element. Und zum zweiten Mal an einem Tag wird mir bewusst, wie wichtig das direkte Feedback für Künstler wie ihn, und auch für mich, ist. Das strahlende Leuchten seiner Augen, wenn die Zuhörer an den richtigen Stellen fast ihre Getränke ausprusten und sich lachend gegenseitig anstoßen – das ist unbezahlbar! Kurz ertappe ich mich dabei, wie ich Matt beneide. Er kann sich von Show zu Show verbessern, spürt, was beim Publikum ankommt, und blüht durch den spontanen Applaus immer mehr auf. Diese Energie im Raum springt von Person zu Person und verbindet alle für die Dauer der Show.

Und dann weiß ich es.

Plötzlich und unerwartet trifft es mich.

Es dauert nicht lange. So wie eine Sternschnuppe, die aufblitzt und wieder verschwunden ist, bevor wir uns sicher sein können, ob sie auch wahrhaftig am Himmel zu sehen war.

Doch Gefühle trügen uns nur sehr selten. Und es ist ein Gefühl. Ein verdammt starkes Gefühl.

»Vielen Dank für eure Aufmerksamkeit! Danke, dass ihr ein so tolles Publikum gewesen seid!«

Damit verbeugt er sich tief. Der Applaus schwillt noch einmal an und bietet Matt die Zeit, in aller Ruhe zu winken, sich erneut zu verbeugen, mir ein stolzes Lächeln zu schenken und dann von der Bühne zu verschwinden. Selbst nachdem er hinter der Tür verschwunden ist, jubeln die Leute weiter. Ich bin stolz auf ihn.

»Matt ist so gut! Ich frage mich, wieso er immer noch hier im *Standing Room* auftritt.«

Die Frau, die sich an meinen Tisch gesetzt hat, nickt in Richtung Bühne.

»Tritt er denn regelmäßig hier auf?«

»O ja, fast jede Woche.«

Sie reicht mir ihre Hand.

»Sharon Baker. Jacks Ehefrau. Du musst Zoe sein?«

Moment ...

Irritiert nehme ich die Hand an.

»Ganz richtig.«

»Matt hat von dir erzählt. Du bist die mit der pinken Couch, oder?«

Von allen Dingen, die er über mich zu erzählen hat, fällt ihm die Couch zuerst ein? Das ist typisch Matt.

»Genau die.«

Matt kennt viele meiner Freunde schon so viel länger als ich. Sein Ex-Freundin hat im Knights gewohnt, er arbeitet im *Tuned* und hat Erinnerungen mit ihnen, bevor ich Teil der Clique wurde. Um ehrlich zu sein, sind sie eigentlich seine Freunde, die durch Zufall auch meine geworden sind. Doch trotzdem weiß ich viel zu wenig über ihn. Jetzt erst gelange ich in den Teil seines Lebens, in dem ich bisher noch niemanden kenne. Abseits des Knights.

»Ist die Überraschung geglückt?«

»Allerdings. Ich hatte keine Ahnung.«

»Dabei ist er in der Szene bekannt wie ein bunter Hund.«

Das erklärt, wieso ich es nicht wusste, denn Comedy war bisher nicht Teil meiner Interessen. Ich mustere die Frau vor mir kurz. Es ist offensichtlich, dass Sharon kein Fan von *Sunset Story* ist, denn nichts in ihrer Art deutet darauf hin, dass sie weiß, wer ich bin. Nicht, dass ich besonders berühmt wäre. Das hat New York mich ja schon auf schmerzhafte Art und Weise gelehrt und spüren lassen. Peter sagt, die Tatsache, dass ich ein Nobody bin, steht mir dabei im Weg, eine gute Rolle zu finden.

Jetzt und hier fühlt es sich aber genau richtig an, ein No-Name zu sein. Ich bin die Frau mit der pinken Couch, von der Matt, der bunte Hund, erzählt hat. Das freut mich.

»Ich bin noch nicht so viel rumgekommen in New York. Die guten Läden lerne ich erst kennen.«

»Halte dich an Matt, der weiß genau, wo man gutes Essen findet. Und das auch noch um vier Uhr nachts.«

Sharon lacht kurz auf, und ich mag ihre offene, unkomplizierte Art sofort.

»Wie lange kennst du Matt schon?«

»Seit ein paar Jahren. Jack und er sind eine Zeitlang zusammen aufgetreten. Dann hat er mal bei uns gewohnt, als seine Ex-Freundin ihn über Nacht vor die Tür gesetzt hat.«

Beim Wort »Ex-Freundin« zucke ich kurz zusammen. Die Ex-Freundin aus dem Knights?

»Wir mochten Vicky nie besonders. Sie hielt sich immer für was Besseres.«

Vicky. Auch noch ein Name. Vor meinem geistigen Auge entsteht das Bild einer jungen, hübschen Frau, die er zum Lachen gebracht und geküsst hat.

»Sie hatte keinen Humor.«

Okay, streichen wir das mit dem Lachen.

»Wie lange waren sie denn zusammen?«

»Knapp zwei Jahre.«

Ein Gespräch mit Sharon, und ich erfahre mehr Details über Matt als in den letzten Wochen bei unseren Gesprächen oder mit den Mädels vom Knights. Wobei ich weder ihn noch Becca oder Sarah direkt nach seinen Freundinnen vor mir gefragt habe.

»Zoe, darf ich dich um einen kleinen Gefallen bitten ...?«

Sie formuliert es als Frage, aber ich weiß genau, dass es nicht so gemeint ist. Dennoch nicke ich, obwohl ich ahne, was nun folgt.

»Tu ihm nicht weh. Matt Booker ist so ziemlich der beste Kerl, den ich kenne. Mein Mann ausgenommen.«

»Dass Matt etwas Besonderes ist, habe ich auch bemerkt. Und ich habe nicht vor, ihm weh zu tun. Dafür mag ich ihn viel zu sehr.«

»Gut.«

Sie lächelt freundlich und lehnt sich in den Stuhl zurück. Bevor ich noch etwas sagen oder fragen kann, vibriert das Handy auf meinem Tisch, und ich sehe sofort hoffnungsvoll auf die kleine Nachricht.

Tatsächlich ist sie von Becca! Doch was ich lese, macht keinen Sinn.

Das neue Traumpaar? Was soll der Mist???

Ich lese die Nachricht erneut, aber noch immer verstehe ich nicht, was sie mir damit sagen will. Sharon wirft mir einen besorgten Blick zu, als ich Beccas Nummer wähle und sie entschuldigend ansehe.

»Sorry, muss dringend telefonieren.«

Als sie nickt, verlasse ich unseren Tisch, um mir einen Weg nach draußen zu erkämpfen. Es ist so laut hier drinnen, dass ich mir das Ohr zuhalten muss. Doch Becca nimmt nicht ab, und ich werde direkt an ihre Mailbox weitergeleitet.

»Hi Becca, ich habe deine Nachricht bekommen. Wovon redest du? Ruf mich bitte an, wenn du das hier hörst. Jackson sucht dich schon, wir machen uns Sorgen.« Kaum habe ich aufgelegt, erreicht mich die nächste Nachricht. Diesmal ist sie weder von Becca noch nach Jackson.

Peter Handy: Was zum Henker ist passiert?

Das ist eine sehr kryptische Nachricht, selbst für ihn. Ich wähle Peters Nummer, während ich mich weiter durch die Menge in Richtung Ausgang kämpfe, eine Hand ans Ohr gepresst, in der anderen das Handy.
»Zoe?«
»Was ist passiert? Ich habe deine Nachricht bekommen.«
»Wo ist Jackson?«
Er klingt genervt, und ich ahne, gleich die ganze Ladung schlechte Laune abzukriegen.
»Er sucht Becca.«
»Und wo bist du?«
»Ich bin noch in der Bar. Wieso?«
»Wieso? Mensch, Zoe!«
Das hier fühlt sich an wie ein Impro-Theaterstück, an dem ich erst im zweiten Akt teilnehme und keine Ahnung habe, worum es in dem Stück geht.
»Ich verstehe nicht.«
Endlich erreiche ich die Tür und trete in die angenehm kühle Abendluft hinaus. Ich atme tief ein, und noch bevor Peter mir erklären kann, was ihn eigentlich so wütend macht und woher zum Teufel er weiß, dass Jackson nicht da ist, wird es kurz taghell. Ich blinzele in das grelle Blitzlicht eines Fotografen, der mich eiskalt erwischt hat und vermutlich mit dem dümmstmöglichen Gesicht ablichtet.

»Weißt du, wie aufwendig es ist, so viele Paparazzi zum richtigen Zeitpunkt vor Ort zu haben?«

Wieder blitzt es, diesmal noch näher. Schützend hebe ich die Hand vor mein Gesicht, drehe mich weg und flüchte mich am Türsteher vorbei zurück ins Innere der Bar. Mein ganzer Kopf scheint sich zu drehen, während ich mich merkwürdig erschöpft an die Wand lehne.

Beccas Nachricht macht mit einem Mal Sinn.

»Die Bilder sind schon online, und jetzt sieht es für die Presse so aus, als hättet ihr euch getrennt!«

»Wovon redest du, Peter?«

»Jackson und du. Auf *Gossip Trash* gibt es von heute Abend nur zwei gute Fotos von euch zusammen!«

Gossip Trash. Beccas liebste News-App für Promiklatsch. Ich schließe die Augen.

»Und dann verlässt er alleine frustriert den Laden, und du bleibst vor Ort. Wie kommt das rüber?«

»Ich verstehe nicht, wie du …«

Doch eigentlich verstehe ich. Nur *will* ich es nicht verstehen.

»Stell dich doch bitte nicht dumm. Wir müssen deinen Namen ins Gespräch bringen, Zoe. Das haben wir doch besprochen!«

»Aber …«

»Wie macht man das am besten? Man stellt dich auf die Schultern von denen, die bereits Giganten sind. Verdammt noch mal!«

Peter hat für die Medien eine Parallelwelt erschaffen, in der Jackson und ich tatsächlich ein Paar sind, damit die Presse endlich über mich – die bisherige No-Name – berichtet. Das war also der ganze Plan des heutigen Abends. Er war es, der die Paparazzi bestellt hat. Es ist kein Zufall, keine ungeplanten Schnappschüsse von zwei Freunden in einer Bar, sondern eiskalt inszeniert. Jackson und ich als neues Traumpaar. Darauf lief alles hinaus! So hat er mich zwischen Feld- und Rucolasalat mit freundlichen Worten dazu gebracht, das zu tun, was er wollte: ein Date mit Jackson für die Presse. Neue Fotos, Medieninteresse an mir, über Nacht berühmt.

Ich schließe kurz die Augen und komme mir so unheimlich dumm vor, weil ich das Ausmaß seines Planes nicht gesehen habe. Bevor ich zu Peter etwas sagen kann, spricht er weiter.

»Egal. Ich lasse mir was einfallen. Am besten, du gehst nach Hause. Rede mit keinem von der Presse, verstanden? Ich rufe dich morgen wieder an.«

Und dann legt er auf, als müsse er sich nicht erklären oder entschuldigen. Dafür, dass er mich belogen hat, als ich nachgefragt habe, was er vorhat. Dafür, dass er die Presse auf Jackson und mich gehetzt hat, um missverständliche Bilder zu bekommen, um die Gerüchte über eine Beziehung oder Affäre zwischen uns anzuheizen. Er tut so, als wäre das alles nicht auf seinem Mist gewachsen und lässt mich darüber hinaus – und das finde ich fast am schlimmsten – mit dem Gefühl zurück, es wäre alles meine Schuld, wenn er in der absehbaren Zukunft keine Rolle für mich findet. Dabei ist das wohl gerade das kleinste Problem.

Becca. Sie ist sauer. Auf mich. Zu Recht.

Ich muss mit ihr sprechen, nicht am Telefon, sondern von Angesicht zu Angesicht, ihr alles erklären, bevor sie sich ihre eigene Geschichte zusammendichtet und glaubt, ich hätte Jackson absichtlich hierhergelockt.

Das habe ich auch.

Ich hätte wissen müssen, was Peter wirklich vorhatte.

Meine Augen füllen sich mit Tränen, die über meine glühenden Wangen rollen, bevor ich es aufhalten kann. In genau diesem Moment trifft mich der letzte Blitz durch die Scheibe. Ich möchte am liebsten verschwinden.

Und ich *muss* verschwinden, ich muss hier weg und mit Becca reden. Jetzt!

Nicht, ohne mich von Matt zu verabschieden. Seine tolle Überraschung, dieses Date, alles habe ich ruiniert, und er weiß nicht mal, was passiert ist. Mein ganzer Körper fühlt sich so an, als würde er unter Strom stehen, alles klingt lauter, jede noch so kleine Berührung nehme ich verstärkt wahr, als ich mich auf der Suche nach ihm durch den Club schiebe.

Doch ich finde ihn nicht. Er ist immer noch im Backstage-Bereich, wo ich keinen Zutritt habe. Sharon taucht neben mir auf.

»Ist alles okay?«

Mein Gesicht beantwortet die Frage offensichtlich, denn sie greift sanft nach meinem Arm.

»Zoe, was ist passiert?«

»Kannst du Matt ausrichten, dass ich wegmusste? Ein Notfall. Ich melde mich heute noch bei ihm!«

Natürlich versteht sie nicht, was wirklich passiert ist – wie auch? –, aber ich habe keine Zeit, das alles zu erklären, ich muss zu Becca.

»Richte ich ihm aus.«

»Danke. Sag ihm, es tut mir leid.«

Denn das tut es. So sehr.

Als ich das Knights erreiche, habe ich einige Paparazzi abgeschüttelt, nur zwei hartnäckige Exemplare schießen noch immer Fotos von mir, als ich die Stufen zum Eingang hochstürme und endlich durchatme, als die Tür hinter mir ins Schloss fällt. Dieser ganze Abend ist ein schreckliches Fiasko geworden, doch die Ruhe im Treppenhaus des Knights Building fühlt sich trotzdem kurz wie ein sicherer Hafen an.

Nur kann ich es leider nicht lange genießen. Im Theater war Becca nicht mehr, sie wäre schon nach Hause gegangen, hat mir der freundliche Hausmeister gesagt. Meine Versuche, sie telefonisch zu erreichen, blieben erfolglos, und jetzt ist das hier meine letzte Chance. Mit jeder Stufe, die ich erklimme, werde ich nervöser, und das, obwohl ich genau weiß, was ich sagen werde. Die

Wahrheit. Und ich werde mich entschuldigen, dass Peter Jackson – ihren Jackson – benutzt hat, um mich ins Rampenlicht zu rücken.

Doch so weit komme ich gar nicht.

»Hi.«

Jackson sitzt auf der obersten Treppe zu unserem Stockwerk und sieht mich aus müden Augen an.

»Hi. Was ist passiert?«

»Sie hat mich rausgeschmissen.«

Das darf nicht wahr sein. Nicht wegen so einer dummen, dummen Sache.

»Ich werde mit ihr reden und alles erklären.«

»Sie wird dir nicht zuhören.«

»Ich lasse doch nicht zu, dass dieser Abend alles kaputt macht!«

Sie wird mir zuhören müssen, und wenn ich erst mal alles gesagt habe, kann sie gar nicht anders, als mir glauben. In just diesem Moment öffnet sich die Tür hinter uns, und Becca taucht im Rahmen auf. Sie hat geweint, das kann ich selbst bei der miesen Beleuchtung und aus dieser Entfernung sehen. Doch vor allem sieht sie wütend aus, gar nicht mehr wie die Becca, die ich kenne.

»Könntet ihr etwas leiser sein? Es gibt Menschen, die schlafen wollen.«

»Becca. Das ist alles ...«

»Ein Missverständnis?«

»Allerdings.«

Sie verschränkt die Arme vor der Brust, ihr Blick ist hart. »Die Fotos sprechen Bände. Liebevolle Umarmung, verliebtes Lächeln.«

»Was? Das ist Unsinn.«

»Weißt du, Zoe, ich dachte, du wärst nicht so wie diese arroganten Hollywood-Diven. Doch dir geht es auch nur um dich.«

»Nein. Jackson ...«

Ich deute auf ihn, aber weiß nicht so recht, was ich sagen soll. Er offensichtlich auch nicht, denn er sieht an mir vorbei zu Becca, als könne er mit einem Blick alles erklären.

»Lass mich raten, es war alles die Idee eures tollen Agenten.«

»Das stimmt.«

Jetzt sieht sie mir direkt in die Augen und macht einen kleinen Schritt aus ihrer Wohnung auf den Flur.

»Hast du gewusst, was er vorhat?«

Ja. Und Nein. Ich wusste es, ich wollte es nur nicht wirklich verstehen.

»Ja.«

»Es war also alles geplant. Du hast dir meinen Freund ›geliehen‹, um ins Gespräch zu kommen.«

»Ja.«

Auch wenn es nicht mein Plan war.

»Bist du wenigstens richtig stolz auf dich?«

»Nein.«

»Und ich blöde Kuh habe dir vertraut.«

»Becca, das ist alles wirklich beschissen gelaufen, und ich …«

Sie hebt nur die Hand und bringt mich mit dieser Geste zum Schweigen.

»Wir haben uns nichts mehr zu sagen.«

Damit lässt sie mich und Jackson auf dem Flur zurück und schließt geräuschvoll die Tür hinter sich. All die Worte, die ich sagen wollte, sind wie weggeblasen, und ich bin einfach nur noch leer. Zu leer, um sie aufzuhalten. Langsam sehe ich zu Jackson, der mit traurigem Blick noch immer auf der Treppe sitzt.

»Bei mir war sie ähnlich deutlich. Ich wusste es schließlich auch und habe mitgemacht.«

»Aber du wusstest doch nicht, was Peter wirklich vorhat. Und du hast das nur für mich getan.«

»Was es eher schlimmer macht. Ich hätte es ahnen müssen,

immerhin kenne ich Peter schon eine Weile. Weißt du, Zoe, ich wäre mit ihr hingegangen. Ist mir egal, wer erfährt, dass wir ein Paar sind. Oder waren.«

»Sie ist noch nicht so weit, sich dem ganzen Chaos zu stellen.«

Er nickt müde und reibt sich die Augen.

»Ich weiß. Jetzt fühlt es sich so an, als wäre das Chaos um einiges größer geworden.«

Wegen mir. Das muss er nicht aussprechen, ich weiß es auch so.

»Ich fliege morgen nach L.A., und vorher wird sie sicher nicht noch mal mit mir reden.«

»L.A.?«

»Ein paar Promotermine für den Film. Peter hat alles geplant. Ich hasse es, im Streit in den Flieger zu steigen.«

»Weiß sie das?«

»Jap. Sie sagte, eine Pause würde uns guttun.«

Er sieht das offensichtlich anders.

»Was hast du jetzt vor?«

»Ich werde sie morgen anrufen und übermorgen. Und den Tag danach. So lange, bis sie mir zuhört. Du kennst Becca, wenn sie sauer ist, hört sie einem nicht zu.«

Ich nicke nur benommen.

»Und wenn ich Glück habe, glaubt sie *mir,* dass ich nichts davon wusste.«

Es ist die Art und Weise, wie er den Satz betont, die mich stutzen lässt.

»Was meinst du?«

»Sie ist vor allem auf *dich* sauer.«

Jackson zuckt entschuldigend die Schultern und weicht meinem Blick aus.

»Aber sie glaubt doch nicht wirklich, dass ich hinter diesem ganzen Quatsch stecke?«

»Das habe ich nicht gesagt.«

»Was hast du dann gesagt?«

»Sie denkt, du wusstest von dem Plan, uns beide zusammen zu sehen. Für die Presse, mit arrangierten Fotografen und der Umarmung …«

»Ein letztes Mal: Ich wusste nicht, was Peter vorhat!«

»Na ja, du hast mich eingeladen.«

»Nein, nein. Ich habe *euch* eingeladen.«

»Kommt aufs Gleiche raus.«

Und so bricht alles um mich herum zusammen. Peters Plan, mich an Jacksons Seite zu stellen, mag mir die Aufmerksamkeit in der Presse bringen, die er sich gewünscht hat, aber er raubt mir alles andere. Becca ist meine Freundin. Vielleicht sogar meine beste Freundin in New York. Und ja, es ist mir verdammt wichtig, was sie über mich denkt.

»Ich habe euch auf ein Date mit Matt eingeladen. Ich wusste doch nicht, dass Peter extra eine Horde Paparazzi hinschickt.«

»Er wollte doch Fotos.«

»Als Freunde! Nur als Freunde, die zusammen was trinken.«

»Hat er das gesagt?«

»Ja!«

»Und du hast ihm das geglaubt?«

Ich zögere. Im Schnelldurchlauf gehe ich unser Gespräch noch mal durch und versuche, alle möglichen Falltüren seiner Antworten zu entdecken.

Jackson nickt, bevor ich antworten kann.

»Es spielt dir also in die Karten. Die Klatschblätter morgen werden voll davon sein.«

Jackson klingt nicht mal besonders enttäuscht. Eher so, als wäre ich nicht die Erste, die versucht, die eigene Karriere durch ein paar Fotos und Beziehungsgerüchte mit ihm anzukurbeln. Das tut weh und trifft mich zielsicher im Herzen.

»Tut es nicht! Meine beste Freundin ist sauer auf mich, und ich will gar nicht wissen, was Matt denkt.«

»Aber du wirst dadurch bekannter.«

Jetzt steht er auf und sieht mich an, als wäre ich nur noch eine Fremde, eine flüchtige Bekannte. Für ihn, der sich schon länger in diesem Kreis der Branche befindet, ist das alles wohl nichts Besonderes mehr. Eher so was wie eine unliebsame Nebenwirkung, an die er sich gewöhnt hat und die immer wieder auftaucht.

»Weißt du, Zoe. Ich mag dich. Es würde mich freuen, wenn du hier Fuß fassen würdest. Und wenn du dafür etwas Starthilfe brauchst, juckt mich das nicht. Aber wenn ich Becca durch diese Scheißaktion verliere, dann bin ich stinksauer. Ich habe nämlich noch nie jemanden wie sie getroffen. Mit ihr macht alles irgendwie Sinn. Ich will sie nicht verlieren.«

»Aber ich …«

Was ich denke oder fühle, scheint keine Rolle mehr zu spielen, denn er lässt mich nicht ausreden.

»Ich gehe jetzt nach Hause und versuche, das alles irgendwie auf die Reihe zu kriegen. Mach's gut, Zoe.«

Das klingt für meinen Geschmack viel zu sehr nach Abschied, was mir ganz und gar nicht gefällt. Verliere ich gerade die Leute in meinem Leben, die mir ans Herz gewachsen sind? Noch bevor Jackson ganz verschwunden ist, halte ich mein Handy in der Hand und wähle hektisch Matts Nummer. Ich kann nicht an einem Abend alle verlieren. Nicht so.

»Hi, hier ist die Mailbox von Matt Booker. Vermutlich führe ich gerade irgendwo Hunde spazieren, löffele Pasta auf einen Teller, räume leere Flaschen ab oder verfrachte frischen Fisch in Eisboxen. Auf jeden Fall habe ich keine Zeit, deinen Anruf anzunehmen. Hinterlasse mir doch eine Nachricht, gerne auch ein gesungenes Telegramm, und ich rufe dich zurück.«

Obwohl ich den Tränen nahe bin, muss ich lächeln, weil diese Ansage so sehr Matt ist. Schlagartig wird mir bewusst, wie sehr ich ihn jetzt in genau diesem Moment vermisse. Und wie enttäuscht er sein wird, wenn er erfährt, was passiert ist.

»Hi Matt, ich bin's. Wir müssen reden. Ich kann alles erklären, und es tut mir schrecklich leid, dass der Abend so gelaufen ist. Du warst wunderbar da oben auf der Bühne, und ich habe schon lange nicht mehr so gelacht. Das und so viel mehr wollte ich dir gerne noch sagen, aber dann geriet plötzlich alles durcheinander. Ruf bitte an, sobald du das hier hörst. Egal, wie spät es ist. Bitte.«

So habe ich mir das Ende des Abends wirklich nicht vorgestellt. Doch statt hier rumzusitzen, auf mein Handy zu starren oder auf ein Wunder zu warten, wähle ich eine weitere Nummer, weil es noch mehr Klärungsbedarf nach dem heutigen Abend gibt.

»Hi Peter, ruf mich zurück, wir müssen dringend ein paar Dinge klären. Dank deiner idiotischen Aktion habe ich jetzt mächtig Ärger. So war das nicht besprochen, ich habe nicht zugestimmt, diese Geschichte für die Presse zu inszenieren! Also ruf mich an!«

Ich habe Mühe, meine Stimme ruhig und in einer normalen Lautstärke zu halten, denn ich bin wütend, traurig und verletzt. Peter hat eine klare Grenze überschritten, und ich werde nicht einfach zusehen, wie er mir eine Karriere auf einem solchen Gerüst aus Lügen und falschen Tatsachen baut. Nicht für diesen Preis.

The Day After Tomorrow

New York schenkt uns also die verdiente Abkühlung, auf die wir alle in diesem Sommer so lange gewartet haben. Es regnet noch immer, als ich am Morgen die Augen öffne und hoffe, das ganze Drama gestern nur geträumt zu haben. Doch Matt liegt nicht neben mir. Obwohl er das hätte tun sollen.

Die Erinnerung an das Blitzlichtgewitter vor dem *Standing Room*, der Streit mit Becca, Jacksons Abschied und meine verzweifelte Nachricht auf Matts Mailbox – auf die er noch nicht reagiert hat – rollen wie eine riesige Welle über mich hinweg, und ich bin viel zu schnell hellwach. Die Nacht war zu kurz und zu unruhig, als dass ich erholt sein könnte.

Müde öffne ich die Fenster und lasse etwas von der angenehmen Kühle ins Innere, bleibe einen Moment so stehen und werfe einen Blick auf die Straße unter mir. Nichts scheint sich verändert zu haben. Nur weil es regnet, lässt sich New York also nicht davon abhalten, stur weiter sein Ding durchzuziehen. Und obwohl sich auf den ersten Blick nichts verändert hat – da ist noch immer Oscar mit seinem Hotdog-Wagen, und der 24/7-Shop hat natürlich geöffnet –, fühlt es sich so an, als ob das Gewitter leider nicht alles weggespült hat, was sich wie der lästige Staub eines Sommertages in der Stadt auf die Haut klebt.

Ein Blick auf mein Handy zeigt leider weder eine Nachricht von Matt noch einen verpassten Anruf. Auch Peter regt sich nicht, weicht mir offensichtlich aus. Nichts. Als wäre heute ein ganz normaler Morgen. Doch der Schein trügt. Heute ist mir nicht nach einer morgendlichen Joggingrunde oder dem Gang zur Bakery, mir reichen ein Tee und eine Dusche, die mir dabei helfen sollen, wieder klarer denken zu können. Irgendwie Ordnung in meinem Kopf zu schaffen, damit ich weiß, was ich als Nächstes tun werde. Während mein Tee auf die richtige Temperatur abkühlt, entscheide ich mich erst mal, meine Mails zu checken. Nicht, dass Matt meine Mail-Adresse hat ...

Zweiundachtzig neue Nachrichten warten auf mich!

So viele Spam-Mails bekomme ich für gewöhnlich nicht. Da heute auch nicht mein Geburtstag ist, ahne ich, wieso ich plötzlich so irre beliebt bin. Und ich behalte recht. Die Absender stammen alle von irgendwelchen Magazinen oder Online-Portalen. Die meisten kenne ich, lese sie aber normalerweise nicht, weil sie Gerüchte über Prominente in die Welt setzen und immer »gute Freunde« zitieren, die alle nicht genannt werden wollen – weil sie vermutlich nicht existieren. Es mag an der frühen Uhrzeit, am unruhigen, viel zu kurzen Schlaf liegen, aber es dauert einige Zeit, bis ich verstehe, was sie alle von mir wollen.

Die meisten Mails klingen ähnlich, und ich lese bei weitem nicht alle, aber sie wollen immer ein exklusives Interview mit mir. Thema: meine Beziehung zu Jackson Reed. Einige sind auch gewillt, mir eine ordentliche Summe zu zahlen, andere versprechen eine Cover-Story, und wieder andere erwähnen in Nebensätzen, dass ich ja bereits eine erfolgreiche Schauspielerin sei – das soll mich wohl überzeugen.

Nur ein Name kommt mir dann doch bekannt vor: Gary Hennings. Ich habe nicht viel mit Reportern oder Journalisten zu tun, ganz sicher kenne ich keine persönlich. Wieso klingelt es dann bei diesem Namen? Aus Neugier klicke ich auf seine Mail.

Liebe Miss Hunter,
wie Sie inzwischen sicherlich bemerkt haben, sind die Kollegen verschiedener Klatschmagazine auf Sie aufmerksam geworden. Sollten Sie irgendwann Interesse haben, die Wahrheit hinter

dieser inszenierten Beziehung zu erzählen, würde ich mich freuen, wenn Sie mir schreiben oder meine Nummer wählen, die ich Ihnen anbei sende.
Beste Grüße,
Gary Hennings – freier Journalist

Mein Kopf fühlt sich an, als hätte ich gestern Nacht zu viel getrunken, zu heftig gefeiert und überhaupt nicht geschlafen. Mein Körper tut weh, meine Augen brennen, und mein Magen zieht sich zusammen, als wolle er mich davon überzeugen, dass es jetzt eine gute Idee wäre, seinen Inhalt zu entleeren.

Mit zittrigen Fingern tippe ich die URL eines beliebten Online-Magazins in den Browser meines Laptops und atme flach, als sich die Startseite aufbaut. Es kann unmöglich über Nacht schon ein so großes Thema geworden sein, es sind doch nur ein paar Fotos.

Jackson Reed vergnügt sich mit Schauspielerkollegin Zoe Hunter!

Bilder von uns, wie wir das Knights verlassen, ich bei ihm eingehakt, lachend und mit strahlenden Augen.

Weitere Bilder von uns, wie wir auf dem Weg zum *Standing Room* sind. Wieder lachen wir, wieder sehe ich verliebt aus.

Dann ein Foto von Jackson, wie er besorgt und zerknirscht die Bar verlässt. Die Bildunterschrift klingt wie eine billige Schlagzeile.

Ärger im Paradies? Reed verlässt genervt alleine den Club.

Das letzte Foto zeigt mich durch die Scheibe im *Standing Room*, mit Tränen in den Augen und dem Handy am Ohr. Auch hier ist die Unterschrift lächerlich falsch.

Hunter wirkt aufgelöst und verzweifelt. Der heftige Streit ist ihr deutlich anzusehen.

Das ist lächerlich. Absurd und lächerlich. Quasi absurd lächerlich.
Kopfschüttelnd klicke ich auf einen der Links in dem Artikel, der mich sofort in ein Forum schickt, in dem ein Thread mit dem Titel *Zoe Hunter. Zoe Who?* über Nacht erstellt wurde und in dem ich bereits zahlreiche Beiträge über mich finde. Wenige sind nett, die meisten sogar beleidigend.

Ich würde mich an Jackson hängen, nur um Erfolg zu haben, würde ihn ausnutzen, keine echten Gefühle für ihn haben – all das könnten die Fans nämlich von Fotos ablesen. Außerdem, darauf legen sie viel Wert, wäre ich ja eine schlechte Schauspielerin. Das behaupten zumindest die Kommentatoren, die im Post davor noch zugeben, mich nicht zu kennen und nicht zu wissen, wieso ich mich eigentlich Schauspielerin schimpfe.

In einer Sache haben sie allerdings alle recht.
Ich habe keine Gefühle für Jackson.
Zumindest nicht solche, die diese Fotos suggerieren sollen. Ich habe auch nicht die Emotionen, die sich Peter für meinen Karriereschub gerne wünscht. Ich mag Jackson, und ich mag ihn noch mehr, wenn er Becca zum Lächeln bringt, aber das war es auch.

Je mehr ich lese, desto kälter fühlen sich meine Hände an. So kalt kann es in den letzten Minuten gar nicht geworden sein. Oder doch?

Der Himmel über New York ist grau und hat die Sonnenstrahlen für heute vertrieben. Wie passend. Der Dramaturg meines Lebens lässt auch wirklich kein Klischee aus. Wenn ich es wirklich über Nacht zu diesem sehr zweifelhaften Ruhm geschafft habe, wird Matt die Bilder gesehen haben. Natürlich wird er das alles nicht glauben. Er kennt mich, er weiß, dass ich so was nie machen würde. Doch die leise Stimme des Zweifels in meinem Kopf wird mit jedem Gedanken lauter. Ist es zu früh, um ihn anzurufen? Ich rufe ihn an, denn es ist nie zu früh für eine vernünftige Erklärung. Doch es ist keine große Überraschung, dass sich wieder nur die Mailbox meldet, obwohl ich die Hoffnung hatte, er würde diesmal rangehen.

»Hi, ich bin's. Zoe. Schon wieder. Keine Ahnung, wie regelmäßig du billige Klatschblätter liest oder Websites über Promis besuchst, aber ich rate dir heute davon ab. Egal, was du da vielleicht lesen wirst, es ist eine Lüge, und nichts davon ist wahr. Ruf mich bitte, bitte sofort zurück, wenn du das hier abhörst. Ich möchte dir alles erklären. Okay?«

Ich könnte auflegen und hoffen, dass er sich meldet. Oder ich könnte das sagen, was mir gestern im *Standing Room* so schlagartig bewusst geworden ist. Wann ist der richtige Zeitpunkt, um es auszusprechen?

Jetzt!

»Ich liebe dich.«

Dann lege ich auf und weiß, dass ich diese Worte nicht mehr zurücknehmen kann. Oder will. Oder werde. Egal, was er jetzt liest, welche Gedanken er sich machen wird oder was als Nächstes passiert: Ich habe die drei Worte gesagt, vor denen ich so lange Angst hatte.

Angst, sie auszusprechen.

Angst, sie nie auszusprechen.

Ich halte mein Handy noch in der Hand, während es klingelt und ich erschrocken zusammenzucke. Ich weiß nicht, was ich sagen werde, wenn ich gleich seine Stimme höre, aber ich will ihn nicht warten lassen. Mit zitternden Fingern, nehme ich den Anruf an.

»Hallo?«

»Miss Hunter?«

Es ist eine Frauenstimme, die mir gänzlich fremd ist. Sofort verfluche ich meinen Übereifer.

»Hm.«

»Mein Name ist Mathilda Bedingfield.«
Auch den Namen kenne ich nicht.
»Was wollen Sie?«
»Wir vom *National Asker* hätten gerne ein Exklusiv-Interview mit Ihnen.«

Der *National Asker* ist das Magazin, das schon vor allen anderen von angeblichen Trennungen, Scheidungen, Schwangerschaften und Hochzeiten weiß. Immer wird ein enger Freund der Familie zitiert. Und zu achtzig Prozent sind die Schlagzeilen unwahr.

»Nein, danke.«
Damit lege ich auf.

Wie ist das alles passiert? Wie ist es möglich, dass mein ganzes Leben wegen einer Nacht urplötzlich Kopf steht? Mein Blick wandert zurück zu meinem Laptop, der noch immer aufgeklappt vor mir steht. Ich erkenne zahlreiche neue Beiträge im Forum. Natürlich weiß ich, dass ich mich ausloggen und weiteratmen sollte. Doch ich halte die Luft an, und meine Hand bewegt den Mauszeiger weiter, damit ich die neuesten Beiträge lesen kann.

JacksonReedsLoveGirl99
Angeblich soll sie mal Miss Idaho gewesen sein. Ich frage mich, wieso? Sie ist weder besonders hübsch noch hat sie eine Hammerfigur. Ehrlich gesagt, ist sie total durchschnittlich. Jackson hat was Besseres verdient.

CelebGuru77
War ja klar. Hat in einer Soap mitgespielt. Nebenrolle. Model? Kann ich mir nicht vorstellen. Finde sie nicht hübsch genug!

MrsFassbenderFanGirl
Ist mir egal, wen Jackson dated, aber er sieht nicht glücklich aus. Sie ist nicht die Richtige!!!

Mir fallen Beccas Worte ein. Ihre Angst, was die Medien über sie schreiben, wenn sie Wind davon bekommen würden, dass die beiden ein Paar sind. Erst jetzt begreife ich, dass sie mit all den Befürchtungen nicht nur recht hatte, sondern auch, dass Peters Aktion, seine kleinen Tipps an die Presse, die Fotos von Jackson und mir auf der Premierenparty, eigentlich alles, was er Cartierez und Gott weiß wem noch alles erzählt hat, dazu beigetragen hat, den Blick auf Becca und Jackson zu verstellen.

Die beiden konnten ihre Zeit als Verliebte verbringen, weil die Presse mich im Visier hatte. Kurz ist da ein Anflug von Dankbarkeit, dass Peter Becca unbeabsichtigt eine Art Tarnmantel verschafft hat, durch den sie immer unter dem Radar blieb. Zu blöd nur, dass sie das nicht so sehen wird. So schnell es gekommen ist, so flott verschwindet das Gefühl wieder, als ich die Wut spüre, die in meinen Eingeweiden brodelt. Habe ich Peter nicht deutlich genug gesagt, dass es nicht so laufen soll? Ich will verdammt noch mal kein Celebrity werden, ich wollte doch nur eine gute Rolle, mit der ich der Welt und mir beweisen kann, dass ich mehr bin als ein Stichwortgeber in der zweiten Reihe.

Meine Entscheidung, nach New York zu kommen und L. A. den Rücken zu kehren, war bewusst getroffen. Ich wollte eben diesen ganzen Gerüchten ausweichen, die viele meiner Kollegen von *Sunset Story* treffen. Soap-Stars werden selten als echte Schauspieler angesehen, viel spannender ist ihr Privatleben; wen sie wann daten. Ist man einmal in dieser Schiene festgefahren, wird kaum jemand wie Sofia Copolla anklopfen und einem die Chance für einen guten Film bieten. Stattdessen bleibt man ein C-Promi, der irgendwann durch eine jüngere, hübschere Version ersetzt wird. Genau diese Laufbahn wollte ich doch verhindern! Jetzt sitze ich hier, habe die Hauptrolle in dieser albernen Farce ergattert und würde am liebsten die Zeit zurückdrehen. Dann würde ich Peter sagen, dass er sich diesen Plan sonst wohin schieben kann und ich auf keinen Fall das Spiel nach seinen Regeln spielen werde.

Wieder klingelt mein Handy, doch diesmal checke ich die Nummer, bevor ich rangehe. Weder Matt noch Becca. Nicht mal Peter. Kein Grund ranzugehen.

Wo die meine private Handynummer herhaben, weiß ich nicht, ich habe aber einen leisen Verdacht, der sich besser nicht bestätigen sollte.

Jetzt bleiben mir nur zwei Alternativen: Ich könnte mich hier verkriechen und auf mein Handy starren, immer in der Hoffnung, Matt meldet sich. Oder ich versuche zu retten, was noch zu retten ist. Schnell greife ich nach einem Blatt Papier aus der Schublade und setze einen Brief auf, in dem ich all das sage, was ich loswerden muss.

Diesen Brief schiebe ich bei Becca unter der Tür durch und weiß, egal, wie wütend sie auf mich sein wird, ihre Neugier wird sie dazu bringen, meine Zeilen zu lesen. Und mir hoffentlich glauben.

Ob sie meinen Brief wirklich gelesen hat, erfahre ich auch am nächsten Tag nicht, weil sie sich nicht meldet und mir im Moment der Mut fehlt, an ihre Tür zu klopfen. Überhaupt muss ich meine Gedanken sortieren, denn ganz ehrlich, mehr Chaos möchte ich mit einer weiteren unüberlegten Aktion nicht schaffen. Also verbringe ich fast den kompletten Sonntag in meiner Wohnung, gehe nicht ans Telefon, wenn ich die Nummer nicht kenne, und trete nicht vor die Tür. Vielleicht hoffe ich auch, dass meine Welt auf magische Art und Weise wieder an den richtigen Platz gerückt wird, wenn ich mich einfach nur still verhalte.

Doch schon am Montag kann ich nicht mehr ruhig bleiben. Meine Wohnung fühlt sich zum ersten Mal zu klein an, als hätte ich den gesamten Sauerstoff darin aufgebraucht. Es hilft nichts, ich muss hier raus. Nur zur Sicherheit entscheide ich mich für den Weg durch die Waschküche und eine Kellertür, die sonst kaum benutzt wird. Zu meiner Überraschung treffe ich dort auf Sarah, die total verschlafen wirkt und Buntwäsche sortiert.

»Hi, Zoe.«

»Hi.«

»Morgendliche Joggingrunde?«

Sie deutet auf mein übliches Sport-Outfit plus einer Kappe der New England Patriots, die ich in meinem Schrank gefunden habe.

»So was in der Art.«

Ich warte ab, ob sie mich auf Jackson oder die Fotos anspricht, aber nichts deutet darauf hin, dass sie etwas von dem ganzen Drama mitgekriegt hat, und das tut gut. Ihr Blick ist nicht vorwurfsvoll oder wütend, sondern einfach nur verschlafen.

»Will hatte am Wochenende eine Mini-Club-Tour in Boston. Ich bin so unendlich müde.«

»Das klingt aufregend.«

»Ja, war es. Ich bin gestern Nacht irgendwann ins Bett gefallen.«

Sie hat also wirklich keine Ahnung, und ich kann nicht anders, als sie spontan fest zu umarmen, was sie ziemlich überrascht. Am liebsten würde ich ein leises Danke flüstern, aber dann müsste ich mich erklären.

Sie drückt mich ebenfalls kurz.

»Ist wirklich alles okay?«

»Alles bestens.«

Eine Lüge, die bitter auf meiner Zunge schmeckt. Doch bevor ich hier irgendwas erzählen kann, muss ich erst mal meinen Kopf durchlüften.

»Gut.«

Sie mustert mich wenig überzeugt, als ich sie loslasse und Richtung Tür gehe.

»Wie wäre es mal wieder mit einem Pizzaabend?«

Das wäre genau das, was ich brauche. Ein Abend mit meinen Freunden. Die Sache hat nur leider einen Haken.

»Das klingt toll, aber im Moment habe ich viel zu tun.«

Denn wenn ich zusage, wird sie Becca einladen, und was dann passiert, daran mag ich gerade nicht denken. Es ist nur eine Frage der

Zeit, bis Sarah erfährt, was passiert ist. Sie kennt Becca so viel länger, wird ihr glauben, und dann verliere ich eine weitere Freundin ...

»Viel Spaß da draußen.«

»Danke.«

Ich quäle mich zu einem Lächeln. Vermutlich wird sie in wenigen Stunden wissen, wieso ich den Hinterausgang gewählt habe.

Diesmal wähle ich nicht meine normale Joggingrunde, weil ich nicht will, dass mich jemand sieht. Die Kappe habe ich so tief wie möglich in die Stirn gezogen. Es ist Montag, und die meisten Menschen gehen wieder ihren gewohnten Tätigkeiten und Jobs nach. Vielleicht falle ich ja wirklich nicht auf, wie ich einmal quer durch Williamsburg jogge und mich nur das ständige Klingeln meines Handys unterbricht. Zweimal bekämpfe ich den Impuls, es auszuschalten, weil ich dann einen Anruf von Matt verpassen könnte. Und das will ich um jeden Preis vermeiden. Irgendwo zwischen Bushwick und Crown Heights, ich mache meine verdiente Trinkpause, erkenne ich Peters Nummer. Überrascht, dass er sich nach meiner Nachricht tatsächlich persönlich bei mir meldet, nehme ich den Anruf an.

»Das wurde aber auch Zeit!«

»Miss Hunter?«

Wieder eine mir unbekannte Frauenstimme.

»Ja?«

»Hier spricht Jennifer Clark, Mr. Nicholls' Assistentin.«

Ach, schau an. Urplötzlich werde ich also von seiner Assistentin angerufen? Wo Peter und ich doch sogar in einem seiner liebsten Restaurants einen Salat zusammen gegessen haben.

»Ich habe hier einen Anruf für Sie, den ich gerne durchstellen würde.«

»Wie bitte?«

»Mr. Cartierez versucht, Sie zu erreichen.«

Abrupt bleibe ich mitten auf dem belebten Gehweg stehen.

»Mr. Cartierez?«

»Ja.«

»Wo ist Mr. Nicholls?«

»In L. A.«

Oder er steht hinter seiner Assistentin und schickt sie an die Front, weil er weiß, wie aufgebracht ich bin?

»Also gut, stellen Sie durch.«

»Sehr gut. Einen Augenblick.«

Obwohl mich Cartierez nicht sehen kann, fahre ich mir durch meine unordentlichen Haare. Schnell atme ich durch, bevor die tiefe Stimme des Mannes, mit dem ich neulich im *Riverpark* zu Abend gegessen habe, begeistert in mein Ohr brüllt.

»Zoe! Wie schön, dass Sie es einrichten konnten!«

Eines muss man ihm lassen: Er weiß genau, wie er einem das Gefühl gibt, wichtig und ungemein gefragt zu sein.

»Gerne.«

Meine Stimme klingt kühl. Es muss am Stress liegen; ich kann heute nicht locker und entspannt klingen.

»Ich dachte, ich verkünde die frohe Botschaft persönlich.«

»Frohe Botschaft?«

Ich könnte eine gute Nachricht tatsächlich gut gebrauchen. Aber ob Cartierez der Richtige ist, um sie mir zu überbringen?

»Das Titelshooting steht! Wir haben es auf kommenden Samstag gelegt. Bis dahin hätten Sie noch etwas Zeit fürs Fitnessstudio.«

»Aha.«

Meine Gedanken kreisen so hektisch durch meinen Schädel, dass ich nicht all seine Worte richtig verstehe, denn ihre Bedeutung versickert irgendwo im Chaos meines Gehirns.

»Ich deute das als Zusage? Dann wird Denise sich mit allen Details an Jennifer wenden.«

Denise und Jennifer, Details, Titelshooting. All das jetzt. Jetzt, da ich interessant genug bin.

»Das Interview führt ein Mr. Joshua Campbell. Er wird sich ebenfalls bei Jennifer melden, damit sie die Fragen absprechen können.«

Alles wird also vorher abgesprochen, alles geht durch Denise' und Jennifers Hände. Was genau ist noch mal mein Job? Meine Schläfen pochen vor Schmerz, während ich nicke, obwohl er mich nicht sehen kann.

»Wunderbar! Wenn wir Sie erst mal richtig positioniert haben, werden wir die Verhandlungen für die Rolle in der Serie aufnehmen.«

Natürlich. Erst bekannt machen, dann die Rolle in der von Cartierez produzierten Serie. Eine Serie, über die wir damals beim Essen nicht im Detail gesprochen haben. Da Peter nicht da ist, um mich zu unterbrechen oder davon abzuhalten, stelle ich diesmal die Frage.

»Um was für eine Art Serie handelt es sich dabei noch mal genau?«

»Eine Mischung aus *Baywatch* und *Drei Engel für Charlie*.«

»Oh.«

Wieso muss ich bei der Beschreibung an *Sunset Story* denken?

»Wir stellen Sie uns wie eine moderne Farrah Fawcett vor.«

»War sie nicht blond?«

»Ach Zoe, Sie können auch blond tragen, da bin ich mir sicher.«

Gerade will ich vehement widersprechen.

»Ich gratuliere Ihnen, Zoe.«

Tut er das?

Wozu gratuliert er mir noch mal genau?

»Hm.«

»Jackson Reed ist ein echter Fang. Vor allem für jemanden wie Sie.«

Dieses Kompliment ist auf so vielerlei Art und Weise eine Beleidigung, dass ich gerade Luft holen will, um zu widersprechen – aber Cartierez ist schneller.

»Einen schönen Tag noch, Zoe.«

Dabei klingt er so fröhlich und gut gelaunt, dass ich ihm sogar unterstelle, dass er es mir wirklich wünscht. Nur kann ich mich von seiner Laune nicht anstecken lassen und lege einfach nur müde auf.

Ich starre auf mein Handy: achtundvierzig verpasste Anrufe! Nicht einer davon von Matt. Wieder wird mir bewusst, wie wenig Fragen ich gestellt habe, wenn es um ihn ging. Ich weiß nicht einmal, wo er wohnt, kann ihn also nicht einfach besuchen und ein klärendes Gespräch führen. Und ich weiß auch nicht, welcher seiner zahlreichen Jobs ihn heute in Anspruch nimmt. Becca kennt vermutlich seine Adresse, wird sie mir jetzt aber kaum geben.

Gerade, als ich dachte, dass New York mich als Bewohnerin akzeptiert, stelle ich fest, wie einsam ich bin. Mein ganzes Leben hier habe ich um das Knights Building und seine Bewohner gebaut. Ich gehe mit Sarah und Becca ins *Tuned*, wo ich Ace kennengelernt habe und Will immer mal wieder auf der Bühne steht. Was, wenn sie sich nun alle von mir abwenden, weil ich Becca das Herz gebrochen habe?

Meine Füße machen sich selbständig, als wollten sie mir sagen, dass ich nicht länger auf dem aktuellen Scherbenhaufen meines Lebens stehen bleiben darf. Meine Schritte werden immer hastiger. Mit jedem Meter werde ich schneller, auch wenn ich nicht weiß, wohin ich laufe, renne ich weiter. Als würde ich mich für das Remake von *Forrest Gump* bewerben.

Weiter.

Immer weiter!

So lange und so weit ich nur kann.

Doch das Blöde an meinem Problem ist, dass ich nicht davonlaufen kann. Es wird zu Hause auf mich warten.

Und genau das tut es auch.

Total verschwitzt und hungrig schlüpfe ich durch den Hintereingang in die Waschküche und habe den Eindruck, gegen eine Wand gerannt zu sein. Da steht sie, stopft wütend Wäsche in die Maschine und bemerkt mich erst, als ich die Tür hinter mir ins Schloss ziehe.

Becca.

»Hi.«

Ich kann sehen, dass sie geweint hat. Und ich kann auch sehen, dass sie noch immer wütend ist.

»Sind dir zu viele Paparazzi vor dem Vordereingang?«

»Hast du meinen Brief gefunden?«

»Allerdings.«

»Hast du ihn gelesen?«

»Allerdings.«

»Es tut mir leid, Becca.«

Jetzt schleudert sie die Tür der Waschmaschine mit einem lauten Knall zu und dreht sich zu mir, die Arme vor der Brust verschränkt. Sie sieht der jungen Frau, die mich so begeistert im Knights begrüßt hat, nicht mehr besonders ähnlich.

»Was genau? Dass du jetzt plötzlich total bekannt und angesagt bist? Oder dass du dafür meinen Freund benutzen wolltest?«

»Ich wollte Jackson niemals benutzen.«

»Hast du aber. Verständlich, er ist für dich von Vorteil. Immerhin ist er *Jackson Reed.*«

Jetzt betont sie seinen Namen zum ersten Mal so, als wäre er ein berühmter Filmstar und nicht der Mann, in den sie sich Hals über Kopf verliebt hat.

»Er bringt dir und deiner Karriere sehr viel. Wie wir jetzt wissen. Dabei war es dir offensichtlich total egal, dass ich wirklich echte Gefühle für ihn habe! Du wusstest von den Fotos, du hast ihn ausgenutzt und uns das unschuldige Lamm vorgespielt!«

»Das ist nicht wahr.«

Und wäre sie nicht so unendlich wütend, wüsste sie das auch. Tief in ihrem Herzen weiß sie, dass keine von all diesen Anschuldigungen wahr ist. Keine Silbe davon. Aber sie ist verletzt und deshalb besonders unfair zu mir.

»Okay, dann noch mal, für den Fall, dass ich ein bestimmtes Detail übersehen habe. Du zierst also *nicht* seit Tagen die Cover zahlreicher Magazine. Dein Name ist *nicht* seit Samstag in aller Munde. Und du bist nicht – im wahrsten Sinne des Wortes – über Nacht berühmt geworden?«

»Ich bin wohl kaum in aller Munde. Hast du mal die echten Nachrichten gelesen?«

»Vermutlich war ich abgelenkt von den Fotos. Du und mein Freund. Lachend, händchenhaltend.«

»Wir haben keine Händchen gehalten!«

»Du hast ihn ausgenutzt!«

Sie schreit es mir ins Gesicht, während ich die Tränen sehe, die sie nur mit Mühe zurückhält.

»Nein! Das war Peters Plan!«

»Also gibst du zu, dass dieser ganze Abend inszeniert war?«

»Ich sollte mit ihm was trinken gehen. Das war alles. Ich wusste nicht, dass Peter Paparazzi hinbestellt, um es wie eine Beziehung wirken zu lassen!«

»Du lässt dich von ihm hier abholen, ihr schlendert die Straßen entlang, und immer ist irgendwo *zufällig* ein Fotograf. Und du willst mir sagen, dass du davon nichts mitgekriegt hast?«

»Habe ich nicht!«

»Warst du so abgelenkt?«

»Ja, verdammt, das war ich!«

Jetzt bin ich es, die schreit. Weil es genug ist. Weil das alles zu viel ist. Weil ich nicht mehr kann. Ich habe es satt zu hören, dass es mein Plan war oder dass ich davon profitiere.

»Ich war nervös und aufgeregt, weil es mein erstes, echtes Date mit Matt werden sollte. Ich wusste nicht, was mich erwartet. Ich war einfach nervös, okay?«

Zumindest schweigt Becca jetzt, sieht mich einfach nur an. Ich nutze die Chance, bevor sie etwas sagt und mir nicht mehr zuhört.

»Es sollte mein Abend werden. Aber Peter war der Meinung, Jackson würde es nicht besonders gutgehen. Er bräuchte mal einen Abend mit Freunden, und es wäre gut, wenn man uns zusammen sieht. Als Freunde! Also habe ich eingewilligt, ihn einzuladen. Aber ich wusste nicht …«

»Freunde, klar.«

»Ich habe euch beide eingeladen, Becca. Euch beide!«

»Wieso? Weil du dachtest, dann bin ich nicht so misstrauisch?«

»Nein! Du klangst nicht gut, du warst verunsichert, und ich dachte, wenn du mitkommst, kannst du die Zeit mit Jackson genießen.«

»Ich glaube dir kein Wort.«

Ich ignoriere Beccas Einwand und rede einfach weiter.

»Und vielleicht auch, weil ich nervös war und wusste, wenn du da bist, wird alles gut. Aber du kamst ja nicht, und Jackson war total besorgt und abgelenkt.«

»War er?«

»Natürlich. Er hat von der Show kaum was mitgekriegt, weil er sich solche Sorgen um dich gemacht hat.«

Beccas Gesicht verliert etwas an Härte.

»Und ich habe dir Nachrichten geschickt, weil ich nicht wusste, wo du geblieben bist. Und dann kriege ich einen Anruf von Peter, Fotos tauchen auf, du bist stinksauer, Matt meldet sich nicht, und alles bricht zusammen. Jetzt darf ich mir gemeine Kommentare durchlesen und Artikel lesen, die nur Lügen verbreiten.«

»Aber du hast, was du wolltest. Man kennt dich.«

Das ist nicht das, was ich wollte. Meine Augen brennen, und ich weiß nicht, wie lange ich die Tränen noch zurückhalten kann.

»Großartig. Man kennt mich als untalentierte Schauspielerin und mieses Model, das sich einen berühmten Typen geschnappt hat und jetzt für die nächsten fünfzehn Minuten berühmt ist.«

Kurz sehen wir uns schweigend an. Ich hoffe, sie wird verstehen, dass das alles die Wahrheit ist und ich ihr niemals weh tun wollte.

»Freu dich, das nächste Rollenangebot ist dir jetzt sicher.«

Sofort habe ich wieder Cartierez' Stimme im Ohr, der mir zum Fang von Jackson Reed gratuliert, mir ein Covershoot organisiert hat und eine Rolle anbietet.

Weil ich jetzt interessant genug bin?

Becca schnappt sich den Wäschekorb und will gehen, aber das kann ich nicht zulassen.

»Toll! Dafür verliere ich nur alle Leute, die mir wichtig sind.«

Sie dreht sich nicht noch einmal um.

»Karriere geht eben vor.«

Damit lässt sie mich in der kalten Waschküche alleine. Mir bleibt nichts anderes übrig, als auf die Tür zu starren, durch die sie eben verschwunden ist.

New York Girls

Die Zeit vergeht langsamer, wenn man auf einen Anruf, eine Nachricht oder sonst ein Lebenszeichen wartet.

Der Dienstag kommt mir länger als ein Schaltjahr vor. Das Schlimmste daran ist die Tatsache, dass Matt sich nicht meldet. Er reagiert weder auf meine WhatsApp-Texte noch auf meine Nachrichten auf seiner Mailbox, in denen ich ihm die ganze Geschichte um die Fotos erklärt habe. Immer wieder. Alles. Von Peters Plan über meine Dummheit bis hin zu Beccas Reaktion. Ich entschuldige mich unzählige Male dafür, dass ich unser Date ruiniert habe, und bitte immer um Rückruf. Wenn ich ihn noch einmal anrufe, könnte ich als geistesgestörter Stalker durchgehen!

Inzwischen habe ich keinen Zweifel mehr daran, dass er von dem ganzen Drama um Jackson und meine angebliche Beziehung erfahren hat und mir deswegen aus dem Weg geht. Wieso sonst sollte er sich noch immer nicht gemeldet haben?

Becca redet inzwischen gar nicht mehr mit mir. Ich habe sie heute noch einmal im Flur getroffen, doch da hat sie sich schweigend abgewandt, und ich hatte das Gefühl, uns würde nicht einfach nur ein Flur, sondern ein ganzer Ozean trennen.

Jackson habe ich noch nicht wieder im Knights gesehen, obwohl er laut Internet schon wieder am JFK-Flughafen gesichtet wurde. Ich kann nur hoffen, dass Becca ihm verzeiht und ihn nicht in den Wind schießt. Das darf sie nicht. *Nicht deswegen!*

Nur Sarah bleibt mir, die mit Cupcakes ihrer Freundin Claire jetzt vor meiner Tür auftaucht und mich in den Arm nimmt.

»Kannst du nicht mal mit Becca reden?«, frage ich, als wir auf der hässlichen braunen Couch Platz nehmen, während ich einen Zebra-Cupcake aus der Papiertüte fische.

Ich kenne Claire nicht, aber ihre Cupcakes zählen zu den besten, die ich bisher gegessen habe. Und entgegen all meiner Vorsätze, mehr Salat zu essen, gebe ich mich dem Genuss hin, weil sie wie eine seelische Umarmung sind. Und davon brauche ich gerade viel.

»Ich kenne Becca schon ziemlich lange. Wenn ich dir einen Tipp geben darf …«

»Nur zu!«

»Lass ihr etwas Zeit, um sich abzuregen. Sie ist Musical-Darstellerin, und da leidet man auf der Bühne und im normalen Leben immer etwas größer als wir Normalsterblichen.«

Alleine dafür, dass mich Sarah, nachdem sie all die Fotos gesehen und sich meine Version der Geschichte angehört hat, noch für eine Normalsterbliche und nicht für eine blöde Schlampe hält, möchte ich sie schon wieder drücken.

»Sie wird nachgeben, wenn sie das Gefühl hat, du gibst nicht auf.«

»Ich habe ihr in dem Brief alles erklärt.«

»Worte, Zoe. Nur Worte.«

Langsam nicke ich. Becca will Taten, und die wird sie bekommen, weil sie mir zu wichtig ist, um sie zu verlieren.

Sarah schenkt mir ein aufmunterndes Lächeln.

»Und wie sieht es an der Matt-Front aus? Immer noch Schweigen?«

»Ja.«

»Verdammt.«

»Das kannst du laut sagen. Mir gehen die Ideen aus. Ich habe heute sogar schon im *Standing Room* angerufen, um nach seiner Adresse zu fragen. Aber die geben natürlich keine privaten Daten raus.«

»Ich kann dir leider nicht weiterhelfen. Ich weiß nicht, wo er wohnt.«

Nicht mal seine Freunde scheinen viel über ihn zu wissen, er hat es am Pier also ernst gemeint. Er öffnet sich wirklich nicht so leicht. Ich war eine Ausnahme und habe es vermasselt.

»Aber ich könnte Ace fragen. Ich weiß, dass er damals bei Matts Umzug geholfen hat.«

»Würdest du das machen?«

»Klar. Bin heute Abend eh wieder im *Tuned*. Willst du nicht mitkommen? Ein bisschen unter Leute kommen würde dir nicht schaden.«

Ich sehe sie zweifelnd an, aber Sarah lässt nicht locker.

»Im *Tuned* gehörst du zur Familie, wir stehen hinter dir.«

So verlockend gute Musik, noch bessere Drinks und vor allem Sarahs Gesellschaft gerade klingen, ich traue mich noch nicht so recht wieder raus in die Welt.

»Ich glaube, dass ist keine so gute Idee.«

»Dann haben aber die Idioten gewonnen, das weißt du schon.«

»Ich will einfach warten, bis ich die Sache mit Matt und Becca geklärt habe. Das ist wichtiger. Es muss noch Gras über die Sache wachsen.«

»Das wird aber nicht passieren, solange die Journalisten weiter spekulieren. Sie haben Jackson am Flughafen abgefangen und um ein Statement gebeten.«

»Woher weißt du das?«

»Lief im Frühstücksfernsehen.«

»Na toll!«

»Ich weiß, ziemlich ätzend. Gehört wohl alles zum Spiel.«

»Ich will da nicht mitspielen.«

»Verstehe ich. Heute ist es Jackson. Morgen dichten sie dir eine Affäre mit Benedict Cumberbatch an.«

»Der ist verheiratet.«

Sarah zieht amüsiert eine Augenbraue nach oben.

»Und du denkst, das wird sie davon abhalten, es zu schreiben?«

»Wohl kaum.«

»Sie werden immer irgendeinen Mist schreiben. Weil sie niemand davon abhält.«

»Du hättest lesen sollen, was dieses Mädchen in dem Forum geschrieben hat. Es würde mich nicht wundern, wenn sie jetzt mit Dartpfeilen auf mein Gesicht zielt.«

Sarah nickt, als wüsste sie nur zu gut, was ich meine, und beißt in einen Lemon Cupcake.

»Die Sache ist doch die: Im Internet haben alle eine Meinung. Sie nehmen sich das Recht raus, Dinge über dich, deine Arbeit und dein Aussehen zu schreiben, weil sie sich in der Anonymität des Internets verstecken können. Glaubst du wirklich, irgendjemand von denen hätte den Mut, es dir ins Gesicht zu sagen?«

»Wer weiß ...«

»Ich habe fast täglich ätzende Kommentare zu meiner Musik-Kolumne. Immer werde ich persönlich angegriffen, nie nennen sie dabei ihre wahre Identität. Stattdessen benutzen sie Namen wie ›MusicNerd‹ oder ›TuneLover66‹. Der eine regt sich immer über meinen Schreibstil und Musikgeschmack auf, und der andere empfiehlt mir, mich mit den Kabeln meiner Kopfhörer zu erhängen.«

»Wow.«

Sarah zuckt die Schultern und beißt ein weiteres Stück Muffin ab.

»Sie wollen dich persönlich treffen, nur darum geht es.«

»Das kommt mir bekannt vor.«

»Siehst du ... Lass dich von denen nicht entmutigen. Du willst doch Schauspielerin werden?«

»Ja.«

»Dann solltest du dich von der Meinung mancher Leute nicht

aufhalten lassen. Sie und Klatschreporter werden immer etwas finden, worüber sie schreiben können. Und wenn sie nichts finden, erfinden sie eben etwas.«

»Es tut nur so weh, weil es nicht nur mich trifft, sondern auch Matt und meine Freunde. Das interessiert nur niemanden von denen.«

»Ich weiß.«

»Becca war so was wie mein Heimathafen in New York. Und jetzt habe ich ihr weh getan.«

»Und das wirst du wiedergutmachen.«

Entschlossen nicke ich, während sich in meinem Kopf schon ein Plan entwickelt, wie ich das genau tun werde. Die Vorstellung, Becca als Freundin zu verlieren, verpasst mir eine Gänsehaut. Zu sehr habe ich mich an sie in meinem Leben gewöhnt. Mir fehlen unsere Abende auf eben dieser Couch, auch ihr Gesang, der so laut ist, dass ich ihn auch durch zwei geschlossene Wohnungstüren höre, und ihre gute Laune. Das alles macht Freundschaft für mich aus.

»Bleibt noch das Problem mit Matt. Es macht mich wahnsinnig, dass ich ihn nicht erreichen kann. Ich hänge so in der Luft, und das ist so ... beschissen.«

»Ich kann dir seine Adresse besorgen, dann kriegst du das auch hin.«

»Er fehlt mir.«

So sehr, dass ich kaum schlafen kann. So sehr, dass ich mein Handy nicht ausstelle, obwohl noch immer Reporter anrufen und um ein Interview betteln. Und jedes Mal macht mein Herz einen verrückten Salto, wenn es klingelt – weil ich hoffe, dass es Matts Nummer ist. Mir fehlt auch seine Stimme. Mir fehlt seine Umarmung, und mir fehlen seine Küsse. Es fehlt mir, Zeit mit ihm zu verbringen.

»Mir fehlt sein Lachen.«

Sarah rutscht von ihrer Seite der Couch zu mir und legt den Arm um mich.

»Ich frage Ace gleich heute Abend. Dann kannst du morgen zu ihm hingehen und alles klären.«

»Diesmal muss er mir zuhören. Ich werde nämlich nicht aufgeben.«

»Das ist die richtige Einstellung.«

Am meisten tut weh, dass er so einfach untergetaucht ist, dass er auf meine Versuche, ihn zu erreichen, nicht eingeht und ich ohne eine Chance, das alles aufzuklären, hiersitze. New York, das sich immer wieder in ein Dorf verwandelt hat, das mir erlaubt hat, seinen Weg in regelmäßigen Abständen zu kreuzen, wird ausgerechnet jetzt zum Bermudadreieck und versteckt den wichtigsten Menschen vor mir. Man kann mir erzählen, was man will, aber das hier ist nicht einfach nur eine Stadt. Es ist ein äußerst lebendiges Lebewesen mit einer grünen Lunge, einem pulsierenden Herzen und mit Gefühlen. Im Moment kommt es mir zwar vor wie ein Monster aus einem Horrorfilm, aber ich will noch nicht aufgeben und einfach so hinnehmen, dass man nach einem dummen Fehler keine zweite Chance bekommen kann. Auch wenn diese Gedanken in letzter Zeit zu Besuch waren, und zwar häufiger, als mir lieb ist.

»Was sagt dein Agent eigentlich zu dem ganzen Drama?«

Ich höre mich bitter auflachen.

»Der hält sich versteckt. Vermutlich klopft er sich auf die Schulter, weil sein genialer Plan funktioniert hat.«

»Und was ist mit dem Shooting am Samstag?«

Eine ausgezeichnete Frage, über die ich lange nachgedacht hatte. Anfangs war ich kurz davor, Jennifer anzurufen und sie zu bitten, Denise zu kontaktieren und alles abzusagen. Doch dann wurde mir klar, dass ich unbedingt hingehen muss, weil ich hoffe, ein vernünftiges Interview geben zu können, das in einer Auflage von 50 000 Stück dann überall zu lesen sein wird. Endlich alles aus der Welt schaffen. Tabula rasa machen. Meine Sicht der Dinge oder schlicht: die Wahrheit.

»Ich werde hingehen.«

»Finde ich gut. Raus aus dem Versteck und Attacke!«
»Ich werde alles wieder hinkriegen.«
»Davon bin ich überzeugt.«
»Danke, Sarah.«
»Unsinn. Dafür sind wir Knights-Girls doch da. Und du bist eine von uns.«

Die Knights-Girls. Und ich bin also noch immer eine von ihnen, zumindest für Sarah.

Das zu wissen tut gut.

Die halbe Nacht liege ich wach und spüre förmlich, wie meine Gedanken Extrarunden drehen, nur um mich am Schlafen zu hindern. Immer und immer wieder gehe ich verschiedene Szenarien durch, wenn ich endlich vor Matt stehe und alles erklären kann. Als ich gefühlte zweihundert Versionen dieses Gesprächs durchgespielt habe, kümmere ich mich gedanklich um den Plan, wie ich Becca davon überzeuge, mir zu verzeihen und wieder zu vertrauen. Ein paar Dinge muss ich vorbereiten und noch organisieren, aber dann kann ich loslegen.

Seit dem Gespräch mit Sarah habe ich ein optimistisches Gefühl im Magen und glaube daran, mein Leben wieder in die richtigen Bahnen zu lenken. Die Kontrolle darüber zurückzugewinnen. Wenn mich meine Zeit als Schauspielerin etwas gelehrt hat, dann die Tatsache, nicht so schnell aufzugeben. Schon gar nicht, wenn man etwas wirklich will. Absagen haben mich noch nie davon abgehalten, wieder zum nächsten Casting zu gehen.

Wenn Matt untertaucht, suche ich eben jeden Block in dieser Stadt ab. Wenn Becca mir nicht zuhören will, werde ich es irgendwann auf »One repeat« im Radio durchsagen.

Aber beide sind all die Mühe wert. Zu spät und zu übermüdet schlafe ich schließlich ein, in der Hoffnung, morgen von Sarah Matts Adresse zu erfahren.

Doch zu meiner Überraschung ist es nicht Sarah, die am nächsten Morgen anruft, sondern Peter. Also genau genommen Jennifer. In Peters Auftrag.

Ach, schau an, ist ihm eingefallen, dass wir auch noch was zu klären haben? Er bittet um ein Mittagessen im *Industry Kitchen*, er müsse mit mir reden und das Fotoshooting besprechen. Es stört mich, dass er nicht mehr persönlich anruft, sondern alles über Jennifer läuft. Es fühlt sich an, als wüsste Peter genau, dass er mit dieser Intrige über das Ziel hinausgeschossen ist, und nun bewusst abwartet, bis ich mich etwas beruhigt habe. Da kam ihm der Trip mit Jackson nach L. A. natürlich gerade recht. Kurz entschlossen nehme ich sein Angebot an und befinde mich pünktlich zum Lunch auf dem Weg zum verabredeten Treffpunkt. Ich vermute, dass er das gut besuchte Restaurant gewählt hat, weil ich dort keine Szene machen kann.

Als ich das Knights verlasse, lungert, wie auch die letzten Tage, nur ein Fotograf auf der anderen Straßenseite herum, der aber kein Foto von mir erwischt, weil Oscar – der beste Hotdog-Verkäufer der Welt – ihm just in dem Moment vor die Linse fährt. Jetzt hat er ein schönes Foto von Oscars Hotdog-Wagen, und ich kann recht flott um die Ecke zu meiner Subway-Station sprinten.

Die Aufmerksamkeit um meine Person hat in den vergangenen Tagen zumindest etwas abgenommen. Jetzt werden hauptsächlich alte Schulfreunde zitiert, mit denen ich seit mehr als zehn Jahren keinen Kontakt mehr hatte und die ihre Version der Geschichte erzählen. Immer so, als würden wir in einem alltäglichen Dialog stehen. Einige behaupten, dass ich noch immer sehr an Jackson hängen würde, andere glauben, ich wäre zu sehr auf meine Karriere konzentriert und hätte ihn schon abgehakt. Sarah versucht, mich davon zu überzeugen, dass ich es nur mit Humor nehmen kann, und so lesen wir uns die albernen Interviews mit verstellten Stimmen gegenseitig vor.

Vielleicht ist das der erste Schritt, um solche Behauptungen nicht mehr zu sehr an sich ranzulassen.

Das *Industry Kitchen* liegt buchstäblich Wert auf »Industry«. Am Ufer des East River gelegen, in der South Street nahe Maiden Lane, hat man den Blick über den Fluss auf den Brooklyn Bridge Park. Die Brooklyn Bridge trägt abends bestimmt zur Romantik bei. Tagsüber ist das Restaurant übrigens genauso gut besucht, und man sitzt an langen Holztischen zusammen. Überhaupt dominiert Holz neben Glas und Metall, wodurch das Restaurant eine lässige und schicke Atmosphäre ausstrahlt, in der sich hippe Grafiker ebenso wohl fühlen wie wichtige Geschäftsleute, die hier im Financial District in der Nähe der Wall Street ihre Börsengeschäfte machen.

Ich muss nicht lange suchen und entdecke Peter an einem Tisch draußen auf der großen Terrasse mit Blick auf den Fluss, in der Sonne sitzend, bei einem Glas Weißwein und mit seinem Handy am Ohr. Gut zu wissen, dass er es in ausgewählten Fällen offensichtlich doch noch benutzt. Als er mich sieht, winkt er lächelnd, und ich gehe mit zielsicheren Schritten auf ihn zu. Sobald ich in Hörnähe bin, deutet Peter auf das Handy und formt stumm die Worte »wichtig« und »Cartierez« – was bei mir aber nicht zu den wohl erhofften Jubeltanzschritten seiner Wunschchoreographie führt. Emotionslos nehme ich ihm gegenüber Platz und greife nach der Karte, die mit allerlei Leckereien auftrumpft. Betont desinteressiert studiere ich die Angebote von Pizza, Pasta und Fisch.

»Ja, sie ist gerade angekommen. Sie ist schon ganz aufgeregt wegen Samstag.«

Bin ich das wirklich?

Nervös, sicher, immerhin ist es meine Chance, mit den ganzen Gerüchten aufzuräumen, doch »ganz aufgeregt« trifft es bestimmt nicht.

»Natürlich gehe ich vorher noch mal mit ihr alles durch. Ich würde sie doch niemals unvorbereitet zu so einem wichtigen Shooting schicken.«

Nein, er schickt mich nur sehr unvorbereitet in eine persönliche Krise.
»Natürlich, richte ich ihr aus. Sie grüßt zurück.«

Dabei hebe ich nicht mal meinen Blick von der Karte und entscheide mich stattdessen zuerst für ein großes stilles Wasser, weil mich die Hitze des Tages ganz schön in die Knie zwingt. Nach dem Regen fand New York sehr schnell in seinen heißen Sommer zurück. Zum Glück weht hier am Wasser etwas Wind und trägt auch diesen typischen Hafengeruch zu uns rüber.

Erst als Peter auflegt, lege ich die Karte zur Seite.

»Wie schön, dass du es einrichten konntest.«

Nur eine Floskel, das habe ich inzwischen gelernt.

»O nein, wie schön, dass *du* es einrichten konntest. Du scheinst ja unendlich beschäftigt, wie Jennifer immer betont hat, wann immer ich dich erreichen wollte.«

Merkt man mir meine Gereiztheit an? Peter lächelt versöhnlich und legt die Hände vor sich auf den groben Holztisch, der den Eindruck erwecken soll, von Wetter und Alter gezeichnet zu sein, vermutlich aber einfach nur auf alt getrimmt wurde.

»Ich war in L. A. auf Promoterminen.«

»Mit Jackson.«

Ohne Zweifel hat Jackson ihm schon gesagt, was er von Peters Aktion hält. Jetzt bin ich dran.

»Hör zu, Zoe, ich habe schon verstanden, dass du sauer bist.«

»Wirklich? Dabei habe ich mir so große Mühe gegeben, es zu vertuschen.«

Die Ironie in meiner Stimme ist lauter als die Schiffshupen auf dem East River neben uns.

»Vielleicht hätte ich dich vorher genauer in meinen Plan einweihen müssen, aber ich wollte dir und Jackson den Abend nicht ruinieren.«

»Wolltest du nicht?«

»Natürlich nicht.«

Er sieht mich schockiert an, als wäre er schrecklich enttäuscht, dass ich an so etwas auch nur denken könnte.

»Warum sollte ich das wollen? Ihr seid doch meine wichtigsten Klienten.«

»Was genau war dann die Motivation hinter dieser Lüge?«

Er atmet schwer aus und nimmt erst mal einen großen Schluck aus seinem Weinglas.

»Zoe, ich weiß, dass du nicht begeistert von den Geschehnissen der letzten Tage bist, aber wenn ich dir sage, dass ich gerade in Verhandlungen mit dem Team von Sofia Coppola bin, was sagst du dann?«

Als wäre der Name »Sofia Coppola« eine Art magischer Zauberspruch, der mein Gehirn von Wut auf Begeisterung umschalten könnte, erwartet er eine begeisterte Reaktion meinerseits. Doch ich schweige, was Peter offensichtlich als Ermutigung zum Weitersprechen auffasst und sich etwas weiter zu mir rüberbeugt.

»Sie scheinen mit einigen Casting-Entscheidungen nicht ganz zufrieden zu sein und überlegen, ausgewählten Schauspielerinnen noch eine Chance für ein Re-Casting zu geben.«

Er deutet mit beiden Zeigefingern auf mich und grinst so breit, dass ich kurz Angst um sein Gesicht habe.

»Du stehst ganz oben auf der Liste!«

Das wäre selbstverständlich ein großer Schritt in die richtige Richtung und würde mir endlich die Chance geben, doch noch zeigen zu dürfen, was ich kann. Doch so leicht mache ich es Peter diesmal nicht. Er versteht nicht, was sein blöder Plan mit meinem Leben angestellt hat und dass ich ihm nicht sofort wieder jedes Wort glauben kann. Schon gar nicht nach der letzten Coppola-Erfahrung.

»Welche Rolle?«

»Wie bitte?«

»Für welche Rolle. Worum geht es in dem Film? Kriege ich dieses Mal ein Drehbuch vorab?«

Er ist offensichtlich irritiert von meiner Reaktion, die er sich ganz anders vorgestellt hat, und braucht einen kurzen Moment, um sich zu sammeln.

»Jennifer kann bestimmt eine Rohfassung des Skripts für dich organisieren.«

»Wissen die Casting-Leute dann diesmal auch, dass ich komme?«

»Natürlich.«

»Sicher?«

Mein Blick ist hart und durchbohrt ihn auf unangenehme Weise. Der selbstsichere Mr. Nicholls gibt sich große Mühe, lässig zu bleiben, doch ich erkenne einen Anflug von Nervosität. Er spielt mit dem Weinglas in seiner Hand, bevor er wieder zu einem strahlenden Lächeln ansetzt.

»Natürlich, Zoe. Natürlich.«

»So ist das nämlich üblich, weißt du? Man wird vorher informiert, was auf einen zukommt.«

»Glaubst du, ich weiß das nicht? Weißt du, wie vielen Schauspielern ich die größte Rolle ihrer Karriere vermittelt habe?«

»Ja, das weiß ich. Aber das meine ich nicht.«

»Was meinst du dann?«

»Hast du denen auch allen eine Affäre mit ihren Kollegen andichten lassen?«

»Zoe, das war ein Trick. Aber er hat funktioniert. Also benimm dich nicht wie ein undankbarer Teenager, ja?«

Die Freundlichkeit aus seiner Stimme ist fast verschwunden, ebenso sein Lächeln. Jetzt ist er nur noch ein knallharter Geschäftsmann, der bekommen hat, was er wollte.

»Wie bitte?«

»Sei etwas dankbarer. Die Anfrage für das Casting kam übrigens, nachdem dein Gesicht so ziemlich alle wichtigen Magazine der USA geziert hat.«

»Klatschmagazine. Es ist nicht so, als wäre ich auf dem *New York Times*-Cover gewesen.«

»Noch nicht. Aber noch sind die dreißig Tage nicht um.«

Da ist es wieder: das selbstbewusste Lächeln meines Agenten, der allen möglichen Schauspielern in kürzester Zeit zu medialem Erfolg verholfen hat. Trotz der Hitze spüre ich plötzlich eine Gänsehaut auf meinem Körper.

»Ich möchte das nicht mehr, Peter.«

»Ich befürchte, du hast keine Wahl.«

»Natürlich habe ich die. Wir sollten als Team arbeiten.«

»Das tun wir.«

»Im Moment entscheidest nur du, was das Richtige ist.«

»Für deine Karriere. Du hast einen Vertrag unterschrieben.«

»Nun, deine Karriereentscheidungen haben eine ziemlich heftige Auswirkung auf mein ganzes Leben. Meine beste Freundin redet nicht mehr mit mir. Jackson übrigens auch nicht. Und ob mein Freund mich jemals zurückrufen wird, steht gerade in den Sternen.«

»Das mit Jackson kann ich klären. Das mit deiner Freundin ist ein Kollateralschaden ...«

Dazu macht er eine Handbewegung, als würde er eine Fliege vor seinem Gesicht vertreiben, und sieht mich emotionslos an. Ist das noch immer der Mann, der unter den Tisch gekrabbelt ist, um meinen verlorenen Schuh zu suchen?

»Becca ist kein Kollateralschaden, verdammt!«

»Reg dich nicht so auf.«

»Mein Privatleben geht den Bach runter, Peter!«

»Wir finden schon einen neuen Freund für dich.«

Dieses Gespräch kostet mehr Energie, als ich angenommen habe. Peter zeigt mir zum ersten Mal offen, dass all meine Gefühle ihn nie interessiert haben und es wirklich immer ausschließlich um meine Karriere, den Erfolg und natürlich das Geld ging.

»Ich verzichte dankend.«

»Du willst mir doch nicht erzählen, dass es um diesen Comedian aus dem Club geht.«

Woher weiß er das? Ich habe nie über Matt oder unsere Beziehung gesprochen. Peter zuckt mit den Schultern, als er die Überraschung auf meinem Gesicht erkennt.

»Ich habe dich eben im Auge. Teil des Jobs.«

»Sein Name ist Matt.«

»Ich bitte dich, Zoe ...«

Endlich nimmt er seine Sonnenbrille ab und sieht mich aus besorgten Augen an. Doch es fällt mir schwer, ihm das abzunehmen. Ein bisschen fühlt es sich so an, als hätte nicht er, sondern ich eine Brille abgenommen, um klarer sehen zu können.

»... das kann nicht dein Ernst sein.«

Seine Stimme klingt gedämpft, als wollte er nicht, dass man hinter uns, wo der Tisch gerade abgeräumt wird, zuhören kann, doch er spricht klar und deutlich weiter.

»Er tritt in schäbigen, kleinen Clubs auf. Das passt einfach nicht zu unserem Plan.«

Ohne Zweifel war er noch nie im *Standing Room*, denn diese Location ist weder schäbig noch klein.

Wenn ich nur an den Applaus der Gäste denke, die lauten Lacher und die begeisterten Gesichter ...

»Auf jeden Fall ist er unterm Strich nicht mehr als ein Witz.«

Autsch!

»Peter ...«

Meine Stimme gleicht dem Zischen einer Schlange. Falls er es noch nicht bemerkt hat, er steht ohnehin schon auf sehr dünnem Eis, und solche Bemerkungen führen ihn garantiert nicht zurück auf festen Boden. Entschuldigend hebt er die Hände.

»Hör zu, du kannst vögeln, wen immer du willst. Es ist dein Leben.«

Mir gefällt die Wahl seiner Worte überhaupt nicht, doch ich komme nicht dazu, etwas zu sagen, da Peter schon weiterspricht.

»Aber halte ihn einfach so lange wie möglich vor der Presse versteckt. Er würde deinem Image gerade schaden.«

»Welchem Image genau?«

Peter deutet mir mit einer Handbewegung an, ich solle leiser sprechen, und ich gebe mir Mühe, meine Stimme unter Kontrolle zu halten.

»Dem, das ich dank dir jetzt habe?«

»Ganz richtig.«

Hinter uns werden geräuschvoll Stühle verschoben, dann entfernen sich Schritte, und ich spreche etwas zu laut weiter.

»Die aufmerksamkeitsgeile Schlampe, die sich an Jackson Reed ranmacht?«

»Zoe, du bist doch lange genug dabei, um zu wissen, wie der Hase läuft. War es in L. A. wirklich anders?«

»Allerdings!«

»Ein schlechtes Image ist besser als gar keins. Hier spricht man zumindest über dich. Glaubst du wirklich, als nette Dreißigjährige mit dem großen Traum und einem witzeschwingenden Nobody an deiner Seite würde die Casting-Agentin von Sofia Coppola auf dich zukommen?

»Matt ist zufällig ziemlich erfolgreich.«

»Mag ja sein, aber nicht erfolgreich genug.«

»Und wenn er nur vor vier Leuten auftreten würde, es wäre mir egal.«

»Verdammt, wir wollen das Gleiche, du und ich.«

Ehrlich gesagt glaube ich das nicht mehr. Ich sehe Peter schweigend und mit verschränkten Armen an. Mag sein, dass wir ein ähnliches Ziel haben, aber ich möchte nicht auf diese Art und Weise dahin kommen. Abseits eines Filmsets möchte ich keine Rolle spielen. Oder Matt verleugnen müssen!

»Du hast mir dreißig Tage versprochen.«

Wieder schweige ich. Es stimmt, das habe ich. Allerdings war Peter damals noch charmant und hat nicht irgendwelche Dinge über meinen Kopf hinweg entschieden oder sich am Telefon verleugnen lassen. Bevor ich endlich antworten kann, tritt eine Kellnerin an unseren Tisch und lächelt uns freundlich an.

»Haben sich die Herrschaften schon entschieden?«

»Wir nehmen zwei Mal den Industry Signature Salad.«

Peters Stimme klingt wieder so gut gelaunt wie früher, nicht so, als wären wir gerade mitten in einer hitzigen Diskussion. Die Kellnerin tippt die Bestellungen in ein kleines Gerät ein, das sie in der Hand hält, und sieht dann wieder zu mir.

»Möchten Sie etwas trinken?«

Bis gerade eben war mir noch nach einem großen Glas Wasser, doch jetzt setze ich zu meinem freundlichsten und schönsten Lächeln an und greife nach der Speisekarte. Peter verfolgt all meine Bewegungen genau.

»Ja, ich denke, ich nehme das Queens-Lager-Bier, und wissen Sie was? Streichen Sie den Salat. Ich nehme die Lammkeule mit Süßkartoffelgnocchi und Portweinsoße.«

»Eine ausgezeichnete Wahl.«

Sie lächelt begeistert, und ich nicke so übertrieben glücklich, dass man dabei zusehen kann, wie sich Peters Gesichtsfarbe verändert. Kaum ist die Kellnerin verschwunden, funkelt er mich an.

»Was soll das?«

»Ich habe Hunger. Die letzten Tage habe ich kaum einen Bissen runtergekriegt.«

»Du hast bald einen Shoot.«

»Ja. Aber jetzt habe ich Hunger.«

»Wenn das eine Art Lektion für mich sein soll …?«

»Weißt du was, Peter? Ja, das soll es sein. Du hast vielleicht die Kontrolle über meine Karriere, aber nicht über mein Leben.«

Das wollte ich ihm schon die ganze Zeit sagen. Das will ich allen sagen, die irgendwie glauben, Einfluss auf mein Selbstbewusstsein, auf mein Liebesleben oder meine Figur nehmen zu können.

»Zoe, ich will dir helfen!«

»Dann tu das auch.«

Er starrt mich an. Offensichtlich hat er selten solche Antworten bekommen. Aber ich kann nicht länger dabei zusehen, wie er mehr und mehr das Steuer übernimmt – und sei es hinter meinem Rücken – und mich zum Passagier meines eigenen Lebens machen will. Zu lange habe ich mir das angesehen, dabei wollte ich es schon von Anfang an sagen. Es wird Zeit, dass er auch meine Regeln akzeptiert.

»Ich habe dir vertraut, Peter. Ich glaube, du bist ein großartiger Agent. Und wenn wir ernsthaft zusammenarbeiten wollen, dann bin ich zu hundert Prozent bei dir. Aber dann müssen wir etwas ändern. Du kannst nicht alles alleine entscheiden, wir müssen vorher reden. Keine Lügen, keine versteckten Aktionen.«

Peter sagt nichts, sieht mich nur weiter an, als warte er darauf, dass ich etwas sage, womit er sich arrangieren kann.

»Das ist meine Bedingung.«

Es würde mich nicht wundern, wenn er jetzt aufstehen und mich alleine an diesem Tisch zurücklassen würde, doch das Risiko gehe ich ein.

Schließlich atmet er schwer aus.

»Also gut, keine Lügen.«

»Das ist doch mal ein Anfang.«

»Aber du musst mir auch helfen, Zoe.«

»Ich dachte, das tue ich schon?«

»Ich weiß, dass du diesen Comedian magst. Aber halte das noch ein bisschen unter Verschluss.«

»Wieso denn? Wen interessiert es, mit wem ich Zeit verbringe?«

Er verzieht die Lippen zu einem schrägen Lächeln, als wüsste ich die Antwort selber.

»Jeden.«

»Dann müssen sie Matt akzeptieren.«

Sicher werde ich Peter nicht sagen, dass die Sache zwischen Matt und mir gerade auf Eis liegt.

»Zeig mir deine Freunde, und ich zeig dir, wer du bist. Das ist nicht *meine* Regel, Zoe. Aber es ist nun mal so. Die Leute wollen, dass du in überteuerte Restaurants gehst, dich mit berühmten Menschen umgibst und in einem Penthouse in Downtown Manhattan lebst.«

»Ich wohne im Knights und habe kein Geld für überteuertes Essen. Außerdem verbringe ich gerne Zeit mit meinen Freunden.«

»Deine Wohnsituation wird sich bald ändern. Jennifer hat schon einen Makler beauftragt, der dir ein paar Wohnungen vorschlagen wird.«

»Du verstehst nicht, ich will nicht ausziehen. Ich mag es im Knights. Und wie gesagt: Ich habe kein Geld für eine teure Wohnung.«

Und selbst wenn ich nach dem Shooting plötzlich reich werde. Welcher Mensch bei klarem Verstand würde aus dem Knights ausziehen wollen? Ich liebe es dort, mit all den Menschen, die sich um einen kümmern, die einem helfen und selbst für die lächerlichsten Probleme ein offenes Ohr haben.

»Überlege es dir bitte. Und lass das mit dem Geld meine Sorge sein. Du bist Schauspielerin, also tu das, wozu du berufen bist. Spiel eine Rolle. Sei unnahbar. Wohne in Manhattan. Geh tanzen in angesagten Clubs, lass die Presse reden und gib ihnen immer mal wieder ein paar gute Fotos. Mehr braucht es kaum.«

»Hast du mir eben überhaupt zugehört?«

»Das habe ich. Und es ehrt dich, dass du diesen Leuten gegenüber so loyal bist, aber das hier ist ein Geschäft. Du hast einen Vertrag unterschrieben. Ich mache meinen Teil, du deinen.«

»Wie sieht die Alternative aus?«

»Du kündigst, und ich verdiene die nächsten zwei Jahre trotzdem bei all deinen Filmen mit. Paragraph acht, Abschnitt zwei des Vertrags.«

Das passiert, wenn man das Kleingedruckte eines achtseitigen Vertrages nur überfliegt, weil man zu schnell vertraut. Ich verfluche mich innerlich dafür, dass ich mich so sehr von Peters Charme habe blenden lassen.

Er wirkt so siegessicher, als hätte er das Ende unserer Geschichte schon vorab gelesen und wüsste genau, was jetzt kommt.

»Also gut, ich mache, was du vorschlägst.«

Jedes Wort ist Schwerstarbeit.

»Gute Entscheidung, Zoe.«

Er greift nach seinem Weinglas, um mit mir anzustoßen, aber ich zögere. Ich werde den Teufel tun, ihm nach dem ganzen Mist noch fröhlich lächelnd zu vertrauen.

»Lächele etwas Zoe. Auf die Zukunft.«

»Auf zwölf Tage.«

Irritation schleicht sich in seinen Blick. Das und die Tatsache, dass ich es bemerkt habe, gefällt ihm gar nicht. »Von den dreißig Tagen hast du nur noch zwölf.«

»Zwölf Tage.«

Ein Wunder, dass der Fluss neben uns noch nicht komplett zugefroren ist, so eisig wie die Stimmung zwischen uns beiden gerade ist. Doch zum ersten Mal seit langem habe ich wieder das Gefühl zu wissen, wohin es geht und diese Richtung selber entscheiden zu können.

Und das fühlt sich verdammt gut an.

Broken Strings

Heute habe ich damit verbracht, einige Besorgungen zu erledigen, die alle zum Masterplan der Rettung von Beccas und meiner Freundschaft gehören. Ein vereinsamter Paparazzo hat mich erwischt, wie ich aus einem Geschenkeartikelshop gekommen bin, doch diesmal bin ich nicht wie sonst davongerannt, sondern habe ihn so sachlich wie möglich darum gebeten, zu verschwinden und sich einen ordentlichen Job zu suchen. Peter dürfte von dem Foto von mir mit einer sehr deutlichen Fingergeste wenig begeistert sein. Obwohl, er ist ja der Meinung, ein schlechtes Image wäre immer noch besser als gar keines. Vielleicht gefällt es ihm also doch.

Nach meinem Shoppingtrip bin ich nach Hause gegangen, habe mir eine Pizza bei *Pippa & Paul* bestellt und werfe endlich einen Blick in den Umschlag, den Peter mir nach unserem Lunch mitgegeben hat. Bisher habe ich es vermieden, ihn zu öffnen, weil ich genug andere Dinge im Kopf hatte, aber er lag so provozierend auf dem Couchtisch, dass ich jetzt danach greife und ihn aufreiße. Es handelt sich um Vorschläge, wie ich die Fragen aus dem Interview beantworten soll.

Peter hatte beim Überreichen extra betont, dass es sich hierbei nur um Vorschläge handeln würde, nicht aber um Vorschriften, und ich solle alles bitte nicht wieder missverstehen. Nun, wir werden sehen. Mit einer Playlist von Sarah, die sie für entspannte Abende empfiehlt, mache ich es mir auf der Couch bequem und lausche der Stimme von Roo Panes, während ich lese.

Es sind zehn Fragen und zu jeder hat Peter eine Antwort vorformuliert. Die meisten seiner Vorschläge sind totaler Blödsinn. Niemals würde ich so reden oder antworten. Ich verstehe mit dem Lesen jeder Zeile mehr, was er für eine Rolle von mir erwartet; aber mit diesen Antworten komme ich rüber wie eine Kreuzung zwischen einem Landei aus Idaho und einem arroganten Model mit Schauspielambitionen. Mit anderen Worten: All das, was ich nicht will und ihm beim Essen deutlich gesagt habe. Aber medienwirksam.

Entnervt werfe ich die Papierbögen zurück auf den Couchtisch und schließe kurz die Augen. Ich werde auf die Fragen so antworten, wie mein Bauchgefühl es für richtig hält. Ich werde ich selbst sein, zu meinen Freunden und Fehlern stehen, die Wahrheit sagen und mir nichts mehr vorschreiben lassen. Um meinem Gehirn eine kleine Pause zu gönnen, entscheide ich mich, früh ins Bett zu gehen.

Doch wie so oft, wenn man eine ordentliche Portion Ruhe gebrauchen könnte, falle ich nur in einen unruhigen Schlaf, der weder besonders erholsam noch tief ist. Da ich mich offensichtlich an keinen Biorhythmus der Welt mehr halte, bin ich am nächsten Morgen viel zu früh wach.

Es fühlt sich an, als ob die Stadt noch schläft und ich einer der wenigen Menschen auf der Welt bin, die sich schon bewegen. Vielleicht wusste mein Unterbewusstsein aber auch, dass ich heute den Zettel mit der Adresse in der Hand halten werde.

Sarah hat sich richtig Mühe gegeben, um Ace davon zu überzeugen, mir die Adresse zu geben. Zuerst war er gar nicht davon begeistert, weil Matt eher der verschlossene Typ ist und selbst die meisten seiner Kumpel nicht wissen, wo er wohnt. Zum Glück ist Ace aber auch der Meinung, wir sollten die Chance bekommen, das zwischen uns zu klären. Das alles hat mir Sarah auf den Zettel geschrieben, den sie mir gestern Nacht unter der Tür durchgeschoben haben muss. Zusammen mit Matts Adresse und einem Zwinkersmiley in der linken Ecke. Mein Herz klopft hektisch aufgeregt, so schnell wie die ganzen letzten Tage kaum. Es ist noch so früh, dass die Chance groß ist, ihn abzufangen, bevor er etwa losgeht, um die Hunde zu holen. Oder zu einem seiner anderen Jobs aufbricht. Das Warten und Bangen hat mich die vergangenen Tage schon genug gequält, ich muss ihn endlich sehen. Ich schnappe mir den Schlüssel und verlasse das Knights.

Matt wohnt, wie sollte es anders sein, in Brooklyn. Ich kann nicht genau sagen, wieso es mich nicht überrascht. Ich glaube, weil er für mich so sehr in dieses Viertel passt. Ich laufe an einer rot gestrichenen Backsteinwand vorbei, auf die jemand in weißen Lettern *Live, Work, Create* geschrieben hat. Vielleicht ist dieses Credo Brooklyns der Grund, wieso sich Matt ausgerechnet diesen Ort zum Leben ausgesucht hat. Die Cranberry Street liegt mitten in den Heights, zwischen dem Cadman Plaza Park und dem Brooklyn Bridge Park und ist eine der schönsten Straßen des Viertels. Ich war noch nicht oft hier, aber der Park lockt am Wochenende Besucher, denen der Weg bis zum Central Park zu weit ist, zu einem Picknick oder einer Runde Touch-Football. Sarah hat mir irgendwann mal erzählt, dass Will in letzter Zeit gerne hier singt und spielt, weil die Zuhörer hier frisch und unverbraucht sind.

Anders als in der Gegend beim Knights Building finden sich hier eher kleine Wohnhäuser, in denen meistens nur zwei Parteien wohnen. Doch so schön es hier auch ist, ich nehme kaum etwas davon wahr, denn mit jedem Schritt, der mich näher an Matts Hausnummer bringt, schlägt mein Herz höher. Auf dem Weg hierher habe ich überlegt, was ich sagen soll, doch ich scheine die richtigen Worte nicht finden zu können.

Als ich da bin, werfe ich zur Sicherheit noch einmal einen Blick auf den Zettel, den ich in meinen zitternden Händen halte. Nummer 70. Ich bin richtig hier. Das kleine rostfarbene Gebäude ist das letzte in der Reihe der Wohnhäuser und sieht zwischen dem Wohnblock, der direkt daneben gebaut wurde, fast etwas verschüchtert aus, wie es an die Wand gedrückt wird. Neun Stufen führen zur Eingangstür hoch, hinter der nicht nur Matt, sondern endlich auch das klärende Gespräch steckt. Mutig steige ich die Treppe nach oben und drücke auf die Klingel neben dem Namen *Booker/Slater*. Er teilt sich die Wohnung also mit jemandem. Es ist zu leise in dem Haus und auch auf der Straße. Keine Autos, keine Menschen, nur ich. Ich starre auf die Tür und hoffe inständig, mir fallen gleich die richtigen Worte ein, wenn Matt vor mir steht. Doch nicht Matt öffnet mir, sondern ein junger Mann, den ich offensichtlich geweckt habe und der mich aus müden Augen ansieht.

»Ja?«

Er trägt ein *Arcade Fire*-T-Shirt, dazu graue Boxershorts und wartet offensichtlich auf eine Erklärung, was ich um diese Uhrzeit hier will.

»Hi, ich wollte eigentlich zu Matt.«

»Matt ist nicht da.«

Dabei ist es gerade mal kurz nach sechs. Kann er jetzt schon unterwegs sein?

»Weißt du, wo er ist?«

»Arbeiten, nehme ich an.«

Warum überrascht mich das nicht?

»Ist er mit den Hunden unterwegs?«

Doch der Typ schüttelt nur den Kopf und mustert mich nun eingehend.

»Du bist Zoe, nicht wahr?«

Er fährt sich durch die Haare, was seine Frisur nicht wirklich rettet, und lehnt sich in den Türrahmen.

»Die bin ich.«

»Hab dich sofort erkannt.«

»Ach, wirklich. Welche Überschrift hast du denn zu diesem Gesicht gelesen? Die Karriere-Schlampe? Das Möchtegern-Starlet? Zu deiner Information, es läuft nichts zwischen Jackson und mir, und wenn Matt einen meiner Anrufe erwidert hätte, könnte ich ihm das alles auch persönlich erklären!«

Wann immer ich in letzter Zeit den Eindruck habe, dass mich jemand mustert, unterstelle ich ihm oder ihr sofort, mich von den hässlichen Gossip-Storys her zu kennen, und keife dann los wie jetzt. Normalerweise wechsle ich dann die Straßenseite, den Platz in der Subway oder den Imbiss. Hier ist das nicht möglich, also stelle ich mich nur aufrechter vor diesen Typen.

»Oh, wow!«

»Ja, nicht wahr? Eine echte Überraschung! Die ganzen Schlagzeilen sind erlogen!«

»Das ist allerdings eine Überraschung. Von deinem Temperament hat er nichts erzählt.«

»Wie bitte?«

Er reicht mir seine Hand.

»Ich bin Ryan. Matts Mitbewohner.«

Jetzt lächelt er, trotz Uhrzeit und meiner Schimpftirade. Zu meiner Schande muss ich gestehen, dass ich nicht wusste, dass er einen Mitbewohner hat. Ich weiß eigentlich so gut wie gar nichts über Matt, und das tut jedes Mal, wenn ich es auf so deutliche Weise vorgeführt bekomme, etwas mehr weh.

»Hi.«

»Und ich muss dich enttäuschen, ich lese keine Klatsch-Magazine. Sorry.«

»Aber ... Du hast gesagt, du hättest mich gleich erkannt.«

»Habe ich auch. Matt hat dich sehr bildhaft beschrieben. Schönes Lächeln, strahlende Augen, immer so ein bisschen eine wilde Frisur. Und ein echter Hingucker.«

Mit jedem Wort pumpt mein Herz Hoffnung durch meinen Körper.

Ach, schau an, du dummes Herz. Du bist also gar nicht verschwunden. Du hast dich nur tot gestellt.

»Hat er?«

»Hat er. Du hast ihm ganz schön den Kopf verdreht.«

Ryan grinst breit und kratzt sich am Kinn. Er ist ohne Zweifel süß, aber die Enttäuschung, Matt nicht anzutreffen, kann auch er nicht mildern.

»Dann verrätst du mir bestimmt, wo er jetzt arbeiten ist.«

»Klar. Am New Fulton Fish Market.«

Er sagt es so, als würde ich jetzt genau wissen, wo das ist oder wie ich ihn dort finden soll.

»Aha. Und …«

»In der Bronx. Du findest ihn da, wo es nach Fisch stinkt. *Boston Fishing Sharks.*«

»Wie bitte?«

»Der Stand. Dort lädt er aus.«

»Okay.«

»Standnummer 49.«

»Danke.«

Er nickt und macht einen Schritt zurück ins Haus; ein klares Zeichen für meinen Abgang.

»Ach, Ryan … Was hat Matt in den letzten Tagen so über mich gesagt?«

»Nichts.«

Plötzlich ist ein Lächeln Schwerstarbeit.

»Oh. Okay.«

»Er war gar nicht hier.«

»Nicht hier zu Hause oder nicht hier in New York?«

»Beides. Er hat ein paar Tage Abstand gebraucht und ist erst Dienstag wieder aufgetaucht.«

Abstand von mir. Mein Magen zieht sich wie eine Qualle zusammen, und der damit verbundene Schmerz macht es schwer, weiterzusprechen.

»Ich verstehe.«

Umso wichtiger ist es, dass ich ihn finde und alles richtigstelle. Gerade als ich die Stufen wieder nach unten gehen will, ruft Ryan mir etwas nach.

»Ich dachte schon, dass es vorbei ist mit euch. Aber dann wärst du wohl nicht hier.«

Ich drehe mich zu ihm um.

»Richtig.«

Wenn es nach mir geht, ist hier noch gar nichts vorbei.

»Das freut mich. Matt hat endlich das richtige Mädchen verdient.«

Ich nicke knapp und gehe die Stufen rückwärts herunter, als müsste ich dringend Abstand zwischen mich und diese Aussage bringen.

»Danke.«

»Keine Ursache. Ach, und sag ihm, dass er mit dem Wocheneinkauf dran ist.«

»Mache ich.«

Vorher muss ich ihm nur so viel wichtigere Dinge sagen.

Wenig später bin ich in der Subway-Station High Street, die nur wenige Minuten von Matts Wohnung entfernt liegt, und frage mich durch, wie ich am besten in die Bronx zum Fischmarkt komme. Es wäre ja auch zu viel verlangt gewesen, wenn ich mal eines dieser blöden Taxis hätte anhalten können. Doch das scheint ein Talent zu sein, über das ich nicht verfüge. Zum Glück bin ich inzwischen erfahrene Subway-Fahrerin und weiß, wie man am besten die Verbindungen nutzt. Trotzdem kommt mir die Fahrt jetzt unendlich lang vor.

Ein Fischmarkt in der Bronx. Immer wieder vergesse ich, dass Manhattan eine Insel ist. Zu selten bin ich am Wasser, überquere es eigentlich nur auf Brücken oder unterfahre es in Zügen so wie jetzt. Doch sobald ich mich dem Fischmarkt zu Fuß nähere, merke ich, dass ich hier richtig bin, denn der Geruch von Fisch empfängt mich schon lange, bevor ich das Wasser sehe.

Die Halle selbst ist riesig und sehr unübersichtlich. Überall stehen große Kisten voller Eis und mit frischem Fisch herum, dabei ist es kühl und geschäftig. Leute kaufen und verkaufen Fisch, Hummer, Muscheln und Austern, und ich merke schnell, dass ich ein totaler Fremdkörper hier bin. Mich interessiert weder das Gewicht eines fangfrischen Lachses noch die Scherengröße von lebendigen Hummern. Ich suche etwas ganz anderes.

Jemand ganz anderen.

»Verzeihung, wo finde ich den Stand Nummer 49 der *Boston Fishing Sharks?*«

Ich werde quer durch die endlos lange Halle geschickt und drohe, mich dabei zu verirren, weil die Standnummern nicht chronologisch verlaufen, sondern nach einem System, das ich nicht durchschaue, angeordnet sind. Aufgeben ist aber keine Option, und wenn ich mich bei jedem Stand durchfragen muss, ich kann und will dieses Gespräch mit Matt nicht länger verschieben.

Ich habe schon viel zu lange gewartet.

Zwischen Boxen und Auslagen voller Fische und Krabben, mitten im Geschrei der Verkäufer und den Nachfragen der Kunden, rutsche ich mehrmals fast auf Eisstücken aus und lande schließlich irgendwo zwischen Stand 15 und Stand 77 vor einem großen grünen Schild, das einen Hai mit Kapitänsmütze zeigt, der eine Angel in den Flossen hält, und ich erkenne die erlösende Ziffer 49! *Boston Fishing Sharks. Endlich!*

Ein Mann in den Fünfzigern mit Schnurrbart und Wollmütze – mitten im Sommer – legt frischen Fisch auf die eisbefüllten Auslagen. Gerade ist kein Kunde da.

»Entschuldigen Sie, Sir.«

Der Fischverkäufer sieht mich überrascht an. Er zählt mich instinktiv wohl nicht zur üblichen Klientel, die bei ihm kauft.

»Ich suche Matt Booker.«

Nicht nur, dass ich keinen Meeresbewohner bei ihm kaufen will, ich frage auch noch nach einem Mitarbeiter. Beides scheint er nicht besonders gut zu finden und zögert einen kurzen Moment, bis er zum hinteren Bereich des Verkaufsstandes nickt.

»Er ist hinten. Rutschen Sie nicht aus.«

»Danke.«

Nur mit Mühe gelingt es mir, auf dem glitschigen Boden unversehrt an den Boxen voller verschiedenster Fischsorten, die mit glasigen Augen auf frischem Eis angeboten werden, vorbeizukommen, ohne mich der Länge nach hinzulegen. Je weiter ich gehe, desto penetranter wird der Fischgeruch, was diese Halle nicht gerade angenehmer macht. Auch die Kühle und der ständige Lärm tragen dazu bei, dass ich mich zusammenreißen muss, um nicht das Ziel aus den Augen zu verlieren. Wie kann man hier nur arbeiten?

Die Antwort bekomme ich, sobald ich Matt entdecke: Er steht mit dem Rücken zu mir, trägt ein grünes Shirt mit dem gleichen lächerlichen Logo wie vorne am Stand, dazu Jeans, dicke Gummihandschuhe und schwere Boots. Er belädt eisgefüllte Styroporkisten mit Fischen aus Plastikboxen, die sich auf einem kleinen Hänger stapeln, und bekommt nichts von seiner Umwelt mit. Grund dafür sind die großen Kopfhörer, die auf seinen Ohren sitzen. Sie erfüllen ihren Zweck so gut, dass er mich nicht kommen hört.

Kurz genieße ich diesen Umstand. Denn ich bin mir nicht sicher, wie er reagieren wird, wenn er mich sieht. Es wird einen Grund geben, wieso er meine Anrufe nicht erwidert und auf meine Nachrichten nicht antwortet.

Mein Blick wandert über seinen Nacken, die breiten Schultern und die kräftigen Arme. Bilder von ihm auf der Bühne im *Standing*

Room schießen durch meinen Kopf. Wie entspannt und aufgeregt zugleich er gewirkt hat, wie sexy und schüchtern, wie selbstsicher und zweifelnd. Ich muss lächeln. Zum ersten Mal seit Tagen.

Zaghaft berühre ich ihn schließlich an der Schulter. Erschrocken dreht er sich zu mir, es dauert nur einen Sekundenbruchteil, bis er mich erkennt, dann hält er in seiner Bewegung inne.

»Hi.«

Auf der Fahrt von seiner Wohnung hierher ist mir endlich eingefallen, was ich sagen will, und ich habe die Sätze in meinem Kopf immer und immer wiederholt. Ich will nichts dem Zufall überlassen. Das hier könnte das wichtigste Vorsprechen werden. Kein Wunder, dass ich nervös bin.

Schwäne. Denke einfach an Schwäne.

»Ryan hat mir gesagt, du wärst hier. Ich wusste nicht, dass du auch als Fischverkäufer arbeitest ...«

Und plötzlich sind all die geplanten Sätze weg, alle Worte sind verschwunden, wie weggeblasen. Auch das klare Bild eines Schwanes will nicht in meinem Kopf entstehen. Ich räuspere mich.

»Es tut mir leid, Matt. Ich nehme an, du bist sauer.«

Keine Reaktion. Ich muss mich konzentrieren, darf mich nicht verunsichern lassen. Ich muss mich an die Worte erinnern, die ich mir überlegt habe.

»Du musst mir glauben, dass ich nicht gewusst habe, dass Peter – mein Agent – gleich Paparazzi losschickt. Jackson übrigens auch nicht. Peter wollte mich bekannt machen und hat den schlechtesten Weg dafür gewählt. Keine Sorge, ich habe ihm schon gesagt, was ich davon halte. Zwischen Jackson und mir läuft absolut gar nichts.«

Es fällt mir schwer, ihm weiter in die Augen zu sehen, weil sie so leer und weit weg wirken. Schnell atme ich durch, bevor mich der Mut verlässt.

»Du fehlst mir, Matt. Ich vermisse es, in deiner Nähe zu sein. Mit dir ist alles schöner, bunter und freier. Du hast dich nicht gemeldet, und das hat weh getan. Zuerst dachte ich, vielleicht brauchst du nur etwas Abstand, aber jetzt mache ich mir Sorgen ...«

Ein Kloß wächst in meinem Hals und will die Worte daran hindern, ausgesprochen zu werden.

»... Sorgen, dass du verschwindest und ich dich in der Stadt verliere. Es tut mir so leid. Ich hoffe, du lässt mich das alles erklären. Ausführlich. Bei einem Kaffee. Oder einem Burger.«

Er sieht mich noch immer einfach nur an, als wäre ich ein Geist oder würde nur in seiner Vorstellung existieren. Erst jetzt fällt mir auf, dass er noch immer die dicken Kopfhörer trägt, die all meine Worte verschluckt haben. Er hat mich gar nicht gehört. Als Matt bemerkt, dass ich nicht weiterspreche, nimmt er sie zögernd von den Ohren, und harter Gitarrenrock dringt gedämpft zu mir.

»Hi.«

Dann eben alles noch mal.

»Was machst du hier?«

Seine Stimme klingt so anders, als hätte sie sich der Temperatur in dieser Halle angepasst.

»Ryan.«

Er nickt wissend, als hätte er sich das schon gedacht, würde aber nicht die Antwort auf die Frage hinter der Frage verstehen.

»Aber was machst du hier?«

»Ich wollte dich sehen.« Das ist nur ein Teil der Wahrheit. »Es tut mir leid.«

Er nickt, zieht die Handschuhe aus, wischt sich die Hände an einem Handtuch ab und nickt in die Richtung, aus der ich gekommen bin. Kurz befürchte ich, er schickt mich mit dieser Geste einfach weg.

»Lass uns raus an die frische Luft.«

Mir fällt auf, wie fertig er aussieht. Das könnte an den vielen Jobs oder der frühen Uhrzeit liegen. Oder ich stelle mich der Realität und akzeptiere, dass es an mir liegt.

Die Halle hat sich in den letzten Minuten offenbar von ihren Ausmaßen her verdoppelt, denn wir laufen gefühlte zehn Minuten stumm und in sicherem Abstand nebeneinander her, bis wir nach draußen treten und näher am Wasser stehen, als ich vermutet habe. Direkt vor uns breitet sich der East River aus, und ganz kurz vergesse ich, dass wir in New York sind. Keine Wolkenkratzer, kein hektisches Großstadtleben, nur Wasser, Schiffe – und Matt. Er lehnt sich an die Brüstung und lässt den Blick über den Fluss gleiten.

»Du bist extra hier rausgefahren, um mich zu sehen, ja?«

»Sarah hat mir bei Ace deine Adresse besorgt, aber Ryan sagte, du arbeitest. Ich wusste nicht, wo, weil du doch so viele Jobs hast.«

Wo ist nur meine perfekt ausgearbeitete Rede geblieben, mit der ich ihm alles erklären wollte?

»Heute ist Fischtag.«

Er wirft mir einen Seitenblick zu, und ich erhasche ein kurzes Lächeln.

»Du hast die Zeitschriften also gesehen?«

»Nein.«

Er schüttelt den Kopf und sieht mich endlich wieder an. So richtig. So, wie er es immer getan hat.

»Nein?«

»Sehe ich so aus wie jemand, der Klatschmagazine liest?«

»Nicht wirklich.«

»Ich lese die *New York Times*. Denn es interessiert mich nicht, welches Model mit welchem Popstar schläft und wie viele Millionen die Reichen für ihre Villa in den Hollywood Hills ausgegeben haben.«

»Aber ... woher ...?«

»Steph, die Frau, deren Hunde ich ausführe, ist bekennender Jackson-Reed-Fan.«

»Oh.«

»Sie bringt mich gerne auf den neuesten Stand seines Liebeslebens und hatte ein dringendes Mitteilungsbedürfnis.«

»Sie denkt bestimmt auch, ich wäre das Miststück in der Geschichte.«

Matt antwortet mit einem Schulterzucken und schiebt die Hände in die Hosentaschen.

»Du glaubst das doch nicht, oder?«

»Die Beziehung zu Jackson? Nein.«

Wieso um alles in der Welt bewahrt er dann diesen zu großen Abstand, schafft es nicht, mir länger als unbedingt nötig in die Augen zu sehen, und klingt so distanziert?

»Ich stimme Steph aber zu, dass es dir um seinen Bekanntheitsgrad ging, von dem du profitiert hast.«

»Jackson ist Beccas Freund, ich sehe ihn zwangsläufig öfter.«

»War es deine Idee, die beiden auf unser erstes Date mitzubringen?«

»Nein, es war Peters Idee. Aber ich dachte, es wäre nett.«

»Nett wegen der gemeinsamen Fotos?«

»Nein. Matt, hör zu, es war dumm, Peter zu vertrauen und mich auf dieses undurchsichtige Spiel einzulassen.«

Ich muss an eine meiner Nachrichten auf seiner Mailbox denken. Als ich zum ersten Mal die magischen drei Worte ausgesprochen habe. Das kann ihn unmöglich kaltgelassen haben.

»Hast du deine Mailbox denn abgehört?«

Er schüttelt den Kopf, lässt seinen Blick über den Fluss wandern, als wäre alles dort viel interessanter als unser Gespräch. Diese abweisende Seite an ihm ist mir vollkommen fremd und macht mir Angst.

»Vielleicht solltest du das tun. Jemand könnte dir eine wichtige Nachricht hinterlassen haben.«

»Weißt du, Zoe, es war klar, dass dein Leben anders verlaufen wird als meines. Aber ich dachte, ich finde irgendwie einen Platz darin.«

»Den hast du. Einen wichtigen Platz.«

Erst jetzt sieht er wieder zu mir und lacht bitter auf. Ich bin mir nicht mal sicher, ob ich diesen Mann, der hier vor mir steht, überhaupt noch kenne.

»Ach, wirklich?«

Ich nicke schnell.

»Wird das jetzt so weiterlaufen? Wird dieser Nicholls weiterhin solche Aktionen starten? Ich meine, wird so deine Welt aussehen?«

»Nein!«

»Du bist eine verdammt gute Schauspielerin, Zoe Hunter.«

Seine Worte treffen mich wie eine verbale Ohrfeige und hinterlassen ein heftiges Brennen. Matt lässt keinen Zweifel daran, dass er sie genau so und nicht als Kompliment gemeint hat. Ich spüre Tränen in meinen Augen, die ich wegblinzeln will.

»Wovon redest du?«

»Ich habe euch gehört, Zoe!«

Noch immer verstehe ich nicht, was er meint oder wovon er redet, ich spüre nur diese riesen Portion Wut in ihm.

»*Industry Kitchen*. Klingelt da was?«

Erst als er den Namen des Restaurants sagt, fällt mir eines der Selfies von ihm auf meinem Handy wieder ein. Es ist das Foto von Matt in einer Kochuniform. Es ist eines meines liebsten Fotos.

»Ich helfe auch beim Abräumen der Tische, schon vergessen?«

Tatsächlich habe ich es vergessen. Ausgerechnet dort arbeitet Matt auch, wo ich mit Peter zu Mittag gegessen habe! Doch diese Tatsache alleine kann ihn unmöglich so wütend machen.

»Er ist mein Agent. Ich musste Dinge mit ihm klären, deswegen waren wir dort.«

»Ich bin also nur ein Witz, ja?«

»Was?«

Matt funkelt mich aus seinen sonst so freundlichen Augen an, lässt mich keine Sekunde mehr aus dem Blick.

»Du sollst mich noch etwas unter Verschluss halten. Wieso? Weil ich peinlich bin?«

»Nein!«

»Nicht berühmt genug? Nicht attraktiv genug? Was genau stört euch an mir? Bin ich zu wenig Jackson Reed? Du merkst, ich habe gehört, wie dein feiner Herr Agent über mich gesprochen hat. Dazu die Fotoaktion, deine Flucht von unserem ersten Date ...«

»Matt, ich habe ihm gesagt, was für ein Idiot er ist ...«

»... ich soll also dein kleines Geheimnis bleiben.«

»Nein!«

»Es ist mir egal, was Nicholls von mir hält, der Typ ist unwichtig.«

Die Wut in seiner Stimme weicht purer Enttäuschung.

»Aber dass du mich ebenfalls für einen Witz hältst.«

»Das ist nicht wahr ...«

Doch er sieht nur noch durch mich hindurch, als wäre ich gar nicht mehr da.

»Ein Comdian aus einem schäbigen Club! Ein Typ, den du zwar vögeln kannst, aber der nicht neben dir zu sehen sein darf! Was würden die Leute denken?! Ich passe nicht in *euren* Plan.«

Bevor er sich wieder in Rage reden kann, greife ich – zum ersten Mal seit einer gefühlten Ewigkeit – nach seiner Hand, um seine Aufmerksamkeit zu bekommen.

»Hast du auch gehört, was ich gesagt habe?«

Denn bisher gibt er nur das wieder, was aus Peters Mund stammt.

»Du hast ihm nicht widersprochen.«

»Doch, Matt. Doch, genau das habe ich!«

»Nicht, als ich zugehört habe, während ich die Tische hinter euch abgeräumt habe.«

»Hast du dir denn nicht alles angehört?«

»Entschuldige, dass ich irgendwann genug von seinen Beleidigungen hatte!«

»Nun, ich habe ihm gesagt, wie wichtig du für mich bist.«

»Ach, wirklich?«

Er entzieht seine Hand meiner und bringt wieder den Abstand zwischen uns, der mir wie der Grand Canyon vorkommt. Man muss kein Profiler sein, um erkennen zu können, was er denkt: Er glaubt mir kein Wort.

»Ich habe ihm gesagt, dass er sich nicht in mein Privatleben einzumischen hat und ich zu dir stehe!«

Selbst in der größten Wut muss er mich doch kennen und wissen, dass ich ihn verteidigen würde.

»Nun, um ehrlich zu sein, weiß ich nicht mehr, was ich glauben soll.«

»Ich kann dir einen Tipp geben. Glaub einfach der Frau, die sich in dich verliebt hat.«

Endlich sieht er mich wieder an. Doch noch immer so, als würde er mich nicht kennen, als hätten wir in unserer gemeinsamen Zeit nicht viele schöne Momente gesammelt, die tief in meinem Herzen einen festen Platz bekommen haben.

»Wir sollten uns nicht mehr sehen.«

Ein Satz, der mein Herz mit einer so heftigen Wucht zertrümmert, dass ich Schmerzen beim Atmen habe.

»Matt ...«

Das kann er nicht machen.
Das darf er nicht machen.
Nicht so.
Nicht jetzt.

»Ich wünsche dir für deine Karriere auf jeden Fall nur das Beste, Zoe.«

»Nein.«

Ich weiß, was auf diese Worte folgt, und das werde ich nicht zulassen. Ich hebe die Hand, doch er spricht einfach weiter.

»Ich glaube, du hast großes Talent. Du wirst es bis nach ganz oben schaffen.«

Er meint es ernst, und das tut nur noch mehr weh.

»Das ist nicht dein Ernst.«

»Weißt du, mir war es immer egal, dass du Zoe Hunter, die Schauspielerin, bist. Für mich warst du Zoe mit der pinken Couch und dem großen Traum.«

»Ich habe Neuigkeiten für dich: Das bin ich noch immer!«

Doch er schüttelt den Kopf in Dauerschleife, als wären meine Worte billige Lügen, die er längst durchschaut hat.

»In deinem Leben ist kein Platz für jemanden wie mich.«

»Jemanden wie dich? Was redest du da? Du machst mich glücklich, du bringst mich zum Lachen, du bist ... großartig.«

»Aber nur, solange dein Agent den Überblick hat und die Welt nichts von mir weiß, oder?«

»Es ist doch nur ... nur vorübergehend.«

Matts Blick auf diese Worte, die mir rausgerutscht sind, ist nicht einfach mehr nur leer, sondern verletzt. Jetzt gibt es keinen Zweifel mehr, das hier wird ein Abschied.

»Mach's gut, Zoe. Pass auf dich auf.«

Mein Körper fühlt sich wie gelähmt an, als er sich umdreht und sich erst langsam und dann immer schneller von mir entfernt. In meinem Brustkorb klafft ein großes Loch, während ich mich auf meine Atmung konzentrieren muss, weil sie offenbar kein Automatismus meines Körpers mehr ist. Panik steigt auf. Ich verliere Matt. Ich verliere Matt, weil er mir nicht zugehört hat. Oder weil er nur Peter zugehört hat. Bevor er außer Hörweite ist, sammele ich meine ganze Kraft und allen Mut für einen letzten Versuch zusammen.

»Du solltest deine Mailbox abhören.«

Matt wird langsamer, bis er schließlich stehen bleibt, sich aber nicht umdreht. Irgendwann, das hoffe ich so sehr, wird er hören, was ich wirklich für ihn empfinde. Dann wird er wissen, dass alles andere die Lüge war, aber niemals diese drei Worte.

Ich weiß nicht, wie lange Claires Cupcakes durchschnittlich in der Sonne überleben, aber seit knapp zwei Stunden sitze ich schon neben der Tür zum Theater und warte. Ein freundlicher Mitarbeiter hat mich darüber informiert, dass die Darsteller gegen zwölf eine Mittagspause machen und ich dann gute Chancen hätte, sie zu treffen. Er hält mich wohl für einen Fan des Musicals, womit ich sehr gut leben kann, denn ich möchte nicht unbedingt sagen, dass ich eine Freundin von Becca bin, die hier wartet, um sich zu entschuldigen.

Ich hatte einen so guten Plan, eine von Sarah zusammengestellte Playlist, ein selbstgemaltes Banner und den perfekten Moment für meine große Entschuldigung. Das Leben hält sich nur nicht an Pläne, das habe ich inzwischen verstanden. Die Tür neben mir wird aufgestoßen, und eine ganze Truppe junger Menschen tritt laut lachend auf den Gehsteig. Als sie mich bemerken, verstummen die meisten von ihnen und sehen mich irritiert an, woran ich erraten kann, wie ich aussehe. Langsam stehe ich auf. Ich werde bei meiner Entschuldigung wohl mehr Zuschauer haben als gedacht.

»Zoe?«

Becca schiebt sich an allen vorbei, und der Anflug von Sorge in ihrer Stimme tut gut.

»Hi. Ich weiß, du willst mich gerade nicht sehen, aber ich habe Cupcakes dabei.«

Ich deute auf die kleine Box, in der sich eine Auswahl ihrer liebsten Küchlein befinden. Ihre Kollegen sind offensichtlich verwirrt, und Becca zögert, ob sie mich vor allen zum Teufel jagen soll, entscheidet sich dann aber dagegen.

»Was willst du hier?«

»Mich entschuldigen.«

Meine Stimme klingt brüchig, und ich wünsche mir, Becca würde mir endlich in die Augen sehen.

»Das hast du schon.«

»Ist das diese Hunter?«

Eine ihrer Kolleginnen sieht abschätzig zu mir. Es überrascht mich nicht, dass sie auf Beccas Seite stehen, die jetzt nickt. »Zoe Hunter. Schauspielerin.«

Sie meint es vielleicht nicht so böse, aber ihre Worte treffen mich wie spitze Pfeile. Ich zucke mit den Schultern und versuche mich an einem Lächeln.

»Wohl eher, Zoe Hunter, schlechteste Freundin der Welt.« Niemand sagt etwas, und ich spüre alle Blicke auf mir, wie sie warten, dass ich etwas Dummes sage. Ich hole tief Luft.

»Ich wollte mich entschuldigen. Im großen Stil. Dir sagen, wie dumm ich war, weil ich nicht gesehen habe, wen ich alles verletzen und vor den Kopf stoßen würde. Aber die Wahrheit ist, jetzt bin hier, weil du mir fehlst und ich …«

Mein Mund ist so trocken, die Worte gehen mir kaum über die Lippen, weil ich nicht weiß, ob sie ausreichen.

»… eine gute Freundin brauche. Ich weiß, was du sagen wirst, aber ich gehe nicht weg, bis du wieder vernünftig mit mir redest. So leicht wirst du mich nicht los.«

Bevor ich es verhindern kann, rollt eine Träne über meine Wange, der zahlreiche weitere folgen werden.

»Ich weiß natürlich, dass ich kein Recht habe, das von dir zu verlangen, aber, Becca, du bist meine beste Freundin, und ich habe alles kaputt gemacht. Unsere Freundschaft, deine Beziehung mit Jackson und meine mit Matt.«

Endlich hebt Becca den Blick und findet meinen. Die Kälte aus ihren Augen ist verschwunden, als sie einen kleinen Schritt auf mich zumacht.

»Was ist passiert, Zoe?«

»Ich hab's vermasselt, weil ich das Wesentliche aus den Augen verloren habe.«

»Das ist Unsinn.«

»Es tut mir so leid, Becca.«

Mit einem Schritt ist sie bei mir – als wäre sie nie weg gewesen – und nimmt mich fest in die Arme.

»Das weiß ich doch.«

»Ich hoffe, das mit dir und Jackson ...«

»Wir sind noch zusammen.«

Ein Stein fällt mir vom Herzen, und den Aufprall können alle Anwesenden hören.

»Wirklich?«

»Er hat mir die ganze Wohnung mit Blumen zugestellt, wie soll ich da nein sagen?«

»Er soll mir die Rechnung schicken. Das hätte ich machen müssen.«

Wir lösen uns aus der Umarmung, und obwohl ich noch immer diesen dumpfen Schmerz in meiner Herzgegend verspüre, tut es unheimlich gut, endlich wieder ein Lächeln auf Beccas Gesicht zu sehen.

»Blumen kann man nicht essen.«

Sie nickt zur Schachtel, die Claires Logo auf dem Deckel schmückt.

»Ist da auch ein Red Velvet Cupcake in der Box?«

Ich nicke.

»Selbstverständlich.«

Immerhin hat Claire mir gesagt, dass das Beccas absolute Favoriten sind.

»Nun, ich glaube, sagen zu können, dass ich mir vorstellen kann, dir – Zoe Hunter, schlechteste Freundin der Welt und Bringerin der köstlichen Geschenke – zu verzeihen.«

Dabei berührt sie meine Schulter mit ihrem ausgestreckten Arm, als wäre sie die Queen, die gerade jemanden zum Ritter schlägt.

»Danke, Becca.«

Sie lächelt versöhnlich.

»Ich habe auch ein paar ziemlich hässliche Dinge gesagt, die ich nicht so gemeint habe.«

Das Räuspern einer ihrer Kollegen reißt uns kurz aus der Versöhnungsblase, und Becca wirft ihnen einen Blick über die Schulter zu.

»Geht ruhig ohne mich essen. Ich muss hier noch einiges erledigen.«

Damit dreht sie sich wieder zu mir.

»Komm, gehen wir in den Schatten, und dann erzählst du mir erst mal alles, was ich verpasst habe.«

Wenig später sitzen wir auf einer Parkbank im Schatten eines Baums und fischen uns jeweils einen Kuchen aus der Box.

»Du hast mir gefehlt.«

Sie spricht mit vollem Mund, und es tut gut zu hören, dass nicht nur ich sie schrecklich vermisst habe.

»Es gibt vier neue Folgen *Sunset Story*, die wir zusammen schauen müssen.«

Ich sehe sie fragend an.

»Hast du sie denn noch nicht geschaut?«

»Ohne dich? Machst du Witze?«

Das ist sie. Becca Sallinger, Musical-Darstellerin, Dramaqueen und Freundin. Doch das freche Grinsen verschwindet, als sie näher zu mir rückt.

»Jetzt erzähl, was ist mit Matt passiert?«

»Ach.«

Wieder wollen die Tränen an die Oberfläche, aber ich beiße mir auf die Innenseite der Wange, um nicht erneut zu weinen.

»Er ist einfach so wütend auf mich.«

»Dann brauchen wir einen guten Plan, um ihn zurückzugewinnen.«

»Wir?«

»Klar. Wir.«

Sie kaut nachdenklich, und ich weiß, dass sie schon die wildesten Ideen hat, damit ich Matt nicht verliere. Ich greife nach ihrer Hand und drücke sie kurz.

»Ich bin nach New York gekommen, weil ich Erfolg wollte. Aber weißt du was? Ich habe was viel Wichtigeres gefunden.«

»Und das wäre?«

Ich sehe sie an, wie sie neben mir sitzt, weil es mir schlechtgeht. Mit Sahne an der Oberlippe und dem Leuchten in ihren großen Augen. Weil sie eine echte Freundin ist.

»Das Knights Building.«

Photograph

Der Samstag, und damit das Shooting, kommt schneller, als mir lieb ist. Ich habe weder, wie von Cartierez gewünscht, ein paar Kilos auf magische Weise verloren noch Peters Antworten auf die Fragen auswendig gelernt. Stattdessen haben Becca und ich uns den Kopf zerbrochen, wie ich Matt zurückerobern kann. Bisher ist uns nichts eingefallen, und jetzt muss ich das alles sowieso für die Dauer eines professionellen Fotoshoots ausblenden und mich darauf konzentrieren, meinen Job zu machen. Einen Job, den ich vor Jahren mal gemacht habe.

So sehr ich mir auch Mühe gebe, meine Gedanken kehren immer wieder zu Matt und seinen letzten Worten an mich zurück. Becca glaubt an ein Happy End für mich, aber wenn ich in mein Inneres horche, dann ist da Stille. Als wären meine Gefühle ausgeflogen. Weg, in wärmere Gefilde. Ein bisschen fühlt es sich an, als wäre ich kurz davor, krank zu werden. Mein Kopf tut weh, mein Körper funktioniert mehr oder weniger im Autopilotmodus, und so bekomme ich von der Fahrt in der Subway zum Set nichts mit.

Sicher, irgendwie nehme ich Menschen im Abteil wahr, doch ich weiß nicht, ob sie reden, sich bewegen oder überhaupt von dieser Welt stammen.

Nur durch Zufall sehe ich an der richtigen Haltestelle auf und bewege mich wie betäubt zur Tür, verlasse den Zug und leite meine Schritte die Treppen nach oben. Selbst wenn man mir jetzt tausend

Nadelstiche verpassen würde, es wäre kein Schmerz zu spüren, so taub fühlt sich alles an. Vor allem mein Herz.

Mit viel Mühe bekomme ich ein Lächeln hin, als mich Sandy, die PR-Dame von Cartierez, am Eingang begrüßt und mich ins Innere führt, wo das Set gerade mit einem Lichtdouble ausgeleuchtet wird und pinselschwingende junge Frauen darauf warten, sich an mein Gesicht zu machen.

»Wir freuen uns sehr, dass Sie hier sind.«

Ich nicke und schenke ihr ein müdes Lächeln. Ehrlich gesagt wünsche ich mir nichts sehnlicher als einen Kaffee.

»Wir haben hier einige Kleidungsstücke für Sie, Miss Hunter. Wenn wir die vielleicht zuerst anprobieren, dann können wir die letzten Änderungen noch durchführen, während Sie in der Maske sind.«

Sandy ist höflich und bemüht, aber ich kriege davon kaum etwas mit. Immer wieder sehe ich Matts Gesicht vor mir: seine leeren Augen, als würde er durch mich hindurchschauen. Wie kann er das alles nur glauben? Das trifft mich am meisten.

Als Sandy mit einem Haufen Kleidern über dem Arm zu mir zurückkehrt, sperre ich den Gedanken schnell in einen emotionalen Schrank in meinem Inneren. Ich muss mich konzentrieren.

Das erste Kostüm ist eine kurze Jeanshose, die an den Beinen ordentlich ausgefranst wurde. Dazu soll ich ein bauchfreies Karohemd und knallrote Cowboystiefel tragen.

»Das soll auf Ihre Wurzeln anspielen.«

Als sie mir einen blauen Stetson-Hut aufsetzen, verstehe ich langsam, dass das hier nicht zwingend der Shoot wird, den ich im Kopf hatte.

»Das freche Cowgirl, das zur Miss Idaho gewählt wurde.«

Während Sandy eindeutig begeistert von der ganzen Idee ist und die Kostümbildner zufrieden nicken, schüttle ich kurz den Kopf. Die Anwesenden übersehen das gekonnt.

»Es wird großartig aussehen! Wir haben einen dieser mechanischen Bullen.«

»Ich soll Rodeo reiten?«

»Nur für die Fotos natürlich.«

Alle scheinen davon so begeistert, als wäre die Idee dahinter nicht total idiotisch und albern. Ich werfe einen Blick an ihnen vorbei in den großen Spiegel, in dem ich mich komplett sehen kann: Da stehe ich nun, in viel zu kurzen Hosen, mit einem Hemd, das mehr preisgibt als verbirgt, einem viel zu großen Hut und Schuhen, die so grell an meinen Füßen leuchten, dass ich nicht mein Spiegelbild, sondern eine Karikatur meiner selbst erkenne.

»Gefällt es Ihnen nicht?«

»Es ist eben nicht ... ich.«

»Kein Problem, wir haben auch noch andere Dinge da.«

Sandy ist ehrlich bemüht, meine Stimmung nicht weiter sinken zu lassen. Sie kann nicht wissen, dass ich nur zu einem sehr geringen Prozentsatz anwesend bin. Der größte Teil von mir rennt nämlich irgendwo in den Straßen New Yorks einem Mann hinterher, den ich verloren habe.

»Für Ihre Station in L. A. haben wir uns das hier überlegt.«

Schon als ich das Surfbrett und den knappen Bikini sehe, wird mir schlecht. Erst dann erfahre ich von dem badehosentragenden, muskelbepackten Typen, der mit mir auf dem Foto zu sehen sein wird.

»Wir dachten an etwas Grelles, Buntes, so wie Venice Beach! Sie würden auf diesem hydraulischen Surfbrett stehen ...«

»Das denke ich nicht.«

»Warten Sie erst mal, bis sie Miguel sehen.«

»Bitte wen?«

»Er ist ein brasilianisches Männermodel.«

Sandy bekommt allein beim Gedanken an diesen geheimnisvollen »Miguel« ganz rote Wangen und Herzchenaugen.

»Gibt es noch was für meine New Yorker Zeit?«
Die sich übrigens gerade so anfühlt, als stünde sie kurz vor dem Ende.
»Natürlich!«

Sie deutet auf einen Kleidersack, der von den beiden Kostümbildnern sofort geöffnet wird. Ein silbern schillerndes Kleid tritt zum Vorschein.

»Glamour! New York! Die Stadt, die niemals schläft, aber immer irgendwo eine Party feiert! Dazu haben wir wunderschöne Schuhe aus Jimmy Choos neuer Kollektion!«

Das alles klingt wirklich aufregend. Nur leider auch gar nicht nach mir. Ich war, seitdem ich in New York bin, auf genau einer Party. Sandy deutet mein Schweigen richtig.

»Sie scheinen nicht besonders begeistert.«

»Das ist es nicht.«

»Sondern?«

»Ich weiß nicht so recht, ob diese Outfits mir passen.«

»Oh, keine Sorge. Mr. Cartierez hat uns schon vorgewarnt. Es sind drei Änderungsschneider vor Ort.«

Touché!

Nur habe ich es gar nicht so gemeint. Es ging mir nicht um meine Figur, sondern vielmehr darum, ob es zu mir passt. Aber gut zu wissen, dass Cartierez es sich nicht hat nehmen lassen, alle darüber zu informieren, dass meine Körpergröße drei Änderungsschneider benötigt.

»Vielleicht sollten wir doch zuerst in die Maske. Danach werden Sie sich besser fühlen.«

Ach, Sandy. Wenn das so einfach wäre. Sie nimmt an, meine miese Laune liegt nur an den schrecklichen Kostümen. Wenn sie wüsste. Wir bräuchten schon besonderes Make-up, das nicht nur die Spuren einer schlaflosen Nacht, sondern auch ein gebrochenes Herz überschminken kann. Ob das reichen würde, um meine Stimmung zu heben? Ich bezweifle es.

»Alles okay, Miss Hunter?«

Gar nichts okay. Plötzlich ist mein Kopf voller Worte.

»Ich muss nur dringend ein Telefonat führen.«

»Sicher. Wir warten.«

Sie gibt mir ohne Zweifel das Gefühl, hier würde sich alles nur um mich drehen. Wenn auch nicht um mein wahres Ich, sondern um die Kunstfigur, die Cartierez und Peter von mir erschaffen haben. Ich soll meine persönliche Version von Ziggy Stardust werden. Jemand, der mit mir nichts zu tun hat. Natürlich verstehe ich, was sie sich davon erhoffen, aber es fühlt sich so schlecht an, dass mein Magen schmerzt.

Ich trete auf den kleinen Balkon, den Sandy mir als Rückzugsort vorgeschlagen hat. Von hier oben habe ich eine tolle Aussicht auf die Stadt. Kurz atme ich durch, versuche, meine Gedanken zu sammeln, und wähle dann Matts Nummer. Natürlich weiß ich, dass er nicht rangehen wird. Schon gar nicht, weil er meine Nummer erkennt. Aber ich hoffe auf die Mailbox und werde nicht enttäuscht. Sein Ansagetext zaubert selbst jetzt noch ein Lächeln auf mein Gesicht. Nach dem Piep kommt mein großer, letzter Auftritt:

»Hi, Matt. Entschuldige, dass ich dich anrufe, aber ich kann nicht einfach zusehen, wie du aus meinem Leben verschwindest und mich nicht einmal hast aussprechen lassen. Ja, du hast Peters Worte gehört. Aber nicht meine Antwort darauf! Ich weiß, das spielt jetzt keine Rolle mehr, weil du dich entschieden hast, wem du glauben willst. Du musst dir keine Sorgen machen. Ich werde nicht mehr vor deiner Haustür, im Hundepark oder in der Fischhalle auftauchen, um dich zurückzuerobern. Du warst sehr deutlich. Dennoch solltest du wissen, dass du das Beste bist, was mir seit Jahren passiert ist. Und ich möchte dir danken. Dafür, dass du für die kurze Zeit ein Teil meines Lebens warst. Ich wünschte, du wärst länger geblieben. Pass auf dich auf, Matt Booker.«

Und dann lege ich schnell auf, bevor er die Tränen in meiner Stimme hört, weil ich sie nicht mehr zurückhalten kann. Es hat sich zu gut angefühlt, ihn bei mir zu haben. Jetzt kommen mir die Erinnerungen an unsere Zeit im Fotoautomaten oder auf Coney Island unendlich weit weg vor. Als wären sie in einem anderen Leben passiert. Wer weiß, vielleicht sind es nicht mal mehr meine Erinnerungen.

»Können wir?«

Sandy streckt lächelnd ihren Kopf durch die Balkontür und ist so diskret, mir noch zwei Minuten zu geben, um die Tränenspuren auf meinem Gesicht zu trocknen. Bestimmt denkt sie, ich weine wegen Jackson. Doch das ist mir egal. Ich folge Sandy zurück in die Welt, die wohl ab jetzt meine werden soll.

Bull Ride

Der Bulle unter mir bewegt sich nur ein bisschen, ich soll deshalb die Gesten etwas größer als nötig machen. Meine Haare sind in Korkenzieherlocken verwandelt worden, und das Hemd ist kürzer als auf den ersten Blick angenommen. Die Hose kneift im Schritt, weil sie so kurz ist.

»Super! Jetzt wirf mir dein strahlendstes Lächeln zu!«

Der Fotograf, Zach, ist ein erstaunlich ruhiger Typ, erst Anfang zwanzig, als Wunderkind gefeiert und mit einer Frisur, die an die frühen siebziger Jahre erinnert. Wenn er wüsste, wie schwer es ist, sich an diesem Bullen festzuhalten und dabei möglichst lässig und entspannt zu wirken, während ich ihm mein »strahlendstes Lächeln« zuwerfen soll, dann würde er sich wundern. Dennoch versuche ich es. Mit mäßigem Erfolg, wie ich an den Gesichtern aller Anwesenden erkennen kann.

Irgendjemand murmelt: »*Und die war mal Miss Idaho?*« In diesem Augenblick gibt mir die letzte ruckhafte Bewegung des Bullen den Rest: Ich fliege von diesem Monstrum und lande mit einem lauten Klatschen auf den dicken Matten, die drumherum ausgebreitet worden sind.

Einen kurzen Moment dreht sich alles.

Dann schließe ich die Augen …

Mein erster Tag in New York, als die pinke Couch sich noch in meinem Besitz befunden hat und alle Kisten und Koffer noch mit meinem großen Traum gefüllt waren.

Ja, damals war ich noch so naiv, an diesen Traum zu glauben.

Ja, das war ein bisschen so, als würde ich versuchen, auf eine Sternschnuppe zu zielen.

Ja, das war ein Risiko.

Unterwegs habe ich sicher Fehler gemacht.

Aber ich habe auch viel gelacht.

Aber ich habe so viele tolle Leute kennengelernt.

Für sie musste ich weder Salat essen noch Lügengeschichten erfinden.

Sie wurden zu Freunden.

Und dann gab es noch Matt.

Matt.

Jetzt liege ich hier und würde alles dafür geben, um wieder diese Person vom Ankunftstag in dieser Stadt zu sein.

Zoe Hunter. Die ewige Nebenrolle. Mit der pinken Couch.

Ich würde so vieles anders machen.

Langsam öffne ich die Augen und sehe in die besorgten Gesichter von Zach und Sandy.

»Ist alles okay?«

Zum ersten Mal lächele ich.

»Ja. Alles okay.«

Und dann gehe ich.

New Yorker, so heißt es, lassen sich nicht so schnell erschüttern. Man ist hier einiges gewöhnt. Deswegen sehen mir auch nur wenige Passanten nach, als ich in meinem Cowgirl-Karikatur-Outfit die 5th Avenue entlanggehe und beschließe, dass all das hier noch immer *mein* Leben, *mein* Traum und eben auch *meine* Karriere ist. Bestimmt gibt es Abkürzungen, um an die Spitze zu kommen. Einen Fahrstuhl zum Beispiel. Oder einen Hubschrauber. Oder, auch das haben andere erfolgreich vorgemacht, man klettert auf die Schultern von Giganten und feiert dabei sich selbst.

Doch ich entscheide mich für einen anderen Spruch: *Treppensteigen macht schöne Beine.* Das ist meine Wahl, die Treppe. Es mag zwar länger dauern, um nach oben zu kommen, aber jeder, der mich jetzt in diesem Outfit sieht, würde mir zustimmen, dass der andere, der Fahrstuhl-Weg, nicht der meine ist.

Die Fahrt mit der Subway in diesem Kostüm bringt mir dann doch den einen oder anderen schrägen Blick ein, aber ich lächele alles weg. Das gehört dazu, wenn man sich selbst findet und wieder weiß, was man will.

Wären diese Fotos jemals auf irgendeinem Cover gelandet, hätte ich mich endgültig für meinen Traum verkauft. Das werde ich nicht tun. Nicht jetzt. Niemals.

Trotzdem wünsche ich mir eine Kamera, als ich nun vor Jennifer auftauche und um ein Gespräch mit Peter Nicholls bitte.

Wenig später stehe ich vor ihm. Sein Gesicht spricht Bände.

»Ist alles okay? Gab es Probleme beim Shooting?«

»Süß, dass du fragst …«

Dabei deute ich an mir herab und gebe ihm die Chance, sich dieses Bild von mir genauestens einzuprägen.

»… die gab es allerdings.«

»Was ist passiert?«

»Siehst du, was ich anhabe?«

»Ja.«

»Du wusstest davon, oder?«

»Natürlich. Es sollte ein Witz sein, Zoe. Ein humorvoller Blick zurück auf dein Leben.«

»Was haben die Leute von Coppola gesagt?«

Das scheint einen Nerv zu treffen, denn er wirft Jennifer, die mit mir in sein Büro gekommen ist, einen kurzen Blick zu und sieht dann wieder zu mir.

»Das Casting wurde nun doch abgesagt.«

»Hm. So, so.«

Aus einem unerfindlichen Grund überrascht mich das nicht weiter. Ich bin weder enttäuscht noch wütend, sondern einfach nur überraschend entspannt.

»Peter, ich möchte mich bei dir bedanken. Für alles, was du bisher für mich getan hast. Aber ich möchte kündigen.«

»Was?«

Das scheint ihn tatsächlich kalt zu erwischen. Er kommt einen kleinen Schritt auf mich zu, als hätte er sich verhört.

»Okay, du bist sauer wegen dem Cowboy-Hut, das kann ich verstehen. Ich habe ihnen gesagt, dass das wohl zu viel wäre ...«

»Es ist nicht das. Es ist alles.«

»Aber ...«

»Nein! Ich steige aus.«

»Du glaubst, ohne mich hast du schneller Erfolg?«

»Nein. Ich weiß sogar, dass dem nicht so ist. Ich werde vielleicht niemals den Erfolg haben, den du dir für mich wünschst.«

Denn ich glaube ihm sogar, dass er alles für meinen Erfolg getan hätte. Dafür, dass man mich überall erkennt und mir irgendwann auch Rollen anbietet. Nur eben nicht die richtigen Rollen. Peter Nicholls ist ein erfolgsverwöhnter Mann, und ich wette, er hätte sogar aus mir einen Hit gemacht.

»Hast du dich mit Jackson abgesprochen?«

»Was meinst du?«

»Er war vor knapp einer Stunde hier und hat mir ebenfalls seine Kündigung auf den Tisch gelegt.«

Jackson hat sich also entschieden. Gegen Peter und für Becca. Ich freue mich für ihn, doppelt, denn ich weiß, dass es für Jackson auch weiterhin Rollenangebote geben wird. Daran habe ich keinen Zweifel, denn er ist inzwischen groß genug. Bei mir sieht das Ganze anders aus.

Die Zoe Hunter, die Peter bekannt gemacht hat, wird man, wenn ich Glück habe, in wenigen Wochen wieder vergessen haben.

Dann kann ich von vorne anfangen. Stufe für Stufe. Ohne Lügen, einfach nur ich.

»Nun, das mit Jackson tut mir leid. Aber auf mich kannst du ja getrost verzichten, Peter. Da draußen gibt es an jeder Ecke ein jüngeres Modell von mir. Eine, die alles tun wird, was du von ihr verlangst.«

»Verrätst du mir den echten Grund deiner Kündigung?«

»Nun, ich könnte dir den Stetson hierlassen, aber das wäre nicht alles.«

Peter hat noch immer dieselbe Ausstrahlung wie bei unserem ersten Treffen, als ich so beeindruckt war und ihm alles geglaubt habe. Er wird andere Schauspieler erfolgreich machen, und eines Tages werde ich ihn bei den Oscars sehen, seinen Namen in einer Danksagung hören – und vielleicht werde ich mich dann ärgern. Ich richte mich auf.

»Ich mag mich so, wie ich bin, Peter. Ich glaube sogar, dass ich eine ziemlich gute Schauspielerin bin. Aber das durfte ich in New York bisher nicht zeigen. Ich mag meine Freunde hier. Ich mag das Knights. Und ich mag Comedians. Ich mag gutes Essen und schlechte Musik. Ich mag meine pinke Couch. Und ich möchte das alles für nichts auf der Welt aufgeben.«

Er nickt, doch er hat nichts verstanden. Weil Menschen wie Peter Nicholls die Dinge nie so sehen werden, wie ich es tue.

»Du weißt, dass ich trotzdem an jeder Serie und jedem Film mitverdienen werde. Für die nächsten zwei Jahre.«

»Das weiß ich. Und auch auf die Gefahr hin, dass ich bis ans Ende meines Lebens an der Kinokasse sitzen muss, das Risiko gehe ich ein.«

»Ich kann dich nicht umstimmen, oder?«

Wir wissen beide, dass er das gar nicht will. Wir passen nicht zusammen. Und das ist ganz okay.

»Nein.«

Peter nickt langsam, und es ist offensichtlich, dass er es für einen Fehler hält. Für meinen, nicht seinen.

»Okay. Wir erwarten deine schriftliche Kündigung dann Anfang nächster Woche.«

»Sie wird pünktlich da sein.«

Jetzt kommt er das letzte Stück auf mich zu, reicht mir seine Hand und lächelt so, wie er bei unserem ersten Treffen gelächelt hat. Mit diesem Lächeln wird er die nächste Schauspielerin um den Finger wickeln und mit ihr die Erfolge feiern, die ich nicht will.

»Ich wünsche Ihnen alles Gute für die Zukunft, Zoe Hunter.«

»Danke, Mr. Nicholls.«

»Und ja, der Hut ist schrecklich.«

Mit einem Lächeln tippe ich mir an den Stetson und gehe nach Hause.

»Du hast *was?!*«

Sarah und Becca sitzen mir gegenüber und sehen mich mit großen Augen an, als hätte ich ihnen gerade gebeichtet, dass ich ein Katzenbaby geklaut hätte.

»Gekündigt.«

»Wow!«

»Jackson hat auch gekündigt.«

»Ich weiß. Das hat Peter bestimmt mehr getroffen als mein Abgang, der wohl eher unter ›ferner liefen‹ abgeheftet wird. Doch das stört mich nicht mehr.«

»Und du bist auf so einem elektrischen Bullen geritten?«

»Ja.«

»Wie war das?«

»Wilder als erwartet.«

»Hat es Spaß gemacht?«

»Erst als er mich abgeworfen hat.«

Sarah entdeckt die Papierblätter auf dem Couchtisch und schnappt sie sich.

»Sind das die Interviewfragen?«

»Inklusive Peters Antwortvorschlägen.«

Irritierte Blicke meiner Freundinnen, doch ich zucke nur mit den Schultern. Das alles stört mich nicht mehr, es gehört in ein anderes Leben.

»Hielt er dich für seine Bauchrednerpuppe?«

»Offensichtlich.«

Sarah räuspert sich und liest die erste Frage laut vor.

»Wie ist es für ein Mädchen vom Land, in eine Großstadt wie New York zu ziehen?«

Becca rutscht neben sie und liest, mit großem Ernst und noch größeren Gesten, Peters Antwort vor.

»Nun, zum Glück habe ich schnell eine starke Schulter zum Anlehnen gefunden. Mein Agent Peter Nicholls steht mir immer mit Rat und Tat zur Seite. Ohne ihn wäre ich vermutlich von dieser Stadt verschluckt worden.«

Die beiden Frauen tauschen einen Blick aus und sehen dann verwirrt zu mir.

»Das ist nicht sein Ernst!?«

»O doch. Lest mal Frage und Antwort Nummer fünf vor.«

»Trauen Sie sich eine Hauptrolle zu?«

»Ich hoffe, in den kommenden Monaten an meiner Schauspielerei zu arbeiten. Natürlich weiß ich, dass ich erst mal im Schatten großer Namen stehe. Aber ich wäre nicht das erste Model, das es auf die Leinwand schafft. Peter (Nicholls, Anm. d. Red.) glaubt fest daran, aus mir die nächste Angelina Jolie zu machen.«

»Das ist ja grauenhaft! Also nicht Angelina Jolie. Die mag ich. Aber dass er so tut, als wärst du ohne ihn verloren.«

»Ich weiß.«

»Jackson sucht sich eine neue Agentur. Vielleicht kann er dich da auch unterbringen?«

»Ich glaube, ich verbringe erst einmal etwas Zeit für mich, ganz ohne Agenten.«

»Aber du wirst doch jetzt nicht aufgeben.«

»Nein. Aber ich glaube, es schadet nichts, wenn ich mir eine kleine Auszeit gönne und allein für mich entscheide, was ich wirklich machen will.«

Sarah nickt, und Becca greift nach einem der Pizzakartons vor uns. Wir haben wieder bei *Pippa & Paul* bestellt, angeblich der beste Lieferdienst in der ganzen Stadt. Das kann ich so unterschreiben, denn meine Pizza mit Salami schmeckt, als würde ich irgendwo in Neapel in einer Pizzeria sitzen.

»Vielleicht solltest du mal ein echtes Interview geben.«

Becca kaut nachdenklich und lässt uns dabei alle an ihren Gedanken teilhaben.

»Weißt du, wo man dich wirklich kennenlernen kann.«

»Das ist eine gute Idee. Ich könnte Phoebe fragen.«

»Phoebe?«

»Du weißt schon, sie wohnt ganz oben. Phoebe ist Redakteurin beim *NY Trnd*. Ich wette, sie könnte das irgendwie unterbringen.«

Das *NY Trnd* ist eines dieser Magazine, die überall kostenlos rumliegen und die ich schon oft zum Abschalten gelesen habe. Dort findet man immer gute Tipps für Restaurants, Musik und einiges über das Leben in New York. Ich habe erst kürzlich einige Kolumnen gelesen, die waren wirklich witzig.

»Soll ich mal mit ihr reden?«

»Das wäre sehr nett. Gerne.«

Sarah winkt ab und schnappt sich noch ein Stück Pizza mit frischen Tomatenscheiben.

»Ich sag doch, die Knights-Girls halten zusammen.«

Dann wird es still. Ich weiß genau, welche Frage als nächste kommt. Ich möchte nicht schon wieder über Matt reden, weil es noch immer weh tut. Doch Becca wagt einen zaghaften Versuch.

»Wirst du noch mal mit ihm reden?«

»Nein. Wenn er seine Mailbox abhört, weiß er ja alles.«

Ich kann das meinem Herzen nicht weiter antun. Darauf zu hoffen, dass er mir glaubt, mich anruft oder mich sehen will. Es wird mich in der kommenden Zeit schon all meine Selbstbeherrschung kosten, ihn nicht einfach anzurufen, nur um den Ansagespruch seiner Mailbox zu hören.

Becca, die ewige Romantikerin, schüttelt entschlossen den Kopf.

»Es ist nicht fair, dass er dir nicht zuhört. Was, wenn du ihn noch mal besuchst?«

»Wenn er irgendwann doch reden will, weiß er, wo er mich finden kann.«

Je länger ich darüber nachdenke, dass mich keine witzigen Nachrichten oder Selfies mehr mitten in der Nacht erreichen, es keine Hundefotos von seiner Runde oder keinen Kuss an außergewöhnlichen Orten mehr geben wird, desto mehr tut es weh. Ich nehme einen großen Schluck Rotwein, den Josh, der Pizzalieferant, uns gratis mitgegeben hat, weil er wohl ein Herz für die Mädels im Knights hat. Aber ich spüre, wie der Schmerz auch durch den Alkohol nicht weniger wird. Bevor die Stimmung kippt, beugt sich Becca zu mir und greift nach dem Stoff meines Idaho-Cowgirl-Outfits. Sie scheint Interesse an dem Hemd zu haben, denn sie hat mich auch schon nach der Marke gefragt.

»Sag mal, kannst du die Teile behalten?«

Wenn jemand es beherrscht, das Thema zu wechseln, dann ist es Becca.

»Ja. Es war eine Art Abschiedsgeschenk.«

»Meinst du, ich kann das Hemd vielleicht haben?«

»Willst du die Stiefel auch dazu?«

Ich schlage die Beine auf dem Couchtisch übereinander und lasse sie und Sarah einen genauen Blick auf die billigen Kunstlederstiefel mit Fransen werfen.

»*These boots are definitely not made for walking.*«

Doch statt mir darauf zu antworten, brechen wir alle in schallendes Gelächter aus.

Vielleicht kann man nicht alles haben. Aber mit diesen Mädels an meiner Seite bin ich eines auf keinen Fall: alleine.

Talk To Me

Es ist spät, als ich die leeren Pizzakartons in die Küche räume und einen kurzen Blick auf mein Handy werfe. Keine Anrufe. Nicht einer. Keine Nachricht. Nichts. Nada. Rien. Als ob ich wirklich damit gerechnet hätte, dass er sich meldet. Trotzdem breitet sich diese unangenehme Enttäuschung in mir aus. Ich stelle fest, dass wir die Flasche Rotwein komplett geleert haben, da werden mich morgen ordentliche Kopfschmerzen begrüßen. Aber alles ist besser als dieses schreckliche Gefühl, jemanden zu vermissen, der freiwillig aus meinem Leben marschiert ist.

Beim Versuch, die Pizzakartons von der Anrichte in den Papiermülleimer zu befördern, fällt eine kleine Karte auf den Boden, die aussieht wie eine klassische Visitenkarte. Und genau das ist es auch:

Gary Hennings – freier Journalist

Schon wieder!
Gerade, als ich die Karte zu den Pizzaschachteln stopfen will, halte ich inne. Wenn ich mich nicht irre, war seine Mail unter all den unverschämten Anfragen die einzige, die ich nicht sofort gelöscht habe. Nein, ich habe sie gar nicht gelöscht.

Mit der Visitenkarte in der Hand nehme ich vor meinem Laptop Platz und stelle enttäuscht fest, dass auch keine Mail von Matt in meinem Posteingang eingetrudelt ist.

Ich hasse es, wenn sich die Hoffnung an so vielen Stellen versteckt. Zumindest Hennings' Mail habe ich noch.

Liebe Miss Hunter,
wie Sie inzwischen sicherlich bemerkt haben, sind die Kollegen verschiedener Klatschmagazine auf Sie aufmerksam geworden. Sollten Sie irgendwann Interesse haben, die Wahrheit hinter dieser inszenierten Beziehung zu erzählen, würde ich mich freuen, wenn Sie mir schreiben oder meine Nummer wählen, die ich Ihnen anbei sende.
Beste Grüße,
Gary Hennings – freier Journalist

Wer ist dieser Gary Hennings? Warum ist er so sehr an mir interessiert? Wieso stolpere ich immer wieder über ihn? Und weshalb habe ich ihn nicht mit allen anderen sogenannten »Journalisten« auf den Mond geschossen? Eine kleine Recherche bei Google zeigt mir, dass es sich bei Hennings tatsächlich nicht um einen dieser sensationslustigen Klatschreporter handelt. Seine Artikel sind in verschiedenen namhaften Zeitungen und Magazinen erschienen. Er hat ein sehr ehrliches Interview mit Wentworth Miller geführt, durfte mit Adele nach ihrer Tour sprechen und hat Kate Hudson am Vatertag zum Thema Kurt Russell befragt.

Alle seine Artikel sind frei von irgendwelchen Klischees und hinterhältigen Fragen, die nur darauf abzielen, etwas aus dem Privatleben der jeweiligen Person zu erfahren. Auch auf den wenigen Fotos, die ich finde, sieht er ehrlich aus. Für seine dreiundvierzig Jahre sogar sehr jung. Jenseits der Chance, ein ernsthaftes Interview zu führen, interessiert mich aber immer mehr, warum er ausgerechnet auf mich aufmerksam geworden ist. Selbst mit einem äußerst gesunden Selbstbewusstsein müsste ich mir eingestehen, dass ich nicht zu den A-List-Promis gehöre. Man findet mich wohl eher so ab der E-Riege.

Meine Finger machen sich selbständig und tippen eine kurze Mail. Dann beschließe ich, dass für einen Tag nun wirklich genug geschehen ist. Es wird Zeit für ein bisschen Schlaf. Gerne auch etwas länger.

Gute Nacht, New York. Mal sehen, welche Überraschungen du morgen für mich bereithältst.

Das schrille Klingeln des Handys hallt so laut in meinem Bewusstsein wider, als wäre mein Kopf in einer Kirchenglocke gefangen. Hastig taste ich nach dem vibrierenden Krachmacher, irgendwo zwischen Halbschlaf, Hoffnung und Wut auf den Störenfried.

»Was ist denn?«

Zugegeben, ich habe mich schon mal freundlicher gemeldet, aber selten um diese Uhrzeit.

»Miss Zoe Hunter?«

Eine tiefe Männerstimme ertönt, die mir völlig fremd ist.

»Hm?«

»Gary Hennings. Ich habe Ihre Mail erhalten.«

Erst bei dem folgenden Versuch, mich im Bett aufzusetzen, bemerke ich, wie verwickelt ich in die Bettdecke bin. Eine Antwort schaffe ich deshalb erst nach einem kleinen, aber sehr intensiven Kampf.

»Guten Morgen, Mr. Hennings.«

»Guten Morgen. Ich rufe an, um Sie zu fragen, ob Sie noch immer Interesse an einem Interview haben?«

Nicht vor dem ersten Kaffee des Tages! Und vielleicht sollte ich vorher auch erst mal unter die Dusche hüpfen, bevor ich mich ins Tageslicht traue.

»Allerdings.«

»Wie wäre es, wenn ich Sie auf einen Kaffee einlade?«

»Das klingt zu gut, um wahr zu sein.«

Wenn er mich nicht nur hören, sondern sehen könnte, dann würde er verstehen, was ich damit meine.

»Ich kann Sie abholen. Immerhin weiß ich, wo Sie wohnen.«

»Sind Sie nebenberuflich Stalker?«

»Allerdings. Das bringt der Job manchmal mit sich.«

»Sehr vertrauenserweckend.«

»Wenn es Sie beruhigt, ich bin harmlos.«

»Hm.«

Er klingt tatsächlich nicht wie ein irrer Stalker, der mich zerstückelt in seinen Kofferraum legen will.

»Verraten Sie mir etwas, Mr. Hennings.«

»Nur raus damit.«

»Wieso ich?«

Es entsteht eine kurze Pause, und ich frage mich, ob er vielleicht doch nicht der Richtige für dieses Interview ist.

»Also gut. Aber Sie dürfen mich nicht auslachen.«

»Ich werde es versuchen.«

»Meine Großmutter lebt in einem Altenheim. Ich besuche sie jedes Wochenende, und dann schauen wir zusammen *Sunset Story*. Wir waren große Fans von Krankenschwester Patricia Hughes. Meine Großmutter hat geweint, als Sie gestorben sind.«

»Das ist nicht Ihr Ernst.«

»Absolut. Als ich gehört habe, dass Sie nach New York ziehen, habe ich versucht herauszufinden, welche Rolle Ihre nächste sein wird.«

»Sie sind also ein Fan?«

»Durch und durch.«

»Das macht Sie sehr sympathisch.«

»Dann geben Sie sich einen Ruck. In einer Stunde im *Two For the Pot*? Die haben den besten Kaffee.«

»Also gut. Wie kann ich das abschlagen?«

»Sie werden es nicht bereuen.«

Telling the Truth

Und Gary Hennings hat recht behalten. Der Kaffee ist wirklich großartig! Und der Laden hier hat einen ganz eigenen Charme, irgendwo zwischen Tante-Emma-Laden, Coffee- und Food-Shop. Mr. Hennings, der im realen Leben deutlich größer ist, als die Fotos vermuten lassen, bestellt zweimal Kaffee für uns, mit dem wir wenig später die Brooklyn Heights Promenade entlangschlendern. Nur mit großer Mühe verdränge ich den Gedanken daran, wer hier in der Nähe wohnt, und konzentriere mich auf etwas anderes. Von hier hat man einen der schönsten Ausblicke auf die Skyline von Manhattan, die mir noch immer den Atmen raubt. Es gibt Orte, die niemals an Schönheit verlieren, und weil New York das nur allzu genau weiß, wird dieses Stadtbild für immer wie eine perfekt gestylte Diva aussehen. Als wüsste die City um ihre Schönheit, wickelt sie Besucher und Touristen mit Leichtigkeit um den Finger.

Und auch die Menschen, die schon lange hier leben, wie Gary Hennings, bleiben von Zeit zu Zeit stehen, um sich an ihrem Anblick zu ergötzen. Wir lehnen uns an eine Brüstung und schauen über das glitzernde Wasser des East River, dorthin, wo ich mit Peter zum Lunch saß. Dort, wo im Financial District und an der Wall Street das große Geld gemacht wird und Menschen wichtige Entscheidungen treffen, während wir hier mit einem köstlichen Kaffee in der Sonne stehen und wissen, dass wir zu den Bewunderern gehören.

Ungezwungen und weit weg von einem unangenehmen Interviewtermin stellt mir Gary Fragen, die mir das Gefühl geben, wirklich ernst genommen zu werden. Ein neues, gutes Gefühl. Eigentlich erzähle ich nur ein bisschen von meinen Plänen, der Neugierde auf das, was kommt, und von meiner Hoffnung, meinen eigenen Weg gehen zu können. Natürlich erwähne ich auch, dass ich mich von Peter Nicholls getrennt habe und diese ganze Jackson-Reed-Kiste nur ein großes Missverständnis war. Das überrascht Hennings nicht, denn es wäre nicht das erste Mal, dass ein Klient von Nicholls auf diese Art und Weise in die Schlagzeilen gekommen ist.

»Meinen Sie, Mr. Reed hätte auch Interesse an einem Interview mit mir?«

»Ich kann ihn sehr gerne fragen.«

Hennings nickt und nimmt einen Schluck Kaffee, sieht mich an und atmet tief ein.

»Untypisch für eine Schauspielerin, in einem Haus wie dem Knights zu wohnen.«

»Das sagen Sie nur, weil Sie das Knights nicht kennen. Glauben Sie mir, die Menschen, die dort leben, haben alle ihre eigenen Geschichten. Viele davon wären Romane wert.«

»*New York Knights*. Das könnte ich mir sehr gut als Buchreihe vorstellen.«

Ich muss grinsen, wenn ich mir vorstelle, wie Becca, Sarah und der Rest der Mädels sich als Romanfiguren machen würden. Langweilig wäre es sicher nicht.

»Ich glaube, wir behalten unsere Geschichten lieber für uns.«

»Aber das, was Sie im Interview gesagt haben, darf ich so drucken?«

»Ja.«

Diesmal habe ich mir genau Gedanken gemacht, was ich sage. Keine Lügen, keine Halblügen, keine Halbwahrheiten. Ich bin einfach nur ich. Wenn jemandem nicht gefällt, was ich sage, tut mir das sehr leid, aber ich kann mich nicht so sehr verbiegen, bis ich einen Rückenschaden davontrage. Wenn ich so nicht dort ankomme, wo ich hinwill, dann soll es vielleicht einfach nicht sein.

Ich habe in den letzten Wochen etwas gelernt: Ich bin nicht besonders gut darin, nach Ansage zu fahren. Ich lese lieber selber die Karte, verfahre mich auch mal und komme dann um Stunden zu spät am Zielort an. Immer noch besser, als mich auf einen Co-Piloten zu verlassen, der insgeheim eine ganz andere Route für mich plant.

»Danke für Ihre Ehrlichkeit, Miss Hunter.«

»Danke für die Chance, ehrlich zu sein, Mr. Hennings.«

»Nichts zu danken. Aber dürfte ich Sie noch um einen kleinen Gefallen bitten?«

»Sicher.«

Er zieht ein Foto von mir in meinem alten Krankenschwesternkostüm aus meiner Zeit bei *Sunset Story* hervor. Niemals habe ich gedacht, diese Autogrammkarte noch mal zu sehen. Ein fast wehmütiges Gefühl beschleicht mich und macht mich stolz, weil es eben doch mal eine Zeit gab, in der ich Schauspielerin war. Vielleicht nicht auf der großen Leinwand und ohne einen Fake-Freund aus der A-Liste der Schauspielerriege, aber ich durfte das tun, was ich liebe: in Rollen schlüpfen, das Leben anderer Menschen leben. Und genau das will ich wieder tun.

»Meine Großmutter heißt Martha. Sie würden ihr eine große Freude machen.«

Fast muss ich lachen. Doch Hennings' Augen leuchten dabei so aufgeregt wie die eines echten Fans, der sich gerade outet.

»Noch nie habe ich ein Autogramm lieber geschrieben. Es ist übrigens mein erstes, seitdem ich hier bin.«

»Keine Sorge, ich habe das Gefühl, es wird nicht das letzte sein.«

Sein Wort in Gottes Ohr, aber noch kann ich mir das nicht so recht vorstellen.

»Ich persönlich finde Sie nämlich wirklich großartig. Und natürlich bin ich nur ein kleiner Fan vor dem Fernseher, aber dennoch. Ich finde, Sie sollten das wissen.«

Das klingt ehrlich und nicht so, als müsse er dringend Pluspunkte bei mir sammeln. Das hat er auch wirklich nicht nötig. Wenn ich bedenke, dass er kommende Woche Harrison Ford interviewen wird, dann ist das ein klarer Reality-Check. Doch wer weiß jetzt schon, was die nächsten Jahre bringen werden? Ich nehme die Autogrammkarte an und beschließe, genau diesen Moment zu genießen und den Schwung für die kommenden Tage mitzunehmen.

Für Martha
Danke, dass Sie ein Fan von Patricia Hughes – und mir – sind.
Alles Liebe!
Zoe Hunter

Keep Your Head Up

Die kommenden Wochen konzentriere ich mich darauf, mein Leben vernünftig auf die Reihe zu kriegen. Ich räume meine Wohnung auf, lasse meine Vita von Sarah überarbeiten – dabei werfen wir alle unnötigen Erwähnungen und Kleinstlügen raus – und überreiche sie dann Jackson, damit er noch einmal drüberliest. Jackson sitzt in meiner Küche. Becca holt Getränke aus meinem Kühlschrank, als wäre sie hier ebenso zu Hause wie in ihrer eigenen Wohnung. So langsam zieht die Normalität endgültig zurück in mein Leben.

Nach einer Weile schaut Jackson auf.

»Ich finde es gut, Zoe. Wie gesagt, ich kann dir ein paar gute Agenturen empfehlen.«

»Ich weiß, danke. Aber ich glaube, ich muss da irgendwie selber durch.«

Er nickt und reicht mir die kleine Mappe zurück, die ich in einen schönen Umschlag packe.

»Würde ich jetzt die große Rolle bekommen, dann verdient Peter noch ordentlich mit.«

»Nur bei Film- und Serienrollen.«

»Ja, das hat er gesagt.«

Ich zucke die Schultern und schiebe den Umschlag zur Seite.

»Wer weiß, was in zwei Jahren passiert.«

»Du könntest ans Theater. Becca meinte, das würde dich reizen.«

»Das tut es allerdings.«

»Peter hält nicht viel von der Bühne. Deswegen hat er dafür keine Klausel im Vertrag.«

»Das heißt also ...«

»Spiel zwei Jahre Theater, und er sieht keinen Cent.«

Zufrieden lächelnd lehnt er sich zurück. Becca stellt die Getränke vor uns auf die kleine Bar und grinst mich frech an. »Vielleicht deine Chance.«

»Das wäre allerdings einen Versuch wert.«

»Gerüchte besagen, Fletcherbatch ist sehr angetan von dir.«

Wie heißt es so schön? Wenn sich irgendwo eine Tür schließt, öffnet sich dafür eine andere. Oder ein Fenster. Oder eine Katzenklappe. Mir gefällt die Idee, mein Glück abseits der Filmkameras zu versuchen. Ich könnte mich nach öffentlichen Vorsprechen umhören, mein Repertoire ausbauen und Fletcherbatch von meinem neuen Ziel erzählen.

All das hätte natürlich, wenn ich ganz ehrlich bin, nur einen einzigen Grund. Es soll mich vom Liebeskummer ablenken, der sich wie ein Vogel in meinem Brustkorb eingenistet hat. Vollkommen egal, was ich tue: Immer wieder klopft dieser Liebeskummerspecht gegen meinen Rippenbogen, damit ich auch ja nicht vergesse, dass ich nicht einfach nur meinen Agenten und vielleicht eine großartige Karriere auf dem roten Teppich, sondern auch meinen Lieblingsmenschen verloren habe.

Matt fehlt mir.

So sehr, dass ich selbst wenn ich mich ablenke sein Gesicht vor mir sehe.

Abends im Bett denke ich an ihn, weil ich mich um die Chance betrogen fühle, noch einmal neben ihm aufwachen zu dürfen. Nicht irgendwo in einer Seitengasse, sondern hier, in meinem Bett, in meiner Wohnung, im Knights Building. Stattdessen umarme ich ein Kissen, das nicht mal nach ihm riecht.

Meine morgendliche Joggingrunde habe ich geändert, weil ich

nicht durch Zufall auf ihn, Molly, Rufus, Sansa und Benni treffen will. Zu groß ist die Angst, dass er einfach weitergeht, als hätten wir nicht die besten Erinnerungen gemeinsam gesammelt.

Sogar das *Tuned* meide ich, sehr zu Beccas Frust. Die findet nämlich, dass ich mich nicht vor ihm verstecken sollte. Dabei tue ich das gar nicht. Es ist nur meine Art von Selbstschutz. Eines Tages, das weiß ich zu genau, werde ich ihn irgendwo ganz unverhofft wiedersehen. In der Subway, in einer Bar oder auf der Straße. Dann nicken wir uns zu, als wären wir Fast-Fremde, und vielleicht sehe ich ihn auch mit einer anderen Frau an seiner Hand. Es heißt, es gibt diese Menschen, die vielleicht nicht besonders lange eine Hauptrolle in unserem Leben gespielt, aber die so viele Fingerabdrücke hinterlassen haben, dass es unmöglich ist, sie für immer abzuwaschen. Matt Booker ist einer dieser Menschen, dessen bin ich mir ganz sicher.

Selbst jetzt, Becca und Jackson sind lange gegangen und ich sitze wieder einmal im *Rialto,* muss ich an Matt denken und lächeln, obwohl ich Tränen in meinen Augen spüre. Das ist lächerlich und so gar nicht meine Art. Das passiert, wenn man Leute zu nah an sich ranlässt und ganze Zukunftsvisionen mit ihnen plant. Wer hätte gedacht, dass ich tatsächlich so romantisch veranlagt bin.

Ich atme tief durch und konzentriere mich wieder darauf, gute Plätze für verliebte Teenager zu empfehlen, damit sie nicht nur den Film mitkriegen, sondern auch ungestört knutschen können. Anschließend setze ich ein älteres Ehepaar in die Mitte, wo der Sound besonders gut ist, verspreche einer besorgten Mutter, dass ihre Tochter keine Alpträume vom Film bekommen wird – als plötzlich mein Handy piept und Gary Hennings mir in einer WhatsApp-Nachricht mitteilt, dass er noch auf ein Foto von mir wartet, das er abdrucken darf. Nächste Woche erscheint der Artikel, den ich fast vergessen hatte, aber manchmal dauert das Ganze eben eine Weile. Da Gary als freier Journalist arbeitet, hat er den

Artikel nur ausgewählten Zeitungen angeboten und schließlich den *New York Star* dafür gewinnen können. Ich schreibe ihm schnell, dass ich bei der Arbeit bin, das Foto aber später zu Hause raussuchen und ihm schicken werde. Er antwortet kurz und bedankt sich für das Foto, welches das Interview perfekt abrunden wird. Ich habe es schon vor einer Weile lesen dürfen und bin damit sehr zufrieden. Jetzt muss ich nur ein passendes Foto finden.

»Zwei Tickets für *Magic Moments*.«

Die Stimme und der englischen Akzent kommen mir bekannt vor. Überrascht schaue ich auf und erkenne den Mann auf der anderen Seite der Kinokasse wieder. Auch er scheint mich sofort zu erkennen, denn ein überraschtes Lächeln legt sich auf sein Gesicht.

»Zoe!«

»Mr. Fletcherbatch!«

Um ehrlich zu sein, habe ich nicht angenommen, dass sich Männer wie er überhaupt zwischen die Normalos ins Kino mischen. Kann er sich denn die Filme aufgrund seines Berufs nicht in einem Privatkino vorführen lassen? Neben ihm steht ein kleines Mädchen, das ihm zum Verwechseln ähnlich sieht und seine Tochter sein muss.

»Sie arbeiten hier?«

Jetzt wird es ganz kurz sehr peinlich. Aber ich nicke tapfer, weil ich mich nicht schämen will, nur weil ich auf meinem Weg in den Schauspielolymp einen kleinen Abstecher mache.

»Ja.«

»Recherche für eine Rolle?«

»Nein. Es zahlt schlicht die Miete.«

Kurz wirkt er überrascht und irritiert, fängt sich aber sogleich.

»Was ist aus der Schauspielkarriere geworden?«

»Die läuft hoffentlich noch. Schade, dass es mit dem Re-Casting für den Coppola-Film nicht geklappt hat.«

Seine Verwunderung ist also noch steigerungsfähig, denn nun scheint er gar nichts mehr zu verstehen.

»Rory, Kleines, würdest du schon mal Popcorn und Knabberzeug holen?«

Seine Tochter nickt ganz aufgeregt, weil sie entscheiden darf, welche Leckereien mit in den Filmsaal dürfen. Fletcherbatch dreht sich wieder zu mir, sein Blick ist fragend.

»Welches Re-Casting?«

»Peter sagte, Sie haben für ein paar Rollen noch einmal umbesetzt.«

»Nein.«

»Aber das wollten Sie.«

»Nein. Das Casting ist seit Monaten fix.«

»Aber ...«

Nein! Das wäre selbst für Peter zu mies.

»Peter wusste das. Es war nie die Rede von einem weiteren Casting.«

»Oh.«

»Und, wenn ich das sagen darf, ohne unverschämt zu klingen: Sie waren auch nie im Gespräch für die erste Runde im Casting. Deswegen hat mich Ihr Auftauchen damals auch so erstaunt.«

Peter hat also gelogen.

Ich war nie im Gespräch.

Er hat mir ins Gesicht gelogen. Weil er wusste, so könnte er mich zu weiteren Dingen überreden, zu denen ich sonst nicht bereit gewesen wäre.

»Soll ich mal mit Peter reden?«

»Nicht nötig.«

Schnell schüttele ich die Enttäuschung ab. Ich habe schließlich schon mit Peter Nicholls und seiner Art, die Dinge zu regeln, abgeschlossen.

»Wir arbeiten nicht mehr zusammen.«

Jetzt schießen Fletcherbatchs Augenbrauen nach oben.

»Nein? Nun, das überrascht mich nicht wirklich.«

»Weil er sich nur mit Erfolgsschauspielern umgibt?«

»Nein, weil ich den Eindruck hatte, Sie wollten etwas anderes als er.«

Ein Satz, der unsere ganze Zusammenarbeit ziemlich gut auf den Punkt bringt. Es hat sich immer mehr so angefühlt, als würden wir in unterschiedliche Richtungen ziehen. Mit geschickten, kleinen Lügen – bei denen er sicher war, dass ich sie hören wollte – hat er mich eingelullt, selbst überzeugt davon, das wäre der richtige Weg. Wenn er wüsste, was ich unterwegs fast alles verloren hätte.

Und wen ich verloren habe.

Tapfer erkämpfe ich mir mein Lächeln zurück und verdränge den Gedanken an Matt dahin, wo er hingehört: in den Emotionstresor, den ich extra für ihn angelegt habe.

»Wer vertritt Sie denn augenblicklich?«

»Niemand. Ich sortiere mich gerade.«

»Vielleicht sollten wir mal essen gehen. Was meinen Sie?«

Fletcherbatch lächelt aufmunternd, und vielleicht ist das der Schubs, den ich gebraucht habe, um wirklich mal wieder etwas in diese Richtung zu unternehmen.

»Das klingt wunderbar.«

Er greift in die Hosentasche, fischt seinen Geldbeutel hervor, bezahlt die Kinotickets und lässt mir seine Visitenkarte da.

»Lassen Sie uns nächste Woche einen Termin ausmachen.«

My Way

*Es klopft.
Nein.
Es hämmert!*

So laut, als würde jemand gleich die Tür einschlagen. Ich schrecke im Bett hoch. Die Morgensonne fällt durch die Fenster und taucht mein Schlafzimmer in ein weiches Licht. Der Wecker neben mir blinkt mich fröhlich und hellwach an.

Es ist 6:23 Uhr.

»Zoe?!«

Beccas aufgeregte Stimme dringt vom Flur in meine Wohnung, als stünde sie direkt neben mir. »Mach die Tür auf! Sie ist da!«

Mit »sie« meint sie nicht etwa eine Person, nein, viel wichtiger! Und ich weiß sofort, wovon sie spricht. Die Haltungsnote für meinen Hechtsprung aus dem Bett mag keine glatte Zehn sein, aber ich eile trotzdem durchs Wohnzimmer zur Eingangstür und reiße sie auf, nur um dann nicht in Beccas Gesicht, sondern in das Titelblatt des *New York Star* zu blicken.

»O mein Gott!«

Sie lässt die Zeitung sinken und sieht mich mit diesem Blick aus großen Augen an, den ich nicht sofort deuten kann.

»Was? Ein gutes oder ein schlechtes ›O mein Gott‹?«

Wenn Hennings mich jetzt doch in die journalistische Pfanne gehauen hat, dann weiß ich nicht, ob ich jemals wieder einem Mann vertrauen kann oder möchte.

»Der Artikel ist genial. Er ist brillant! Seite acht! Und ... ich hoffe so sehr, dass *Der, der nicht genannt werden darf,* ihn liest.«

Es ist süß, wie Becca seit einiger Zeit den Namen Matt vermeidet und stattdessen alle möglichen und unmöglichen Wortschöpfungen für ihn benutzt. Mit aufgeregten Händen greife ich nach der Zeitung und blättere auf Seite acht, wo mich rechts ein mittelgroßes Foto von mir empfängt. Darüber die Überschrift:

Ein New York Knights-Girl findet seinen Weg

Mein Herz klopft etwas hysterisch, während ich, gefolgt von Becca, zurück in die Wohnung gehe, an der Frühstückstheke in meiner Küche Platz nehme und die Zeitung liebevoll vor mir ausbreite, als wäre sie etwas ganz Besonderes. Becca, die den Artikel zumindest schon überflogen haben muss, bleibt neben mir stehen und versucht, so leise wie eben möglich aufgeregt zu atmen.

Zoe Hunter kommt vielleicht aus Idaho. Aber sie ist kein Mädchen aus der Provinz, und ganz sicher ist sie in New York nicht verloren, nur weil sie kein Taxi anhalten kann. Ihre erfolgreiche Zeit als Schauspielerin in einer der beliebtesten Serien des Landes hat sie bewusst hinter sich gelassen, um in der Stadt, die niemals schläft, neue Schritte zu wagen. Auf einem Weg, den sie noch sucht.

Die erste Frage klärt das Missverständnis um die Fotos mit Jackson. Meine Antwort ist ungekürzt abgedruckt.

Jackson ist ein guter Freund geworden. Aber das ist auch alles. Die Fotos haben einen ziemlich aufwühlenden Abend eingefangen und dann falsch interpretiert. Natürlich ist es einfach, dazu eine Meinung zu haben, wenn man keine Ahnung hat, worum es geht. Ich weiß nur, dass dieser ganze Unsinn die falschen Menschen verletzt hat. Aber ganz sicher hänge ich mich nicht an fremde Erfolge, nur um bemerkt zu werden. Es gibt keinen Fahrstuhl an die Spitze, auch wenn viele das fälschlicherweise annehmen.

Dann geht es um meine bisherige Arbeit, die Hennings sehr liebevoll als »außergewöhnlich für eine Soap-Darstellerin« beschreibt. Da spricht zwar der Fan, aber ich bin ihm sehr dankbar für die Worte.

Auf die Frage, wie es jetzt weitergeht, antworte ich wieder ehrlich.

Ich denke, es geht darum, was man will. Man wird auf dem Weg zum Ziel oft abgelenkt, denn viele Dinge klingen sehr verlockend. Auch ich habe mich blenden lassen und habe angenommen, es wird schon nicht schaden, wenn ich auf andere höre. Doch wer weiß besser, was wir wollen, als unser Herz?

Ich schaue kurz vom Text zum Bild. Ich habe Hennings mehrere zur Auswahl geschickt, und er hat ein gutes ausgewählt: Es ist etwas älter und bei einem Fotoshooting in L.A. entstanden. Ich sehe mir auf den Fotos ähnlich, kein Cowboyhut, kein Bikini. Einfach nur ich.

Weiter geht es mit meiner Antwort zur Frage, was ich mir für die Zukunft wünsche.

Mich reizt das Theater. Das direkte Feedback der Zuschauer. Die Chance, an meiner Performance jeden Abend etwas zu verbessern. Vielleicht mag das für manche nicht so glamourös klingen, aber es ist genau die Herausforderung, die ich gesucht habe. Theaterspielen gibt mir die Gelegenheit, Seiten an mir zu entdecken, die ich noch nicht kenne. Manchmal verlässt man einen Ort, weil man denkt, am nächsten etwas ganz Bestimmtes zu finden. Aber das

> Leben ist trickreich und überrascht uns immer wieder. Am liebsten dann, wenn wir einen Plan haben. New York hat mich überrascht. Ich habe hier ganz andere Dinge gefunden, von denen ich nicht einmal wusste, dass ich sie suche. Man vermisst Dinge, die man für selbstverständlich genommen hat. In meinem Fall sind das meine pinke Couch, der Rummelplatz und englische Schwäne. Und der Mann, der mich zum Lachen gebracht hat.

Hennings hat nicht gelogen und sein Versprechen gehalten, jedes meiner Worte abzudrucken. Dann fällt mein Blick auf eine kleine Fotostrecke, die er neben dem letzten Absatz gebracht hat. Langsam fahre ich mit dem Finger über die Gesichter der zwei Menschen, die in einem Fotoautomaten sitzen. Erinnerungen, die jetzt wirklich in ein anderes Leben gehören. Unter den Fotos steht ein Zitat von mir.

> Es gab viele Fotos, die meine Geschichte erzählen wollten, aber es sind diese Fotos, die erzählen, was wirklich wichtig ist.

Becca kommt näher und stützt ihr Kinn auf meiner Schulter ab.
»Ich hoffe, er liest es.«
Ich hoffe es auch, aber so, wie ich Matt kennengelernt habe, ist er nicht der Typ, der an einem der vielen kleinen Zeitungskiosken der Stadt stehen bleibt, um sich eine Zeitschrift zu kaufen. Und falls doch, warum sollte er heute ausgerechnet diese kaufen? Immerhin weiß er nicht, dass ich darin auftauche.
»Hat Phoebe sich bei dir gemeldet?«
Phoebe, ein weiteres Knights-Girl aus dem obersten Stock, mit dem ich vor ein paar Tagen essen war, hat Interesse an mir und meiner Arbeit bekundet. Ich soll sie auf jeden Fall auf dem Laufenden halten, weil sie gerne über mich für das *NY Trnds*-Magazin schreiben würde, wenn sich die Chance ergibt. Sie ist sehr nett und

unterhaltsam, und ich hoffe sehr, dass es in der Zukunft ein Projekt für mich geben wird, über das sie berichten kann.

Nachdem ich sie kennengelernt habe, musste ich mir sofort die letzte Ausgabe schnappen. Ich liebe ihre Kolumne über New York.

»Ja. Sie ist wirklich super nett.«

Becca nickt zustimmend.

»Ich habe es dir ja gesagt. Hier im Knights gibt es die interessantesten Menschen.«

Das kann man allerdings so sagen. Ich werfe einen letzten Blick auf das Foto von Matt und mir, das den Moment unseres ersten Kusses für immer festhält, und falte die Zeitung dann zusammen. Es ist nicht das Ende, das ich uns gewünscht habe, aber es ist zumindest ein ehrliches Ende.

Girls' Night Out

»Keine Widerrede!«

Wenn Becca und Sarah sich zusammentun, ist Flucht unmöglich, und so lasse ich mich überzeugen, mich in tanzbare Klamotten zu werfen und ihnen ins *Tuned* zu folgen. Nach Matt habe ich nicht gefragt, unterstelle meinen Mädels aber genug Fingerspitzengefühl, um das vorher abgecheckt zu haben. So lehne ich jetzt an der Bar und lasse mir von Ace, der mich mit einer festen Umarmung begrüßt, erst mal einen neuen Drink mixen, den er stolz »Knights Girls« nennt. Dann lausche ich der Band, die vorne auf der Bühne richtig gute Gitarrenmusik spielt. Sarah hat ihr kleines rotes Notizbuch aufgeklappt und kommt nicht umhin, ein paar Notizen zu machen. So ist das wohl, wenn man etwas mit brennender Leidenschaft macht: Man hat nie wirklich Feierabend.

»Ich habe dein Interview gelesen.«

Ace stellt mir einen pinken Drink auf die Theke und strahlt mich an. Wie schafft es ein Barkeeper, der den ganzen Abend unter Vollspannung steht, nur immer wieder, so gute Laune und ein so herzliches Lächeln zu haben?

»Hast du?«

»Jap. Sarah hat ein paar Exemplare hier ausgelegt.«

»Hat sie?«

Ich werfe einen kurzen Blick zu Sarah, die voll in ihrem Element ist und nichts von der Umwelt mitkriegt.

»Ja. Sie findet, das sollten einige lesen.«

Er wirft einen vielsagenden Blick hinter sich an die Wand, an der einige gerahmte Fotos, signierte Servietten, Bierdeckel und T-Shirts hängen. Dazwischen, in einem schönen schwarzen Holzrahmen, hängt mein Interview.

»Nicht euer Ernst ...«

Doch Ace schnappt sich schon wieder den Mixer und nickt so beiläufig, als wäre das nichts Großes, sondern hier so üblich. Becca lehnt sich neben mich und nippt ganz frech an meinem Drink.

»Mmmmh! Der ist köstlich. Kriege ich auch einen, Ace?«

»Selbstverständlich.«

»Hast du davon gewusst?«

Ich deute auf das Interview im Rahmen. Becca folgt meinem Fingerzeig.

»Nein, aber es wundert mich nicht. Wenn du zur Familie gehörst, dann voll und ganz.«

Statt auf ihren Drink zu warten, schnappt sie sich mit ihrem typischen, frechen Grinsen meinen. Sie weiß genau, dass ich ihr nicht böse bin.

»Außerdem finden wir einfach, *mehr Leute* sollten das lesen.«

Das Gleiche hatte eben Ace gesagt. Ich ziehe die Augenbrauen hoch, lasse es aber unkommentiert stehen. Ich weiß, wen sie meint.

Das Interview hat tatsächlich »einige Leute« erreicht. Fünf Anrufe, in denen ich zu Castings für einige Off-Broadway-Stücke eingeladen wurde, sind eingetrudelt. Sogar eine kleine Agentur hat sich gemeldet, die sich sehr freuen würde, wenn ich bei ihnen unterschreiben würde. Und das alles in den vier Tagen seit Erscheinen des Artikels. Zugesagt habe ich aber noch nirgends. Wieso, weiß ich nicht genau. Vielleicht, weil ich lieber mein Leben sortieren will.

Mit einem frischen Drink in der Hand sehe ich mich im *Tuned* um. Es fühlt sich gut an, wieder hier zu sein. Jedes Leben ist mit Orten gespickt, die unser Zuhause werden. Je mehr davon man hat, desto schöner. Doch auch, wenn ich es nicht zugeben will: Natürlich suche ich in der Menge dieses eine Augenpaar. Ohne Erfolg.

»Willst du ihn nicht doch noch einmal anrufen?«

Als ich den Kopf schüttele, spricht sie ernst weiter.

»Ich weiß, ich weiß. Du gibst vor, damit abgeschlossen zu haben, aber ich schaue mir das Ganze nun schon viel zu lange an. Du bist nicht glücklich, und das, obwohl jetzt alles drumrum langsam zusammenpasst.«

»Was soll ich deiner Meinung nach tun, Becca? Soll ich auf Knien vor ihm angekrochen kommen? Er ist einfach gegangen.«

In meinem Inneren droht der Tresor für alle Gefühle, die zu Matt gehören, aufzubrechen, und meine Stimme wackelt wie immer, wenn ich über ihn spreche.

»Aber du liebst ihn. Und er liebt dich …«

»Das wage ich zu bezweifeln.«

»Natürlich liebt er dich. Ace sagt, er wirkt nur noch wie ein Schatten, und Jack sagt, er tritt nicht mehr im *Standing Room* auf.«

»Du hast Kontakt zu Jack Baker?«

Becca zuckt ertappt mit den Schultern.

»Na ja. Vielleicht habe ich mich mal vor Ort umgehört.«

»Umgehört?«

»Ja, okay, ich habe versucht, Booker aufzusuchen, weil ich ihm in seinen knackigen Hintern treten wollte.«

»Wolltest du?«

»Hör mal, ich selber habe das ja auch alles missverstanden und blablabla. Aber er hat kein Recht, dich einfach so stehenzulassen. Also wollte ich ihm sagen, was ich von seiner Aktion halte.«

Wie kann man einen Menschen wie Becca nicht mögen? Nur mit Mühe unterdrücke ich den Impuls, sie zu umarmen, und auch nur, weil ich das Ende der Geschichte hören möchte.

»Und hast du ihn gefunden?«

Eigentlich will ich nur wissen, ob es ihm gutgeht, wie er aussieht und ob er noch immer lächelt, wenn er an mich denkt.

»Nein. Jack sagt, er hat die Gigs abgesagt und sich wohl ziemlich verkrochen.«

»Oh.«

»Vermutlich ist er nach Hause zu seiner Familie. Luftholen. Meint Ryan.«

»Du warst auch bei Ryan?«

Beccas Gesichtsfarbe verändert sich in ein deutliches Rot.

»Vielleicht. Sei jetzt nicht sauer, ich wollte nur …«

Weiter kommt sie nicht, weil ich sie nun doch in eine rippenbrechende Umarmung ziehe und so festhalte, wie ich nur kann. Wenn die Familie zu weit weg ist, dann kann man nur hoffen, in der großen Stadt Freunde zu finden, die irgendwann zur Familie werden. Ich habe verdammt großes Glück.

»Du bist also gar nicht sauer?«

Ihre Frage klingt gepresst, weil ich sie noch immer fest an mich drücke.

»Nein! Ich bin sehr dankbar.«

»Auch, wenn ich ihn nicht gefunden habe?«

»Auch dann.«

Ich lasse sie los und hoffe, die Umarmung hat all das gesagt, wofür mir die Worte fehlen.

»Er wird wieder auftauchen, Zoe. Ich glaube ganz fest daran.«

»Du ewige Romantikerin.«

»Eure Geschichte ist noch nicht vorbei. Ich habe es im Gefühl.«

»Wenn ich mal eine Drehbuchautorin für mein Leben brauche, ist es okay, wenn ich dich vorschlage?«

Sie wirft ihre Haare über die Schulter und grinst breit.

»Stets zu Diensten.«

You and Me

Der Abend hat mir ohne Zweifel gutgetan. Auch wenn ich mich vor den anderen auf den Heimweg mache, hatte ich eine tolle Zeit mit guter Musik, besten Freunden und einem Drink, der für uns ganz speziell kreiert wurde. Man könnte meinen, mein Leben wäre so gut wie perfekt. Wenn man davon absieht, dass ich seit Wochen mit einem Loch im Herzen spazieren gehe. Ob das rein medizinisch überhaupt möglich ist? Oder bin ich ein kleines Wunder?

Die Straße zum Knights ist so gut wie leer, nur aus dem Irish Pub ist noch immer Musik zu hören, als ich auf die Stufen zum Haus zugehe und mein durchlöchertes Herz einen Sprung hinlegt, der mich fast in einen Adrenalinschock versetzt. Ich erkenne ihn sofort, wie er dasitzt und auf sein Handy starrt. Falls es sich um eine Fata Morgana handelt, werde ich morgen einen Arzt aufsuchen.

Langsam komme ich näher, doch er sieht erst auf, als ich fast vor ihm stehe.

»Hi.«

Müde sieht er aus. Müde, aber gut. In einem grauen T-Shirt, Jeans und seinen typischen Turnschuhen. Die Haare sind zerzaust wie immer, und die Brille rundet das Bild perfekt ab. So habe ich ihn in meinem Kopf abgespeichert.

»Hi.«

Ich gebe mir gar keine Mühe, die Überraschung zu überspielen, denn er soll ruhig wissen, dass ich eher mit einem freilaufenden

Löwen in der Stadt als mit ihm vor meinem Haus gerechnet hätte.

»Du fragst dich wohl, was ich hier mache.«

»Du meinst, weil du wie vom Erdboden verschluckt warst?«

»Ich war in Detroit.«

Er war also nicht in der Stadt.

»Dort hast du keinen Handyempfang, nehme ich an?«

Er merkt, wie angespannt ich bin, und schenkt mir ein kurzes Lächeln.

»Das Handy habe ich hier zurückgelassen. Aus Gründen.«

»Verstehe.«

»Tust du nicht. Aber deswegen bin ich hier. Ich möchte es erklären.«

»Ich höre.«

Aber nur, wenn er mir eine Geschichte mit Happy End erzählt.

»Du hattest recht. Ich habe nur einen Teil der Unterhaltung gehört und dir nicht die Chance gegeben, den Rest zu erzählen. Das war ein Fehler. Mein Fehler.«

Ich nicke und hoffe, mein Herz hört auf, sich wie ein verliebter Teenager in der Pubertät zu benehmen. Denn noch gibt es keinen Grund für die Menge an Hoffnung darin.

»Aber hier habe ich keinen klaren Kopf gekriegt. Ich hatte ständig das Gefühl, du biegst gleich um die Ecke oder ich treffe dich im Supermarkt. Also bin ich nach Hause.«

»War es schön?«

»Lehrreich. Und feige. Deswegen möchte ich mich entschuldigen. Ich hätte dich ausreden lassen sollen. Aber …«

Er bricht ab und steht auf. Obwohl ich am liebsten zu ihm möchte, mache ich einen kleinen Schritt zurück. Ein lächerlicher Versuch, mein Herz zu schützen.

»Du warst von Anfang an eine Nummer zu groß für mich.«

Wenn er wüsste, dass das wohl die größte Lüge des Jahres ist.

»Deswegen habe ich versucht, nicht zu viel über dich zu googeln oder zu lesen. Das hätte mich nur weiter eingeschüchtert. Doch dann ...«

Er greift in die Gesäßtasche seiner Jeans und zieht einen zusammengefalteten Zeitungsartikel hervor.

»Am Bahnhof gekauft. Weil mich eine sehr kryptische Nachricht einer nicht näher zu nennenden, gemeinsamen Freundin erreicht hat.«

Ich weiß natürlich, von wem er spricht, und auch, um welchen Artikel es sich handelt, noch bevor er ihn auseinanderfaltet und ich mein Gesicht erkenne.

»Ich bin kein Hollywood-Typ. Ich wusste nicht, ob ich nicht einfach nur ein flüchtiger Flirt bin, den du vergisst, sobald du interessantere Typen kennenlernst.«

»Wenn du wüsstest, wie sehr du dich irrst.«

»Das hier ist mein dunkles Geheimnis.«

»Welches?«

»Ich hatte Angst, dich zu verlieren. Da war diese Stimme in meinem Kopf, die mir gesagt hat, dieser Nicholls hat recht. Ich bin ein Witz. Und schade deiner Karriere.«

»Das ist Blödsinn! Du hättest mich ausreden lassen sollen. Das hätte mir einige Tränen und dir einige Meilen erspart.«

»Das weiß ich jetzt auch. Ich bin ein Idiot, Zoe. Weil ich geglaubt habe, ich sei nicht gut genug für dich. Dieser Nicholls hat einen alten, wunden Punkt getroffen. Wer will mit einem Comedian zusammen sein, wenn man Kerle wie Jackson Reed haben könnte?«

»Jackson ist mit Becca zusammen. Und er ist nicht mein Typ.«

»Er ist ein Beispiel. Ich will einfach nicht der Witz deines Lebens sein.«

»Das wärst du nie.«

Langsam faltet er die Zeitung wieder zusammen, und ich beobachte jede seiner noch so kleinen Bewegungen mit wachsender

Nervosität. Er macht einen kleinen Schritt auf mich zu. Diesmal ist da kein Fluchtgedanke mehr. Ich bleibe atemlos stehen. Doch statt mich zu umarmen, greift er nach seinem Handy und wählt eine Nummer. Verständnislos sehe ich ihn an, aber er hält meinen Blick. Das Klingeln eines Telefons durchbricht die Stille zwischen uns. Es kommt aus meine Handtasche. Als ich danach greifen will, schüttelt Matt nur kurz den Kopf, und ich halte in meiner Bewegung inne. Es dauert einen kurzen Moment, dann hört es auf, und ich weiß, er hat meine Mailbox dran.

»Hi Zoe, hier ist Matt. Ich wollte dir nur sagen, dass ich meine Nachrichten abgehört habe. Es ist nur fair, wenn du meine Entschuldigung auch auf Band hast, damit du sie so oft hören kannst, bis du bereit bist, sie anzunehmen. Ja, ich war ein Idiot. Ein ziemlich großer. Und ja, ich hoffe, dass ich noch nicht zu spät dran bin und du mir eine zweite Chance gibst. Weil du mir schrecklichst fehlst und mein Leben ohne dich verdammt leer ist.«

Sein Blick ist unsicher, ich verziehe keine Miene, will ihn ausreden lassen. »Ich möchte noch mehr Erinnerungen mit dir sammeln und noch mehr Fotos in alten Automaten machen. Melde dich einfach, wenn du das hier hörst.«

Kurz glaube ich, er will schon auflegen, aber dann fällt ihm noch etwas ein.

»Ach und noch was ... Ich liebe dich.«

Mit einem Schritt steht er direkt vor mir, so nah, dass ich die Wärme seines Körpers beinahe spüren kann. Fast meine ich, ein Knistern zwischen unseren Brustkörben zu hören.

»Du solltest deine Mailbox abhören.«

Er flüstert es durch die Sommernacht zu mir, und ich streife mit meinem Blick seine Brust, seinen Hals, sein Kinn, seine Lippen, richte schließlich meine ganze Aufmerksamkeit genau auf sie.

»Sag es noch mal.«

Er weiß, was ich meine.

Er nimmt mein Gesicht sanft in seine Hände und streicht mit dem Daumen über meine Wange. Ich schließe die Augen und halte den Moment kurz fest. Dann streift er meine Lippen mit seinen, und ich spüre, wie sich mein Herz zu einer spontanen Selbstheilung entscheidet, wie es wieder aufmüpfig und voller Leidenschaft pocht.

»Ich liebe dich.«

Ich öffne meine Lippen und gewähre ihm Einlass, schmecke seine Zunge, lege die Arme um seinen Nacken und ziehe ihn näher an mich heran, weil ich zu lange auf seine Küsse verzichten musste. Ja, ohne Zweifel, das fühlt sich verdammt gut an! Bevor meine Küsse fordernder werden können, schiebt er mich sanft von sich. Ich öffne die Augen, und er steht tatsächlich noch immer da. Unverändert, mit funkelnden Augen und diesem Lächeln, das so frech ist wie das eines kleinen Jungen und so sexy wie das eines erwachsenen Mannes, der genau weiß, was er will.

»Wenn du das nächste Mal die Stadt verlassen willst, gib mir ein Zeichen, damit ich weiß, dass du wiederkommst.«

»Ich habe ein Zeichen mitgebracht. Zählt das auch?«

»Hast du?«

Er nickt fast ein bisschen stolz.

»Habe ich.«

Er macht einen Schritt von mir weg und ermöglicht mir so den Blick auf die Stufen, auf denen er auf mich gewartet hat. Wie damals. Als wir Burger essen waren. Doch ich sehe nichts.

»Ist es ein unsichtbares Zeichen?«

»Das würde ich nicht sagen.«

Er greift nach meiner Hand und zieht mich die Stufen nach oben.

»Was hast du vor?«

»Nach was sieht es wohl aus? Ich entführe dich.«

Er hat es offensichtlich eilig, mich ins Gebäude zu bringen, aber ich bin keine so leichte Beute und bremse ihn aus.

»Du entführst mich nicht, du bringst mich nach Hause.«

Doch statt zu antworten, zwinkert er mir nur sehr geheimnisvoll zu und deutet in Richtung Tür. Verdammt! Warum sind wir Frauen auch immer so neugierig? Er weiß genau, dass ich jetzt wissen will, von welchem Zeichen er gesprochen hat.

»Wenn du einen Schwan aus England importiert hast …«

»Würde mich die Queen jetzt wohl vom MI6 jagen lassen.«

»Du bist also auf der Flucht?«

Er nickt, greift wieder nach meiner Hand.

»Ganz genau, also komm schon, Bonnie. Ich will dir was zeigen.«

Ist es nicht ein Wunder, dass man mit manchen Menschen so schnell ein so gutes Verhältnis hat und die gleiche Wellenlänge genießt? Andere kann man ein Leben lang kennen, und niemals kommt man auch nur in die Nähe desselben Humors.

»Okay, Clyde, zeig mir den geklauten Schwan.«

Natürlich weiß ich, dass er keinen Schwan für mich hat. Aber seine Aufregung, dass er es an meiner Seite endlich über die Schwelle ins Innere geschafft hat, lässt mich hoffen, dass er diesmal bleiben wird. Das verrate ich ihm natürlich nicht, als ich neben ihm die Treppen nach oben steige und dabei so dicht neben ihm gehe, dass wir uns bei jedem Schritt berühren müssen. Als er einen Augenblick vor mir bei meinem Apartment stehen bleibt, bin ich kurz irritiert.

»Du weißt, wo ich wohne?«

»Allerdings.«

Wieder greift er in seine Hosentasche, doch diesmal zieht er einen Schlüssel hervor.

»Ich hatte eine Komplizin.«

»Du bist also doch ein Stalker?«

Er grinst und steckt den Schlüssel in die Tür. Das passiert also, wenn man Becca den Zweitschlüssel gibt. Ich weiß allerdings nicht, ob ich ihr dafür jemals sauer sein kann.

»Mach die Augen zu.«

»Wie bitte?«

»Vertrau mir.«

Nichts in meiner Wohnung könnte eine große Überraschung für mich sein, dennoch spiele ich mit und schließe die Augen, lasse mich von ihm ins Innere führen und höre, wie die Tür hinter uns geschlossen wird. Dann stehe ich im Dunkeln und höre ihn irgendwo beim Fernseher hantieren.

»Einen Moment noch.«

Ich warte schon so lange darauf, ihn in meiner Wohnung zu sehen, auf ein paar Minuten mit geschlossenen Augen kommt es nun nicht mehr an.

»Okay, aufmachen!«

An der Wand zu meiner Linken hängt eine Lichterkette, die das ganze Zimmer in ein romantisches Licht taucht, doch das ist es nicht, was mir die Sprache verschlägt. Mein Blick bleibt in der Mitte des Wohnzimmers hängen. Kurz zweifele ich an meiner Wahrnehmung.

»Wie ...?«

Mehr kann ich nicht sagen, weil es mich so überrascht und auf eine Weise berührt, die mir Tränen in die Augen schießen lässt. Da steht sie, als wäre sie nie weg gewesen, als hätte ich sie nicht zurückgelassen und heimlich jeden Tag vermisst.

Meine pinke Couch!

»Na ja, als du den Jungs damals gesagt hast, dass du sie nicht mitnehmen kannst, sollte sie entsorgt werden.«

Matt schüttelt entschlossen den Kopf und fährt mit der Hand über die Couchlehne, als wäre sie ein Pony und nicht einfach nur ein Sitzmöbel.

»Das konnte ich nicht zulassen. Also habe ich sie gebeten, sie einzulagern.«

Jetzt sieht er wieder zu mir.

»Ich dachte, du wirst sie eines Tages brauchen. Dabei hatte ich keine Ahnung, dass ich sie brauchen würde, um dein Herz zurückzuerobern.«

»Aber ... wieso?«

»Du hast gesagt, sie wäre ein bisschen Zuhause.«

Sie ist viel mehr als das. Sie war das Symbol für meinen Traum. Für alles, was ich erreichen wollte und mir im Jugendzimmer in Idaho ausgemalt habe. Jetzt ist sie wieder hier. Bei mir.

Mit Matt.

Ohne etwas zu sagen, gehe ich um die Couch herum auf ihn zu und küsse ihn. Weil Worte manchmal nicht reichen, um »Danke!« zu sagen. Er lächelt gegen meine Lippen.

»Du nimmst meine Entschuldigung also an?«

»Ich überlege noch ...«

Er nickt nachdenklich und zieht mich in eine enge Umarmung.

»Ich muss mich also mehr anstrengen?«

»Hm-hm.«

Er küsst mich leidenschaftlich, dann wandern seine Lippen zu meiner Wange und meinem Hals, seine Hände gleiten meine nackten Arme entlang, bis sie auf meinen Hüften zum Liegen kommen.

»Du hast mir gefehlt, Zoe.«

»Wirklich?«

»Kennst du diesen Moment, wenn du eine Entscheidung fällen musst, weil sonst zu viel Zeit vergangen ist, um etwas an der Situation zu ändern?«

»Allerdings.«

»Ich bin gestern Abend in den Zug gesprungen, weil ich Angst hatte, ihn verpasst zu haben.«

Dabei schiebt er seine Hände langsam unter mein T-Shirt und streichelt über meinen Rücken. Zum ersten Mal spüre ich seine Hände an Stellen, die er bisher nur in meinen Träumen berührt hat. Meine Knie werden bedrohlich weich.

»Den ganzen Tag hat mein Herz total unrhythmisch geklopft. Wegen dir.«

Er lässt die Hand langsam meinen Rücken nach oben wandern und ahnt nicht, dass er damit Stolpersteine für mein Herz legt. Wieder küsst er meine Lippen, so sanft, als wäre es nur ein flüchtiger Windhauch.

»Wie schlage ich mich?«

Ich liebe seine Stimme, wenn er flüstert, als würde er mir ein Geheimnis verraten wollen, das er vor der Welt verstecken muss. Als gäbe es nur uns. Ich lege meine Hand auf seine Brust und muss grinsen.

»Auch unrhythmisch, würde ich sagen.«

»Was soll ich sagen, du machst mich eben nervös.«

»Ist das so?«

Ich greife nach dem Bund seines T-Shirts, und er hebt die Arme über den Kopf, als würde er sich ergeben – was er genau genommen auch tut. Mit einem Ruck ziehe ich ihm das Shirt über den Kopf und sehe Matt Booker zum ersten Mal oben ohne. Mein Blick wandert über seinen Oberkörper und bleibt an einem Sternentattoo auf der linken Brust hängen.

»Ich wusste nicht, dass du ein Tattoo hast ...«

Mit den Fingerspitzen fahre ich die Sternenform auf seiner Haut nach und löse damit eine Gänsehaut bei ihm aus.

»Du hast nie gefragt.«

»Stimmt.«

»Vielleicht habe ich gehofft, es dir zeigen zu dürfen.«

Er umschließt meine Hand mit seiner und hält sie sanft fest.

»Hast du?«

»Und wie.«

Ich küsse sanft seinen Hals.

»Was hast du noch gehofft?«

Er atmet tief ein, als ich meine Lippen über das Tattoo wandern lasse.

»Ich hatte gehofft, du würdest mir *dein* Tattoo zeigen …«
»Da muss ich dich enttäuschen, Booker. Ich habe keines.«
»Ach, ja? Beweise es.«

Erst küsse ich noch einmal schnell das Tattoo, bevor ich einen Schritt zurückmache und mir mein T-Shirt über den Kopf ziehe. Innerlich beglückwünsche ich mich zur spontanen Wahl des weinroten BHs, den ich für meinen Ausgehabend aus dem Schrank gefischt habe. Wer hätte gedacht, dass ihn heute noch ein Mann – dieser Mann! – zu Gesicht bekommen wird?

Matt lässt seinen Blick über meinen Körper schweifen. Für den Bruchteil einer Sekunde fallen mir all die fiesen Bemerkungen über meinen Körper wieder ein. Doch sobald sich das zärtliche Lächeln auf sein Gesicht legt und ich entscheide, jetzt und hier auch den BH auszuziehen, weiß ich genau, dass es mir egal sein kann und wird, was andere zu meinem Körper sagen. Ich mag mich genau so, wie ich bin. Das erregte Leuchten in Matts Augen lässt mich wissen, dass er es auch so sieht. Mit nur einem Schritt ist er bei mir. Ich deute auf meinen Körper.

»Siehst du, kein Tattoo.«
»Vielleicht an der Wade?«

Seine Hand wandert zum Knopf meiner Jeans, und sein Blick erbittet die Erlaubnis, die ich ihm mit einem Nicken erteile. Kurze Zeit später stehe ich nur noch in meinem Slip vor ihm. Den habe ich leider nicht mit ganz so viel Bedacht gewählt, denn das Krümelmonster grinst uns jetzt breit an.

»Ich weiß, sexy ist anders.«

Doch auch hier schüttelt Matt nur den Kopf, öffnet seine Jeans und streift sie lässig ab. Auf seinen bunten Boxershorts erkennt man den Ausschnitt eines Spider-Man-Comics, und das scheint Matt nicht im Geringsten peinlich zu sein. Ganz im Gegenteil.

»Ich besitze ausschließlich Comic-Unterwäsche. Wahnsinnig sexy, oder?«

»*Funny is the new sexy.*«

»Dann habe ich ja gute Chancen ...«

Wenn er wüsste, welch gute Chancen er hat. Matt ist die perfekte Mischung aus sexy, witzig und romantisch: Attribute, die viel zu oft unterbewertet werden. Ich ziehe ihn an mich und küsse ihn leidenschaftlich, weil ich auf diesen Moment viel zu lange warten musste. Während wir uns küssen, stolpern wir rückwärts in mein Schlafzimmer, ohne uns auch nur einen Zentimeter voneinander zu lösen, bis wir gegen mein Bett stoßen und ich kurz den Halt verliere. Doch nur so lange, bis Matt seine Arme um mich schlingt und mich festhält.

»Hiergeblieben!«

»Ich habe keine Flucht vor.«

»Gut.«

Mit Leichtigkeit hebt er mich hoch und legt mich auf das Bett, wohin er mir folgt und seine Hände sanft über meinen Oberkörper streichen lässt. Ich schließe die Augen und genieße das Gefühl seiner Haut auf meiner in vollen Zügen. Seine Lippen fahren meinen Hals entlang, küssen mein Schlüsselbein und schließlich meine Brüste. Ich atme scharf ein und gebe mich dem Pochen in meinem Unterleib hin. Überall, wo er mich berührt, hinterlässt er ein brennendes Verlangen nach mehr.

Ich will ihn überall spüren.

Jetzt.

Sofort.

Als seine Lippen meine wiederfinden, öffne ich die Augen und ziehe ihn so nah an mich, wie ich nur kann, um möglichst viel von ihm spüren zu können. Er versteht die Aufforderung und befreit zuerst mich und dann sich selbst von dem restlichen Stoff, der uns noch trennt.

Matt Booker ist all das, was ich mir immer erträumt habe. Er weiß, was er tut, und lässt mich in seinen Händen zu Wachs werden. Er küsst die richtigen Stellen und weiß, welcher Rhythmus perfekt ist, wo ich berührt werden will. All das, ohne dass ich auch nur ein Wort sagen muss. Wir bewegen uns so, als ob wir uns schon ein ganzes Leben kennen, als ob wir nur auf diesen Moment gewartet haben. Die ganze Anspannung fällt von mir ab, als ich mich ihm hingebe, jede noch so kleine Berührung genieße und spüre, wie sehr er mich begehrt. Diese Nacht wird für immer in meiner Erinnerung bleiben. Und das nicht nur wegen des phänomenalen Sexes, sondern vor allem, weil ich in Matts Armen liege, als sich mein Herzschlag langsam wieder beruhigt und meine Atmung wieder flacher wird. Nicht, weil seine Küsse auch danach noch voller Leidenschaft sind. Auch nicht, weil wir das Ganze noch zwei weitere Male wiederholen. Sondern weil er noch immer neben mir liegt, als die Sonne draußen aufgeht, das Licht durch die Fenster in meine Wohnung fällt – und ich meine pinke Couch durch die geöffnete Tür im Wohnzimmer sehen kann.

Jetzt sind diese Wohnung und mein ganzes Leben perfekt.

Andere brauchen vielleicht ein Penthouse in Manhattan, einen reichen Mann mit schnellem Auto oder einen Einkauf bei Tiffany's, um glücklich zu sein, doch mir reicht der Mann neben mir, den ich liebe und der mich zum Lachen bringt. Und die pinke Couch.

Mit einem glücklichen Lächeln schmiege ich mich näher an Matt, lege meinen Kopf an seinen Hals und halte mein Leben für eine Sekunde an.

Ja.
Genau das fühlt sich richtig an.
Ich bin angekommen.

Ein paar Monate später

Star Girl

»Schaffst du es zum Lunch?«

Matt steht in meiner Küche mit dem Rücken zu mir. Er trägt ein *Star Wars*-T-Shirt und eine Boxershorts, auf der Hulks Gesicht auf seinem Hintern gedruckt ist, während er Kaffee in meinen Becher füllt.

»Ich denke schon. Wir haben heute keine Matinee, nur eine Abendvorführung.«

Er nickt zufrieden und dreht sich zu mir um. So oft habe ich ihn inzwischen ohne Brille, dafür aber mit verschlafenen Augen und der typisch zerzausten Frisur in meiner Wohnung gesehen. Aber noch immer kann ich mich nicht an diesen Anblick gewöhnen. Jedes Mal macht mein Herz einen kleinen Freudensprung.

»Perfekt. Ich hole dich am Theater ab.«

»Ich freue mich jetzt schon.«

Er drückt grinsend den Deckel auf meinen To-go-Becher und reicht ihn mir über die Frühstückstheke. Anders als er bin ich bereits frisch geduscht, komplett angezogen und bereit, das Knights zu verlassen.

»Und denk an die Tickets. Meine Mom und ich wollen dich auf der Bühne sehen, wenn sie nächste Woche in die Stadt kommt.«

»Ich weiß, ich habe Hugh schon Bescheid gesagt. Ihr kriegt beste Plätze.«

»Es schadet nichts, eine Schauspielerin aus dem Stück zu kennen.«

Er beugt sich über die Theke und küsst mich. Auch daran werde ich mich wohl nie gewöhnen.

»Viel Spaß bei der Probe.«

»Danke. Viel Spaß mit den Hunden.«

Damit greife ich nach dem Schlüssel und bin so gut wie zur Tür raus.

»Zoe?!«

Ich bleibe stehen und sehe ihn über die Schulter an. Matt Booker lässt sich auf meine pinke Couch fallen, direkt neben Mumble den Pinguin, und verschüttet dabei etwas Kaffee auf sein Shirt. Doch das stört ihn nicht im Geringsten, denn sein Blick haftet an mir.

»Ich liebe dich.«

Schnell deute ich auf sein Shirt und grinse ihn an.

»Ich weiß.«

Nicht nur, weil ich es mir immer wieder auf meiner Mailbox anhören kann, sondern weil er es mich Tag für Tag spüren lässt. Und dann bin ich auch schon zur Tür raus und eile zur Treppe, weil ich wie immer ein bisschen zu spät dran bin. Das ist natürlich nicht meine, sondern Matts Schuld. Es fällt mir einfach nicht mehr ganz so leicht, morgens aus dem Bett zu kommen, wenn er neben mir liegt.

»Hey, Zoe!«

Ich treffe Sarah auf dem Weg nach unten, die auch schon auf dem Weg zur Arbeit zu sein scheint.

»Schaffst du es am Samstag ins *Tuned?* Will hat seinen großen Auftritt zur Veröffentlichung seiner CD.«

»Ja, aber Matt wird vor mir da sein. Ich komme dann direkt vom Theater dazu. Das lassen wir uns nicht entgehen.«

»Spitze! Becca und Jackson kommen auch.«

Erst an der Haustür verabschieden wir uns, weil Sarah in eine andere Richtung muss, versprechen uns aber noch mal gegenseitig, dass wir wieder einen Knights-Girls-Abend machen müssen, sobald es bei mir etwas ruhiger wird. Ich sehe ihr nach, wie sie über die Straße geht und will gerade selber los, als ich den Stapel mit Zeitschriften neben der Tür entdecke.

Die neueste Ausgabe vom *NY Trnds*.

Aufgeregt greife ich nach einem Exemplar und gehe lesenden Schrittes weiter. Phoebe sagte, ihre Theaterbesprechung wäre in dieser Ausgabe, aber ich habe keine Ahnung, wie und ob ihr das Stück gefallen hat. Die Meinungen der Presse sind bisher gemischt. Manche feiern es als großartige Theaterkunst, andere nennen es gewöhnlich.

Und dann sehe ich es: Eine ganze Seite. Phoebe hat uns eine ganze Seite geschenkt!

Ein Stargirl erobert die Bühne
Manche Dinge muss man einfach gesehen haben.
Ein Loblied aufs Theater und insbesondere auf Zoe Hunter.
(Eine Besprechung von Phoebe Steward)
Ich bin hin und weg. Und das bin ich wirklich nicht oft. Ich besuche sehr viele Theaterstücke, und viele davon finde ich gut, manche sogar richtig gut, aber dieses Mal bin ich hin und weg. Ich bin auf eine Art begeistert, die ich in Sachen Theater so nicht von mir kenne. Seit gestern bin ich elektrisiert. Ich würde am liebsten jeden New Yorker an den Broadway schleifen, jeden dazu zwingen, sich dieses Stück anzusehen. **Stargirl** ist eine Geschichte, die berührt. Das ist unter anderem der modernen Inszenierung und der Thematik geschuldet – eine junge Frau, die sich entgegen aller Widrigkeiten durchsetzt und sich ihren Traum durch harte Arbeit erkämpft.
Der britische Regisseur Hugh Fletcherbatch hat bei seinem Theaterdebüt den Drahtseilakt bestanden, eine echte und aufrichtige Geschichte zu erzählen, ohne in zu viel Pathos zu verfallen. Er kommt ohne großes Drama aus, wirft die Zuschauer mit seiner schonungslos ehrlichen und doch hoffnungsvollen Sicht auf die moderne Welt in ein Gefühlschaos, das noch lange nachhallt. Er

hat sehr viele richtige Entscheidungen getroffen. Die beste jedoch war die Besetzung der weiblichen Hauptrolle. Die junge Schauspielerin Zoe Hunter spielt die Rolle der Giovanna mit einer Kraft und Intensität, die den Betrachter sprachlos zurücklässt. Sie spielt die lauten wie die leisen Seiten ihrer Figur so ergreifend und überzeugend, dass man Teil von ihr wird. Man spürt jeden Konflikt, jeden Satz, jede Bewegung, man begleitet sie, fühlt mit ihr. Hunters Portrait einer Suchenden – nach sich selbst und ihrem eigenen Weg – mitten in New York City ist eine der besten Performances, die ich jemals gesehen – oder sollte ich sagen »erlebt« habe? Hugh Fletcherbatch hat alles richtig gemacht. Er hat etwas erschaffen, das den Zuschauer mitnimmt, ihn in eine andere Welt katapultiert und dennoch sanft landen lässt. Es heißt nicht ohne Grund, dass er einer der Besten ist. Dasselbe gilt meiner Meinung nach auch für Zoe Hunter. Sie hat mich bis in mein Innerstes berührt. Der Broadway hat einen neuen Star. Ich freue mich darauf, noch sehr viel mehr von Zoe Hunter zu sehen, denn ich denke, das war nur ein Bruchteil von dem, was sie zeigen kann. Ich hoffe, ich muss nicht zu lange warten.

Stolz breitet sich in meiner Brust aus, ergreift mein Herz und umarmt es fest. Vielleicht bin ich unterwegs gestolpert, habe hier und da den falschen Weg genommen, aber schließlich bin ich doch genau da angekommen, wo ich hinsollte. Manchmal kennt man zu Beginn der Reise das Ziel noch nicht. Ich bin mit meinem sehr zufrieden. Als ich mich in Bewegung setze, höre ich einen begeisterten Pfiff von oben und drehe mich zur Quelle des Geräusches um. Matt lehnt, mit Kaffeetasse in der Hand, aus dem Fenster und sieht mir nach. Lachend gehe ich weiter, erspähe ein Taxi, hebe die Hand – und es hält direkt neben mir.

Lächelnd steige ich ein.

Danksagung

Ein dickes Dankeschön an meine Familie, die bei diesem New-York-Trip wichtiger war denn je. Jetzt komme ich wieder nach Hause.

Danke Thomas Lang, du Meister der Motivation, wenn Zoe mich in den Wahnsinn getrieben hat. Was ein Bullenritt es doch wieder war. Nächstes Ziel: der Mond!

Danke an meine Lektorin Tina Vogl für deinen Einsatz bei Zoe, Matt, Peter und allen Stolperfallen im Text. Du bist ein Knights-Girl. Dieses Buch ist auch dein Buch!

Danke an Ally Taylor aka Anne Freytag. Es war mir ein Fest und eine Freude, zusammen mit dir im Knights zu wohnen. Bin gespannt, wo die Zukunft uns hintreibt.

Danke an die besten Umarmungen, schönsten Katzenfotos und das Lächeln in der ersten Reihe bei Lesungen an die Bakers.

Danke an meine Agentin Eva Semitzidou, dafür, dass du an meine Geschichten glaubst, egal, wie schräg sie auch klingen mögen.

Last but never ever least: Danke an alle Leser, die unsere Knights-Girls ins Herz und in das Buchregal haben einziehen lassen. Claire, Sarah, Phoebe, Zoe, Becca und ich heben unsere Gläser auf euch! Rock on!